MARIA LINWOOD

DAS SCHWARZE AMAÌN

GESCHICHTEN, DIE SICH IN DEIN ♥ TANZEN

Bibliografische Information der Deutschen Nationalbibliothek: Die Deutsche Nationalbibliothek verzeichnet diese Publikation in der Deutschen Nationalbibliografie; detaillierte bibliografische Daten sind im Internet über dnb.dnb.de abrufbar.

© 2021 Dancing Words Verlag, Schanzenäckerstr. 19, Philippsburg

Text © Maria Linwood
Lektorat © Dancing Words Verlag
Korrektorat © Carolin Diefenbach
Satz & Umsetzung © Dancing Words Verlag
Covergestaltung © Vivien Summer
unter Verwendung von Bildern © Lena Bukovsky, © Roxana Bashyrova, © Chatchai.J, © Krasovski Dmitri, © Rakesh Pittamandalam, © Phatthanit, © d1sk
www.shutterstock.com

Herstellung und Verlag: BoD – Books on Demand, Norderstedt

ISBN 978-3-7534-2418-7

Alle Rechte vorbehalten.

www.dancingwords-verlag.de

---

1. Auflage

©privat

MARIA LINWOOD, Jahrgang 1985, ist in Hamburg und dem australischen New South Wales zuhause. Fantasygeschichten haben Maria schon immer begeistert. Zunächst als Leserin und dann als Autorin. Schreiben dient ihr als Ausgleich zu ihrem Literaturstudium und dem Berufsleben. Wenn Maria nicht zum Schreiben oder Arbeiten am Computer sitzt ist sie meistens draußen anzutreffen, wenn es geht am liebsten in Begleitung eines Pferdes. Wenn kein Vierbeiner dabei ist, dann ist Maria oft joggen oder mit ihrem Fotoapparat unterwegs. Beim Joggen ist immer der MP3-Player, bestückt mit Marias Lieblingsband Saltatio Mortis oder klassischer Musik im Einsatz. Auch mit Schwertkampf hat Maria begonnen, allerdings kam das Training in der letzten Zeit leider etwas zu kurz.

Besuchen Sie die Autorin im Internet:
www.instagram.com/marialinwood_fantasy

TO JAKUB – THE LOVE OF MY LIFE

EINS

Mecanaé.
Zu einer Zeit, als Magie noch die Welt durchströmte ...

Stjerna ging beschwingt durch den dunkler werdenden Wald. Ihr gefielen diese Momente, die sie für sich allein hatte, weit ab von den anderen Gauklern. Die sinkende Sonne malte goldene Flecken in den dunkelgrünen Forst und würziger Duft hing in der Luft. Stjerna streckte die feingliedrigen Finger nach einem Haselstrauch aus. Eigentlich sollte sie Bärlauch für die Suppe sammeln, aber Hasel half bei allerlei Verletzungen und davon würde es auf den Jahrmärkten einige geben – Schnitte, verbrannte Finger, Kratzer und Spuren von Auseinandersetzungen ...

Den Vorrat etwas aufzustocken, konnte nicht schaden. Sie schloss behutsam den Griff um die zarten, leicht samtigen Blätter und zupfte sie von den dünnen Ästen. Als sie genügend in ihrer Tasche verstaut hatte, pustete sie sich beiläufig eine ihrer langen Strähnen aus der Stirn. Sollte sie tiefer in den Wald gehen? Sicher verbargen sich noch mehr Heilpflanzen zwischen Sträuchern, Farnen und Bäumen, deren Umrisse sich in der Abenddämmerung langsam verwischten. Außerdem war es bald Zeit für das Abendessen und sie stand noch immer ohne Bärlauch da. Verborgen im Blätterdach zwitscherte ein Vogel. Stjerna lächelte. Sie fühlte sich frei.

Entschlossen setzte sie ihren Weg fort. Ihre Schritte verursachten ein leises Rascheln. Das Zirpen von Grillen und Quaken von Fröschen erfüllte den Klang der Umgebung. Stjerna zog ihren Umhang enger um die Schultern, als die abendliche Kälte sie zu umhüllen begann. Ein schmaler Stein, von Efeu umrankt und hinter Bäumen teils verborgen, zog durch seine bizarre Form ihren Blick auf sich.

Stjerna beschleunigte ihre Schritte, am glatten Stamm einer Buche stützte sie sich ab und kletterte behände über eine umgestürzte Birke. Vorsichtig schob sie das grün-braune Gewirr an Ästen aus dem Weg und kletterte durch die Öffnung auf eine kleine Lichtung. Säuselnd schlossen sich die Zweige hinter ihr.

Es war kein außergewöhnlich geformter Stein, dem sie sich näherte, sondern eine gehörnte Figur. Moos und Efeu bedeckten die Oberfläche an manchen Stellen, dennoch war die Gestalt deutlich zu erkennen – ein Niscahl-Dämon!

Stjerna erschauerte. Sie wusste, sie sollte es nicht, dennoch trat sie näher. Vorsichtig. Wer mochte die Figur eines solchen Dämons geschaffen haben? Einer unheilverheißenden Kreatur der Dunkelheit? Das Übernatürliche bevölkerte ihre Welt, doch als Mensch kam sie selten in Kontakt damit. Sie hatte Zeichnungen jener Wesen gesehen, Beschreibungen und Geschichten gehört, aber ein solches Abbild? Noch dazu von einem Niscahl? Faune, Waldgeister, Zentauren, diese Geschöpfe wurden gern dargestellt, doch Dämonen?

»Du bist doch aus Stein?«, fragte sie halblaut und bereit zum Sprung, sollte die Statue ihr etwa eine Antwort geben.

Die lebensgroße Figur eines Mannes kniete mit zum Kampf gezücktem Schwert, als setzte er an, einen Hieb abzuwehren, die linke Faust war zornig geballt. Sogar das zerschlissene Hemd sah aus, als flatterte es im Wind.

Stjerna tippte sich mit dem Zeigefinger auf die Lippen, dann umrundete sie die Statue. An der rechten Schulter schimmerte verschlungen ein goldenes Zeichen, wie ein Siegel. Sie hob die Hand, hell zeichneten sich ihre Finger gegen die vom Dämmerlicht in Dunkelblaugrün getauchte Umgebung ab. Zaghaft streckte sie den Arm aus und fuhr mit den Fingerspitzen über das glitzernde Metall. Ihre Haut kribbelte von der kalten Oberfläche des Goldes, welches beinahe vibrierte. Rasch unterbrach Stjerna die Berührung. Ihre Hand gegen ihren Leib pressend wich sie ein Stück zurück und wartete unruhig ab. Nichts regte sich. Die Grillen und Frösche um sie herum waren jedoch verstummt. Was für ein seltsames Gefühl sie durchdrungen hatte …

»Du bist wirklich nur eine Statue, hm?«, flüsterte sie und schob vorsichtig die Efeuranken beiseite, die sich um den Niscahl schlangen.

Sie entrollte der Statue das störende Grün wie eine Krone um das gehörnte Haupt und betrachtete neugierig das Antlitz der Figur. Die Züge waren filigran gearbeitet und überraschend menschlich. Die steinernen Augen blickten ein wenig verwegen in den Wald. Die kunstfertig dargestellte Haut erinnerte in ihrer Maserung an eine Schlange. Stjerna beugte sich näher zum Gesicht des Dämons.

»Stjerna!«

Erschrocken zuckte sie zusammen und drehte sich zu dem Sprecher um. Sie war so versunken gewesen, dass sie ihn nicht hatte kommen hören.

»Du hast mich erschreckt, Rilan.«

Der junge rothaarige Mann blickte sich misstrauisch um und ließ schließlich sein Messer sinken. »Was machst du denn hier?«

»Na was schon? Bärlauch suchen, darum hat Betha mich gebeten«, gab sie spitz zurück. Warum nur musste er sie stets infrage stellen? Und warum konnte sie nicht einfach allein sein und tun, was sie für richtig hielt?

»Aber sie hat sicher nicht verlangt, dass du allein so tief in den Wald gehen sollst. Was ist das da?« Mit der Klinge zeigte er auf die Statue und trat dann neben Stjerna.

»Großartig, nicht wahr? Sieh nur, mit welch feinen Nuancen und Details der Stein bearbeitet wurde, wie lebenswirklich der Ausdruck ist. Wer das wohl geschaffen hat?« Mit schwungvoller Geste deutete sie auf die Figur.

Eine steile Falte erschien zwischen Rilans Augenbrauen, als er die Figur inspizierte. Unwillkürlich strich er sich über die hohe Stirn. »Wohl niemand mit guten Absichten. Wer würde schon freiwillig einen Niscahl darstellen? Komm jetzt.«

»Aber –«

»Komm endlich, Stjerna!«, befahl er knapp. »Es wird dunkel, die anderen warten und dieses ... Ding ist tief verborgen im Wald am besten aufgehoben. Niscahle sind gefährlich für Menschen, erst recht in der Dunkelheit, und auch mit einem Dämon aus Stein solltest du dich nicht abgeben.«

Stjerna straffte die Schultern. »Du weißt schon, dass ich kein Kind mehr bin?«

»Ich mache mir eben Sorgen um dich. Deine Aufmerksamkeit wird entschieden zu leicht von törichten Dingen gefesselt und das Übernatürliche interessiert dich so sehr, dass ich Angst habe, du könntest in seine Fänge geraten. Komm jetzt.«

Sein Tonfall war diesmal etwas weniger belehrend. Er drehte sich abrupt um und bedeutete ihr, ihm zu folgen. Sie setzte an, etwas zu erwidern, sah aber, sich an frühere Diskussionen erinnernd, ein, dass es zwecklos war. Er würde jedes ihrer Argumente entweder abtun oder kleinreden.

Ihre Tasche umständlicher schulternd als nötig, trottete sie ihm mit etwas Abstand hinterher und verdrehte dabei genervt die Augen. Rilan war so unglaublich prosaisch, manchmal trieb er sie mit seiner Art regelrecht zur Weißglut. Stets glaubte er, alles besser zu wissen, und irgendwie konnte er einfach nicht davon ablassen, sie wie ein Kind zu behandeln. Bedauernd warf Stjerna zwischen den Bäumen hindurch einen Blick zurück zu dem steinernen Dämon. Narrte die Dunkelheit sie? Stjerna starrte angestrengt durch die Äste hindurch. Konnte das wirklich sein?

»Stjerna, komm! Oder soll ich dich holen?«

Sie wirbelte herum und folgte Rilan mit langen Schritten. Der Eindruck, dass die Figur das Schwert hatte sinken lassen, musste eine Illusion gewesen sein.

***

Die Truppe hatte sich im Halbkreis auf Baumstämmen um eine Feuerstelle niedergelassen. Der Duft von heißer Kräutersuppe hing in der Luft und Rauch zeichnete sich gegen den Nachthimmel ab. Die beiden Holzwagen, den die zehn Gaukler ihr Eigen nannten, standen zwischen den Bäumen. Die kräftigen Schecken, die diese auf ihren Reisen zogen, waren am losen Strick daneben angebunden und grasten. Es war zwar noch kalt in den Frühlingsnächten, aber trocken, daher würden sie alle unter dicke Felle gehüllt die Nacht draußen schlafen. Solange Stjerna sich zurückerinnern konnte, zog sie mit dieser alteingesessenen Truppe durchs Land. Einzelne Mitglieder wechselten dann und wann, doch seit mehreren Jahren waren sie nun in der gegenwärtigen Besetzung unterwegs. Von Jahrmarkt ging es zu Jahrmarkt, wo sie mit Artistik, Messerwerfen, Kartenlegen, Handlesen, Feuerspucken und dergleichen ihr Geld verdienten. Wenn sie Glück hatten, lud sie hin und wieder im Winter ein Edelmann an seinen Hof ein, um dort für Unterhaltung zu sorgen. Wenn nicht, dann hieß es, von dem zu überleben, was sie während des Jahres erarbeitet hatten, und auf den Beginn der neuen Saison zu warten, der ihnen jetzt einmal mehr ins Haus stand.

Das Lagerfeuer knisterte leise und wehte den Duft von Rauch zu Stjerna hinüber, die, ohne hinzusehen, mit einem Stöckchen Linien in den Boden ritzte. Die Flammen tanzten vor ihr. Sie war nicht besonders gesprächig an diesem Abend. Halbherzig nur lauschte sie der Geschichte, die Rilan erzählte. Die anderen Gaukler lachten häufig, Stjerna lächelte dann und wann, wenn sie gewahrte, dass er sie ansah. Im Grunde aber hing sie ihren Gedanken nach.

Plötzlich prasselte nur noch das Feuer und die Geschichte war verstummt. Rilans stämmige Silhouette tauchte neben ihr auf, er ließ sich nieder und legte ihr den Arm um die Schultern. Der Messerwerfer, der mehrere Jahre älter war als sie selbst, war so etwas wie ihr Beschützer, seit er zu ihrer Truppe gestoßen war. Er kam zwar aus dem gleichen Dorf wie Stjerna, doch von dort hatte sie keinerlei Erinnerung an ihn.

»Alles in Ordnung? Du bist so still.« Rilan drückte sie.

»Hm«, erwiderte sie und rutschte ein Stück von ihm weg.

»Was ist das denn?«, zischte er unvermittelt und deutete auf das, was sie in den Boden gekratzt hatte – eine gehörnte Gestalt.

»Ich weiß auch nicht.« Stjerna zuckte mit den Schultern. »Ich habe einfach vor mich hin gekritzelt.«

Mythen und Geschichten über das Übernatürliche hatte sie stets gemocht. Wann immer jemand solch eine Geschichte erzählte, lauschte Stjerna gebannt, und das bereits schon als Kind. Warum es aber nun ausgerechnet der Niscahl-Dämon war, der ihre Aufmerksamkeit fesselte, vermochte sie nicht zu sagen.

»Du bist zu verträumt, Kind. Wir sind Menschen und teilen die Welt mit den übernatürlichen Kreaturen. Es ist jedoch für alle besser, wenn beide Seiten unter sich bleiben. Das mag einst anders gewesen sein, aber dieser Tage sollten wir unserer Wege gehen und die Kreaturen des Übernatürlichen ihrer. Es bringt nichts Gutes, sich zu viel für sie zu interessieren, Stjerna«, warf Betha, die alte Wahrsagerin, ein. »Deine Mutter war genauso.«

Betha, die ihr weißes Haar stets unter einem farbigen Tuch verbarg, war die inoffizielle und doch unangefochtene Chefin der Gauklertruppe. Was sie gebot, wurde ausgeführt, in der Regel ohne Widerworte. Stjerna fand, dass Betha sich über die Jahre kein bisschen verändert hatte. Die zahlreichen Falten hatte die Wahrsagerin schon immer im Gesicht gehabt und die blauen Augen hatten nichts an Klarheit eingebüßt.

»Das mag sein. Ich weiß ja kaum etwas von ihr.« Hoffnungsvoll blickte Stjerna hinüber. Wie gerne würde sie mehr über ihre Herkunft erfahren. So viel mehr!

»Was du weißt, genügt. Was willst du auch mehr wissen? Ihr Interesse für das Übernatürliche wurde ihr zum Verhängnis. Wir sind seit Langem deine Familie und sorgen dafür, dass dir nicht das gleiche Schicksal widerfährt. Deswegen frag nicht nach Dingen, die dich nur belasten und in Gefahr bringen würden.« Damit wandte Betha sich ab.

Stjerna biss zornig die Zähne aufeinander. Sie war diese Andeutungen so leid. Doch egal wie oft sie fragte, wie sehr sie versuchte, das Gespräch in diese Richtung zu lenken, die anderen erzählten ihr nichts. Was war da nur in ihrer Vergangenheit, das sie nicht wissen durfte?

»Betha hat recht. Und du solltest keinen Niscahl malen. Das bringt nur Unglück!« Forsch fuhr Rilan mit dem Fuß über die Linien und zerstörte die Zeichnung gründlich.

»Entschuldigung, ich konnte nicht ahnen, dass du dich vor einem Abbild fürchtest«, meinte sie abschätzig.

Mit zusammengekniffenen Augen begegnete er ihrem Blick. »So eine Kreatur war für den Tod meines Vaters verantwortlich. Und das weißt du auch!« Sein Tonfall war deutlich schärfer als gewöhnlich.

Stjerna schnappte nach Luft. Unbehaglich gewahrte sie, wie die Aufmerksamkeit der anderen Gaukler sich völlig auf ihr Gespräch richtete. »Verzeih. Ich wusste nicht, dass diese Geschichte wirklich stimmt. Ich dachte, du hättest mir das früher erzählt, um mir Angst zu machen.«

»Nein.« Betreten kratzte Rilan sich an der hohen Stirn. »Er wurde angegriffen, im Wald. In den Tagen danach erzählte er immer wieder davon, bis er schließlich starb. Besonders die Augen der Bestie verfolgten ihn, funkelnd wie violette Kohlen.«

»Das –«

»Ich wusste nicht, dass Niscahle Menschen direkt angreifen«, schaltete Bellin, die Seiltänzerin ihrer Truppe, sich ein. »Ich nahm an, sie brächten Dunkelheit und Albträume, helfen Dieben und Mördern ...«

»Nun, offenbar agieren sie auch selbst und sind den Menschen nicht freundlich gesinnt. Waldgeister, Faune und andere übernatürliche Kreaturen mögen friedlich sein, Niscahle demgegenüber ...«, erwiderte Rilan stoisch.

»Genug!« Betha hob die Hand. »Dies ist kein Gespräch für die Nacht. Und Rilan hat nicht ganz unrecht. Es ist besser, das Übernatürliche vom Menschlichen zu trennen. Es gibt Geschöpfe in Wäldern und Auen, die freundlich sind. Es gibt freilich auch jene, die gefährlich sind. Am besten für Menschen ist es, sie allesamt in Ruhe zu lassen.«

Stjerna zerbrach ihr Stöckchen und warf es in die Flammen. Knisternd wurde es vom Feuer verschlungen. »Die Statue war trotzdem großartig«, flüsterte sie nur für sich selbst und ging hinüber zum Lager, wo einige andere Mitglieder ihrer Truppe bereits schliefen.

***

Lachend legte Rilan Stjerna den Arm um die Schultern. »Das war ein guter Auftakt heute Nachmittag!«

»Allerdings«, stimmte Stjerna zu. »Dein Auftritt als Messerwerfer hat uns gute Einnahmen beschert.«

Der erste Jahrmarkt des Jahres war immer mit mehr Nervosität verbunden als die darauffolgenden. Zwar reisten sie seit Jahren zu den gleichen Orten, dennoch fragte sich Stjerna jedes Mal vor ihrer ersten Station, ob alles glattgehen würde wie erhofft.

Auf dem Weg zu ihrem Lager gingen sie zwischen den Menschen hindurch, die lärmend und fröhlich über den Turnierplatz strömten. Rundherum war eine Fülle von Ständen aufgebaut, bunte Fahnen flatterten im Wind und Händler boten lautstark allerlei Waren feil. Von überall drangen Gesprächsfetzen herüber, es roch nach Lagerfeuern, frischem Brot und Süßwaren. Kinder lachten, Hunde bellten und von irgendwo wehten die zarten Klänge einer Laute heran, ohne dass der Spieler des langhalsigen Saiteninstruments zu entdecken war.

»Deine Fähigkeiten als Kartenlegerin sind auch ziemlich beliebt.« Rilan drückte sie. »Es ist unglaublich, mit welch verblüfften Mienen deine Kunden dich verlassen.«

Stjerna zog sacht den Kopf ein und machte unangenehm berührt einen Schritt zur Seite. Sie konnte es nicht ausstehen, wenn Rilan so aufdringlich wurde. Ständig fasste er sie an.

»So schwer ist das nicht«, wehrte sie eilig ab. »Wenn ich die Leute ein bisschen beobachte und dann die Fantasie spielen lasse, kommt der Rest ganz von allein.« Sie zwirbelte eine ihrer blonden Haarsträhnen zwischen den Fingern.

»Tatsächlich? Nun, mir würde sicher so prompt nichts Passendes einfallen. Du beeindruckst die Menschen. Was du weissagst, entspringt allein deiner Fantasie, nicht wahr?« Eindringlich schaute er sie an.

Ehe Stjerna antworten konnte, musste sie behände einem Pony ausweichen, das mit trappelnden Hufen durch die Menge galoppierte. Ein schreiender Junge folgte dem Tier, ein Halfter umklammernd. Etliche der Umstehenden lachten. Stjerna war dankbar für die Ablenkung, denn es stimmte, was Rilan gesagt hatte. Inzwischen eilte Stjerna ein gewisser Ruf in der Kunst des Kartenlegens voraus. Oft waren ihre Dienste gefragter als das Handlesen von Betha. Gleichwohl sprach sie ungern darüber, was tatsächlich während des Kartenlesens in ihr vorging. Sie war selbst nicht sicher, redete sich immer wieder ein, dass ihre Fantasie bloß schnell arbeitete und sie das erfand, was sie sagte. Es war bestimmt besser, bei dieser Geschichte zu bleiben, besonders nach dem, was die anderen neulich so deutlich über das Übernatürliche hatten verlauten lassen. Jede Andeutung, dass da vielleicht mehr war als bloße Vorstellungskraft, würde sicher nicht gut aufgenommen werden.

Stjerna schluckte schwer und antwortete endlich auf Rilans Frage. »Ich sage nur das, was mir beim Betrachten der Karten in den Sinn kommt. Ich denke mir einfach etwas aus, was auf den jeweiligen Menschen zu passen scheint.«

Rilan nickte. »Gut. Es gibt sicher Wahrsager, die meinen, wirklich etwas zu wissen. Ich bin froh, dass es bei dir nicht so ist. So etwas zu glauben, wäre völliger Irrwitz. Menschen verfügen über solche Fähigkeiten nicht. Denk immer daran, Stjerna.«

Sie seufzte. »Manchmal würde ich mir wünschen, die Karten sprächen tatsächlich mit mir. Vor allem wenn ich sie über mich befrage.«

Rilan blieb abrupt stehen und hielt Stjerna grob am Arm fest. »Sei vorsichtig mit deinen Wünschen!«

»Über meine Familie wüsste ich dennoch gerne etwas. Betha weiß einiges und du auch!« Wütend riss sie sich los. »Mir sagt indes keiner was. Ich bin ein Teil dieser Gauklertruppe, so lange ich mich zurückerinnern kann, ich kenne dich seit Jahren, aber ...«

»Was?« Er tippte ungeduldig mit dem Fuß auf.

»Was war davor? Woher komme ich? Was sind meine Wurzeln?« Sie hob die Hände. »Und warum will Betha nicht, dass ich darüber etwas erfahre?«

Rilan atmete betont aus und trat dichter an Stjerna heran. »Es gibt Dinge, die besser im Verborgenen bleiben, Stjerna. Deine Mutter hat sich mit dem Übernatürlichen eingelassen und es hat sie getötet.«

Stjerna schnaubte. »Das höre ich immer wieder von euch allen. Ist das nicht auch nur eine dieser Geschichten, die ihr mir als Kind erzählt habt, um mir Angst zu machen?«

»Nein«, flüsterte er und ließ die Mundwinkel hängen. »Du kamst in die Obhut der Gaukler, weil die Bewohner unseres Heimatdorfes fürchteten, übernatürliche Geschöpfe könnten auf der Suche nach dir sein.«

Stjerna legte den Kopf in den Nacken. Die Wolken zogen langsam über den blauen Himmel und sie brauchte einen Augenblick, um sich zu sammeln. Schließlich richtete sie ihre Aufmerksamkeit wieder auf Rilan. »Du meinst also, meine Mutter –«

»Wurde von einem übernatürlichen Wesen getötet. Ja. Es tut mir leid, aber so ist es.«

»Und das weißt du woher?«

»Von Betha. Und mein Vater wusste es auch. Vor seinem Tod hat er mir davon erzählt. Er war ein Freund deiner Mutter. Ich glaube, nach dem Tod meiner Mutter hätte er sie am liebsten zur Frau genommen, aber sie ...« Er unterbrach sich und machte eine wegwerfende Handbewegung. »Wie auch immer, ich selbst ging später zu den Gauklern, weil es in Zarant, unserem Heimatdorf, für mich nichts gab, was mich hielt. Und natürlich um auf dich achtgeben zu können. Mein Vater bat darum, ehe er starb.«

»Und was –?«

»Genug jetzt!«, unterbrach er sie harsch. »Ich habe dir schon weit mehr offenbart, als gut ist. Wie gesagt, es gibt Dinge, die besser im Verborgenen bleiben, und Geschichten, die besser nicht erzählt werden, denn wer kann wissen, was sie nach sich ziehen. Komm!«

Eilig lief Rilan weiter. Stjerna folgte ihm widerwillig mit einigem Abstand durch die Menge. Sie stieß gegen eine Frau, die sie nicht einmal gesehen hatte, und entschuldigte sich mechanisch. Was Rilan gesagt hatte, warf mehr Fragen auf, als es Antworten geliefert hätte. Warum sollte das Übernatürliche an ihr interessiert sein? Musste sie diese Wesen wirklich fürchten? Wenn es doch nur jemand anderen gäbe, den sie um Rat fragen könnte. Jemanden, der sie ernst nahm und sie nicht ständig mit Brotkrummen fütterte, nur um sie ihr dann wieder wegzunehmen.

Stjerna hielt inne. Rilan war längst im Getümmel verschwunden. Um sie herum wuselten Menschen. An einem Stand prüfte eine Frau irdene Waren, ein Falkner präsentierte etwas weiter vorne seine Tiere. Ein kleines Mädchen, an der Hand seiner Mutter, lief vorüber. An einem Waffenstand war ein Vater, der seinem Sohn gestenreich etwas erklärte. Sie hingegen stand wie ein einsamer Felsen da. Allein inmitten eines Menschenstroms.

Stjerna atmete hörbar aus und verbiss sich Tränen der Wut und der Ratlosigkeit. Es vermeidend, den Blick auf ihre Umgebung zu lenken, ging sie träge weiter, starrte auf das zertretene Gras vor ihren Füßen. Wieder rempelte jemand gegen sie und Stjerna japste erschrocken auf. Wie ein Blitz durchzuckte es sie und alles um sie herum war fortgewischt.

Klirrende Schwerter, ein Kampf. Schreie. Ein strahlender Blitz schoss auf sie zu und sie sah siedendes Gold.
Keuchend presste Stjerna die Hände gegen ihre Brust und schnappte nach Luft – eine Vision!? Ihr Blick schwirrte wild umher und blieb an einem jungen Mann hängen, der ihr gegenüberstand. Blaugraue Augen mit violetten Sprenkeln in den Iriden fixierten sie. Stjerna machte zitternd einen Schritt zurück. Unvermittelt griff der Fremde nach ihr. Seine Hand war seltsam kalt, als wäre keinerlei Wärme in ihm.
»Stjerna?«
»Hier!« Sie schoss herum und die Hand des Fremden glitt an ihrer Schulter ab. Ohne noch einmal zurückzublicken, rannte sie mit wehendem Rock zwischen den Menschen hindurch. Ihr Atem ging schnell, als sie endlich auf die Person traf, die sie gerufen hatte.
Seiltänzerin Bellin nickte ihr zu. »Alles in Ordnung?«
»Ja, ich bin nur … Ich … Ach, vergiss es.«
Ohne weiter nachzubohren, liefen Bellin und sie zurück zum Lager. Stjerna schlang die Arme eng um ihren Leib und hielt sich dicht bei der anderen Gauklerin. So etwas war ihr noch nie passiert. Eine Vision von dieser Klarheit war ihr nicht geheuer und erst recht nicht dieser intensiv fordernde Blick des Fremden, der sie immer noch zu verfolgen schien, als würde er an ihr haften.

***

Wie so oft war es am Abend Rilan, der zu ihr kam und sie auf ihre Schweigsamkeit ansprach. Die anderen waren ausgelassen und der Wein floss reichlich, denn der Tag hatte einige Einnahmen gebracht. Süßlich duftender Met machte die Runde, ebenso Kräuterbrot, Gänsefleisch und kandierte Äpfel. Sicher hatten die Übrigen ebenso bemerkt, dass Stjerna nicht recht in ihre Fröhlichkeit einzustimmen vermochte.
»Ich hätte vorhin nichts sagen sollen, Stjerna«, wisperte er und strich sich über den rötlichen Bart, während er sich neben sie setzte. »Manchmal ist es besser, nichts zu wissen.«
»Hm?« Sie sah auf. »Das ist es gar nicht, da war –«
»Da war was?«, fragte er wachsam.

»Nicht so wichtig. Was du gesagt hast, wirft nur noch mehr Fragen auf. Wer war mein Vater? Und selbst wenn meine Mutter sich mit dem Übernatürlichen eingelassen hat, warum darf ich nichts von meiner Herkunft wissen?«

»Genau deswegen, Stjerna. Wegen deiner Neugier. Du stellst Fragen und du versuchst, Dinge herauszufinden, selbst wenn sie besser unangetastet bleiben sollten.« Rilan tastete nach ihrer Hand, Stjerna zog sie weg und legte sie in ihren Schoß.

»Dein Vater«, fuhr er leise fort, »war kein guter Mann, zumindest hat mein Vater das immer betont. Das ist alles, was du wissen solltest. Was den Rest angeht, gib dich mit dem zufrieden, was ich dir gesagt habe und was du von Betha weißt. Es birgt Gefahren, wenn du dem Übernatürlichen in unserer Welt zu viel Aufmerksamkeit schenkst. Wenn du Pech hast, wird es dann nämlich auch auf dich aufmerksam.« Er ballte die Hände zu Fäusten.

»Du glaubst das wirklich, nicht wahr?« Stjerna zog die Brauen zusammen. »Dass all diese Geschöpfe nur Unheil bringen. Ich meine, Niscahle, nun gut, denen möchte ich auch nicht unbedingt begegnen, aber die anderen Kreaturen – bergen sie wirklich alle Gefahr?«

»Zumindest dann, wenn man sich mit ihnen einlässt, ja. Es genügt, den Waldgeistern oder Faunen dann und wann ein Geschenk auf dem Feld zu lassen, um sie milde zu stimmen und zu hoffen, dass sie in schlechten Zeiten geneigt sind, mit ihren Kräften zu helfen. Dafür muss man sie weder sehen noch treffen.«

Sie setzte an, etwas zu erwidern, verbiss es sich jedoch. Es war zwecklos, einen Streit mit Rilan anzufangen und sich einen seiner Vorträge darüber einzuhandeln, warum das Übernatürliche sie als Mensch nicht interessieren dürfe und warum sie so zu denken habe, wie es die anderen für richtig befanden. Alles in ihr schrie danach, endlich die Wahrheit zu erfahren. Rilan, das musste sie einsehen, würde ihr dabei keine Hilfe sein. Seit jeher hatte sie sich in ihrer Fantasie die kühnsten Dinge ausgemalt. Dass ihr Vater ein Herzog sein mochte oder ihre Mutter eine Prinzessin. Derlei Kindereien hatte sie hinter sich gelassen. Das Verlangen, ihre Vergangenheit zu ergründen, verspürte sie allerdings noch immer – und vielleicht stärker als zuvor.

Erleichterung breitete sich in ihr aus, als Rilan nach einigen weiteren Bemerkungen wieder ging. Es gab Themen, in die er sich geradezu verbeißen konnte. Außerdem kam es ihr gelegen, allein zu sein, die Begegnung mit dem Fremden und die seltsame Vision hing noch in ihren Gedanken, mehr noch in ihren Gliedern.

***

In der Nacht schreckte Stjerna hoch. Sie wusste, dass sie geträumt hatte, konnte sich nur nicht erinnern, was es gewesen war. Das Feuer war zu orange schwelender Glut herabgebrannt. Leise hörte sie die anderen atmen, der Alkohol ließ die Gaukler tief schlafen. Sie wollte ihre Decke über sich ziehen und sich umdrehen, als sie erstarrte. Die Silhouette eines Mannes zeichnete sich schwarz gegen die Umgebung ab. Stjerna war einen Wimpernschlag lang wie paralysiert, unfähig, sich zu rühren. Dann wollte sie aufspringen, doch er war schneller. Sein Gewicht drückte sie nieder, mit einer Hand packte er sie an der Schulter, mit der anderen hielt er ihr den Mund zu. Sie strampelte wild mit den Beinen, versuchte, ihn zu beißen, ihren Leib irgendwie aufzurichten. Ihr Körper bog sich, sie zitterte und probierte zumindest zu schreien. Doch nur kläglich erstickte Laute verhallten in der Nacht. Heiße Panik stieg in ihr auf. Ihre Versuche blieben desolat, ihre Kraft reichte nicht aus. Wie Eisenklammern hielt er sie fest, drückte sie energisch zu Boden, sein Griff tat ihr weh. Stjerna wurde schwindelig. Hektisch rang sie nach Luft und spürte, wie sie immer mehr entglitt und alles schwarz wurde.

ZWEI

Wie ein Schleier hoben sich die Reste des Traumes von ihr. Stjerna gähnte. Der Boden unter ihr fühlte sich ungewohnt hart an und sie fror. Sich streckend schlug sie die Augen auf. Das übliche grüne Blätterdach des schützenden Waldes war weg und etwas rieb gegen ihre Handgelenke. Erschrocken fuhr sie hoch, doch ihre Knie gaben nach. Sie war gefesselt! Stjerna zerrte an dem Seil, wie eine Bogensehne spannte sich ihr Leib, die Seile schnitten sich dabei schmerzhaft in ihre Handgelenke. In ihrem Magen entfachte ein Feuer, wie eine Ertrinkende schnappte sie hektisch nach Luft. In wütender Panik schrie sie auf. Dann bemerkte sie ihn. Ihr Aufschrei verebbte zu einem Wimmern, als der Mann sich zu ihr umdrehte. Hastig sah Stjerna weg, doch er nährte sich ihr bereits. Seine hochgewachsene, schlanke Gestalt ragte bedrohlich über ihr auf. Rückwärts rutsche sie fort von ihm, so rasch sie es vermochte. Was wollte er von ihr? Wo waren die anderen? Schmerz durchzuckte sie heiß, als sie heftig gegen eine massive Felswand prallte.

»Du kommst nicht von hier fort«, flüsterte der Unbekannte und ging vor ihr in die Hocke.

Schlotternd zog Stjerna den Kopf ein und wandte sich ab. Ihr wurde übel.

»Sieh mich an.«

Unwillig schüttelte sie den Kopf.

»Du sollst mich ansehen!« Mit zwei Fingern packte er ihr Kinn und hob es hoch. Ihre Haut fühlte sich unter seiner Berührung an, als würde sie von einer schneidenden Eisschicht bedeckt. Wie ein in der Dunkelheit verängstigtes Kind presste Stjerna die Augen fest zusammen.

»Rilan!«, schrie sie mit Tränen in den Augen. »Betha! Wo seid ihr?!«

»Sie können dich nicht hören, wir sind weit weg vom Lager.«

»Sie werden mich suchen! Mich retten! Rilan wird –«

»Das werde ich zu verhindern wissen«, unterbrach der Fremde hart. »Und jetzt sieh mich endlich an!«

Sie ballte die Hände zu Fäusten, so fest, dass sich ihre Fingernägel schmerzhaft in ihre Handflächen bohrten. Wie gern hätte sie sich mit diesen Fäusten gegen ihn gewehrt! Alles in ihr sträubte sich dagegen, dennoch blinzelte sie langsam. Im morgendlichen Zwielicht erkannte sie die Umrisse seiner Gestalt. Obwohl er ein junger Mann war, hingen ihm stahlgraue Haare in die Stirn. Seine Augen strahlten blaugrau und violette Sprenkel leuchteten in der Iris. An einem braunen Ledergürtel waren Schwert und Messer befestigt. Seine Kleidung schien in gutem Zustand zu sein, jedoch nicht neu. Die dunkelgrauen Hosen steckten in ledernen Stiefeln, er trug ein weißes Hemd und ein dunkelblaues Wams am Leib. Nichts, was Aufschluss über seine Herkunft oder Identität gab.

»Du!«, wisperte sie.

Er nickte. »Du erinnerst dich an unsere flüchtige Begegnung gestern. Das ist gut.«

»Was willst du von mir?« Ihre Stimme klang schrill. Beim Versuch, weiter zurückzuweichen, drückte sich die Felswand schmerzhaft in ihren Rücken. Leise stöhnte Stjerna auf.

Ungerührt schaute der Fremde sie an. »Was hast du gesehen gestern?«

»Ich … Du …Ich weiß nicht, was du meinst. Ich habe nichts gesehen, gar nichts!«

Ihr Gegenüber schnaubte. »Ich weiß so gut wie du, dass das gelogen ist. Was hast du gesehen?«

»Nichts. Bitte lass mich gehen!«

Sie wand sich in ihren Fesseln, rutschte von rechts nach links. Er griff nach ihrem Arm. Stjerna wollte sich ihm entwinden, doch entschlossen hielt er sie fest.

»Ich rate dir«, zischte ihr Entführer, »mich nicht anzulügen! Lass also die Spielchen. Was hast du gesehen?«

»Ich … Da …«, stotterte Stjerna und brach ab. Sie wollte ihm nicht davon erzählen. Niemand sollte wissen, was sie gesehen hatte, dass sie überhaupt etwas gesehen hatte! Es war unerwünscht und allen zuwider, das war ihr immer wieder deutlich gemacht worden. Fähigkeiten, die über das Übliche hinausgingen, stießen auf Ablehnung. Wenn sie ihre Visionen einfach verschwieg, dann gab es vielleicht auch keine Konsequenzen? Vielleicht blieb es unwahr, solange sie es nicht aussprach? Seine Stimme holte sie in die Wirklichkeit zurück.

»Ich warte.« Seine Finger trommelten auf dem Heft seines Messers.

Stjerna sammelte all ihren Trotz. Sie wollte es nicht sagen, doch der kalte Boden, auf dem sie in die Enge getrieben saß, und die Fesseln an ihren Handgelenken zeigten ein anderes Bild. Sie war ihm schutzlos ausgeliefert. Irgendwas in ihr stürzte in sich zusammen, sie drehte den Kopf weg und ließ die Schultern hängen. »Gold. Siedendes Gold, Feuer und Schwerter.« Tränen liefen heiß über ihre Wangen.

»Nichts weiter?«

»Ich schwöre, das war alles. Kann ich jetzt gehen, bitte?«

»Nein.« Beinahe betreten dreinschauend gab er ihren Arm wieder frei. »Ich fürchte, das wird noch warten müssen.«

»Aber ich habe dir doch gesagt, was du wissen wolltest.« Atmen fiel ihr auf einmal unglaublich schwer.

»Für den Moment, ja. Wissen muss ich dementgegen noch viel mehr.«

»Ich schwöre dir, ich weiß nicht mehr!« Bittend hob sie die zusammengeschnürten Hände.

»Gegenwärtig mag das so sein. Nichtsdestotrotz, Stjerna, hast du offenbar etwas aus meiner Erinnerung gesehen. Ich habe mich ein wenig umgehört und dir eilt der Ruf voraus, dich auf dein Handwerk als Wahrsagerin zu verstehen. Genau dieser Dienste bedarf ich derzeit.«

»Ich kann Kartenlegen und den Menschen sagen, was sie gern hören möchten, nicht Gedankenlesen!«

»Nein, du hast mir nicht zugehört. Nicht Gedanken. Erinnerungen.«

Stjerna versuchte, die Neugier von sich zu schieben, die in ihren Geist tropfte wie niederprasselnder Regen in einen See. Wie konnte er Erinnerungen vermissen? Und was hatte sie damit zu schaffen, sodass er sie sogar entführen musste?

»Wieso?«

Mit erhobener Hand gebot er ihr Schweigen. »Das geht dich wirklich nichts an. Wichtig ist nur, dass du sehen kannst, was ich nicht mehr weiß.«

»Ich weiß doch gar nicht, ob ich wieder etwas sehe. Vielleicht war es Zufall, vielleicht –«

»O nein«, unterbrach er sie. »So etwas geschieht niemals zufällig. Du wirst wieder etwas sehen.«

»Heißt das, ich muss hierbleiben, bis du all das weißt, was du zu wissen begehrst?«, fragte Stjerna bestürzt.

»Ja.« Er stand auf.

Sie kam sich vor, als hätte sie einen Schlag in die Magengrube bekommen. Sie wollte weg! Alles in ihr sehnte sich nach den anderen Gauklern. Noch hoffte sie, diese würden auftauchen, doch ein Teil von ihr begann zu begreifen, dass sich dieser Wunsch nicht erfüllen würde, und das ängstigte sie.

»Und was, wenn ich nichts mehr sehe?« Sogleich bereute sie diese Frage, denn sie fürchtete die Antwort.

Lässig lehnte er an der Felswand. »Mein Instinkt sagt mir, dass wir uns deswegen nicht zu sorgen brauchen. Und falls doch, nun, wir werden dieses Problem angehen, falls es auftritt.«

Stjerna erschauerte.

»Hier, zieh dich an.« Er warf jenes Bündel vor sie, welches sie abends zuvor achtsam gefaltet neben ihr Lager gelegt hatte. Darin befanden sich ihre Kleider und Schuhe. Stjernas Wangen brannten, als ihr klar wurde, dass sie nur mit leinenen Unterkleiden bedeckt war.

»Komm nur nicht auf närrische Ideen«, mahnte er und löste ihre Fesseln. Er zog sein Messer und richtete es auf Stjerna, während sie sich kurz die Handgelenke rieb und dann mechanisch die Bluse und den Rock überstreifte und in ihre Schuhe schlüpfte. Dabei fixierte sie die blanke Klinge, in der sich graue Wolken spiegelten. Ehe er ihr die Hände wieder band, gab er ihr etwas Brot und einen Apfel, welche Stjerna appetitlos verzehrte.

»Wir müssen weiter«, sagte er schließlich.

Kraftlos wischte Stjerna sich über die Augen. »Wie es aussieht, muss ich tun, was du befiehlst.«

»Musst du wohl. Komm.«

***

Stjerna trottete neben ihm her über eine moosige Ebene, die sich im Nichts zu verlieren schien und auf der sich immer wieder Felsen und Steine auftürmten. Schwacher Dunst hing in der Luft. Alles erschien milchig trüb. Nur ihre safranfarbene Bluse und ihr brauner Rock sorgten für etwas Abwechslung im umgebenden Grün und Grau. Selbst der wolkenbehangene Himmel war trist heute. So unauffällig wie möglich betrachtete Stjerna die Landschaft.

»Es ist niemand hier, der dir helfen kann«, kommentierte ihr Entführer wie auf Kommando.

Stjerna schnaubte und vermied es, ihn anzusehen. In der Tat war niemand zu erspähen. Nicht einmal ein Tier war in der Nähe. Wie weit konnte er sie fortgebracht haben? Rilan würde ganz sicher nach ihr suchen und ... Sie stolperte über einen Stein und fiel auf die Knie. Es tat nicht weh. Dennoch biss sie sich auf die Lippe, um die Tränen der Wut zu unterdrücken. Wortlos rappelte sie sich auf und ging weiter. Immer mehr Steine machten das Vorankommen schwieriger. Es musste doch irgendeine Möglichkeit geben, von dem Fremden wegzukommen. Ob sie weglaufen konnte? Doch wohin sollte sie fliehen? Und mit zusammengeschnürten Händen hatte sie wohl kaum eine Chance, ihm zu entkommen. Wenigstens war er allein. Aber wer konnte sagen, wie lange das noch so blieb? Wohin er sie wohl brachte? Was hatte er vor? Und wenn es dunkel wurde, würde er dann ...? Ein kalter Schauer durchlief sie und ihr Magen krampfte sich zusammen. Ihr musste unverzüglich etwas einfallen.

***

Einige Zeit später stolperte sie erneut. Diesmal mit Absicht. Ihr Entführer wartete schweigend. Stjerna drückte die Hände tief in das feuchte Moos, dessen würziger Duft ihr in die Nase stieg. Sie schloss behutsam die Finger um einen etwa handtellergroßen, flachen Stein. Argwöhnisch spähte sie zwischen ihren ins Gesicht hängenden langen Haaren hindurch nach oben. Der Fremde regte sich nicht, schien nichts bemerkt zu haben. Entschlossen stand Stjerna auf und setzte ihren Weg fort. Den kalten Stein ließ sie beiläufig in die Tasche ihres Rocks gleiten.

Ihrem Gefühl für Zeit wagte Stjerna nicht zu trauen. Ihr ungewollter Begleiter musterte sie dann und wann. Nie jedoch erwiderte sie seinen Blick offen oder richtete gar das Wort an ihn. Wenn ihre Gedanken um die Frage zu kreisen begannen, warum er Erinnerungen vermisste, richte sie ihren Geist sogleich auf etwas anderes. Irgendwann tauchte die Silhouette eines Forstes in einiger Entfernung auf. Genau darauf steuerte ihr Entführer zu. Grimmig lächelte sie. Ein Wald, sehr gut!

Als es dämmerte, traten sie zwischen den ersten Bäumen hindurch. Stjerna schloss kurz die Augen und atmete tief ein. Wälder hatte sie immer schon gemocht. Nach wenigen Schritten und mit geringer Distanz zum Saum der Bäume blieb ihr Entführer stehen.

»Hier verbringen wir die Nacht«, wies er an.

Sie neigte das Haupt. »Wenn du es so wünschst, Gebieter. Ich sagte schon, ich muss tun, was du befiehlst.«

Er baute sich vor ihr auf. Eilig wich Stjerna zurück und bereute ihre lose Zunge.

»Ich mag es gar nicht, wenn man sich über mich lustig macht«, sagte er knurrend.

»Verzeih«, hauchte sie mit niedergeschlagenem Blick.

Er schnaubte und schob einige Äste beiseite, die vor einem umgestürzten Baumstamm lagen. Stjerna fröstelte und trat näher. Der würzige Duft von Holz und Blättern drang ihr in die Nase. Ihr Entführer deutete auf den Baumstamm und fischte etwas Brot aus seiner Tasche.

Sie setzte sich langsam, so weit, wie es ging, an den Rand des Stammes. Das Gewicht des Steins in ihrer Tasche spürte sie nur allzu deutlich an ihrem Bein.

»Kannst du dich wenigstens für eine Frist erweichen, mich davon zu befreien? Bitte?«, bat sie, als er sich zu ihr umdrehte, und hielt ihm die gefesselten Hände entgegen.

Er zögerte. Stjerna presste die Zähne zusammen und wippte mit den Knöcheln, seinen Blick vermeidend.

»Also gut.«

Es kostete sie Mühe, nicht zu lächeln. Er ging vor ihr in die Hocke. Stjerna wagte kaum zu atmen und verharrte völlig reglos.

Jede Bewegung ihres Entführers indessen verfolgte sie genau, ließ ihn nicht aus den Augen. Es hätte sie nicht überrascht, wenn er ihr wild hämmerndes Herz hören konnte. Er sah zu ihr auf und ihre Blicke trafen sich. Seine Augen spiegelten Intelligenz, aber auch Schwermut. Stjerna riss ihre Aufmerksamkeit von seinen Zügen los und konzentrierte sich auf seine Handlungen. Mit wendigen Griffen löste er die Knoten.

Sie rieb sich die Handgelenke. »Danke.«

Er nickte knapp und wollte aufstehen.

»Wirst du mir deinen Namen verraten?«, fragte Stjerna unvermittelt und er hielt in der Bewegung inne. Eilig glitt ihre Hand in die Rocktasche, die Finger schlossen sich um den kühlen Stein.

»Maró.«

»Maró«, wiederholte Stjerna bedächtig, riss den Stein hervor und schlug ihm damit kraftvoll gegen seine Schläfe. Dumpf traf ihn der Hieb, Blut spritzte. Maró griff sich stöhnend an die Schläfe und taumelte rückwärts. Stjerna sprang auf, stieß ihn zu Boden und rannte zwischen den Bäumen davon.

Schwach hörte sie ihn hinter sich herrufen. Mit rasselndem Atem stürmte sie weiter, sprintete über Baumstämme, hastete im Zickzack tiefer in den Wald und wechselte so oft es ging die Richtung. Mit Händen und Armen schützte sie sich vor den peitschenden Ästen und dornigen Ranken, durch die sie hindurchstürmte. Sie rannte wie ein von Jägern gehetztes Reh. Weiter. Einfach immer weiter. Schneller. Achtlos riss sie an ihrem Rock, wenn er sich in etwas verfing.

Die heraufziehende Dunkelheit ließ Bäume und Sträucher zu diffusen Formen verschmelzen. Dunkelblau, Grün und Braun vermischten sich zu einer dichten Wand. Stjerna blieb an einer dicken Wurzel hängen und fiel. Schlitternd fing sie sich ab. Mit den Handballen glitt sie über den Boden, feuchtes Laub und Erde bedeckten ihre Finger. Japsend kam sie auf die Knie und rappelte sich eilig wieder auf. Ihr Herz hämmerte derart wild, dass sie meinte, ihr müsse die Brust zerspringen. In ihren Ohren rauschte es, während sie hektisch umherblickte.

Im nächtlichen Wald sah alles gleich aus. Stjerna drehte sich hastig nach allen Seiten um und knetete ihre schmerzenden Hände. Es gab keinen Anhaltspunkt, um sich zu orientieren.

Immerhin konnte sie Maró nicht entdecken und abgesehen vom Rascheln des Windes in den Blättern war nichts zu hören. Hastig setzte sie ihren Weg fort. Schweiß rann ihr brennend in die Augen, sie rang nach Luft. Es stach in den Seiten, wenn sie atmete. Blätter knisterten unter ihren Füßen, sie wischte dornige Ranken aus dem Weg, erst als sie an einen Fluss kam, blieb sie wieder stehen. Schnaufend beugte sie sich nach vorne und stützte sich mit den Händen auf den Oberschenkeln ab. Farben und Formen wirbelten vor ihren Augen durcheinander. Stjerna sank zu Boden und legte ihre Hände an die Stirn. Eine Eule rief heiser aus einer Baumkrone, das Wasser plätscherte vor ihr, doch da war nichts, das auf einen Verfolger hindeutete. War sie Maró entkommen?

Erschöpft beugte sie sich vor und benetzte zitternd ihre Lippen mit kühlem Wasser. Dann ließ sie es über ihre zerkratzten Hände laufen. Um sie herum war kaum noch etwas zu erkennen. Sie brauchte unbedingt einen geschützten Platz, wo sie die Nacht abwarten konnte. Sich die Arme reibend stand sie wieder auf. Unschlüssig, welche Richtung sie einschlagen sollte, verharrte sie einen Herzschlag lang. Zu müde für weitreichende Überlegungen ging sie schließlich einfach los und folgte dem Flusslauf.

Nach einer Weile kam sie zu einer Stelle, wo ein Baum quer über dem Bach lag. Einem Impuls nachgebend kletterte sie vorsichtig auf den Stamm. Auf allen vieren tastete sie sich langsam immer weiter vor. Direkt über dem Wasser wurde es ihr noch kälter als ohnehin schon. Die Rinde war rau und feucht, hart drückte sie gegen ihre Knie. Mit Bedacht bewegte sich Stjerna weiter. Der Fluss schien weder tief noch wild, dennoch war sie froh, als sie auf der anderen Seite wieder zu Boden glitt.

Mit schweren Gliedern und Beinen, die sich nicht mehr recht vom Boden lösen mochten, zwang sie sich noch etwas weiter und gelangte schließlich zu einer kleinen Senke vor einem felsigen Hang. Ob sie Maró nun endgültig abgehängt hatte? Sie hoffte es sehr! Unangenehm klebten ihr die schweißnassen Kleider am Körper. Am liebsten wäre sie die ganze Nacht weitergelaufen, doch sie war müde und in der Schwärze des Waldes war es zu gefährlich, den Weg fortzusetzen. Sie würde riskieren, sich ernsthaft zu verletzen. Deswegen sank sie an der moosigen

Felswand nieder und schlang die Arme um ihre Knie. Ein mattes Ächzen entwich ihr, sie bebte unkontrolliert, ihr Magen knurrte. Wenn sie doch nur am heimeligen Feuer mit den anderen wäre … Die Sehnsucht nach ihrer Truppe schien ihr nahezu die Luft zu rauben. *Nicht einschlafen*, ermahnte sie sich. Wieder und wieder. Sie musste wach bleiben, die Gegend immer im Blick! Auf gar keinen Fall durfte sie wieder in Marós Fänge geraten.

DREI

Immer wieder sank ihr Oberkörper vor Müdigkeit nach vorn und immer wieder schreckte sie auf und fürchtete, Maró hätte sie gefunden. Irgendwann raschelte es nicht weit entfernt, steter und lauter als bisher. Stjerna kniff die Augen zusammen und stand mit einem Ruck auf. Das Geräusch kam rapide näher, ein feuriger Schein begleitete es. Sich an der moosigen Felswand abstützend glitt Stjerna atemlos an dem Hang entlang. Der Feuerschein brach zwischen den Bäumen hindurch und Stjerna schrie auf. Es war nicht Maró, es war eine dunkle, in Flammen stehende Silhouette. Stjerna wirbelte herum und rannte los, aber sie kam nicht weit. Die Gestalt bewegte sich weitaus agiler als ein Mensch und schnitt ihr den Weg ab. Hitze glühte auf ihrer Haut. Hastig sprang Stjerna zurück und versuchte, in eine andere Richtung zu entkommen. Die Kreatur folgte ihr. Leise knisterten die Flammen. Alles um sie herum war in zuckendes orangerotes Licht getaucht. Sie strauchelte, als sie an etwas hängen blieb. Keuchend fing sie sich ab.

Orangerot vermischte sich mit Blaugrün und verschwamm um sie herum, sie konnte kaum sagen, wann und wo das flammende Geschöpf auftauchte. Die Hitze prickelte unangenehm auf ihrem ungeschützten Gesicht und den bloßen Armen. Hustend und mit geweiteten Augen wich sie zurück. Dunkle Augen starrten sie gierig an und es war, als läge ein glühender Eisenring um ihre Brust. Stjernas Hand streifte etwas, einem Impuls folgend griff sie hastig nach einem großen Ast und schwang ihn vor sich wie ein Schwert. Die brennende Kreatur zögerte. Stjerna rannte erneut los, doch unmittelbar türmte sich das Feuerwesen erneut vor ihr auf. Fest schloss Stjerna beide Hände um das Holz und hieb nach dem Wesen. Mühelos wich es aus. Die Flammen griffen mit loderndem Knistern auf den Ast über und Stjerna hielt unvermittelt eine Fackel in ihren Händen – Feuer gegen Feuer!

Ihr Inneres zog sich schmerzhaft zusammen. Was sie auch versuchte, das Geschöpf antizipierte jede ihrer Bewegungen. Wie eine Katze mit einer Maus gab sie Stjerna keine Chance zu fliehen. Das Ungeheuer zog seine Kreise enger und enger um sie. Stjernas Arme wurden schwer. Die Flammen kamen züngelnd stetig dichter, Funken flogen in ihre Richtung, waren ihr bedrohlich nah. Die Hitze trieb Stjerna rückwärts. Ihre Augen brannten und es schmerzte, wenn sie atmete. So fest sie konnte, schleuderte Stjerna den Ast auf die Bestie und sprang hustend davon.

Hinter ihr zischte es. Hitze und feuriger Schein folgten ihr. Sie beschleunigte ihre Schritte, hastete davon, so geschwind sie es vermochte, versuchte sich an den richtigen Weg zum Fluss zu erinnern. Angst durchzuckte sie, als sie stolperte und hart hinfiel. Eilig rollte sie sich herum, versuchte, sich wiederaufzurichten, doch das Wesen war fast über ihr. Hektisch rutsche sie rückwärts über den kalten Waldboden. Eine feurige, knöcherne Hand streckte sich nach ihr. Stjerna japste vor Ekel und starrte wie gebannt in die Flammen. Die Hitze auf ihrer Haut war kaum noch zu ertragen. Die skelettierten Finger hatten sie beinahe erreicht, da durchbrach krachend ein Schemen das Unterholz. Ein Windzug streifte Stjerna, als etwas an ihr vorbeisprang und sich vor sie stellte.

»Verschwinde von hier!«, schrie Maró.

Die Flammen des Wesens tauchten die Klinge seines erhobenen Schwertes in rotes Glühen. Maró hieb nach dem Unding. Zu Stjernas Verblüffung vernahm sie, dass Stahl aufeinanderprallte. Eilig rappelte sie sich auf und wich weiter zurück, bis sie hart gegen einen Baum stieß. Sie wagte nicht mehr, sich zu regen.

Maró attackierte die Kreatur. Flink bewegte er sich. Sein Kontrahent zog eine in Flammen stehende Klinge. Es sprühte Funken, als der lohende Stahl auf Marós Schwert traf. Mit einem züngelnden Schweif ging das Schwert nieder. Maró blockte den Hieb, ließ seine Waffe zur Seite gleiten, um sie elegant zu einer neuen Attacke zu führen. Knapp konnte die flammende Kreatur den Schlag parieren. Maró sprang einem Angriff aus dem Weg und wechselte seine Klinge in die Linke. Sein Gegner stutzte und wich hastig aus. Marós Hieb traf ihn dennoch an der Schulter.

Das Feuerwesen fauchte und lodernde Glut flog durch die Luft. Wild bedrängte die Bestie Maró. Mit einer wendigen Finte blockte dieser den Hieb und wirbelte sein Schwert so, dass es auf das Haupt des feurigen Wesens zusauste. Hastig wich das Ungeheuer mit einem Sprung zurück aus. Der Feuerschein flackerte unruhig durch den Wald und metallisches Klirren störte die nächtliche Ruhe. Einige Hiebe tauschten die beiden noch aus. Die flammende Gestalt geriet immer weiter in die Defensive und glitt mehr und mehr vor Marós wirbelnder Waffe zurück. Schließlich stob ein Funkenregen auf, als sich die Gestalt umdrehte und floh. Maró verharrte kurz, dann ging er keuchend zu Stjerna.

»Ich sollte dich –« Wütend funkelte er sie an.

»Was solltest du?«, fauchte Stjerna ihn an, während sie ihm auswich. »Du hast mich doch entführt! Glaub mir, es war nicht mein Wunsch, in finsterer Nacht in einem mir unbekannten Wald zu stehen und so etwas zu begegnen.«

Sie gestikulierte wild und machte einen weiteren Schritt weg von ihm. Hart stieß sie dabei mit dem Ellenbogen an einen Baum. Tränen schossen ihr in die Augen, als der Schmerz sie durchfuhr.

Kraftlos sank sie zu Boden. »Dieser Tag … Mach doch, was du willst, mir ist es inzwischen gleich.«

»Bist du verletzt?«, fragte Maró nach einem Augenblick und beugte sich zu ihr hinab.

»Als wenn dich das interessieren würde.« Sie hob den Kopf und wischte sich die Tränen von den Wangen.

»Ich will deine Hilfe, nicht, dass dir ein Leid geschieht.«

Stjerna schnaubte. »Du hast eine sehr seltsame Art, um Hilfe zu bitten. Und nein, ich bin nicht verletzt.«

»Das ist gut.« Er richtete seine Aufmerksamkeit auf den düsteren Forst um sie herum, das Schwert fest umschlossen haltend. »Wir sollten von hier verschwinden. Wer weiß, ob unser brennender Freund wiederkommt und diesmal Gesellschaft dabeihat.«

Stjerna schnitt eine Grimasse und stand langsam auf. Zögernd strich sie ihren Rock glatt. Was sollte sie nur tun? Würde Maró sie verfolgen, wenn sie jetzt erneut floh? Nach dem Kampf war er außer Atem. Wenn sie nun losrannte, dann hatte sie vielleicht eine Chance. Konnte sie sich zum Waldrand durchschlagen und dort hoffen, dass Rilan sie fand? Andererseits, hausten gar noch mehr Ungeheuer in diesem Forst? Aber gewiss würde es bald hell und Rilan suchte zweifellos nach ihr. Stjerna schielte in den Wald. Behutsam machte sie einen Schritt zurück. Maró wandte ihr den Kopf zu und beinahe gegen ihren Willen hielt Stjerna inne. Immerhin hatte er sie gerettet und dabei sein Leben aufs Spiel gesetzt. Nichtsdestotrotz hatte er sie entführt und damit war er selbst schuld, wenn ihm in der Folge daraus ein Leid erwuchs. Aber warum das nur alles? Sie fluchte leise.

»Was genau meinst du damit, dass du meine Hilfe brauchst?«

»Meine Erinnerungen. Ich muss das wiederfinden, was mir fehlt.«

»Und woher weiß ich, dass das kein schlichter Vorwand ist und du noch ganz andere Dinge im Sinn hast?«

»Nutzt es etwas, wenn ich dir das versichere? Dass es mir nur um Erinnerungen geht? Würdest du mir glauben?«

Stjerna versuchte, ihre Gedanken zu ordnen.

»Dachte ich mir«, interpretierte er ihr Schweigen. »Ich bitte dich, Stjerna, ich bedarf deiner Fähigkeiten, mehr will ich nicht. Noch werde ich selbst ja nicht recht schlau aus allem.«

Er ließ die Schultern hängen und sprach mit leiser Stimme weiter. »Ich bitte dich inständig, hilf mir. Ich verspreche, ich lasse dich gehen danach. Es wäre mir lieb, wenn du aus freien Stücken einwilligst und mich nicht dazu zwingst, hier weiterhin den Entführer zu spielen.«

Spielen, pah! Stjerna hatte schon halb zu einer scharfen Antwort angesetzt, doch dann hielt sie erneut inne. Ein beinahe flehender Ausdruck spiegelte sich in seinen Zügen. Was, wenn er wirklich die Wahrheit sagte und ihrer Hilfe bedurfte? Sie schob jedes leise Aufflackern des Gefühls, sich deswegen auch nur ansatzweise geschmeichelt zu fühlen, weit fort. Immerhin war sie seinetwegen fast von einem flammenden Ungeheuer verzehrt worden.

Einem Ungeheuer, das vielleicht umgehend zurückkehren würde, sobald sie allein war! Allerdings musste es furchtbar sein, wenn die eigenen Erinnerungen wie hinter einer dornigen Hecke verborgen und nicht zugänglich waren. Sie wusste zwar, dass sie auf keinen Fall den Fehler machen durfte, Maró zu trauen, ihre Optionen indes erschienen ihr im Moment jedoch begrenzt.

»Also gut«, wisperte sie.

Dankend nickte er ihr zu. »Dann komm. Wir müssen weg von hier.«

Langsam pirschten sie durch den dunklen Wald. Angestrengt horchte Stjerna in die Umgebung und bei jedem Rascheln schrak sie zusammen. Furchtsam spähte sie immer wieder hinter sich. Dichter, als sie wollte, hielt sie sich an ihren ungebetenen Begleiter. Hin und wieder musterte sie ihn verstohlen. Aus der Silhouette, die sie in der Dunkelheit ausmachen konnte, sprachen Wachsamkeit und Konzentration in jeder Bewegung. Geschmeidig glitt er durch die Nacht, warnte sie vor Baumstämmen, Wurzeln und Gestrüpp, die sie kaum erahnen konnte. Stjerna öffnete einige Male den Mund, konnte sich dann doch nicht das Herz fassen, Maró anzusprechen. Was sollte sie nur von ihm halten? Während sie sich den Weg durch den Forst bahnten, wandelte sich das Schwarz um sie herum allmählich zu Grau. Nachdem sie noch eine Weile unbehelligt gegangen waren, setzte sich schließlich Stjernas Neugier durch.

»Was um alles in der Welt war das eigentlich für eine Kreatur?«

»Ein dunkler Zauber, würde ich sagen.«

»Ein was? Ich meinte, die meisten übernatürlichen Wesen zu kennen. Zahlreiche Geschichten über sie habe ich über die Jahre vernommen, gute wie dunkle, aber davon habe ich noch nie gehört«, entgegnete sie verblüfft.

»Weil es kein Wesen des Übernatürlichen ist. Wenn Menschen mit Mächten und Kräften spielen, die ihnen nicht zu eigen sind, dann kann das böse Folgen haben. Vielleicht war es einst ein Magier, der seine Fähigkeiten überschätzt hat. Möglicherweise hat er einen Zauber versucht, dem er nicht gewachsen war, oder wurde zu gierig mit seinen Kräften und seine eigene Magie hat ihn verzehrt.«

Stjerna machte große Augen. »So etwas kann geschehen?«

»Mythen zumindest erzählen, dass Magie sich gegen die wenden kann, die sie achtlos nutzen. Besonders wenn es Menschen sind und nicht Wesen, denen Zauberei ohnehin in der Natur liegt. Ich nehme an, so etwas gehört nicht eben zu den

Dingen, über die auf Turnieren und Jahrmärkten gern gesprochen wird.«

Stjerna blieb stehen. »Über Magie? Sicher nicht. Das Übernatürliche ist Teil dieser Welt und ich hoffte schon als Kind stets, eines seiner Geschöpfe irgendwo zu entdecken. Kaum jemand anderes spricht je offen über Magie. Geschweige denn über menschliche Zauberer. Und die anderen Gaukler …« Sie brach ab und starrte ihn an. »Woher weißt du das eigentlich? Bist du gar selbst ein dunkler Zauberer?«

Er lachte bitter. »Das würde in dein Bild von mir passen, nicht wahr?« Er riss die Arme hoch. »Maró der Finstere!« Sein Gesicht verzerrte sich schmerzvoll und er rieb sich die Schulter. »Nein. Nein, Stjerna, ich bin kein dunkler Magier. Ich bin einfach …«, er suchte nach Worten, »recht vertraut mit dem Übernatürlichen und seinen Kreaturen.«

»Ich dachte, es wäre nicht gut, wenn Menschen und Übernatürliches zu viel interagieren.«

»Ist es auch nicht und ich habe ja nicht gesagt, dass ich das tue.«

»Aber du –«

»Genug. Es ist sicher besser, wenn du nicht mehr weißt, als unbedingt sein muss.«

»Das behaupten alle!« Verärgert stampfte sie auf. »Jeder bildet sich ein zu wissen, was gut für mich ist und was ich wissen darf und was nicht!«

»Ich sage das nicht, um dich zu gängeln, sondern weil es die Wahrheit ist«, erklärte er ernst.

Stjerna schluckte. Da war eine Art von Klarheit und Nachdruck in seinen Worten, die es bei Rilan niemals gab und die sie etwas einschüchterten. Ihr Zorn verblasste und sie kam nicht umhin zu ignorieren, dass er offensichtlich Schmerzen litt.

»Du bist verletzt?« Sie deutete auf seine rechte Schulter, die er sich noch immer hielt.

Beinahe verwirrt sah er selbst hin und ließ die Hand sinken. »Eine alte Wunde. Mit heute Nacht hat das nichts zu tun.«

Stjerna zog die Stirn kraus. Er hatte eine Spur zu zügig geantwortet.

»Lass uns hier irgendwo eine Rast einlegen«, schlug er vor, ehe sie etwas erwidern konnte, und schritt los, um einen Rastplatz zu suchen.

Im Dickicht, zwischen hohen Fichten und Lerchen, die würzigen Duft verströmten, fanden sie eine von Moos bewachsene, kleine Fläche und steuerten darauf zu. Müde glitt Stjerna auf den Boden. Maró setzte sich ihr mit gekreuzten Beinen gegenüber, eine Braue hochgezogen.

»Und nun? Soll ich dich fesseln? Deine Taschen durchsuchen?« Bedächtig rieb er sich den Kratzer an der linken Schläfe.

Stjerna seufzte und verbiss sich ein Lächeln. »Begeistert bin ich nicht, jedoch sieht es wohl so aus, als wäre deine Nähe vorerst sicherer.« Sie machte eine weite Geste, die den umgebenden Wald umfasste.

»Ich will dir keinen Schaden zufügen, Stjerna. Wie vorhin bereits zugesichert. Ich würde dir sogar ein Unterpfand geben, um es zu bezeugen, jedoch befürchte ich, dass ich nichts besitze, was für dich von Wert sein könnte.«

Mit schräg gelegtem Haupt musterte sie ihn. Gelassen erwiderte er ihren Blick. Ohne selbst recht zu wissen, warum, glaubte sie seinen Worten. Etwas in seinen Augen ließ ihren Argwohn schwinden.

»Also schön. Ich bin bereit, dir zu glauben.« Dennoch versprach sie sich selbst, wachsam zu bleiben, und sobald sich ihr die Gelegenheit bot, zurück zu den Gauklern zu gehen.

***

Nach einer kleinen Stärkung aus getrocknetem Obst, die Maró aus seinen Habseligkeiten befördert hatte, hatte sich die Müdigkeit durchgesetzt und Stjerna war in einen erstaunlich ruhigen Schlaf gefallen, der nur wenige Stunden hielt. Maró weckte sie, als der Sonnenschein des Tages sich energisch in das graue Morgenlicht wob, und drängte sie zum Aufbruch.

»Wohin gehen wir?«

»An den letzten Ort, an den ich mich klar erinnern kann. In eine Stadt.«

»Und wo –?«

Er machte eine wegwischende Geste. »Der Name würde dir vermutlich ohnehin nichts sagen. Lass uns aufbrechen«, behauptete er nonchalant.

Stjerna zögerte. Was war denn so schlimm daran, ihr den Namen der Stadt zu nennen? Irgendwas stimmte an Marós Geschichte nicht. Der Tonfall, in dem er geantwortet hatte, jedoch hielt sie zurück, erneut nachzuhaken. Dennoch gelang es ihr nicht ganz, die aufkeimende Neugier zu unterdrücken, die sie antrieb, das zu enträtseln, was hier vor sich ging. Immerhin hatte er ihr bisher nichts getan. Die Möglichkeit dazu hätte er gehabt. Und, auch wenn es ihr widerstrebte, sich das einzugestehen, sie fühlte sich von ihm ernster genommen als von Rilan, dem entgangen zu sein schien, dass sie kein Kind mehr war.

Vielleicht war dies ihre Chance, mehr von Mecanaé zu sehen als nur die immer gleichen Jahrmärkte und Turnierplätze, welche die Gaukler aufsuchten. Bevor sie sich richtig darüber bewusst wurde, nickte sie Maró zu. Noch von Müdigkeit erfüllt folgte sie ihm zu einem kleinen Bach.

Maró füllte seinen Wasserschlauch und auch Stjerna kniete sich ans Ufer. Sie ließ das klare, kühle Wasser über ihre Finger laufen und wusch sich das Gesicht. Das frische Wasser auf der Haut tat gut und weckte ihre Geister. Langsam breitete sich eine angenehme Kälte aus und gab ihr das Gefühl, dass die Gräuel der vergangenen Nacht im klaren Fluss verliefen. Sie schaute den Tropfen zu, die von ihrer Nasenspitze zurück auf die Wasseroberfläche fielen und dort kleine Kreise zogen. Dann blinzelte sie und beugte sich noch ein bisschen tiefer zum klaren Flüsschen.

Entschieden zu deutlich konnte sie ihr Spiegelbild sehen, ihr langes hellblondes Haar, ihre kornblumenfarbenen Augen. War ihr Begleiter doch ein Zauberer? Sie schaute auf. Maró lehnte lässig an einem Baum und spähte in die andere Richtung. Es wirkte nicht, als führte er irgendein Unheil im Schilde. Wieder richtete Stjerna ihre Aufmerksamkeit zu dem still plätschernden Bach und erneut blickte ihr Spiegelbild ihr entgegen, jedoch wesentlich klarer, als es normal gewesen wäre. Stjerna japste überrascht auf. Ihr Spiegelbild! Es schien ihr, als veränderte es sich vor ihren Augen. Hastig sprang sie auf.

»Alles in Ordnung?« Maró legte die Hand an das Heft seines Schwerts.

»Ja, da war nur …« Sie schüttelte den Kopf. »Schon gut.«

Er nickte. »Gehen wir weiter.«

Mit langen Schritten folgte sie ihm weg von dem Bach und versuchte, sich selbst zu überzeugen, dass ihre Fantasie ihr einen Streich gespielt hatte.

***

Ihr Weg an diesem Tag führte sie weiter durch den Wald. Immer wieder hielten sie an, um sich zu orientieren. Stjerna überließ diese Aufgabe mehr und mehr Maró, der sich umsichtig zeigte. Fragte er nach ihrer Meinung, so antwortete sie ihm ehrlich. Allerdings schwirrte es in ihrem Geist von allem, was geschehen war. Oft tauchte sie erst aus ihren Gedanken auf, wenn Maró sie ansprach. Er hätte sie auch im Kreis führen können, sie hätte es schwerlich bemerkt. *Konzentrier dich!*, mahnte sie sich selbst. Immerhin wusste sie noch immer nicht genau, was er im Schilde führte. Beständig wanderten ihre Überlegungen zu Maró. Was verbarg er? Mochte Magie im Spiel sein? Dieser Gedanke war seltsam aufregend und beängstigend zugleich. Nie hatte sie einen Magier getroffen. Die Gaukler hatten stets nur abschätzig von Zauberern gesprochen. Und wenn sie sich an die flammende Kreatur erinnerte, und das, was Maró über schwarzen Zauber gesagt hatte, dann war dieses Misstrauen gegenüber Magiern wohl sogar berechtigt. Dann und wann hatte sie den Eindruck, auch Maró war tief in Gedanken versunken.

Gegen Abend erreichten sie ein weiteres Gewässer. Stjerna entdeckte es mit gemischten Gefühlen. Es war ein sehr breiter Fluss. Zwischen den Baumreihen glitzerte seine Oberfläche, die das abendliche Licht des Himmels, sachtes Orange und Rosa, reflektieren ließ. Verschwommen, wie im Wasser verlaufende Farbkleckse, mischte sich das Grün der Bäume hinein.

»Sieht aus, als wären wir ans Ende des Waldes gelangt«, sagte Maró, als sie einen kleinen Hang hinabgingen. Trockenes Laub raschelte zu ihren Füßen und in einiger Entfernung floh ein Reh.

»Offenbar.« Stjerna schirmte die Augen vor der sinkenden Sonne ab.

Tief holte sie Luft, als sie zwischen den letzten Baumreihen hervortraten. Zwar war ihnen nichts Seltsames mehr im Wald begegnet oder widerfahren, dennoch war Stjerna froh, aus dem Schatten seiner Bäume hinaus zu sein. Sie hoffte, damit auch all die Merkwürdigkeiten der vergangenen Tage hinter sich zu lassen. Maró musterte sie forschend, sagte jedoch nichts. Die Stelle an seiner Schläfe, wo sie ihn mit dem Stein erwischt hatte, hatte sich schwach bläulich verfärbt.

Inzwischen tat es ihr ein wenig leid, ihn verletzt zu haben. Was sie nichtsdestoweniger für sich behielt, denn sie wusste noch immer nicht recht, was sie von ihrem ungebetenen Begleiter halten sollte. Sie spürte, dass der Grund, weswegen er ihre Hilfe brauchte, sehr tief, wenn nicht essenziell zu sein vermochte. Das mit den fehlenden Erinnerungen konnte stimmen, aber da war noch irgendetwas anderes. Und die Vision, die sie gehabt hatte? Siedendes Gold und klirrende Schwerter? Welcher gewöhnliche Mensch hatte etwas Derartiges in seinen Erinnerungen?

Als Maró ans Ufer ging, begann das Wasser zu brodeln. Unbändig schäumend wallte der Fluss auf, weiße Gischt tobte auf den Wogen, wie von einem unsichtbaren Sturm gepeitscht. Eisig und hart wie donnernder Regen schlugen ihnen kalte Tropfen auf die Wangen. Maró zog in einer geschmeidigen Bewegung seine Waffe und sprang zurück. Sofort war das Gewässer wieder ruhig.

»Was um alles in der Welt?«, flüsterte er.

Vorsichtig schritt Stjerna dichter an den Fluss, die Augen fest auf die Wasseroberfläche geheftet. Als sie nur wenige Schritte vom Ufer entfernt war, wurde der Strom erneut von Wirbeln, Wellen und starker Strömung zerrissen. Gebannt verfolgte sie das, was sich darbot. Wild tanzten die Fluten durcheinander, wie eine von Sturm gepeitschte See. Gleichwohl wehte kaum ein Windhauch um sie herum.

Maró trat neben sie und rieb sich das Kinn. »Wir müssen da hinüber. So allerdings werden wir den Fluss wohl kaum überwinden können«, meinte er etwas ratlos.

»Und nun?« Stjerna war gefesselt von dem Schauspiel, sie verspürte keine Furcht, sondern eine gewisse Faszination. Wenige Schritte nach links oder rechts war das Wasser völlig ruhig, nur dort, wo sie sich aufhielten, tobte das Wasser von einem unsichtbaren Sturm zerfetzt.

»Lass es uns stromabwärts versuchen.« Maró deutete nach links.

Gemeinsam wanderten sie am Fluss entlang. Hier und da versuchten sie erneut, eine Abkürzung über den Fluss zu nehmen, doch es änderte sich nichts. Wenn sie eine gewisse Distanz wahrten, blieb das Wasser still. Grillen zirpten und Vögel zwitscherten fröhlich. Näherten sie sich dem Ufer, verwandelte sich der Fluss exakt dort, wo sie waren, in ein tosendes Gewässer und alle Geräusche der Umgebung wurden von den reißenden Fluten übertönt.

»Vertagen wir die Lösung dieses Problems auf morgen«, schlug Maró irgendwann vor. »Es wird bald zu dunkel zum Weitergehen und hier ist ein guter Platz, um die Nacht zu verbringen.«

Stjerna half ihm, Holz zu sammeln. Dabei achtete sie darauf, ihn nicht aus den Augen zu verlieren und nicht tief in den Wald zu gehen. Die brennende Gestalt aus der vergangenen Nacht wollte sie keinesfalls ein zweites Mal treffen. *Seltsam*, dachte sie währenddessen, *wie bald mein Entführer zum kleineren Übel geworden ist.*

Schließlich ließen sie sich vor einigen großen Felsen nieder und Maró entfachte ein Feuer. Schweigend saßen sie beieinander. Sie teilten das Wasser aus Marós Schlauch sowie ein Mahl aus getrockneten Früchten und Dörrfleisch. Im Versuch, eine bequemere Position zu finden, streifte Stjerna Marós Schwert, das griffbereit neben ihm lag. Erneut durchzuckte es sie wie ein Blitz.

Nebel umgab alles, doch im weißen Dunst erkannte sie ein Feuer, verschwommen zunächst, dann wurde es klar erkennbar. Seine Flamme brannte kraftvoll und schwarz. Außer dem Feuer konnte sie nur verwischte Schemen ausmachen. Dumpfe Rufe, deren Worte sie nicht verstand, drangen an ihre Ohren. Klingen trafen klirrend aufeinander. Eine Silhouette erschien.

Nach Luft schnappend tauchte sie aus der Vision wieder auf.

»Was war es?«, wisperte Maró und beugte sich dicht zu ihr. »Dein Blick verrät deutlich, dass du eine Vision hattest.«

Stjerna wusste keinen Grund zu verheimlichen oder zu leugnen, was sie gesehen hatte, so berichtete sie es ihm. Feuerschein spiegelte sich in seinen Augen. Konzentriert hörte er ihr zu.

»Wirst du daraus schlau?«, fragte Stjerna mit klopfendem Herzen, bemüht, die Neugier nicht überhandnehmen zu lassen.

»Ich ...« Er rieb sich die Schläfen. »Nicht wirklich. Jedenfalls jetzt nicht.« Hart schlug er mit der Faust auf die Erde. »Ich weiß, dass es von größter Bedeutung ist, nur ich kann nicht ... ich ...« Schnaubend erhob er sich und lief rastlos auf und ab.

Stjerna unterdrückte den Impuls aufzustehen und zu ihm zu gehen. »Schwarzes Feuer. Vielleicht ist es ein Symbol für etwas? Es gibt doch gar keine schwarzen Flammen.« Sie biss sich auf die Lippe, als ihr klar wurde, dass sie die Gedanken laut ausgesprochen hatte.

Maró blieb stehen. Der Feuerschein spiegelte sich in seinen Augen und ließ sie für einen Herzschlag lang violett erscheinen.

»Nein«, sagte er. »Die Zusammenhänge sind verworren. Die Flamme ist zentral in diesem ganzen Schlamassel. Nur weiß ich nicht, wie oder wieso.«

»Du meinst also, es gibt dieses Feuer?«

»Dessen bin ich mir sicher.«

Erschauernd dachte sie an die lodernde Kreatur der vergangenen Nacht zurück. Und nun schwarze Flammen? Was, wenn Maró doch ein Magier war? Was verbarg er?

»Hat das etwas mit gestern zu tun?« Ihre Stimme erschien ihr schrill und ihr Puls beschleunigte sich.

»Nein«, sagte er und sank schwer zu Boden. »Ich versichere dir, das hat es nicht. Ich mag nicht aus allem schlau werden, aber ich verspreche dir, es sind keine dunklen Zauber im Spiel.« Er sah Stjerna fest in die Augen beim Sprechen. Maró hob die Hände, als sie zu einer weiteren Frage ansetzte. »Bitte nicht, Stjerna. Ich bin kaum in der Lage, mir das alles selber zu erklären. Gib mir ein bisschen Zeit, um meine Gedanken zu ordnen.«

Sie nickte langsam, unsicher, wie lange es dauern mochte, bis ihre Fragen ihn ungehalten werden ließen. Stjerna rollte sich am Feuer zusammen, doch immer wieder lugte sie zu Maró, der in Gedanken versunken dasaß.

Was hatte das nur alles zu bedeuten?

VIER

In der Nacht schreckte sie hoch. Ein Traum, an den sie sich nicht erinnern konnte, doch der ihr ungut vorkam, hatte sie geweckt. Im Versuch, eine bequeme Position zu finden, drehte sie sich um und hielt erschrocken den Atem an – im Schein des Lagerfeuers, ihr gegenüber, stand eine gehörnte Kreatur!

Die Flamme flackerte, Stjerna blinzelte und die Illusion ... verflog. Es war lediglich Maró im warmen Feuerschein. Er hielt sich die Schulter und glitt gerade matt zu Boden. Sein Atem ging keuchend. Als er aufblickte, lag etwas Grimmiges in seinem Blick. Eilig schloss Stjerna die Augen. Es erschien ihr besser, wenn er nicht gewahrte, dass sie wach war. Offenbar hatte ohnehin ihre Fantasie ihr erneut einen Streich gespielt. Womöglich hatte sie ja doch zu viel davon, wie alle sagten.

***

Wenn er bemerkt hatte, dass sie in der Nacht etwas gesehen hatte, so ließ er sich am Morgen nichts anmerken. Er sah aus wie immer: stahlgraues Haar, blaugraue Iriden mit violetten Sprenkeln darin. Allerdings war Stjerna auch nicht sicher, ob es in der Nacht tatsächlich etwas zu bemerken gegeben hatte. Eventuell hatten ihr Geist und die Müdigkeit auch schlicht eine Illusion erzeugt. Sie war nicht einmal sicher, ob es sich nicht nur um einen Traum gehandelt hatte. Es wäre nicht verwunderlich, nach allem, was in den vergangenen Tagen geschehen war.

Als sie die Spuren ihres Lagers verwischten, hielt Stjerna plötzlich inne und lauschte. Sanfte Klänge drangen an ihre Ohren.

»Hörst du das?«

Maró richtete sich kerzengerade auf und verharrte reglos. Für eine kurze Weile umgaben sie nur die Geräusche des Waldes, das Rauschen der Blätter, der Gesang der Vögel, und jene schwachen Klänge.

»Hört sich an wie –«

»Eine Harfe?«, unterbrach Stjerna.

»Ja.« Maró zog die Brauen zusammen. »Was hat das nun wieder zu bedeuten.«

»Du bist doch hier der, der sich mit dem Übernatürlichen auskennt.«

Er warf ihr einen Blick zu. Sie hielt ihm stand.

»Ich bin mir noch nicht ganz sicher«, meinte Maró schließlich.

Maró zückte das Schwert. Stetig wurden die zarten Töne lauter. Außerdem begannen sich schwache Nebel über das Wasser zu legen. Stjerna bibberte, obwohl es nicht kälter wurde. Zwischen einigen Schilfrohren tauchte eine schmale Barke auf. Eine Gestalt saß auf dem Rand und spielte auf einer kleinen Harfe.

»Das hatte ich befürchtet«, flüsterte Maró mehr zu sich selbst als zu Stjerna.

Ehe sie etwas erwidern konnte, entdeckte das Wesen sie. Es war ein junger Mann, dessen blondes Haar einen grünlichen Schimmer hatte. Er trug eine wie Perlmutt schimmernde Weste. Ein Kranz aus Wasserpflanzen krönte ihn und das, was von seinen Beinen sichtbar war, bedeckten Fischschuppen. Schwimmhäute zeigten sich zwischen seinen Fingern und seine Haut hatte einen bläulich schillernden Ton. Er steckte die Harfe inmitten einige Schilfrohre und glitt ins Wasser, sodass er nur noch bis zur Brust zu sehen war.

Stjerna bemühte sich, nicht zu starren, und wusste aber nicht, woandershin zu blicken als zu dem Geschöpf. *Ein übernatürliches Wesen!* So lange hatte sie insgeheim gehofft, eines zu erblicken, und nun? Nun, da sie eines sah, wusste sie nicht recht, was sie davon halten sollte. Sie hatte sich vorgestellt, irgendwie verzaubert zu sein beim Anblick von etwas Magischem, nur löste das Wesen im Fluss lediglich leises Unbehagen in ihr aus.

»Ihr begehrt, meinen Fluss zu überqueren?«, fragte dieser mit weicher Stimme, die an fließendes Wasser erinnerte.

»Ja«, entgegnete Maró.

Stjerna verbarg sich halb hinter dessen Rücken. Immer wieder schaute sie sich prüfend nach allen Seiten um. Sie hoffte, den Blick ihres Begleiters aufzufangen, doch er wandte sich ihr nicht zu.

»Keine Angst«, sagte das Wesen und lächelte wohlwollend. Seine Zähne waren spitz. »Mein Name ist Nicus. Ich kann euch helfen.« Er winkte Stjerna aufmunternd näher heran. Sie spähte um Maró herum und trat mit kleinen Schritten neben diesen.

»Du würdest uns hinüberbringen?«, hakte sie nach.

»Ja, Kind. Ohne mich würde der Fluss euch verschlingen. Auf der Barke hingegen seid ihr sicher.« Er deutete zu dem dunklen Gefährt. »Freilich gibt es einen Preis.« Seine Augen richteten sich erst auf Stjerna, dann auf ihren Begleiter.

»Ich weiß«, sagte Maró eilfertig und noch immer, ohne Stjerna anzusehen. »Ich bin mit den Gepflogenheiten deinesgleichen vertraut und ich kenne den Preis.«

Verblüfft starrte Nicus ihn an und das Wasser schien unglaublich laut zu plätschern, ehe er sich fasste. »Und du bist bereit, ihn zu zahlen? Du versuchst nicht einmal zu handeln?«

Maró nickte bedächtig und Nicus schlug lachend mit den Händen aufs Wasser.

Stjerna zupfte an ihren Ärmeln. »Es gibt wirklich keine andere Möglichkeit, um über den Fluss zu kommen?«, fragte sie Maró leise. »Irgendetwas gefällt mir gar nicht. Was meint er mit dem Preis und wieso –?«

Maró drehte sich unvermittelt zu ihr und griff sie an den Schultern. Unwillkürlich wich sie zurück, doch er hielt sie behutsam fest. »Du hast einen guten Instinkt, Stjerna. Mir gefällt das hier auch nicht, aber glaub mir, dort, wo ein Flussmann lebt, bietet er die einzige Chance, unversehrt an das andere Ufer zu gelangen. Und bitte«, fügte er hinzu und sah sie eindringlich an. »Ich weiß, du hast keinen Grund dazu, dem ungeachtet, bitte, vertrau mir.«

»Was –?«, stammelte sie.

»Lasst uns aufbrechen!«, rief Nicus dazwischen.

Maró suchte Stjernas Blick, die violetten Sprenkel in seinen Iriden schienen aufzuglühen. Entschlossenheit sprühte förmlich aus seinen Augen. Stjerna fasste sich ein Herz und nickte kaum merklich, sodass Maró dem Flussmann seine Zustimmung bedeutete. Festen Schrittes ging er zur Barke und kletterte geschmeidig hinein. Stjerna indes mühte sich redlich, die Füße vom Boden zu lösen. Vorsichtig trat sie zu dem Gefährt. Irgendetwas stimmte nicht, das spürte sie. Nur vermochte sie nicht auszumachen, was es war. Der Nebel um sie herum kam ihr auf einmal vor wie Rauch, der ihr drückend auf der Brust lastete und unangenehm kratzend ihre Lungen füllte.

»Nur keine Angst«, ermutigte Nicus.

Maró streckte ihr die Hand entgegen. Seine Berührung gab ihr ein bisschen Sicherheit. Sie stütze sich am Rande der Barke ab. Diese schaukelte sacht und es plätscherte leise, als Stjerna hineinkletterte. Sie setzte sich Maró gegenüber. Ein wenig Wasser hatte sich am Boden gesammelt. Mit beiden Händen hielt sich Stjerna am kühlen Rand des Gefährts fest.

»Also dann!« Nicus blieb neben ihnen im Wasser. Er nickte und die Barke setzte sich sanft in Bewegung.

Rasch ließen sie das Schilf hinter sich und auch den Nebel. Stjerna löste die verkrampften Finger von den Rändern der Barke. Maró für seinen Teil schaute nachdenklich drein, die Hand an seinem Schwert. Stjerna setzte an, etwas zu sagen, doch er bedeutete ihr mit einem Kopfschütteln, es nicht zu tun. Sie zog die Stirn kraus und schwieg. Hoffentlich erreichten sie das gegenüberliegende Ufer schleunigst.

Nicus schwamm mühelos neben ihnen her. Als er Stjernas Blick bemerkte, lächelte er fröhlich. Sie erwiderte es und wandte sich rasch ab. Langsam kam die dunkle Uferlinie näher. Um sie herum war nur der Fluss, der jetzt völlig friedlich dahinfloss. Eine leuchtend blaugrüne Libelle schoss an ihnen vorbei.

»Die Barke wird dich ans Ufer bringen.« Nicus zeigte auf Maró. »Es wird Zeit für meine Bezahlung!«

In einer fließenden Bewegung packte Nicus Stjerna und riss sie mit sich. Sie schrie auf, aber der entsetzte Laut wurde jäh unterbrochen, als sich die Wasseroberfläche über ihr schloss. Wild zappelte sie umher, im Versuch, sich zu befreien. Eisern hielt Nicus sie in seinem Griff. Die helle Oberfläche des Wassers mit dem Schatten der Barke entfernte sich weiter und weiter. Stjerna versuchte, nach ihm zu schlagen, seine Klauen von ihren Armen zu lösen. Heftig strampelte sie mit den Beinen – vergeblich!

Schmerzhaft krallten sich seine Hände in ihr Fleisch, tiefer zog er sie mit sich hinab. Grünliches Wasser umgab sie und ihre Lungen verlangten nach Luft. Luftblasen entwichen ihren Lippen und der Rand ihres Blickfeldes wurde dunkel. Ihre Brust hob und senkte sich rasend, ein bleierner Druck lastete darauf. Schwindel überkam Stjerna. Bevor sie vollends die Besinnung verlor, verschwand plötzlich das Wasser um sie herum und sie knallte mit ihrem Hintern hart auf einen festen Untergrund.

Hustend atmete Stjerna ein. Sie wischte sich das Wasser aus den Augen, das ihren Blick verschleierte. Ein Raum! Wo war sie? Wo war der Fluss? Das Wasser? Noch bevor Stjerna sich regen konnte, erhaschte sie einen letzten Blick auf Nicus, der an ihr vorbei durch eine Tür huschte.

»Nicht!«, rief Stjerna heiser und rappelte sich auf. Stolpernd lief sie hinterher. Nicus grinste triumphierend und zog die Tür von außen zu.

»Nein!«, flüsterte Stjerna entsetzt und stützte sich Halt suchend an der Wand ab. Wie paralysiert verweilte sie, ehe sie bebend und vor Nässe tropfend einen Schritt zurück machte. Die rund gebogene Tür war wie eine große, helle Muschel geformt. Einen Knauf gab es nicht. Stjerna drückte mit ihren Händen dagegen. Mit ihrer Schulter stemmte sie sich mit aller Macht hinein – nichts rührte sich, die Tür wackelte nicht einmal. Die Finger in den Rand krallend zog Stjerna mit aller Kraft. Ihre Arme zitterten vor Anstrengung, die Muschel blieb, wo sie war.

Atemlos ergab sich Stjerna und wandte sich um. Ein Bett stand in dem Raum, über und über war es mit etwas bedeckt, das an grünen Seetang erinnerte. Daneben stand ein aus Kieseln geformter Stuhl. Weit mehr interessierte Stjerna sich für das Fenster über dem Bett. Sie lüpfte ihren schweren, klitschnassen Rock und kletterte über die weichen Algen. Schwach roch es nach Tang und Wasser. Durch die Öffnung erspähte sie den sandigen Grund des Flusses inmitten seines grünlichen Wassers.

Energisch kratzte und rüttelte sie am Fenster, trommelte mit den Fäusten dagegen, doch auch dieses machte keine Anstalten, ihrem verzweifelten Fluchtversuch auch nur im Entferntesten nachzugeben. Hart schlug Stjerna ein letztes Mal dagegen und gab dann auf. Mit angezogenen Knien setzte sie sich fröstelnd aufs Bett und ließ die Schultern hängen. Erneut war sie entführt worden. Diesmal, so ahnte sie, würde es nur nicht so einfach werden zu entkommen. Beklommen sehnte sie sich nach den anderen Gauklern, nach zu Hause. Stattdessen war sie in der Gewalt eines Flussmannes, auf dem Grund eines ihr unbekannten Gewässers.

***

Wenig später kehrte ihr Kampfgeist zurück und sie inspizierte das Zimmer erneut, begutachtete das Untere des Bettes, klopfte die Wände ab. Nichts. Sie versuchte, den Stuhl anzuheben, er war jedoch viel zu schwer dafür. Mit gekreuzten Beinen setzte sie sich auf den harten Boden und machte sich beharrlich daran, einen der Kiesel aus dem Stuhl zu lösen. Sie würde sich wehren und sie würde von hier entkommen. Irgendwie.

Ob die Zeit stillstand oder rannte, vermochte sie nicht zu sagen, es fühlte sich nach einer Ewigkeit an. Irgendwann hörte sie ein Geräusch an der Tür. Hastig stand sie auf und bewegte sich von dem Stuhl weg.

Nicus erschien. Er trug ein Tablett.

»Du«, zischte Stjerna. »Was willst du von mir?«

Er lächelte sanft und stellte das Tablett auf dem Bett ab. »Dich zur Braut.«

Stjerna lachte schrill und sprang zurück. »Niemals!«

»Ich habe nicht erwartet, dass mein Vorschlag begeistert. Du wirst für eine Frist in diesem Gemach bleiben, ehe ich dir den Rest meines Anwesens zeige. Du gewöhnst dich schon noch an den Gedanken.«

»Ich bin ein Mensch! Ich kann mich an das hier nicht ›gewöhnen‹.«

»Ein Mensch. Hm. Wenn es das ist, was sie dir erzählt haben, nun gut. So oder so, du wirst die Meine.«

»Ich will nicht hierbleiben!« Ihre Stimme klang auf einmal kraftlos.

»Was du willst, ist nicht von Bedeutung. Ich sehe morgen wieder nach dir. Gewöhn dich besser zügig an dein neues Heim.«

Er huschte hinaus und schloss die Tür hinter sich.

Stjerna unterdrückte ein Schluchzen. Weinen würde jetzt auch nicht helfen. Flüchtig musterte sie die Gaben auf dem

Tablett. Mit einer energischen Bewegung schleuderte sie es gegen die Wand, wo es scheppernd aufprallte und zu Boden polterte. Was darauf gewesen war, hinterließ schmierige Spuren. Stjernas Gedanken kreisten wild, ohne dass sie einen davon klar fassen konnte. Sie erschrak, als es unvermittelt klopfte. Verwirrt blickte sie sich um.

Maró! Draußen, vor dem Fenster. Im Wasser. Ungläubig rieb sich Stjerna die Augen. Nein, es war keine Einbildung, Maró war immer noch da. Wieder klopfte es gedämpft. Maró schlug mit dem Heft seines Schwerts gegen das Fenster. Mit angehaltenem Atem sah Stjerna dabei zu, wie es immer wieder dumpf gegen das Glas krachte.

Marós Anblick machte sie rasend! Wie hatte er sie nur in diese Situation bringen können? Sie als Bezahlung benutzen? Was für eine hinterhältige Tat! Am liebsten hätte sie ihm zugeschrien, er solle verschwinden. Andererseits bot er vermutlich den Ausweg aus diesem nassen Gefängnis. Oder doch nicht? Konnte sie ihm trauen? Was, wenn er am Ende mit dem Flussmann unter einer Decke steckte? Stjerna trat von einem Bein aufs andere, als es plötzlich schepperte, das Fenster zerbrach und perlmuttern schimmernde Scherben ins Zimmer flogen. Stjerna hob schützend die Arme vors Gesicht, während Maró hustend den Kopf hereinsteckte. Nur wenig Wasser lief in schmalen Rinnsalen und Tropfen in den Raum und blieb wie eine grünlich blau wabernde Wand vor dem Zimmer stehen.

»Schnell!«, drängte Maró und streckte ihr eine Hand entgegen.

»Warum sollte ich dir diesmal trauen?«, fragte sie argwöhnisch. »Du hast mich verraten! Was für ein Spiel spielst du mit mir?« Heißer Zorn brannte in Stjernas Inneren. Sie ballte die Hände zu Fäusten. So sehr, dass sich ihre Nägel in ihre Handinnenfläche bohrten. Stjerna wollte, dass er verschwand, gleichzeitig wollte sie zu ihm stürmen, einfach nur weg von hier.

»Stjerna, bitte. Der Zauber wird nicht mehr lange bestehen. Wenn er bricht und das Wasser durch das Fenster strömt, ertrinken wir beide!«

Einen Herzschlag lang stand sie da, dann sprang sie nach vorne und griff nach seinem Handgelenk. Mit einem Ruck zog er sie hinaus, das Wasser schoss hinein. Die Kälte des Flusses umschloss sie, Stjerna zuckte zusammen, während der Sog sie zurückriss. Ein brutaler Stoß zerrte an ihrem Leib und ihre Arme schmerzten, doch Maró stemmte sich dagegen. Er zog sie weg von der gewaltigen Strömung und an eine Seitenwand von Nicus' Behausung. Heftig strampelte Stjerna mit den Beinen und schloss die Finger fest um Marós Handgelenk, als er sich abstieß und mit aller Kraft nach oben strebte. Dicht aneinandergepresst schwammen sie dem Schimmern der rettenden Oberfläche entgegen. Stjerna spürte, wie Marós Muskeln arbeiteten, wie er nicht klein beigab. Sie selbst schwamm mit so kraftvollen Bewegungen wie nur möglich. Eng an ihn gedrückt kam sie höher und höher, der ersehnten Luft entgegen, nach der ihr Leib schrie. Druck lastete auf ihrem Körper und auf ihren Lungen, ihre Muskeln brannten.

Endlich brachen sie prustend durch die Wasseroberfläche und paddelten mit letzten Kräften zum Ufer. Hinter ihnen begann der Fluss, zornige Wellen zu schlagen. Eine davon überrollte Stjerna und drückte sie unter Wasser. Wild ruderte sie mit den Armen. Maró packte sie gerade so und zog sie mit sich ins flache Terrain. In fliegender Hast kletterten sie beide ins feuchte Gras. Keuchend und auf allen vieren spuckte Stjerna Wasser aus, ihr nasses Haar hing ihr strähnig vor dem Gesicht. Maró, der nur noch eine Hose am Leib trug, griff nach seinen Habseligkeiten und sprang auf.

»Rasch! Wir müssen weg von dem Fluss und aus der Reichweite von Nicus.«

Noch immer Wasser ausspeiend nickte Stjerna, rappelte sich auf und rannte taumelnd neben Maró her. Jeder Atemzug brannte in ihren Lungen, ihre Kleider klebten unangenehm kalt an ihr. Graues Zwielicht umgab sie, als Maró nach einer gefühlten Ewigkeit endlich auf einer Ebene anhielt. Schnaufend stürzte sie neben ihm zu Boden und warf einen Blick über die Schulter. Der Fluss war nur noch als silbrig schimmerndes Band schwach in der Ferne zu erahnen.

»Er kann ...« Maró rang nach Luft. »Er kann uns hierher nicht folgen. Wir sind zu weit vom Wasser entfernt. Ich habe in seiner Barke zwei Bretter gelöst, sodass sie den Tag über wie zufällig volllief und unterging. Das hat ihn genug abgelenkt, damit ich mich seiner Behausung nähern konnte. Und es hat auch die Macht des Flusses außer Kraft gesetzt.«

Stjerna wischte sich das nasse Haar aus dem Gesicht und schlug mit der Faust hart ins kühle Gras. »Erwartest du jetzt meinen Respekt für deinen Einfallsreichtum?«, fauchte sie und stand auf. »Was glaubst du eigentlich, wer du bist? Wie konntest du mir das antun?« Wild gestikulierte sie in Richtung Fluss.

»Stjerna!« Maró hob beschwichtigend die Hände. »Ich hatte von Beginn an vor –«

»Von Beginn an? Ach ja! Und es kam dir nicht in den Sinn, mich in deinen glorreichen Plan einzuweihen? Was glaubst du denn, wie es sich anfühlt, von einem Entführer wie ein Stück Vieh an den nächsten verkauft zu werden?«

Maró setzte an, etwas zu sagen, kurz suchte er nach Worten. »Ich wusste einfach nicht, ob er es ahnen würde, an deinem Verhalten«, erklärte er schließlich.

»Du traust mir nicht, meinst du?«, zischte sie.

»Du mir doch auch nicht.«

»Als hätte ich einen Grund dazu!« Sie setzte sich wieder hin und schloss erschöpft die Arme um die Knie.

»Ich dachte, nach unserem kleinen Abenteuer im Wald –«

»Das auch du mir beschert hast. Ich habe um nichts davon gebeten, Maró.«

Er legte sich die Finger auf die Schläfen. »Du hast ja recht.«

Stjerna wollte etwas erwidern, biss sich dann aber auf die Lippe und schwieg. Sie hatte nicht mehr die Energie für eine weitere Diskussion mit ihm.

Maró kam zu ihr hinüber und legte ihr sein Hemd und sein Wams um die Schultern. Stjerna starrte ihn an.

»Und was ist das?«, fragte sie schließlich und deutete auf seine rechte Schulter.

Dort befand sich ein aus kompliziert verschlungenen Linien geformtes goldenes Mal, wie ein Siegel. Eilig legte Maró die Hand darüber, als er sich wieder setzte. »Das ist nur –«

»Warte«, unterbrach ihn Stjerna und dachte nach. »Dergleichen habe ich schon einmal gesehen.« Sie starrte ihn an. »An der Statue eines Niscahl-Dämons. Bist du Anhänger eines seltsamen Kultes? Ich weiß ja, dass es Menschen gibt, die das

Übernatürliche sehr verehren, aber ausgerechnet Niscahle? Die das Licht stehlen und Albträume bringen, doch nie etwas Gutes?«

»So was in der Richtung trifft es wohl ganz gut.« Er wählte seine Worte behutsam. »Findest du Niscahle tatsächlich so furchtbar? Ich versichere dir, du hast deswegen nichts vor mir zu befürchten.«

»Nicht mehr als ohnehin, meinst du?«

Gedankenverloren nickte er und rieb sich bedächtig über das goldene Siegel an seiner Schulter. Stjerna war nicht danach zumute, noch weiter mit ihm zu sprechen. Auf einmal holten sie all die Warnungen Rilans und der anderen ein – Niscahle waren gefährlich! Was mochte dann ein Mann sein, der sie verehrte? Die Statue im Wald hatte ihr zwar gefallen, aber eher wegen der kunstfertigen Ausführung des Bildhauers. Die Idee, tatsächlich einen Niscahl zu treffen oder auch nur zu verehren, war schon etwas anderes. Immerhin hatte nicht nur Rilan sie gewarnt. Auch Betha hatte mahnende Worte gesprochen, in Mythen und Legenden geschah nie etwas Gutes, wenn ein Niscahl auftauchte, und auf Jahrmärkten hatte sie selbst gestandene Ritter Schutzzeichen gegen die Dämonen an ihren Zelten anbringen sehen. An alldem musste etwas dran sein. Niscahle bedeuteten Unheil. Tod womöglich! Machte das Maró zu einem schlechten Menschen? Immerhin hatte er sie entführt. Anstatt mehr Klarheit zu gewinnen, wurde alles nur stetig verworrener, wie sich ineinander verschlingende Ranken, die den Blick auf das, was sich dahinter verbarg, mehr und mehr verschlossen.

Wortlos nahm Stjerna den Proviant, den er Maró anbot, schlang den Wams eng um sich und wandte den Blick ab. Allmählich kehrte die Wärme in ihre Glieder zurück. Stjerna zog sich eine feingedrehte, längliche Muschel aus dem Haar, wog sie auf der Handfläche und schleuderte sie dann weg.

FÜNF

Als Maró am kommenden Morgen wieder aufbrechen wollte, machte Stjerna keine Anstalten, sich zu rühren.
»O nein. Nicht einen Schritt gehe ich mit dir weiter, ehe du mir nicht eine Erklärung für das lieferst, was hier vor sich geht. Wohin geht diese Reise und warum hast du sie unternommen? Wenn ich dich schon begleiten muss, dann nicht wie ein unwissendes Kind.«
Er kreuzte die Arme. »Stjerna, ich werde nicht –«
»Spar dir die Ausflüchte. Und wenn du mir drohen willst, versuch es! Du wirst mich nicht umbringen, dann nutze ich dir nichts mehr. Ich bin eine Gauklerin, meinst du, dass du der Erste wärst, der mich schlagen würde? Höchstwahrscheinlich ist es dir entgangen, aber fahrendes Volk ist nicht überall gern gesehen.«
»Ich will dich weder umbringen noch dir wehtun. Zu viel zu offenbaren, wäre aber auch nicht gut.«
Stjerna atmete hörbar aus. »Du gehörst auch zu denen, die das sagen?! Ich bin das so leid, Maró. Immer diese Andeutungen, aber keine wahren Worte. Keine Erklärungen! Wenn du meine Hilfe willst, dann sag mir gefälligst auch, wobei ich dir genau helfen soll. Woher, mein *geheimnisvoller Entführer*, soll ich denn wissen, dass du nichts Verhängnisvolles im Schilde führst?«
»Und du würdest meinen Worten glauben? Womit soll ich beweisen, dass ich dir die Wahrheit sage?«
»Versuche es doch einfach mal. Andernfalls folge ich dir keinen Schritt weiter.«
Entschlossen sah Stjerna ihn an. Maró erwiderte ihren Blick. Die violetten Sprenkel in seinen Augen schienen aufzuglühen. Er öffnete die Lippen leicht, sagte dann aber nichts. Stjerna rührte sich nicht. Sie konnte förmlich sehen, wie Marós Gedanken kreisten. Versuchte er, die richtigen Worte zu finden? Auf einmal wurde Stjerna flau im Magen. Er wirkte so seltsam ratlos. Was, wenn er die Wahrheit sagte? Was, wenn er ihr nicht sagen konnte,

was sie wissen wollte? Vielleicht fehlte ihm sogar daran die Erinnerung? Gegen ihren Willen begann ihr innerer Trotz zu schmelzen wie glitzernder Raureif in der Morgensonne.

»Dir fehlen Bruchstücke deiner Erinnerung, dies ist mir klar. Nur weshalb?«, begann Stjerna zaghaft.

Maró riss einen Grashalm ab und drehte ihn zwischen den Fingern. »Das gehört zu den Dingen, die ich nicht mehr weiß. Es ist vor einer Weile irgendetwas geschehen, das nicht hätte geschehen dürfen. Etwas mit weitreichenden Folgen. Nur weiß ich nicht, wie und warum. Ein drängendes Gefühl sagt mir deutlich, dass ich es herausfinden muss, um noch Schlimmeres zu verhindern.«

»Weitreichende Folgen? Für wen?«

»Uns alle, fürchte ich.«

Stjerna lachte. »Nimmst du dich da nicht vielleicht ein bisschen wichtig?«

Als sie die Schwermut sah, die sich in seinen Zügen spiegelte, tat ihr die hämische Frage leid.

»Wenn wir Glück haben, ja. Dann plustere ich mich nur unnötig auf. Ein Instinkt, den ich nicht zu ignorieren vermag, sagt mir aber anderes. Treibt mich zum Handeln, ohne dass ich weiß, wie und wo.« Er blickte drein, als hätte er einen Kampf verloren.

»Aber was kann geschehen sein von einem Ausmaß, dass es uns alle betrifft?«

»Mecanaé ist stark und fragil zugleich, Stjerna. Magisches und Nicht-Magisches beeinflusst einander, ob die Menschen das wahrhaben wollen oder nicht. Ich fürchte, irgendetwas ist aus dem Gleichgewicht geraten. Ob es wirklich uns alle betrifft, kann ich dir ehrlich nicht sagen. Aber für mich persönlich ist es so oder so von größter Bedeutung. Selbst wenn ich nicht erklären kann, warum.«

Stjerna runzelte die Stirn. »Würde denn so etwas nicht noch jemandem auffallen? Ich habe keine ernsten Veränderungen irgendwo bemerkt.«

»Was nicht heißt, dass es keine gibt. Womöglich sind die Konsequenzen nur noch nicht sichtbar. Oder sie drohen uns noch. Und wohin wir gehen? Ich folge zum Teil meinem Instinkt und der leitet mich zu jenem Ort, der das Letzte ist, woran ich mich klar erinnern kann.«

»Du hast also nicht alles vergessen?« Neugier wallte in ihr auf.

»Nein.« Er schlug kurz die Lider nieder. »Es gibt Dinge, an die ich mich sehr klar erinnern kann. Ich weiß, wa... wer ich bin. Dann gibt es Teile in meiner Vergangenheit, die von einem Nebel umschlossen sind, den ich nicht zu durchdringen vermag. Wie sehr ich es auch versuche. Ich weiß, dass da etwas ist, ich kann nur nicht dorthin gelangen.« Maró blickte auf. »Dafür brauche ich deine Hilfe, deine Visionen.«

»Warum kann ausgerechnet ich deine Erinnerungen sehen?«

»Ich weiß es nicht, Stjerna. Wirklich nicht. Wären wir uns auf dem Jahrmarkt nicht zufällig begegnet, hätten wir beide nie herausgefunden, dass du Visionen hast, die mit mir zusammenhängen.«

»Doch gewöhnlich sage ich Menschen ihre Zukunft voraus, woher also wissen wir, dass es deine Erinnerungen sind, die ich sehe?«

»Ich mag mich selbst noch immer nicht bewusst daran erinnern können, doch jedes Mal, wenn du beschreibst, was du gesehen hast, weiß ein Teil meines Unterbewusstseins genau, dass es bereits geschehen ist. Ich kann den Ort, an dem mein Geist es verbirgt, nur selbst nicht erreichen.«

Einen Moment lang betrachtete sie ihn. Etwas Verzweifeltes lag in seinen Zügen. Irgendwie fühlte sie sich ihm seltsam verbunden, gab es doch auch in ihrem Leben einiges, das unerreichbar im Verborgenen lag.

Seufzend gab sie nach. »Also gut. Das genügt mir fürs Erste. Lass uns gehen.«

***

Sie kamen nicht umhin, eine kleine Stadt aufzusuchen. Sie mussten ihre Vorräte aufstocken und Stjerna brauchte einen Umhang, der die nächtliche Kälte fernhielt. Immerhin hatte sie nur das dabei, was sie am Leib trug, als Maró sie entführt hatte.

Maró war überhaupt nicht angetan von dieser Notwendigkeit. Sobald sie das bescheidene Stadttor durchschritten, wurde er vorsichtig. Dicht ging er neben Stjerna, ihre Arme berührten sich, immer wieder spähte er achtsam in alle Richtungen und zurück zu ihr.

»Du fürchtest, ich könnte dir entwischen«, stellte sie fest.

Er ächzte. »Ist das so offensichtlich?«

»Ja!« Sie musste lachen. »Wir sind schon eine merkwürdige Reisegemeinschaft.«

»Das ist wohl wahr. Und, wirst du versuchen zu entkommen?«

»Als wenn ich dir das vorher sagen würde.«

»Einen Versuch war die Frage wert.« Ein feines Lächeln erschien in seinem Antlitz.

Stjerna biss die Zähne aufeinander. Sie wusste, sie sollte nicht anfangen, ihn zu mögen. Sicher, sie vermisste die anderen. Gerne wäre sie wieder zu Hause. Anderseits gab es da irgendetwas, ein Gefühl, das sie zuvor noch nie verspürt hatte. Als hätte sie etwas wiedergefunden, von dem sie gar nicht gewusst hatte, dass es ihr fehlte. Ihre Neugier strebte zudem danach, das herauszufinden, was Maró vor ihr verbarg.

Gemeinsam suchten sie verschiedenen Händler auf. Stjerna sah sich begeistert um, nahm Eindrücke und Düfte wahr, während sie ihre Vorräte aufstockten. Mit getrocknetem Obst, gedörrtem Fleisch und Fisch, aber auch frischem Brot, Äpfeln vom vergangenen Herbst, Nüssen und Beeren. Maró erstand auch für Stjerna einen Wasserschlauch. Als er anmerkte, dass Stjerna ihre von den Begebenheiten der vergangenen Tage zerschlissenen Kleider ersetzen sollte, war sie überrascht. Keinem in der Gauklertruppe wäre das je in den Sinn gekommen, da wurde meistens geflickt oder Abgetragenes weitergereicht. Geld war für Essenzielleres bestimmt wie Essen, Reparaturen oder Gauklerin Vas Versorgen von Verletzungen. Stjerna wählte deswegen ihre Kleidung mit Bedacht, sie wollte auf keinen Fall gierig erscheinen. Sie erstand einen dunkelgrauen Rock, eine blaue Bluse und einen dazu passenden Umhang. Am liebsten wäre sie Maró um den Hals gefallen für seine Großzügigkeit. Allerdings wagte sie nicht zu fragen, woher die Mittel kamen, mit denen er bezahlte. Immerhin hatte er Stjerna entführt, wer konnte wissen, wie er also an das Geld gekommen war?

Sie schob die Gedanken daran fort, war zu gut gelaunt, als sich mit dunklen Themen beschäftigen zu wollen. Als sie an einer

Ecke innehielten, schaute Stjerna in das Fenster einer Bäckerei. Mit Mehl bestäubte Brote lagen in einem Korb. Der Duft nach frischen Backwaren und nach süßem Kuchen hing schwach in der Luft. Plötzlich veränderte sich die Szenerie und das Glas veränderte sich zu einem klaren Spiegel. Stjerna zuckte zusammen, als sich um ihr Spiegelbild etwas zu regen begann. Mit großen Augen beobachtete sie, wie Efeuranken um ihr Haupt emporsprossen und feine gelbe Blüten trieben. Sie betastete ihr Haar, doch kein Efeu schlängelte sich hindurch. Stjerna wirbelte herum, konnte hinter sich jedoch nichts Ungewöhnliches erkennen, alles war wie zuvor – ein Platz, über den Menschen eilten. Diese allerdings wirkten fremd, als wäre sie von ihr unvertrauten Wesen umgeben, zu denen sie nicht mehr dazugehörte. Langsam drehte sie sich wieder um. Grüne Ranken umgaben noch immer ihr Spiegelbild im Fenster. Sie erschauerte. Wurde sie verrückt?

»Stjerna?«

Sie zuckte zusammen, als Maró sie aus ihren Gedanken riss.

»Alles in Ordnung?«

»Ja.« Das Fenster war beim nächsten Blick wieder nur ein Fenster.

»Deine Miene bekundet anderes. Hast du etwas gesehen, das dir Angst macht?«

»Nein, nur mich selbst.« Sie hob die Arme. »Nur irgendwie anders, als ich erwartet hatte. Könnte hier Magie im Spiel sein?«, fragte Stjerna zaghaft.

Sacht klopfte Maró mit den Fingerknöcheln gegen das Fenster. Ganz kurz wirkte es, als trüge seine sich im Glas spiegelnde Silhouette Hörner. Stjerna keuchte auf, blinzelte, da war die Illusion schon wieder verflogen.

»Nein«, entgegnete er dann. »Da ist nichts Magisches. Nur ein Fenster. Ich weiß, du zweifelst, aber was immer vorgeht, ich bin nicht die Ursache. Jedenfalls nicht direkt. Und wenn du dich selbst darin gesehen hast, Stjerna, wird das, was du gesehen hast, eine Bewandtnis haben. Komm.«

Sacht nahm er sie am Arm. Erneut durchzuckte sie ein Blitz und alles um sie herum verschwand.

Ein steinerner Pavillon ragte vor Stjerna auf. Hohe, mit Efeu berankte Rundbögen wölbten sich über ihrem Kopf. Sie wollte den Blick heben, doch vermochte es nicht. Wie durch Zauberei zog es ihre Aufmerksamkeit ins Herz des Pavillons. Auf einem steinernen Sockel ruhte eine Schale. Deren Inneres geschwärzt von Feuer, doch keine Flamme loderte hier. Es kam Stjerna falsch vor. Plötzlich erklang ein höhnisches Lachen. Es ging ihr durch Mark und Bein.

So schlagartig, wie sie begonnen hatte, verging die Vision auch wieder. Auf einmal kamen Stjerna die miteinander sprechenden und lachenden Menschen, die ratternden Karrenräder und dumpfen Hufschläge auf den Straßen unglaublich laut vor. Unvermittelt griff sie nach Marós Hand, spürte seinen warmen Finger, die Sicherheit, als er sie stützte, und erzählte ihm, was sie gesehen hatte.

Er schwieg dazu eine ganze Weile. Vermutlich versuchte er, aus Stjernas Bericht schlau zu werden. Ihr wiederum spukte weniger die Vision im Kopf herum als Marós Bemerkungen zuvor, weswegen sie ihn nicht um eine Antwort drängte. Sie bemerkte kaum, dass die Straße sie aus der Stadt hinausführte. Immer wieder schwirrten ihr Fragen über Fragen durch ihren Geist: Was geschah mit ihr? Warum sah sie die Dinge, die sie sah? Und wieso erst, seit ihrer Begegnung mit Maró?

***

In den folgenden Tagen verlor sich das Grün und Braun der Bäume und Sträucher mehr und mehr im öden Grau von Klippen. Der Untergrund wurde steiniger, große Felsen ragten immer wieder auf und kaum ein Lebewesen regte sich noch. Abgesehen davon war die Reise mehr oder weniger unbeschwert. Stjernas Begleiter verhielt sich höflich. Zwar sprach er wenig von sich selbst, doch fragte er sie nach ihren Erlebnissen auf den Turnieren, Jahrmärkten und ihren Reisen und hörte mit Interesse zu. Gleichwohl vermied er es, das Gespräch direkt auf die anderen Gaukler zu bringen. Wenn er selbst etwas erzählte, sprach er eloquent und gebildet. Sie konnte nicht abstreiten, dass sie sich gerne mit ihm unterhielt. Er war weit weniger borniert als die meisten anderen Menschen, denen sie bisher begegnet war.

Maró blieb stehen, die Hände in die Hüften gestützt. Erst kurz zuvor hatten sie am Mittag eine Rast eingelegt. Umgeben von riesigen grauen Steinen und Felsen, die teils wie Säulen aufragten, hatten sie auf den nur noch spärlich vorhandenen Grassoden gesessen und den Rest von dem Brot geteilt, welches sie in der Stadt erstanden hatten.

»Du wirkst wenig begeistert.« Stjerna trat zu ihm.

»Bin ich auch nicht. Mir ist die Anhäufung von Steinen hier eindeutig zu massiv.« Er erschauerte und rieb sich die Schulter.

Stjerna runzelte die Stirn. »Das geht doch bereits seit Tagen so.«

»Ja, aber das«, Maró zeigte nach vorne, »sind die ersten Ausläufer der Ebene von Petfrion. Und das gefällt mir absolut nicht. Wir werden das Gebiet umgehen müssen.«

»Petfrion? Ich habe davon gehört, nur meinte ich, es sei –«

»Ein Mythos?«

»Ja.«

»Nein. Es ist wahr. Jeder, der diesen Ort betritt und zu lange an einer Stelle verweilt, wird zu Stein und ein Teil der Ebene.«

»Das klingt wenig einladend. Lass uns zusehen, dass wir von hier verschwinden.«

Stjerna raffte ihre Röcke und ging forschen Schrittes voran, dicht gefolgt von Maró. Plötzlich erklang ein dumpfes Dröhnen, das sich rapide näherte. Hufschläge! Donnernd jagte ein Reiter auf einem braunen Ross heran. Maró setzte an, etwas zu sagen, da blitzte etwas silbern auf. Ein Messer! Hastig duckte er sich, gerade noch im letzten Moment. Die Waffe flog über seinen Kopf hinweg und verfehlte ihn nur knapp. Stjerna griff nach Marós Handgelenk, um ihn aus der Gefahrenzone zu ziehen. Ihr Herz hämmert wild. Sie mussten weg, sich umgehend Schutz hinter einem der Felsen suchen. Sie lief los, doch dann erstarrte sie. Maró lief zwei Schritte weiter und blieb ebenfalls stehen.

»Stjerna?!«

Wie von Rauschen überdeckt nur hörte sie die Stimme ihres Begleiters.

»Rilan!«, entfuhr es ihr überrascht, als sie erkannte, wer der mörderische Reiter war.

Ihr Freund linste zu ihr, dann schleuderte er ein weiteres Messer nach Maró. Dieser rutschte beim Ausweichen weg, rollte sich gekonnt über die Schulter ab und sprang hastig wieder auf. Rilan wendete sein Pferd, jagte auf Stjerna zu und streckte ihr die Hand entgegen.

»Schnell!«, rief er.

Stjerna machte einen Schritt in seine Richtung.

»O nein!« Maró drängte sie zur Seite, packte Rilans Arm und riss ihn aus dem Sattel. Beide Männer stürzten vom Schwung der Bewegung zu Boden. Das Pferd galoppierte davon. Rasch rappelten die Männer sich auf und zückten ihre Schwerter.

»Nein!«, rief Stjerna heiser, doch da prallte Stahl bereits klirrend auf Stahl. Rilan attackierte Maró zornig, hieb nach dessen Schädel. Maró riss sein Schwert quer vor sich hoch und blockte den Schlag ab. Rilans Angriff glitt an der gegnerischen Klinge hinab. Sogleich hob er die Waffe wieder und griff erneut an, diesmal zielte er auf Marós Seite. Wieder parierte dieser den Hieb, löste sich mit einer Drehung von seinem Gegner und führte einen federnden Schlag, der Rilan einen Schritt nach hinten zwang. Hoch in der Luft trafen die Waffen ein ums andere Mal aufeinander. Wann immer sich die Klingen einem der Kontrahenten gefährlich näherten, zog Stjernas Inneres sich heiß zusammen. Wie in einem tödlichen Tanz umkreisten sich die beiden. Ihr Schwerter zuckten vor und zurück, hoch und runter. Flinke Hiebe wurden mit energischen Paraden und geschickter Deckung geblockt, das Schwert des anderen aus dem Weg geschlagen. Aus raschen Umdrehungen kamen sie einander gefährlich nah. Dröhnend füllten die wuchtigen Schläge und der keuchende Atem der Kontrahenten die steinerne Ebene.

Maró bewegte sich fließender und filigraner als Rilan. Dieser hatte immer mehr Mühe, den agilen Wendungen und präzisen Schwertstreichen des anderen etwas entgegenzusetzen. Blitzend wirbelte seine Klinge von links nach rechts, doch nur noch, um Marós dynamische Attacken abzuwehren. Dieser trieb Rilan immer weiter vor sich her. Schließlich setzte Maró zu einem Hieb genau auf dessen Herz an. Stjerna schlug die Hände vor den Mund. Rilan sprang rückwärts. Dabei stolperte er über einen Stein. Wild mit den Armen rudernd stürzte er nach hinten und schlug hart auf die Erde. Reglos blieb er liegen. Mit einem weiten Sprung war Maró über ihm, das Schwert gehoben.

»Nein!«, schrie Stjerna. Blind hastete sie zu Maró und hielt ihn am Arm fest. »Maró, bitte nicht.«

Er sah von ihm zu ihr, verharrte.

»Bitte!«, flehte sie erneut. »Er ist mein Freund.«

Es dauerte einen Moment, dann senkte er widerwillig sein Schwert.

»Rilan!« Stjerna wollte sich über ihren Gauklergefährten beugen. Maró schob sie entschieden fort und machte eine abweisende Geste. »Denk nicht mal daran«, sagte er kalt. »Dein *Freund* hat mir nach dem Leben getrachtet!« Seine Züge waren hart, die Lippen schmal.

»Ist er …?« Sie konnte es nicht sagen.

»Er lebt noch, keine Sorge.« Maró entfernte sich einige Schritte von dem Besiegten, blickte dabei abwechselnd zwischen ihm und Stjerna hin und her. Aus seiner Tasche zog er ein Seil hervor. Damit kniete er sich neben Rilan und fesselte diesen.

»Maró, bitte nicht.«

Er lachte bitter. »Was soll ich denn machen, deiner Meinung nach? Er wird ziemlich bald wieder bei Bewusstsein sein.«

»Können wir nicht hierbleiben, bis er wieder aufwacht?«

»Damit wir den Kampf dann fortsetzen können?«

»Wenn ich ihn darum bitte, wird er nicht mit dir kämpfen.«

»Und was wird er stattdessen tun?«

Sie hob die Schultern. »Kann er uns dann nicht wenigstens begleiten?«

»Damit er mich bei erstbester Gelegenheit tötet? Sicher nicht.«

»Er würde dir nichts tun«, beharrte sie. »Wir erklären ihm, um was es geht.«

»Nein. Mir ist selten ein nachsichtiger Mensch begegnet. Rilan ist auch keiner. Ich habe dich entführt, daran gibt es nichts schönzureden. Er wird mich töten, bei der ersten Gelegenheit, die sich ihm bietet.« Maró zog die Fesseln fest und stand auf.

»Das würde er nicht! Er wird verstehen, dass es um etwas Wichtiges geht, vielleicht hilft er uns sogar!«

»Glaubst du das allen Ernstes?«

Sie suchte nach Worten.

»Ha!«, kommentierte Maró ihr Zögern.

»Dein Hohn ist nicht unbedingt hilfreich!« Wie ein auflodernder Funken wuchs Zorn in Stjerna. Sie versuchte, diesen ganz gegen Maró zu richten. Immerhin hatte er sie entführt. Aber da war auch der Zorn des Unwillens darüber, zugeben zu müssen, dass zumindest etwas Wahrheit in dem lag, was Maró gesagt hatte. Würde Rilan sie hier wirklich unterstützen? Ihr überhaupt zuhören? Sie wollte nur noch weg! Von ihnen beiden!

»Warum meinst du nur, stets alles besser zu wissen?!«, schrie Stjerna, ohne recht zu wissen, ob ihre Worte an den bewusstlosen Rilan oder Maró gerichtet war.

»Weil ich mit deutlich mehr durchtriebenen, hinterhältigen und heimtückischen Menschen zu tun hatte als vermutlich du und jeder andere, der mir bekannt ist«, antwortete Maró.

»Du und deine großen Worte. Pah!«

»Ich stehe zu meinen Worten! Auch zu dem, dass ich dir deine Ruhe lasse, wenn das hier alles vorbei ist. Wie steht es in dieser Beziehung mit dir, Stjerna? Die du behauptet hast, du würdest mir helfen?!« Der enttäuschte Unterton, der in seiner Stimme mitklang, wirkte auf sie wie eine Ohrfeige.

»Zweifelst du an mir?«, fauchte sie.

»Habe ich Grund dazu?«

Sie blickte zwischen Maró und Rilan hin und her. Würde Maró sie ziehen lassen? Zurück zu den Gauklern? Und dann was? Ihr Leben zurückbekommen? Das Leben, in dem sie nur eine Gauklerin war, ein Mädchen, auf dessen Meinung fast nie jemand etwas gab und dem alle sagten, was es zu denken und zu tun hatte? Maró hingegen hatte um ihre Hilfe gebeten, mehrfach, und sie hatte sie ihm zugesagt! Was war sie denn für ein Mensch, wenn sie sich daran nicht hielt? Maró zu folgen, versprach mehr von Mecanaé zu sehen, zu lernen, zu leben! Und zu ergründen, was sein Geheimnis war … Stjerna seufzte kraftlos. Wann war ihr Dasein derart kompliziert geworden?

»Nein. Nein, du hast keinen Grund, an meinem Wort zu zweifeln«, gab sie nach.

»Dann komm. Wir müssen weg von hier.«

»Wir können ihn doch nicht zurücklassen. Nicht so.« Sie deutete zu Rilan.

»Stjerna!« Genervt wischte sich Maró den Schweiß aus dem Gesicht. »Es tut mir leid, dass ich das mit deinem Freund machen muss. Ich habe sein Leben verschont, weil du darum gebeten hast. Hätte er das für mich auch getan? Ich bezweifle es.«

Mit einer herrischen Geste gebot er ihr Schweigen, als sie antworten wollte. »Wenn ich ihn ungebunden zurücklasse, dann haben wir ihn in zwei Stunden wieder am Hals. Und ich kann dir nicht versprechen, dass ein zweiter Kampf keinen tödlichen Ausgang nehmen würde. Außerdem habe ich ihn, allein um deinetwillen, so gefesselt, dass er die Stricke lösen kann. Es wird ihn Zeit und Geduld kosten, doch er wird hier draußen nicht sterben.«

Rilan regte sich etwas. Maró schob sein Schwert in die lederne Scheide und trat Stjerna hoch aufgerichtet entgegen. »Wenn du willst, dann geh und sie nach ihm.«

Stjerna lief hinüber und kniete sich neben Rilan, der noch nicht wieder ganz wach war. Sie beugte sich zu ihm hinab. »Verzeih mir«, flüsterte sie. »Ich werde wieder nach Hause kommen, nur noch nicht jetzt. Sorg dich nicht.« Sie hauchte ihm einen Kuss auf die Stirn, dann schloss sie für einen kurzen Moment die Augen, stand auf und eilte zu Maró, der bereits losgelaufen war.

SECHS

Stjerna biss die Zähne aufeinander und warf ihrem Begleiter immer wieder argwöhnische Blicke zu. Hatte sie richtig entschieden? Er seinerseits schwieg gleichsam. Nach einer Weile zog sie irritiert die Augenbrauen zusammen. Eine felsige graue Ebene erstreckte sich vor ihnen, die sich deutlich von dem eher rotbraunen Gestein unterschied, durch das sie wanderten.
»Ist das etwa …?« Entsetzt blieb Stjerna stehen.
»Die Ebene von Petfrion.«
»Hast du jetzt vollkommen den Verstand verloren?«
»Nein. Nur wird dein geschätzter Freund sein Pferd wieder einfangen und nach uns suchen. Also müssen wir einen Weg einschlagen, den ein Mensch niemals gehen würde.«
»Bitte?« Stjerna stemmte ungläubig die Hände in die Hüften.
»Ein normaler Mensch«, schob Maró umgehend hinterher, »würde sich nicht hierherwagen. Auf jeder anderen Route würde er uns einholen und das würde so lange weitergehen, bis einer von uns tot ist. Möchtest du dann entscheiden, wer lebt und wer stirbt?« Er wartete keine Antwort ab. »Wir hätten die leidige Stadt nicht aufsuchen sollen. Sicher hat ihn das auf unsere Spur geführt.«
»Und deswegen willst du jetzt allen Ernstes da durch?« Stjerna deutete fassungslos nach vorn.
»Von wollen kann keine Rede sein.«
Sie versteifte sich. »Ohne mich. Ich mache da nicht mit!«
»Es ist nicht so, als stünde das zur Diskussion!« Maró trat dicht an sie heran. »Wir müssen weg von hier, Stjerna, und zwar schleunigst.«
Stjerna richtete sie sich stolz zu voller Größe auf. Sie war es so leid, tun zu müssen, was andere ihr vorschrieben. Sie sollte sich einfach umdrehen und zu Rilan zurücklaufen. Andererseits, käme das nicht einer Niederlage gleich? Zumal nachdem sie gerade behauptet hatte, zu ihrem Wort zu stehen? Aber da

durch? Das war Wahnsinn! Sie würden sich am Ende in Stein verwandeln, sie alle beide!

»Dann musst du mich schon an den Haaren da reinschleifen!«, erwiderte sie herausfordernd.

»Das mache ich ungern, möchte ich doch dein schönes Haar nicht zerstören. Jedoch wirst du mir kaum etwas entgegensetzen können, wenn ich dich über die Schulter werfe und mitnehme.« Er blinzelte sie verwegen an.

»Das würdest du nicht wagen.«

»Willst du es darauf ankommen lassen?«, fragte er nur halb ernst und mit einem feinen Lächeln auf den Lippen.

Geschwind sprang sie zurück und wich ihm aus. Sie wollte Lachen und zugleich war sie zornig. Wenn es doch nur so unbeschwert wäre, wie es wirkte! Nur zu gern hätte sie zurückgelächelt. Aber im Hintergrund lauerte die Ebene von Petfrion, durch die sie Maró würde folgen müssen, wenn sie zu ihrem Wort stehen wollte. Obgleich sich alles in ihr dagegen sträubte, die steinige Fläche zu betreten.

»Jedes Mal, wenn ich glaube, dich möglicherweise zu mögen, machst du etwas, das mir diese Illusion wieder raubt«, entfuhr es ihr frustriert.

Maró hob fragend die Brauen. »Würdest du mich doch lieber tot sehen?«

»Nein«, entgegnete sie nach kurzem Zögern leise und ihre zuvor gesagten Worte taten ihr leid. Tief in ihrem Inneren hatte sie die Gewissheit, dass sie seinen Tod auf keinen Fall wollte. Aber was sie wollte, war ihr unterdessen auch nicht klar.

»Stjerna«, brach Maró schließlich das entstandene Schweigen, nachdem sie sich kaum aus den Augen gelassen hatten. »Ich weiß, dass du mein Handeln von gerade nicht gutheißt und vermutlich bereust, dass du nicht bei deinem Freund geblieben bist. Du hast dich aber entschieden, zu deinem Wort zu stehen, und damit auch zu mir. Deswegen würde es einiges vereinfachen, wenn wir weder jetzt noch da drinnen«, er nickte zu der Ebene von Petfrion, »streiten würden, denn ich weiß nicht genau, was uns erwartet.«

Stjerna schloss die Augen. Was er sagte, klang so furchtbar einleuchtend und sie würde sich jetzt weder feige zurückziehen noch wie ein bockiges Kind davonrennen. Nein! Sie würde von nun an aufhören, an ihm zu zweifeln und zu ihrer Entscheidung stehen!

»Na schön. Wagen wir es!«

Maró zögerte und gebärdete sich seltsam verhalten, schließlich straffte er die Schultern und streckte die Hand nach Stjernas aus. Gemeinsam sprangen sie auf die Ebene.

Es war bereits zuvor ruhig gewesen, hier allerdings herrschte beängstigende Stille. Einzig ihre Schritte zerrissen die Lautlosigkeit. Es klang wie das Knirschen von dünnem Eis, das zerbrach. Dennoch fühlte sich jeder Schritt so beschwerlich an, als gingen sie mühsam durch tiefen Matsch. Stjerna fröstelte. Tristes Grau und zerklüftete Felsen umgaben sie. Maró hatte sie wieder losgelassen. Er war wachsam und hielt sein Messer in der Hand. Vor jedem großen Stein, der einem etwaigen Angreifer Deckung bieten könnte, verlangsamte er seine Schritte.

»Hier lebt doch nicht etwa irgendwas?«, fragte Stjerna und wagte nur zu flüstern.

»Ich befürchte doch. Es gibt Raubtiere und wer weiß, was sonst noch. Das ist die Krux. Wir müssen uns vorsehen, innehalten dürfen wir gleichwohl auch nicht.«

In einiger Entfernung konnte Stjerna einen Felsen ausmachen, der deutlich die Formen einer Person aufwies. Einer Person, die verzweifelt die Arme gen Himmel streckte. Gewiss jemand, der zu lange an einer Stelle verharrt hatte und vom Stein verschlungen worden war. Stjerna erschauerte. Nichts wie weg! Sofort beschleunigte sie ihre Schritte und setzte an, zu Maró aufzuschließen. Er war verschwunden.

Unvermittelt umhüllte sie eine undurchdringliche, wabernde graue Wand. Es erinnerte mehr an Rauch als an Nebel. Die Umgebung verschwamm zu verwischten Formen. Sie hielt inne und sah sich hektisch nach allen Richtungen um. Etwas Eisiges griff nach ihren Knöcheln – ein Stein! Stjerna japste auf. Sie mussten weg von hier! Mühsam löste sie sich aus ihrer Erstarrung. Es bröckelte laut, als Fels wie kalter Schlamm von ihr abfiel.

»Maró?« Ihre Stimme klang seltsam gedämpft. Er antwortete nicht. »Maró?!«, versuchte sie es erneut. Stjerna lief blind los. Nach wenigen Schritten blieb sie stehen und wirbelte herum. Welcher Weg war der richtige? »Maró!« Sie rannte weiter, diesmal in eine andere Richtung, immer wieder nach Maró rufend. Suchend drehte Stjerna sich im Kreis. Das Atmen fiel ihr schwer, wie ein drückendes Gewicht lasteten die wallenden Schwaden auf ihrer Brust. Keuchend schnappte sie nach Luft.

»Maró! Wo bist du nur?«

Verzweifelt drehte sie sich in die eine und dann in die andere Richtung. Unschlüssig ging Stjerna weiter, versuchte, den Blick mit der Hand abzuschirmen, auch das brachte nichts. Alles sah gleich aus, grau und kaum erkennbar. Gedämpft vernahm sie etwas. Sie blieb für einen Moment stehen und zwang sich zur Ruhe. Unsicher lenkte sie ihre Schritte in die Richtung, aus der sie erneut leise etwas hörte.

»Stjerna?« Eine verschwommene Silhouette tauchte aus dem Grau auf.

»Maró?«, fragte sie hoffnungsvoll.

»Hier!«

Fieberhaft lief sie auf ihn zu. Nur langsam nahm seine Gestalt klarere Formen an. Ganz kurz wirkte es, als stünde ihr eine gehörnte Gestalt gegenüber. Stjerna ignorierte es und beschleunigte ihr Tempo noch einmal, bis sie endlich vor ihm stand. Erleichtert griff sie nach seiner ausgestreckten Hand und fiel ihm um den Hals. Zwischen ihnen zogen graue Schwaden umher.

»Alles in Ordnung?«, fragte er und löste sich aus der Umarmung. Prüfend musterte er sie. Obwohl sie dicht beieinanderstanden, klang seine Stimme, als käme sie aus weiter Ferne.

»Ja«, entgegnete Stjerna. »Lass uns nur zügig von hier verschwinden.«

Maró nickte. Sie nahm ihre Hand nicht von seinem Arm, während sie mit eiligen Schritten weiter durch das unheimliche Grau hasteten. Marós Gegenwart hatte etwas seltsam Tröstliches. Dennoch kam es Stjerna vor, als bewegte sie sich durch einen unsichtbaren Widerstand.

Nach einer Weile deutete Maró nach vorn. »Sieh mal!«

»Endlich!« Stjerna atmete erleichtert auf. Vor ihnen lichteten sich die neblig grauen Schwaden. Maró wurde schneller und schließlich liefen sie auf das Ende des sie umfassenden Nebels zu. Maró, der ein Stück vor ihr war, strauchelte auf einmal und versuchte, mit den Armen rudernd anzuhalten. Dröhnend gab der Boden unter seinen Füßen nach. Mit aller Kraft riss Stjerna Maró zurück. Direkt vor ihm öffnete sich ein Abgrund. Die beiden stolperten rückwärts und fielen vom Beben geschüttelt zu Boden. Vor ihnen klaffte ein riesiger Krater. Staub umwirbelte sie und Steine, die sich unter ihren Bewegungen und der Erschütterung des Untergrunds gelöst hatten, fielen in die schier bodenlose Finsternis zu ihren Füßen.

»Danke«, ächzte Maró.

»Nicht der Rede wert«, entgegnete Stjerna und winkte ab.

Er klopfte sich den Staub ab und stand auf. Es knirschte, als der Stein, der Maró zu umschließen begann, von ihm abbröckelte. Auch Stjerna erhob sich eilig, als die kalte graue Substanz sich wie eine giftige Pflanze nach ihr streckte. Behutsam gingen sie am Rand des Abgrunds entlang. Der Umfang war gering, beim näheren Blick hinein indes erbebte Stjerna. Es war kein Boden darin zusehen, nur Schwärze. Bedachtsam suchten sie sich weiter ihren Weg in dieser unwirtlichen Umgebung. Kein Baum, kein Strauch zierte die Ebene. Immerhin blieb der leidige Rauch hinter ihnen zurück. Stjerna holte einige Male tief Luft.

»Wie groß ist diese Ebene eigentlich?«, fragte sie dann.

»Nicht besonders breit, aber ziemlich lang. Jedenfalls wenn ich die Abbildung auf Karten dieser Gegend Mecanaés richtig in Erinnerung habe. Ich hoffe, dass wir heute Abend hindurch sind.«

»Die Vorstellung, eine Nacht hier zu verbringen ...« Stjerna schüttelte sich.

»Die Idee begeistert mich auch nicht unbedingt.«

Stjerna hatte inzwischen Mühe, ihre Beine zu heben, bei jedem Schritt kam es ihr vor, als würde eine unsichtbare Last sie zu Boden drücken und sich eine imaginäre Barriere gegen ihr Vorankommen stemmen. Eisern hielt sie die Augen an den Horizont geheftet und wanderte neben ihrem Begleiter weiter über die gespenstische Ebene von Petfrion. Sie mussten in Bewegung bleiben, egal wie müde sie sein mochten, eine Rast war unmöglich. Wenn sie zu lange auf einer Stelle verharrten, würde die Steine beginnen, sie zu umschließen. Stjerna erschauerte bei der Erinnerung an die kalte Berührung an ihren Knöcheln, als die Ebene zuvor versucht hatte, sie zu einem Teil davon zu machen.

Wenn sie erst einmal die Füße nicht mehr vom Boden lösen konnte, wäre alles vorbei. Dann würde sie so enden wie jener zu Stein gewordene Umriss, den sie vorhin erspäht hatte.

Ihr Gefühl für das Fortschreiten der Zeit hatte sie völlig verlassen. Noch war es hell, mehr wusste sie nicht zu sagen. Ein lautes Fauchen riss sie aus ihrer Versunkenheit. Maró hielt inne und bedeutete ihr, sich still zu verhalten. Vorsichtig zog er Stjerna hinter einen Felsen.

»Was war das?«, wisperte Stjerna.

»Eine Steinkatze, fürchte ich. Obgleich ich gehofft habe, um diese Zeit des Jahres wären sie noch nicht wieder wach.«

Kaum hatte er die Worte ausgesprochen, erschien eine riesige Raubkatze zu ihrer Rechten. Sie reichte Stjerna sicher bis an die Hüfte, ihr Pelz war steingrau. Sie war kaum auszumachen in dieser Ebene, nur das seidige Schimmern ihres Fells und die feurig leuchtenden bernsteinfarbenen Augen verrieten sie. Witternd hielt das Tier inne. Stjerna presste sich dicht an den hohen Felsen. Hart drückte ihr der Stein in den Rücken.

»Sie sieht uns nicht, solange wir uns nicht bewegen«, flüsterte Maró.

»Welch Ironie.«

»Wohl wahr.«

In einer kontrollierten Bewegung zog Maró sein Schwert. Sein Messer hielt er Stjerna hin.

»Nimm es«, sagte er eindringlich. »Es ist mir lieber, wenn du dich im Zweifelsfall verteidigen kannst.«

Zögerlich schloss sie den Griff um das Heft. Das geflochtene Leder, mit dem der Griff umwickelt war, presste sich kalt gegen ihre Handfläche und die Waffe fühlte sich schwer und fremd an. Maró schob sie langsam weiter um den Felsen herum. Die Steine fielen bröckelnd ab, als sie ihre Knöchel wieder freigaben. Am liebsten wäre Stjerna losgerannt. Wie sie die beständig nach ihr greifenden Steine verabscheute!

Das Raubtier schoss herum und fixierte sie. Maró und Stjerna erstarrten. Schnüffelnd näherte sich die Katze, ihre bernsteinfarbenen Augen spähten umher. Maró setzte achtsam einen Fuß vor den anderen. Stjerna folgte ihm, eine Hand auf seiner Schulter belassend. Die Wärme seines Körpers schien so unwirklich und einladend in der ungastlichen grauen

Umgebung. Unschlüssig bewegte sich das Tier weiter. Stjerna verlor es aus dem Blick, als sie den Felsen umrundeten. Maró betrachtete Stjerna kurz und entschlossen. Sie nickte und gemeinsam rannten sie los. Hasteten fort von der Steinkatze.

Sie kamen nicht sonderlich weit, ehe ein Fauchen verriet, dass das Tier sie bemerkt hatte. Maró setzte leichtfüßig auf den nächsten Felsbrocken und bot Stjerna die Hand. Hastig griff sie danach und kletterte neben ihn. Geduckt näherte sich die Katze, lauernd glitt sie über den Boden.

»Verflucht. Sie hat sich gemerkt, wo wir sind. Oder sie wittert uns.«

Stjerna trat von einem Bein aufs andere, fasste das Heft des Messers nach. Maró vibrierte geradezu. Langsam ging er in die Hocke, abschätzend, sein Schwert senkrecht vor sich.

»Du willst doch nicht etwa gegen sie kämpfen?«, flüsterte sie atemlos.

Die Katze kam immer näher, bereit zum Sprung.

»Anders werden wir sie vermutlich nicht mehr los. Aber du musst weg von hier, weg von der Gefahr.« Maró versetzte ihr einen harten Stoß. »Lauf!«

Mit einem perplexen Aufschrei verlor Stjerna den Halt und glitt von dem Felsen hinab. Federnd landete sie und lief instinktiv los. Nach nur wenigen Schritten bremste sie ab und drehte sich um. Sie konnte doch nicht fliehen und Maró hier allein mit diesem Biest zurücklassen! Entschlossen hastete sie zurück in seine Richtung. Maró und die Katze umkreisten einander. Wütend brüllte das Tier ihn an, er hielt sein glänzendes Schwert vor sich. Stjerna musste ihm beistehen! Unvermittelt fauchte es erneut laut auf. Mit gefletschten Zähnen erschien eine zweite Katze auf einem Felsbrocken und belauerte Stjerna hungrig. Das Tier stand zwischen ihr und Maró. Drohend hob Stjerna das Messer. Das Tier sprang ab, Stjerna wich eilig zurück und entging einem Prankenhieb. Im Hintergrund wirbelte ein Schwert hell durch die Luft, dann verschwand es und sie vernahm ein Poltern.

»Maró!«, schrie Stjerna furchterfüllt. Sogleich richtete sich auch die Aufmerksamkeit der ersten Katze auf sie. Sich auf die Lippe beißend rannte Stjerna los. So schnell sie konnte, versuchte sie, einen Bogen um die Tiere zu schlagen, um zu sehen, was mit Maró geschehen war.

»Stjerna, lauf!« Taumelnd tauchte er zwischen den Felsen auf.

»Nicht ohne dich!« Hastig zog sie sich zurück, als die Katze, die hinter Maró her gewesen war, auf sie zuschoss. Hinter ihr hallten die Pfoten der Katze viel zu laut und viel zu nah. Stjerna rechnete damit, jeden Moment den heißen Schmerz zu spüren, wenn das Tier ihren Rücken zerfetzte.

»Komm hierher, du Miestvieh!«, schrie Maró.

Das Geräusch hinter Stjerna verblasste. Sie stoppte ab und wirbelte herum. Die Katze hetzte auf Maró zu. Dieser stand breitbeinig da, bereit zum Kampf. Von der anderen Seite flog das zweite Tier geschwind heran.

»Nein!«, rief Stjerna entsetzt.

Die Tiere würden ihn zerreißen. Sie sprintete auf ihn zu. Irgendetwas musste sie unternehmen! Sie konnte nicht zusehen, wie die Katzen ihn töteten. Die erste Katze hatte ihn fast erreicht, als die zweite absprang. Maró duckte sich geschwind, das Schwert hochreißend. Zornig brüllend fiel die eine Katze die andere an, prallte ihr heftig in die Seite und beide Raubtiere fielen zu Boden. Unmittelbar vor Maró verbissen sich die Biester ineinander, begannen fauchend und kratzend einen heftigen Kampf. Hinkend rannte Maró um das wirbelnde Knäuel aus Fell, Krallen und Reißzähnen herum. Stjerna hastete weiter, einen leichten Bogen einschlagend, Marós Laufweg erahnend.

»Schnell!«, ächzte er.

Dieser Aufforderung hatte Stjerna gewiss nicht bedurft. Dicht nebeneinander rannten sie davon. Hinter ihnen schwollen die Kampfgeräusche an, Krallen, die auf Stein scharrten. Steinchen stoben unter ihren Schritten auf und prasselten wie Regen nieder. Stjerna wagte nicht, über die Schulter zurückzusehen. Sie rannte einfach weiter neben Maró her, setzte über Steine, lief dicht an hohen Felsen vorbei und versuchte, das Stechen in ihrer Seite zu ignorieren. Sie japste erschrocken auf, als sie strauchelte, ihr Begleiter griff sie am Arm und bewahrte sie vor einem endgültigen Sturz. Sie sahen einander an und nickten sich entschlossen zu. Eilig sprinteten sie weiter.

Endlich! Das Ende der Ebene von Petfrion. Grünes Gras zeichnete sich ab. Zwischen immer höheren Felsen hindurch liefen sie und obgleich jeder Muskel protestierte, beschleunigte

Stjerna ihre Schritte noch einmal. Mit einem langen Sprung schafften sie es endlich auf das Gras. Sie fiel hin und blieb auf dem Rücken liegen. Wirres Blau-Weiß drehte über ihr, der wolkige Himmel, den ihr Schwindel verzerrte. Sie rollte sich auf die Seite. Maró lag erschöpft neben ihr im Gras. Wie eine Illusion erstreckte sich rau die graue Ebene von Petfrion vor ihnen. Nichts rührte sich darin. Stjerna löste ihre verkrampften Finger vom Heft des Messers. Langsam setzte sie sich auf.

Maró regte sich nicht.

SIEBEN

»Alles in Ordnung?«, fragte Stjerna besorgt.

Maró hob den Kopf.

»Nie wieder«, erwiderte er keuchend und deutete hinter sich. »So was mache ich nie wieder. Steine, Nebel, Katzen …«

»Bist du verletzt?«

Er hatte blutige Kratzer im Gesicht und seine Hände waren ähnlich zerschunden wie ihre. Sacht streckte sie die Hand nach seiner Wange aus, zog sie aber zurück, kurz bevor sie diese berührte.

»Nicht ernsthaft, nein.« Etwas mühsam setzte er sich auf. »Was ist mit dir?«

»Mir geht es gut.«

»Danke, Stjerna. Wärst du nicht geblieben, dann hätte es schlecht um mich gestanden.«

Sie lächelte schelmisch. »Ich sage dir ja schon seit Tagen, dass du nicht immer alles am besten weißt.«

In der Tat aber war sie froh, dass er unversehrt an ihrer Seite war. Der Gedanke, die Katzen hätten ihn zerfetzen können, umschloss ihr Herz wie ein Ring aus kaltem Eisen. Marós Haare hingen ihm wirr in die Augen. Er strich sie zurück und musterte Stjerna eingehend.

»Was siehst du mich so zweifelnd an?«, wollte sie wissen.

»Ich frage mich, ob es richtig war, dir das alles einzubrocken.«

»Wird mein Entführer etwa reumütig?«, neckte sie ihn.

Maró blieb ernst. »Zugegebenermaßen ein wenig.«

»Zu spät. Oder willst du mich durch die Ebene zurück zu Rilan bringen?«

Er seufzte resigniert. »Nur äußerst ungern.«

Stjerna lachte und wollte etwas entgegnen, doch konnte nicht die Worte für die Gedanken finden, die sie umschwirrten. So sah sie eilig in eine andere Richtung und wechselte das Thema.

»Sollten wir noch weiter gehen? Ich meine, werden die Katzen die Ebene verlassen?«

»Ich weiß es nicht. Sicherlich ist es klüger, es nicht herauszufinden. Wenn sie sich überlegen, den Streit um ihre Beute zu beenden und gemeinsam auf die Jagd zu gehen, wäre ich ungern noch an Ort und Stelle.«

Stjerna stand auf und half dann ihrem Begleiter hoch. Maró las dabei die Waffe auf, die Stjerna hatte fallen lassen. Um sie herum setzte die Dämmerung ein.

»Dein Freund von heute Morgen ist auch ein Gaukler?«

»Rilan? Ja. Er ist Messerwerfer.«

»Und du sagst die Zukunft voraus.« Er sprach ohne Spott in seiner Stimme.

»Ich lege Karten. Ich sage den Menschen nur, was sie hören wollen.«

»Glaubst du tatsächlich, dass es so ist?«

»Wie meinst du das?«

Er überging ihre Gegenfrage. »Warst du schon immer eine Gauklerin? Ich meine, woher stammst du?«

»Ich weiß es nicht. Ich habe meine Eltern nicht kennengelernt. Sie sind beide tot und solange ich mich zurückerinnern kann, bin ich eine Gauklerin.«

»Hm.« Maró musterte sie mit zusammengezogenen Brauen eingehend. »Und was weißt du über deine Eltern?«

»Um ehrlich zu sein, nicht viel. Rilan hat gesagt, dass meine Mutter starb, weil sie sich mit dem Übernatürlichen eingelassen hat. Bei jeder Gelegenheit warnt er mich vor diesen Wesen.«

»Glaubst du dem, was er sagt? Über das Übernatürliche?«

Stjerna seufzte. »Ich weiß nicht … Ich habe dann und wann aus der Ferne einen Waldgeist gesehen und jedes Mal gehofft, einen aus der Nähe zu erspähen, oder ein anderes übernatürliches Geschöpf. Vielleicht nicht unbedingt einen Niscahl, aber einen Faun oder eine Fee? Was kann daran so schlimm sein?« Sie suchte nach den richtigen Worten. »Vermutlich fürchten die Menschen sie nicht grundlos. Ihre Magie hat andererseits etwas seltsam Anziehendes.«

»Ja, in der Tat.«

»Wirst du mir diesmal verraten, woher du so ein umfangreiches Wissen über das Übernatürliche hast?«

»Ach, Stjerna, glaub mir, es ist besser, wenn dieses Thema vorerst unberührt bleibt.«

»Und warum stellst du mir dann erst so seltsame Fragen und schneidest dieses Thema an, wenn du nun doch wieder abwiegelst? Ihr habt das alle gemeinsam, nicht wahr? Rilan, die anderen Gaukler, du. Alle deutet ihr etwas an und lasst mich dann mit dieser Andeutung allein.« Stjerna seufzte. »Ich bin das so leid, Maró! Was soll das alles?«

Zweimal setzte er an, etwas zu entgegnen, und schloss den Mund wieder, ehe er endlich zu sprechen begann. »Also schön. Zumindest das kann ich dir sagen: Ich habe mein Wissen aus diversen Begegnungen mit Wesen dieser Art. Bitte frag jetzt nicht, wann, wo und weshalb. Das würde zu weit führen. Zumindest im Augenblick.«

Sie zog die Stirn kraus. »Im Augenblick?«

»Jede Information, jedes Wissen braucht den richtigen Zeitpunkt, um geteilt zu werden.«

»Du meinst, du sagte es mir, wenn du so weit bist?«

»Nein.« Er lächelte sanft. »Wenn *du* so weit bist, Stjerna. Und frag dich, ob du dir wirklich stets ausgedacht hast, was du in den Karten gesehen hast. Genau genommen steht es mir wohl nicht zu, dir das anzuraten, weil ich dich noch nicht besonders lange kenne. Dennoch sagt mir etwas, dass nicht alles so ist, wie es zu sein scheint, was dich betrifft. Es ist manchmal nicht ganz einfach seine eigene Herkunft zu kennen, meist ist es jedoch hilfreich.«

Sie verdrehte die Augen. »Noch mehr verworrene Andeutungen. Besten Dank auch! Was soll ich mit alldem anfangen, Maró?«

Abwägend betrachtete er sie. »Was ist es denn, das du wissen möchtest?«, fragte er.

»Weißt du irgendetwas über meine Eltern?«

»Nein. Dieses Rätsel kann ich dir nicht lösen, selbst wenn ich wollte.«

»Und über mich?«

»Ich kann nur vermuten, dass mehr in dir ist, als alle dich glauben machen.«

»Wenn es so ist, wie werde ich jemals Klarheit erhalten, wenn niemand mir etwas sagt?«

»Es gibt für alles Mittel und Wege. Oft sind sie nicht ungefährlich. Entscheide so etwas nicht aus Trotz oder einem spontanen Wunsch folgend. Überleg dir gut, was du herausfinden möchtest.«

»Woher weißt du all diese Dinge?«

Stjerna vergrößerte den Abstand zwischen ihnen leicht. Seine Worte lösten eine unbestimmte Furcht in ihr aus. Wenn er beteuerte, kein Magier zu sein, was war er dann, um all dies zu wissen?

Er machte eine abwehrende Geste. »Nein, Stjerna. Genug jetzt. Wer ich bin und warum ich diese Kenntnisse habe, sind meine Sache.«

***

Immer wieder dachte Stjerna in den folgenden Tagen über das nach, was Maró gesagt hatte. Was sollte anders sein, als es schien? Andererseits – es stimmte, sie dachte sich nicht nur aus, was sie in den Karten sah, auch wenn sie es beharrlich behauptete. Es war Intuition ... oder vielleicht doch nur eine besonders beschwingte Fantasie? Alles erschien so verworren.

Auch Maró selbst versank oft tief in Gedanken. Ohne Zweifel versuchte er, seine Erinnerungen zusammenzusetzen. Jedoch sprach er nie über dieses Thema.

Ihr Weg führte sie weiter über die grüne Ebene, glücklicherweise ohne bizarre Nebel, entsetzliche Angreifer oder riesige Raubkatzen. Stjerna ertappte sich dabei, sich jedes Mal hektisch umzuwenden, wenn sie ein Geräusch vernahm, das nicht von einem singenden Vogel oder einer zirpenden Grille stammte. Sie versuchte, sich nicht einzugestehen, jedes Mal froh zu sein, wenn sie nicht Rilan entdeckte. Obgleich sie von ganzem Herzen hoffte, es möge ihm gut gehen.

Nahe einem Dorf, an einem kleinen Hain, schlugen sie eines Abends ihr Lager auf. In einiger Entfernung herrschte ein buntes Treiben. Offenbar stand ein Fest an. Feuer wurden entfacht, der Duft nach gebratenem Fleisch, frisch gebackenem Brot und Lagerfeuern zog zu ihnen hinüber. Stjerna ging einige Schritte darauf zu und beobachtete die Szene. Menschen in bunten Kleidern liefen geschäftig auf und ab. Ihre Stimmen waren zu hören, ohne jedoch zahlreiche Einzelheiten verstehen zu können. Lachen unterdessen klang immer wieder deutlich heraus. Es dauerte nicht lange und die Klänge von Musik wehten zu ihr hinüber. Im dämmrigen Licht wirkten die tanzenden Dorfbewohner wie wirbelnde Farbkleckse. Ein Lächeln stahl sich in Stjernas Miene.

»Ich fürchte, um dieses Vergnügen muss ich dich bringen.« Maró trat neben sie. »Wenn wir uns unter die Menschen mischen, besteht die Gefahr, erneut jemanden auf unsere Spur zu bringen.« Er unterbrach sich kurz. »Es tut mir leid.« Sanft legte er ihr die Hand auf die Schulter.

»Schon gut, Maró. Es macht mir nichts aus, nicht näher heranzukönnen. Es wird andere Feste geben.« Sie legte ihre Hand auf die seine, die Berührung war angenehm warm.

»Vermisst du die Gesellschaft der Menschen? Ich meine, fehlt es dir, Zeit mit anderen zu verbringen, außer eben mir?«

»Beschleicht dich ein schlechtes Gewissen?«, neckte Stjerna.

»Mir ist durchaus bewusst, dich mit meinen Handlungen in Situationen gebracht zu haben, auf die du nicht erpicht warst.« Seine Stimme war eine Spur schärfer geworden.

»Ich glaube, ich gewöhne mich langsam an dich, geschätzter Entführer.« Stjerna lachte. »Sicher fehlen mir die anderen Gaukler. Immerhin sind sie meine Freunde, meine Familie, wenn du so willst. Inzwischen glaube ich deiner Beteuerung, mir nicht schaden zu wollen und mich wieder zu den anderen ziehen zu lassen. Ich versuche, die Zeit mit dir als eine etwas seltsame Reise zu betrachten.«

Amüsiert zog er eine Braue hoch. »Du bist ein wirklich eigenwilliger Mensch.«

»Das höre ich nicht zum ersten Mal. Allerdings hat es noch nie so sehr nach einem Kompliment geklungen.«

»Es war eins. Es ist immer gut, nicht wie die anderen zu sein. Ich bin froh über deinen Mut in der Ebene von Petfrion und deine Entscheidung, diesen Weg mit mir zu gehen, und sei versichert, nicht nur wegen deiner Visionen. Ich schätze deine Gesellschaft, Stjerna.«

»Obwohl ich dir ständig widerspreche?«

»Ich mag es nicht, wenn andere nur das sagen, von dem sie glauben, ich würde es hören wollen.«

»Dann bist du auch eigenwillig. Ich kenne niemanden, der es schätzt, wenn ich meine Gedanken ausspreche. Besonders dann nicht, wenn sie seiner Meinung entgegengesetzt sind.«

»Ich erlaube mir, das auch als Kompliment aufzufassen.« Er lächelte und bot ihr den Arm. »Möchtest du tanzen?«

Sie starrte ihn ungläubig an, dann lachte sie. »Gern.«

Er verneigte sich formvollendet und sie legte ihre Hand in die seine. Sanft navigierte er sie einige Schritte mit sich, dann war er ihr auf einmal ganz nah. Sein schlanker Leib wie ein Schutzschild und Ruhepol zugleich, seine klugen Augen so vertrauensgebend. Behutsam führte er seine andere Hand an ihre Seite und bewegte sich leicht im Takt der in der kühlen Abendluft hängenden Musik.

Es fühlte sich nur für einen Augenblick seltsam an, völlig allein mit Maró am Rande des kleinen Hains zu tanzen. Dann gefiel es Stjerna und sie ging ganz in dem Tanz auf. In die zarten Klänge des fernen Lagers mischte sich das Zirpen von Grillen. Stjerna trat dichter an Maró und schloss die Augen. Er war ein guter Tänzer, seine Bewegungen geschmeidig, ruhig und mit angenehmer Wärme seine Berührungen.

Stjerna kam nicht umhin zuzugeben, dass sie ihn mochte. Da war etwas an ihm, das sie nie zuvor gekannt hatte. Etwas, das allen anderen zu fehlen schien. Sie fand es angenehm, seine Hände auf ihrem Leib zu spüren. Fast als hätte er ihre Gedanken gelesen, zog er sie noch etwas dichter an sich und sie legte den Kopf an seine Schulter.

»Ich habe über das nachgedacht, was du neulich gesagt hast«, flüsterte sie. »Über meine Fähigkeiten.«

»So?«

»Ich ...« Sie räusperte sich. »Ich habe das, um ehrlich zu sein, noch nie jemandem erzählt.«

»Wenn du es wünschst, werde ich dir zuhören.«

»Ich kann dir nicht genau sagen, woher das kommt, was ich weiß, wenn ich die Karten sehe. Womöglich ist es tatsächlich nur meine Fantasie. Andererseits ...« Sie hielt inne.

»Andererseits erzählst du das nur schon so lange, dass du inzwischen selbst daran glaubst?«, fragte er nach.

Stjerna nickte. »Es mag sein. Ich weiß einfach, was ich sagen muss. Es schwierig zu erklären. Das Wissen ist einfach da.«

»Wenn du sagst, dass es so ist, dann glaube ich dir.« Er strich ihr sanft eine Strähne aus dem Gesicht: Es kribbelte angenehm an der Stelle, an der er sie berührte.

»Danke. Ich habe einmal versucht, das Rilan zu schildern. Er war nicht besonders begeistert und ich habe mich in Ausflüchte gerettet.« Sie seufzte. »Und Ausflüchten bin ich inzwischen überdrüssig. Ich möchte nicht mehr mit Andeutungen leben und ewig vertröstet werden. Es geschehen immer mehr Dinge, die ich mir nicht erklären kann. Ich würde wirklich gern wissen, warum das geschieht, was mit mir geschieht. Und woher ich komme.« Sie blieb stehen und betrachtete Maró forschend.

»Hm.« Er löste sich sanft und entfernte sich einige Schritte von ihr, die Brauen nachdenklich zusammengezogen. Dann drehte er sich um und spähte in die Ferne. »Es gibt einen Ort, wo du es herausfinden kannst. Allerdings erfordert das einigen Mut.«

»Wo?«

»Ist dir der *verlorene Pfad* ein Begriff?«

»Aus Mythen. Es heißt, eine Seherin lebe dort und jeder, der sich diesem Ort nähert, verliere sich«, antwortete sie.

»Es ist gefährlich, das stimmt wohl. Dem ungeachtet, so berichtet die Sage, bestehe die Gefahr, sich zu verlieren, nur für diejenigen, die nicht festen Herzens sind und den Pfad ohne klares Ziel aufsuchen.«

»Warst du dort?«

»Nein. Mir würde dieser Weg nicht helfen. Er offenbart Unbekanntes. Was mir fehlt, sind Erinnerungen, also etwas, das mir eigentlich bekannt ist. Es wäre gefährlich, es zu versuchen, denn es entspräche nicht den Geboten des verlorenen Pfades. Hätte ich dich allerdings nicht getroffen … wer weiß.«

Stjerna raufte sich die Haare. »Alles ist so verworren, seit ich dir begegnet bin. Ich weiß nicht, ob ich diesen Weg gehen kann.« Sie vermochte nicht, still zu stehen.

Er legte seine Hand auf ihren Arm und wandte sich ihr zu. »Du musst das nicht sofort entscheiden, Stjerna. Den verlorenen Pfad zu betreten, will wohl bedacht sein, denn ist es das nicht, wird es unversehens zu einer Reise ohne Wiederkehr.«

Sie ballte die Hände zu Fäusten, wollte etwas erwidern, doch sie konnte nicht in Worte fassen, was in ihrem Verstand durcheinanderschwirrte. Alles war so unklar, wie hinter milchigem Glas verborgen. Wie hatte sie auch auf eine einfache Antwort hoffen können? Aber eventuell, mit Marós Hilfe, konnte sie diesen Weg wagen. Erneut setzte sie an, etwas zu sagen. Diesmal raubte ihr der Blitz, der sie durchzuckte, die Worte.

Vor ihr befand sich eine steinerne Treppe. Einige welke Blätter wehten umher. Auf den Stufen lagen zwei Niscahl-Dämonen. Die schlangengleiche Haut des einen war von dunklem Rubinrot, die des anderen mitternachtsblau. Hörner wie die eines Stieres ragten über ihre Häupter. Sie waren leblos. Erschlagen. Aus Wunden quoll silbriges Blut, benetzte ihre Kleider. Schwerter lagen neben ihnen. Wie durch Nebel gedämpft erklang ein zorniger Aufschrei.

Gebannt stand Maró vor ihr, als sie aus der Vision zurückfand. Ihr Blick klärte sich, die Hände gelockert. Maró schien vor Erwartung kaum zu atmen, wartete jedoch, bis Stjerna ihm erzählte, was sie gesehen hatte. Seine Schultern sackten unvermittelt kraftlos nach vorn, er fiel auf die Knie und in seinen Augen flackerte etwas auf, das Stjerna nicht einordnen konnte. Blässe überzog sein Gesicht.

»Danke«, raunte er kaum hörbar.

Ehe sie auf seinen Gemütszustand eingehen konnte, erklangen fremde Stimmen. Hastig duckte sie sich zu Maró. Schemenhaft erkannte sie Silhouetten unweit von ihnen. Lachen erklang.

»Ich sage dir, lass uns zurück ins Dorf gehen. Du wirst hier nichts finden«, sprach ein Mann.

»Wenn ich eine Hexe fange …«, lallte ein zweiter.

»Du bist betrunken! Du kennst diesen Hain in- und auswendig, ich ebenso. Es gibt hier keine Hexen. Außerdem würdest du Lina durch ein paar Blumen weit mehr beeindrucken.«

»Ach, na gut. Gehen wir zurück. Vielleicht gibt es ja noch Met.«

»Davon hattest du erst mal genug, glaube ich.«

Die Stimmen entfernten sich samt ihren Umrissen und wurden schwächer.

»Es waren nur Menschen. Dorfbewohner. Kein Grund zur Sorge«, stellte Maró leise fest.

»Ich weiß. Und was ist mit dir? Sollte ich mir um dich Sorgen machen?«

»Nein.«

Stjerna streckte die Hand nach ihm aus. Sie zögerte kurz und legte sie ihm dann doch auf den Arm. Ganz leicht zuckte er zusammen.

»Was ich dir gesagt habe, bewegt dich mehr als sonst.«

»Ich versuche nur, meine Erinnerungen hervorzulocken. Es ist frustrierend, nicht an sie heranzukommen, obgleich ich weiß, sie sind da. Das ist alles«, entgegnete er, ohne sie anzusehen.

»Was dich für gewöhnlich umtreibt, weiß ich. Diesmal ist da noch mehr, nicht wahr? Hat es mit den Dämonen zu tun?«

Knackend zerbrach er ein Stöckchen, mit dem er gespielt hatte und warf es fort. »Die gefürchteten Niscahle?«

»Ja.«

Er winkte ab und hob endlich den Blick. Seine Augen wirkten glasig. »Dann belassen wir es besser dabei, Stjerna. Sprechen wir nicht von den Dämonen.«

Es erschien Stjerna seltsam, wie der Tod zweier Albtraum bringender Dämonen ihm so nah gehen konnte. Wirklich jeder, den sie kannte, fürchtete Niscahle, behauptete gar, sie bringen Verderben und Tod. Nur Maró verhielt sich anders. Jenes goldene Siegel an seiner Schulter kam ihr wieder in den Sinn. Mochte es doch irgendein Kult sein, dem er angehörte? Sie sprach keinen ihrer Gedanken aus, bei dem geschlagene Ausdruck in seinem Gesicht schwieg sie lieber. Maró litt stille, aber tiefe Pein, auch wenn er anderes behauptete. Sein Blick sprach Bände. Stattdessen drückte Stjerna seine Hand und saß schweigend bei ihm, bis sie sich des Schlafes endgültig nicht mehr erwehren konnte.

ACHT

Maró verlor kein Wort mehr über die Dämonen und auch nicht über die Vision. Generell sagte er an den folgenden Tagen kaum etwas. Stjerna hätte ihm gern geholfen, doch er war in sich gekehrt. Deswegen plagten sie umso mehr Fragen. Fürchtete er die Dämonen? Hatte er sie getötet? Jagten sie ihn? Diente er ihnen gar? Trug er deswegen das goldene Siegel an der Schulter?

Stjerna schob die letzte Idee weit von sich fort. Es dauert eine Weile, ehe Maró sich wieder so gab, wie sie ihn kannte und, wie sie sich eingestehen musste, mehr und mehr mochte. Auch sie selbst war sich nicht sicher, was sie wollte. Sollte sie tatsächlich das Risiko des verlorenen Pfads eingehen? Sie schätzte es, dass Maró sie nicht zu einer Entscheidung drängte. Sicher wollte sie wissen, was es mit alldem auf sich hatte, wer ihre Eltern waren. Andererseits fürchtete sie sich vor dem dunklen und magischen Weg, den sie dafür wählen musste.

Wie gehabt umgingen sie Siedlungen und Dörfer, wann immer es ging. Sie wuschen sich in Flüssen, wo sie auch ihre Wasserschläuche füllten. Dann und wann allerdings mussten sie sich zumindest auf kleine Märkte wagen oder bei fahrenden Händlern ihre Nahrungsvorräte aufstocken. Noch gaben die Wälder nicht genug Früchte her, als dass sie darauf verzichten konnten. Die Tage wurden nun merklich länger und die Strahlen der Sonne gewannen an Kraft. Strömender Regen hüllte sie jedoch einige Tage später ein, als sie auf die dunkle Linie eines Waldes zugingen. Zielstrebig hatte Maró diesen Weg gewählt und je näher sie dem Wald kamen, umso fester und länger wurden seine Schritte. Stjerna beeilte sich, an seiner Seite zu bleiben. Sie war völlig durchnässt und unangenehm klebten ihre durchweichten Kleider an ihrer Haut. Wasser lief ihr in die Augen. Sie zog ihren Umhang enger um sich, obgleich er sie nicht wärmte. Der Himmel über ihnen war mit schweren grauen Wolken behangen. Es sah nicht aus, als würde der Niederschlag bald nachlassen. Wasser stand auf dem grasigen Untergrund und machte schmatzende Geräusche bei jedem ihrer Schritte. Erleichterung überkam Stjerna, als endlich die ersten Bäume dicht vor ihnen aufragten.

Eilig traten sie in den Wald. Sofort wurde es dunkler um sie herum. Und noch kühler. Stjerna rieb sich die Arme. Laut schlugen die dicken Tropfen auf das Blätterdach. Wenigstens traf er sie nicht mehr in seiner ganzen Stärke. Nach einem Moment gewöhnte sie sich an die neuen Lichtverhältnisse. Gemächlicher setzten sie ihren Weg fort. Die Bäume in diesem Wald waren dunkler als alle, die Stjerna je zuvor gesehen hatte. Knorrige Äste und verfilztes Unterholz erschwerten es voranzukommen. Nicht lange und der Pfad vor ihnen war völlig blockiert.

»Vorsicht!« Maró hielt Stjerna energisch fest, als sie die Hand nach den dichten Ranken ausstreckte, um sie aus dem Weg zu schieben. »Das sind Blutdornen. Selten und giftig.«

Schnell zog Stjerna den Arm zurück und inspizierte die Ranken genauer, jedoch mit Abstand. Tatsächlich troff von den großen Dornen auf den Ranken eine rötliche Flüssigkeit. Vermutlich das Gift.

»Und nun?«, fragte sie stirnrunzelnd. Links und rechts von ihnen würde das Durchkommen nicht einfacher werden. Es sah aus, als hätte der Wald eine Mauer vor ihnen errichtet.

»Ich bin, um ehrlich zu sein, nicht geneigt, lange am Rand dieses Waldes umherzuirren, in der Hoffnung, einen Eingang zu finden. Wie steht es mit dir?«

»Ich auch nicht«, antwortete sie, bibbernd vor Kälte.

Maró nickte entschlossen und zog sein Schwert. Mit erhobener Waffe trat er einen Schritt nach vorne und setzte zum Schlag an. Plötzlich raschelte etwas und Stjerna wurde von den Beinen geworfen. Sie landete unsanft im feuchten Laub, rappelte sich aber sofort wieder auf.

»Was?« Maró keuchte erschrocken auf. Ranken huschten wie Schlangen über den feuchten Boden und von Ästen hinab und schnürten ihn ein wie in Ketten. In nur einem Wimpernschlag wurde er von Efeuranken gefesselt, die ihn an einen Baum festhielten. Seine Waffe lag nutzlos auf der Erde und die stählerne Klinge wirkte fehl am Platz in all dem Grün.

Stjerna riss entsetzt die Augen auf, bereit, Maró zur Hilfe zu eilen, doch da rührte sich blitzschnell etwas im Geflecht der Pflanzen. Unheilverheißend suchten sich Blutdornen ihren Weg zu Maró. Er riss den Mund auf, aber der Efeu wucherte weiter, knebelte ihn so fest, dass es ihm das Atmen erschwerte. Maró röchelte hektisch, zu mehr war er nicht mehr in der Lage. Weder Arm noch Bein konnte er bewegen!

Stjerna machte einen Schritt auf ihn zu, aber die Dornen kamen auch auf sie zu und trieben sie zurück. *Nein!*, dachte sie entschlossen. Sie musste ihm helfen! Stjerna raffte ihren Rock und sprang geschwind über die dahinschlängelnden Blutdornen.

»Ruhig, versuch stillzuhalten!«, rief sie Maró zu und bückte sich, um nach seinem Schwert zu greifen – hoffnungslos! Sofort wucherten Blutdornen darüber und verbargen es unter ihrem spitzen Blätterdach. Hastig zog Stjerna die Hand weg, ehe sie sich an den giftigen Dornen stach. Ihr Inneres zog sich zusammen angesichts dieser Misere. Die Dornenranken kamen Maró inzwischen gefährlich nahe, begannen, neben ihm den Stamm des Baumes emporzusprießen und sich in den Efeu zu weben.

Stjerna drehte sich zu Maró um und krallte ihre Finger um die Efeublätter. Mit aller ihr verfügbaren Kraft zerrte sie an ihnen, riss daran. Stemmte sich mit den Füßen so fest und hart in den Boden, aber dieses unheilvolle Gewächs gab nicht nach. Sie hätte ebenso gut an einem Schiffstau ziehen mögen, das wäre auf das gleiche Ergebnis rausgekommen.

Maró stöhnte gequält, was Stjerna einen Stich versetzte. Sie legte sich die Hände an ihre Schläfen und mahnte sich, besonnen zu bleiben. Panik würde ihr nicht helfen und Maró noch viel weniger. Trotzdem fühlte sich ihr Magen an, als hätte sie gleißende Kohlen verschluckt! Die Blutdornen unterdessen troffen vor Gift, dicht neben Marós Antlitz, wie ein sich heranpirschendes Raubtier. Stjerna trat dichter zu ihm und legte ihm bebend die Hand auf die Wange. Die Ranken kamen näher.

Was sollte sie tun? Sie konnte ihn keinesfalls allein lassen! Alles in ihr wünschte, dass die vermaledeiten Pflanzen einfach verschwanden! Mit zitternden Fingern tastete sie in Richtung der gifttriefenden Stacheln, ohne recht zu wissen, was sie bezwecken wollte. Sie folgte einem plötzlichen Gespür, nicht stets zurückzuweichen, sondern standhaft zu bleiben und sich nicht von ihrem Ziel abbringen zu lassen. Gefahr hin oder her. Unvermittelt verharrten die Dornen. Stjerna zog die Stirn kraus. Hatte sie das vollbracht? Vorsichtig streckte sie die Hand etwas weiter vor. Zögerlich wichen die Ranken ein Stückchen vor ihr zurück. Nun, als sie selbst das Heft in die Hand nahm, agierte und nicht bloß reagierte, bewirkte sie etwas. Oder etwa nicht?

»Was um alles in der Welt …?«, flüsterte sie.

Verbirgt er Dunkles? Eine Frage erfüllte ihren Geist, die sie nicht gestellt hatte. Keine Vision. Aber auch nicht real! Was war das?

Nein. Er beschützt mich. Wie von selbst antwortete ihr Verstand ebenso lautlos.

Wenn das so ist.

Sogleich knisterte und knackte es um sie herum. Efeu und Blutdornen gaben Maró surrend frei und verschwanden wie ein sich zurückziehendes Raubtier. Keuchend und hustend fiel Maró auf die Knie. Stjerna ging in die Hocke und griff nach seinen Schultern. Was war da nur gerade geschehen? Sie verstand es nicht.

»Alles in Ordnung?« Ihre Stimme versagte beinahe, erst jetzt spürte sie die Anspannung, die in ihr geherrscht hatte. Das Chaos in ihr tobte aber dennoch weiter.

Maró wollte antworten, brachte dabei nur ein Krächzen zustande. »Danke!«

»Gern, auch wenn ich nicht genau weiß, was da gerade passiert ist.«

Maró rieb sich die rechte Schulter. »Offenbar bist du in diesem Wald weit mehr willkommen als ich.«

Stjerna zuckte ratlos mit den Schultern. »Da war auf einmal so etwas wie eine Frage in meinem Geist. Nach dunklem Zauber und dir. Ich kann es nicht richtig erklären, es war mehr ein Gefühl.«

»Na offenbar hast du die richtige Antwort gegeben. Danke«, sagte er erneut und brachte ein schwaches Lächeln zustande.

»Willst du wirklich weiter durch diesen Wald?«, fragte Stjerna zweifelnd.

»Vielleicht haben wir nun nichts mehr zu befürchten. Schau mal!« Er deutete zu der Wand aus Ranken, die ihnen zuvor den Weg versperrt hatte. Ein schmaler Durchlass war darin geöffnet.

»Ich weiß nicht, ob das auch für mich gilt, du jedenfalls darfst ganz offenbar eintreten.«

»Also gut.« Stjerna stand auf, Maró ebenso.

Einen Atemzug lang verharrten sie beide reglos und aneinandergelehnt. Schließlich ging Maró zu seinem Schwert und hob es auf. Er strich prüfend über die schimmernde Klinge und steckte es in die lederne Scheide. Stjerna setzte jeden Schritt auf dem Weg zu dem schmalen Eingang zwischen den Ranken überlegt, die Augen nicht von den sie umgebenden Sträuchern wendend. Skeptisch blieb sie wenige Fuß später stehen. Maró kam neben sie.

»Was, wenn das ein Trick ist?«, zweifelte sie.

»Sagt dir ein Instinkt denn, dass es einer ist?«

»Nein. Was auch immer mit meinem Geist geschah, es hat sich nicht bedrohlich angefühlt.«

»Dann sollten wir auf dein Urteil vertrauen.«

»Und wenn das nur für mich gilt? Was ist, wenn es ... dieser Wald, dir nicht wohlgesonnen ist.«

»Das werden wir gleich herausfinden.« Maró zeigte unerschrocken zu der Öffnung.

Stjerna bewunderte seine Zuversicht, griff dann unwillkürlich nach seinem Arm. Vorsichtig gingen die beiden zwischen den Ranken hindurch. Blätter streiften ihre Gesichter, ein würziger Duft erfüllte die Luft. Keine einzige Dorne näherte sich ihnen. Stjerna blieb stehen, als sie die Barriere aus Ranken durchschritten hatten. Dahinter wirkte der Wald ganz gewöhnlich. Alles Bedrohliche verschwand. Zwei schwach erkennbare Pfade lagen vor ihnen.

»Wohin?«

»Entscheide du«, bat Maró. »Etwas sagt mir, dass dir in diesem Wald nichts geschehen wird.«

Einem Impuls folgend wandte Stjerna sich nach rechts. Ohne Widerworte ging Maró mit ihr.

NEUN

Noch immer prasselte der Regen hörbar auf die Blätter, erreichte den Waldboden einem feinen Nebel gleichend und nicht mehr in schlagenden Tropfen. Der Wald verströmte seinen würzigen Duft nach Kiefern, feuchten Blättern und nassem Moos.

Stjerna schlang die Arme fröstelnd eng um sich, fühlte sie sich bei Weitem nicht mehr so unbehaglich wie vor Augenblicken noch. Ihr Herzschlag beruhigte sich. Verstohlen drehte sie sich dann und wann zu Maró um. Sie war froh über seine Unversehrtheit. Die Bedrohung, der er ausgesetzt gewesen war, hatte sie mehr erschreckt, als sie je vermutet hätte. Sie wollte ihn nicht verlieren. In Marós Nähe fühlte Stjerna sich sicher. Mit schlagartiger Klarheit wusste sie, die Art, wie er lächelte, wie er neckisch werden konnte und vor allem wie er sie respektierte und ernst nahm, gefiel ihr. Sehr sogar.

Um sie herum wurde es etwas heller. Schweigend gingen sie über den schmalen Weg, der sich zwischen dicht stehenden Bäumen und Sträuchern hindurchschlängelte. Mehr und mehr wurde Stjerna der Schönheit des Waldes bewusst. Unvermittelt blieb sie stehen, Maró legte eine Hand an sein Schwert. Wie aus dem Nichts stand eine Gestalt vor ihnen. Eine Frau mit einem unmöglich einzuschätzenden Alter. Ihre in mannigfaltigen Grüntönen changierenden Gewänder ließen sie wie einen Teil des Waldes erscheinen.

»Ich bin euch nicht feindlich gesonnen. Sofern ihr mir dazu keinen Anlass gebt.« Sie richtete ihren Finger auf Marós Schwert.

Nach einem kurzen Blick auf Stjerna nahm er die Hand von der Waffe.

Die Frau nickte zufrieden. »Mein Name ist Zuriesa. Ich bin die Herrin dieses Waldes.«

Maró verneigte sich leicht. Stjerna tat es ihm gleich.

»Nach dem, was ich spürte, als ihr diesen Wald betreten habt, seid ihr nicht ganz das, womit ich gerechnet hatte. Sei dem, wie es sei. Ich weiß sehr wohl, Dinge sind oft anders, als sie erscheinen. Ihr werdet eure Gründe haben, als das hier zu sein, als was ihr gekommen seid. Da ihr die Prüfung bestanden habt, heiße ich euch willkommen.«

»Dann warst du das? Der Zauber, die Frage in meinem Geist?«, fragte Stjerna verblüfft. »Ich glaube, ich verstehe das alles nicht recht. Was hattest du denn erwartet?«

»Schon gut.« Zuriesa lächelte. »Was ihr einzig wissen müsst, ist, dunkler Zauber darf dieses Refugium nicht betreten. Doch meine Wächter haben einen solchen gespürt. Freilich auch andere Magie, die nicht dem Schaden dient.«

»Wir haben nichts Übles im Sinn«, erwiderte Maró mit fester Stimme.

»Das ist gut, denn du warst dem Untergang bereits sehr nah. Allein deine Begleiterin hat dich gerettet.«

Stjerna fühlte Marós Blick und zupfte an ihren Ärmeln. »Wieso ich? Ich meine, weshalb vermochte ich das? Magie ist mir nicht vertraut.«

Zuriesa zog die Brauen hoch. »Der Wald hat seine eigenen Gesetze. Und nur weil dir etwas nicht vertraut erscheint, ist es dir dennoch nicht notwendigerweise fremd. Was also begehrt ihr hier?«

»Ein Quartier und eine Nacht, die wir Dank deiner Güte nicht im Regen verbringen müssten«, bat Maró.

Zuriesa bedeutete ihnen, ihr zu folgen. Wirbelnd drehte sie sich um, trotz der Nässe flog ihr schwarzes Haar durch die Luft. Stjerna war unfähig, sich zu rühren. In ihrem Geist drehten sich mannigfaltige Gedanken. Wirr und ungeordnet, sie vermochte nicht, einen davon zu fassen. Was hatte Zuriesa damit gemeint, »etwas anderes« erwartet zu haben? Stjerna zuckte zusammen, als Maró ihr sanft die Hand drückte.

Sie folgten der Waldesherrin. Diese führte sie von dem schmalen Weg hinab. Stjerna spürte, wie sich Marós Wachsamkeit steigerte. Etwas sagte ihr indes, dass es dafür keinen Grund gab. Wieder war es mehr ein Gefühl, dem sie anhing.

Ein Stück tiefer im Wald fanden sie zwei Rotbuchen, deren Äste sich wie zu einem ausladenden Dach ineinander verschlangen. Darunter brannte ein kleines Feuer, über dem ein verheißungsvoll dampfender Kessel hing. Es roch nach frischem Brot und Suppe.

»Verbringt hier die Nacht, wenn es euch genehm ist. Eure Vorhaben gehen mich nichts an, daher steht es mir nicht zu, Fragen über euer Wie und Warum zu stellen. Eines lasst euch nichtsdestotrotz gesagt sein: Dieser Wald bemerkt weit mehr, als ihr glaubt. Ihr habt nichts zu befürchten, solange ihr nichts Unlauteres im Schilde führt. Versucht ihr, meine Gastfreundschaft auszunutzen, nun ja, Blutdornen wachsen schnell. Auch dort, wo ihr keine ahnt.«

Zuriesa deutete zum Feuer. Sie setzten sich. Maró tauschte einen langen Blick mit ihrer Gastgeberin, wie in einer stillen Ansprache. Dann nickte sie leicht.

»Lebt wohl«, sagte sie und ging. Bereits nach wenigen Schritten war sie zwischen den Bäumen nicht mehr auszumachen.

»Ist sie ein Waldgeist?«, fragte Stjerna seltsam scheu.

»Nein. Sie ist ein Mensch. Einer mit magischen Fähigkeiten allerdings.«

Stjerna seufzte. »Woher weißt du das nur alles? Und weshalb ist das alles so kompliziert, Maró? Warum wird alles immer verworrener? Ich nahm an, Magie und Menschen würde immer zu etwas Bösem führen.«

»Ich ahne, wer dir das erzählt hat.«

»Rilan. Er ist mehrere Jahre älter als ich und wurde so etwas wie mein Beschützer. Ich hatte nie einen Grund anzuzweifeln, was er sagt.«

Stjerna schüttelte sich kurz. Ihre Worte klangen beinahe entschuldigend.

»Keine Sorge, ich verstehe, dass du seinen Worten Glauben geschenkt hast. Jeder von uns braucht irgendeine Art von Anleitung, um sich in dieser Welt, zwischen Menschen und Übernatürlichem, zurechtzufinden. Nur ist nicht alles schwarz und weiß. Abgesehen davon, Zuriesa kann mit Sicherheit sehr gefährlich werden.«

»Wie du. Auch wenn du bekräftigst, kein Magier zu sein.«

»Ich bin keiner. Obgleich ich weiß, dass es manchmal auch Menschen mit magischen Kräften gibt. Wenn sie diese zu lenken lernen, können sie mächtig werden. Das gilt für Übernatürliches genauso. Beide können sicher mit ihren Kräften Unheil anrichten, was gewöhnlich nicht die Intention ist. Nehme ich jedenfalls an.«

Gedankenverloren saß Stjerna da. Sie hätte Zuriesa gerne so viele Fragen gestellt und schalt sich selbst eine Närrin, nicht den Mut dafür gehabt zu haben. Durch das Feuer kehrte allmählich eine wohlige Wärme in ihren Leib zurück und ihre Glieder prickelten angenehm. Die würzige Suppe aus Bärlauch, Pilzen und Beeren und dazu das noch warme Brot waren köstlich.

Nachdenklich betrachtete sie nach dem herrlichen Mahl die Flammen und spielte mit einem Rotbuchenblatt. Über ihnen verschlangen sich die Äste der beiden mächtigen Bäume zu einem dunkelroten Dach, unter dem es wohlig warm war. Dann und wann spürte sie Marós Aufmerksamkeit auf sich gerichtet. Jedes Mal, wenn sie sich zu ihm drehte, lächelte er nur schweigend oder sah weg, obgleich Stjerna das Gefühl hatte, als wollte er ihr etwas sagen. Schließlich rollte sie sich dicht neben ihm zusammen und schloss die Augen.

***

»Ich weiß über ihre Herkunft nichts. Meine Sinne sagen mir Ähnliches wie dir. Es ist Magie im Spiel.«

»Hast du ihr das gesagt?«

Stjerna brauchte einen Moment, um sich zu erinnern, wo sie lagerten. Das schwach glimmernde Feuer setzte sich hell gegen das tiefe Nachtblau der Umgebung ab. Vereinzelt stieg ein kleiner Funken wie ein glühender Edelstein leuchtend auf, ehe er verlosch. Stjerna wandte sich in Richtung der Stimmen. Schemenhaft konnte sie Silhouetten ausmachen. Maró und ... Zuriesa? Warum standen sie zwischen den Stämmen der Rotbuchen, als heckten sie etwas aus?

»Nein. Ich habe daran gedacht, nur ist es nicht an mir, diese Entscheidung zu treffen. Jemandem so etwas unvorbereitet zu offenbaren, kann weitreichende Konsequenzen haben«, hörte sie leise, jedoch deutlich genug Maró antworten.

»Eine kluge Einstellung. Deine Begleiterin ist nicht einzig das, was in dir das Begehren geweckt hat, allein mit mir zu sprechen, nicht wahr? Diesen Wunsch habe ich deutlich gespürt.«

»Nein, ich habe eine Bitte, eine Frage ...«

Zuriesa lachte leise. »Der dunkle Zauber, der dir anhaftet? Auch das ist mir nicht entgangen.«

Stjerna biss sich auf die Lippe und zwang sich, still zu liegen, obgleich sie am liebsten näher herangeschlichen wäre.

»Dafür waren deine Blutdornen Beweis genug. Hier.«

Marós Kleider raschelten, Stjerna konnte nicht genau erkennen, was er tat. Zuriesa machte eine Bewegung, er stöhnte schmerzerfüllt.

»Ein Bann. Er hat bereits etwas an Kraft eingebüßt, nicht wahr?«, fragte Zuriesa.

»Ja. Er trennt mich dennoch von dem, was ich wirklich bin.«

»Er bindet dich an diese Gestalt, willst du sagen. Du kannst deine wahre Form nicht halten.«

»Nein, kann ich nicht.« Er klang frustriert. »Und mir fehlen Erinnerungen, höchstwahrscheinlich sind auch sie durch das Siegel gebannt.«

»Möglich.«

»Kannst du ihn brechen?«, fragte Maró hoffnungsvoll. »Nenn mir den Preis und –«

»Nein. Nein, ich kann ihn nicht brechen. Dafür ist der Zauber noch immer zu mächtig.«

Maró ächzte frustriert.

Einen Moment herrschte Stille und die Flammen des Feuers schienen lauter zu knistern als zuvor. Schließlich sprach Zuriesa weiter. »Der Magier Irior. Er lebt nicht allzu weit von hier. Potenziell liegt es in seiner Macht. Aber sei gewarnt, dunkler Zauber ist ihm nicht unvertraut.«

»Glaubst du, er würde mir helfen?«

»Für den richtigen Preis vermutlich. Er ist ein vertrackter alter Mann.«

»Ich habe kaum eine Wahl. Ich muss es versuchen. Danke, Zuriesa.«

»Viel Glück.«

Ihre Schritte entfernten sich leise, während Maró wieder herüberkam und sich ans Feuer setzte. Stjerna kniff die Augen fest zu und hielt die Luft an. Sie lauschte auf jedes Geräusch und auf einmal breitete sich Kälte in ihrem Inneren aus. Es kostete sie Mühe, nicht zu Maró zu sehen.

Was ging da vor sich? Was sollte dieses nächtliche Treffen? Sollte sie ihn danach fragen? Andererseits, war es nicht seine Sache mit wem er wann sprach? Er nahm sie ernst, was Stjerna sehr schätzte – sollte sie jetzt insistieren wie ein vorlautes Kind? Aber was meinte Zuriesa mit Marós »wahrer Gestalt«? Was war er? Am Ende doch ein schwarzer Magier? Ein Verbrecher?

Irgendetwas mahnte Stjerna deutlich zur Vorsicht, obwohl sie sich doch vorgenommen hatte, nicht mehr an ihm zu zweifeln! Was sollte sie tun? Stjerna beschloss, den Morgen abzuwarten. Ob Tageslicht auch Klarheit mit sich führen würde? Dennoch, Furcht erhaschte sie. Unwillkommene Furcht, wenn sie bedachte, wie geborgen sie sich mittlerweile mit Maró fühlte!

***

Am Morgen, als sie ihren Aufbruch vorbereiteten und die Spuren des Lagers verwischten, gab sie sich Mühe, sich nichts anmerken zu lassen. Immer wieder musterte sie Maró und sah unvermittelt weg, wenn er es gewahrte. Sie sprach kaum mit ihm und ihre Stimme war kühl, obgleich sie versuchte, so zu klingen wie immer.

»Stjerna, was ist los?«, fragte er.

»Nichts.«

Er stand auf und kam zu ihr. Sie wich zurück.

»Ich nahm an, das hätten wir hinter uns gelassen.« Nachdenklich strich er sich über das Kinn.

»Ich bin nur … Du hast mich erschreckt«, versuchte sie seiner Anmerkung auszuweichen.

»O nein, da ist noch mehr als das. Dafür spricht zu deutlich die Furcht aus deinen Zügen.«

»Ich habe euch gehört. Gestern Nacht. All dieses Gerede über dunkle Zauber und wahre Gestalten. Du verbirgst irgendetwas und dieses Etwas macht mir Angst. Es ist etwas Dunkles, nicht wahr? Was geht hier vor, Maró? Was bist du?«

Er rieb sich die Schläfen und verweilte dann völlig reglos. Schließlich gab er sich einen Ruck. »Du hast mal gesagt, jedes Mal, wenn du glaubst, mich mögen zu können, würde ich diese Illusion zerstören. Ich fürchte, wenn ich deine Frage beantworte, zerbricht sie endgültig.«

»Ich bin die Heimlichtuerei leid! Sag mir endlich die Wahrheit!« Kerzengerade stand sie da. Sie fühlte sich, als würde ihr der Atem abgeschnürt.

Maró suchte ihren Blick. Er brauchte einige Versuche, ehe er endlich Worte fand. »Also schön, du hast die Wahrheit verdient. Außerdem kann ich dir so mein Vertrauen in dich beweisen.«

Er unterbrach sich, sein Blick schweifte ab und verlor sich im Wald, beinahe verträumt. Als er sie wieder ansah, stand eine seltsame Mischung aus Stolz, Sehnsucht und Zweifel in seinen Augen. Maró richtete sich zu voller Größe auf und stemmte die Hände in die Hüften. »Ein Dämon, Stjerna. Ich bin ein Niscahl-Dämon.«

Stjerna schlug die Hände vor den Mund und stand da wie paralysiert. Sie wollte aufschreien, fühlte sich aber, als hätte sie die Fähigkeit dazu verlassen, als sei jegliche Kraft aus ihrem Körper entschwunden. »Nein«, wisperte sie schließlich. »Nein, das ist undenkbar, das kann nicht sein, nein!« Ungläubig schüttelte sie den Kopf und trat taumelnd einen Schritt zurück.

Beschwichtigend hob er die Hände. »Dir droht keine Gefahr von mir. Wenn ich dir etwas antun wollte, glaubst du, ich hätte es dann nicht längst getan?«

Stjerna starrte ihn sprachlos an und versuchte, sich zu sammeln. Sie wirbelte herum, wollte weglaufen. Ihr Leib spannte sich schmerzhaft. Wohin konnte sie schon fliehen? Im Wald einer Hexe mit einem Dämon auf den Fersen? Heiser schrie sie auf. Es war ein unartikulierter Laut, wütend und frustriert. Sie fühlte sich so unglaublich hintergangen. Stjerna schoss wieder herum und funkelte ihn wild an. Ihre Furcht verwandelte sich in Zorn.

»Wieso?!«, brüllte sie ihre Frustration heraus. »Von allen Kreaturen des Übernatürlichen – ein Dämon! Warum muss es gerade das sein? Ich dachte, du … wir … Aber so? Du bringst Dunkelheit, Albträume und wohlmöglich sogar den Tod, alle fürchten die Dämonen. Wie soll ich dir da glauben, mir drohe keine Gefahr? Mein ganzes Leben lang wurde ich vor Niscahlen gewarnt! Es fürchtet doch nicht jeder grundlos Kreaturen wie *dich*.«

»Ich dachte, ich hätte bewiesen, dir nicht schaden zu wollen. Alles in dieser Welt bedingt einander, Stjerna. Auch meine

Existenz und meine Fähigkeiten spielen eine Rolle in ihrem Bestehen.«

»Nein! Zuriesa hat von dunklem Zauber gesprochen!«

»Der mich bannt. Der mir verwehrt, meine eigentliche Gestalt anzunehmen. Er wohnt mir jedoch nicht inne.«

All die Worte über die Heimtücke der Dämonen, alle Geschichten über deren Bosheit drangen in ihr Herz, all die Warnungen, die Geschichten von Morden in der Nacht und Rilans von Grauen erfüllte Miene, als er vom Tod seines Vaters erzählte. Wie ein *Niscahl* diesen ermordet hatte ...

»Lügner«, zischte sie. »Die ganze Zeit über hast du mich belogen.« Tränen brannten in ihren Augen. Wäre er doch nur ein Mensch! Sie hatte sich so viel ausgemalt, verstohlen von ihrer beider Zukunft geträumt. Alles war nun ruiniert. Was für eine einfältige Närrin sie doch war.

»Ich wollte dir keine Angst machen.«

»Ich glaube dir nicht, dass das der Grund war! Da ist noch etwas anderes. Wohin bringst du mich? Was hast du mit mir vor?«

»Was ich dir über meine Erinnerungen gesagt habe, ist die Wahrheit, Stjerna. Nur deswegen brauche ich deine Hilfe.«

»Warum meine?« Sie erschauerte und hielt sich an einem Baum fest, als ihre Knie weich wurden. »Das Siegel an deiner Schulter, die Statue des Dämons, die ich im Wald gesehen habe ...« Sie japste beklommen auf. »Das warst du gewesen!«

»Ja. Ich war die Statue und du hast einen Teil des Bannes gelöst. Er traf mich offenbar, als ich noch sein konnte, was ich eigentlich bin. Seitdem bin ich gezwungen, mich als Mensch zu zeigen. Ich sehne mich danach, diese Gestalt loszuwerden! Ich bin ein Niscahl, eine übernatürliche Kreatur. Diese Existenz ohne alles Magische gleicht Folter. Als die Männer nahe dem Dorf neulich von einer Hexe sprachen, fiel mir ein, dass ich einst von diesem Wald hörte. Ich wusste um Zuriesa und hoffte, sie könne mir den Rest des Bannes nehmen.

Ich kann selbst nicht sagen, wie oder wieso der Bann mich traf. Ich weiß, es ist ein dunkler Zauber und er zwingt mich in Menschengestalt, mehr weiß ich nicht. Es tut mir leid, dir Angst zu machen, Stjerna, aber ich werde mich nicht dafür entschuldigen, ein Wesen zu sein, welches dir nicht zusagt.«

Stjerna hörte ihm kaum mehr zu. Sie löste ihre zitternden Finger von dem Baum, an dem sie sich festhielt, und starrte auf ihre Hände, drehte sie hin und her. »Ich habe keine magischen Fähigkeiten«, wisperte sie und sprach mehr zu sich selbst als zu Maró. »Ich bin eine einfache Gauklerin. Wie konnte ich einen magischen Bann aufheben?«

»Ich weiß es nicht. Wirklich nicht. Wenn du es herausfinden willst, such den verlorenen Pfad auf.«

»Niemals! Das ist doch gewiss auch nur wieder ein Trick, eine Lüge! Ich will nur mein altes Leben zurück!« Sie biss sich auf die Lippe. War dies wirklich ihr Wunsch? Sehr viel lieber hätte sie die Zeit einfach bis vor den gestrigen Abend zurückgedreht, am allerliebsten zu jenem Tanz auf der Lichtung, als sie noch glauben konnte, sie und Maró hätten vielleicht eine Zukunft. Zusammen sogar. Doch nun? Ein Dämon! Nichts als eine Unheil verheißende Kreatur stand ihr gegenüber. Sie war ein Mensch, er ein Niscahl. Ein Fakt, der sie unüberbrückbar voneinander trennte. Stjerna kam sich so unglaublich betrogen und dumm vor. Wie hatte sie nur zulassen können, eine Zuneigung zu ihrem Entführer zu entwickeln? Wie hatte er sie in diese Falle laufen lassen können? Musste er nicht bemerkt haben, was in ihr vorging? Hatte er die ganze Zeit sein Spiel mit ihr getrieben? Forschend sah sie ihn an.

Er neigte leicht das Haupt. »Begleite mich noch bis zu dem Magier Irior. Keine Sorge, er ist ein Mensch. Wenn er den Bann vollständig lösen kann, kehrt hoffentlich auch meine Erinnerung zurück. Damit bindet dein Versprechen dich dann nicht mehr an mich.« Maró seufzte leise. »Er wird Mittel und Wege haben, deinem *Freund* Rilan eine Nachricht zukommen zu lassen.«

Unschlüssig trat Stjerna von einem Bein aufs andere. Sie wollte weg, aber würde sie von hier allein nach Hause finden? Der dichte Wald umgab sie. Nirgends schien es ein Durchkommen zu geben. Wie groß mochten die Chancen sein, zufällig Rilan zu begegnen? Wenn sie an einem sicheren Ort auf ihn warten konnte, war die Aussicht auf Erfolg sicher größer. Selbst wenn es bedeutete, noch in der Gesellschaft des Dämons verweilen zu müssen.

Reglos stand Maró ihr gegenüber. Den geschlagenen, beinahe enttäuschten Ausdruck in seinem Gesicht weigerte sie sich zu beachten. Erst nach drei Versuchen gelang es ihr endlich, ihm zu antworten.

»Also gut.« Wütend wischte sie ihre Tränen weg. Wieso konnte Maró nicht einfach das sein, was er zu sein schien? Ein Mensch! Dann wäre alles so viel einfacher. Nun lagen all ihre Träume wie zerbrochen vor ihr.

ZEHN

In den folgenden Tagen sprach sie so wenig mit ihm wie nur möglich. Zorn und Enttäuschung nahmen ihr die Worte. Sie fürchtete, in Tränen auszubrechen, wenn sie das Wort an ihn richtete, eine Blöße, die sie sich auf gar keinen Fall geben wollte. Immer wieder zwar drängten Fragen in ihren Geist, doch sie schob sie davon. Stjerna bemühte sich, ihr tiefstes Inneres Maró gegenüber hart werden zu lassen. Da war all das, was sie zusammen erlebt hatten. Nur war da auch all das, was sie in ihrer Kindheit über Geschöpfe wie ihn gelernt hatte. All die Geschichten, die Rilan über die hinterhältigen und todbringenden Niscahle zu erzählen wusste, und nicht nur er. Sicher war es besser, wenn sie jetzt und hier einen Schlussstrich zog. In ihrem Herzen waren Dinge, die da nicht sein sollten. Zumindest nicht für einen Dämon. Wenn er wenigstens zornig geworden wäre, ob ihres Verhaltens. Das hätte es entschieden leichter gemacht, aber er blieb höflich. Es traf sie beinahe schmerzlich, mit welchem Gleichmut Maró ihre ablehnende Haltung hinnahm. Stjerna kam sich vor, als hätte jemand ein unsichtbares Gewicht auf ihren Leib geschnürt.

Deswegen war sie mehr als froh, als endlich jenes Tal vor ihnen lag, zu dem sie wollten. Hügelig erstreckte es sich vor ihnen, gegen den Horizont zeichnete sich eine Bergkette ab und große Steine ragten hier und da aus dem hellgrünen Gras. Ein Fluss lief zu ihrer linken Seite und in einiger Entfernung stand eine Wassermühle, welche geradezu mit einem der Hügel zu verschmelzen schien.

Schweigend gingen sie darauf zu. Neben der Mühle stand ein kleiner Schuppen. Dem Mühlrad fehlten die Schaufeln und es stand still. Ein alter Mann trat aus dem Gebäude. Er trug einen langen hellblauen Umhang. Irior, der Magier, den Maró suchte, ohne Zweifel. Seine Augen strahlten hellgrün und bildeten den einzigen farblichen Kontrast zu seinen hellblauen Gewändern und seinem grauweißen Haar. Mit verschränkten Armen erwartete er die Neuankömmlinge.

»Guten Tag«, begrüßte er sie leicht skeptisch.

»Guten Tag«, antwortete Stjerna.

Maró nickte knapp.

»Besucher sind äußerst selten hier. Noch dazu welche, die mir fremd sind. Und denen dunkler Zauber anhaftet.«

»Das ist es, was uns zu dir führt. Die Bitte um Hilfe. Zuriesa meint, du könntest vielleicht –«

Der Alte hob die Hand. »Vielleicht kann ich, ja. Doch nur auf dir lastet der Zauber.«

Irior nickte Stjerna zu. »Du erinnerst mich an eine Schülerin von einst«, bemerke er mit Wärme in der Stimme. »Du hingegen«, er wandte sich an Maró und seine Stimme wurde abweisend, »von dir geht eine Gefahr aus, die nicht von der Magie kommt, die auf dir liegt. Was bist du für ein Geschöpf? Obgleich du wie ein Mensch aussiehst, würde es mich wundern, wenn du tatsächlich einer wärst.«

»Ich bin ein Niscahl-Dämon.« Stolz hob Maró den Kopf. Stjerna versuchte zu ignorieren, wie ihr seine Unbeugsamkeit gefiel.

Irior rieb sich den Bart. »Ein Niscahl, soso. Und du meinst, ich helfe dir dennoch?«

»Mehr als bitten kann ich nicht. Der Bann, der auf mir liegt, verhindert, dass ich sein kann, was ich bin.«

»Und du?« Er wandte sich wieder an Stjerna. »In Gesellschaft eines Dämons?«

Stjerna knetete ihre Finger. »Eine lange Geschichte«, erläuterte sie leise und schlug die Augen nieder.

»Komm.« Irior bedeutete ihr, näher zu kommen.

Stjerna zögerte, setzte an, einen Schritt zu machen, konnte sich jedoch nicht recht dazu entscheiden. War es falsch? Verstohlen richtete sie den Blick zu Maró. Es konnte einfach nicht richtig sein, bei ihm zu bleiben. Oder? Aber ein Mensch und ein unheilbringender Dämon konnten doch unmöglich zusammenbleiben?

»Glaub mir, Kind, die Gegenwart einer Kreatur wie dieser solltest du meiden. Komm.« Irior nahm schließlich sanft Stjernas Arm und zog sie zu sich herüber.

Maró senkte die Lider. »Stjerna kann hierbleiben, wenn sie es wünscht. Vermutlich ist es besser so.«

»Ich bin sicher, das ist ihr Wunsch. Nicht wahr?«, mutmaßte Irior bestimmt.

Stjerna selbst fand keine Worte mehr. Sie fühlte sich mit einem Mal so zerrissen, unendlich müde und war sich sicher, jede Entscheidung würde die falsche sein. Der Alte hielt immer noch ihren Arm fest.

»Wirst du mir helfen oder nicht?« Ein Anflug von Ungeduld lag in Marós Stimme.

»Ich verlange einen Preis.«

»Welchen?«

»Den nenne ich dir morgen, bei Tagesanbruch. Ich muss dafür zunächst einiges überdenken und vorbereiten. Wenn du meine Hilfe willst, musst du den Preis jedoch ohne Widerworte akzeptieren und sobald der Bann gebrochen ist, umgehend von hier verschwinden. Die Gegenwart eines Dämons ist gefährlich. Immer!«

»In Ordnung«, schoss es aus Maró hervor.

Irior lächelte Stjerna an. »So sei es. Komm mit hinein, Kind. Dort ist es warm und sicher.« Mit ausgestrecktem Finger zeigte er auf Maró. »Du indes wirst dein Lager hier draußen aufschlagen. Ob du deine wahre Gestalt annehmen kannst oder nicht.«

Stjerna folgte Irior mechanisch in die Mühle. Auf der Schwelle drehte sie sich unauffällig um. Es erschien ihr absurd, Maró draußen zurückzulassen. So lange hatten sie nun schon zusammen gelagert. Ein in ihr aufkeimendes Gefühl von Verrat gegen ihn schob sie so weit fort, wie sie konnte. Eilig ging sie dann hinein. Ob der Dämon eine Gefahr sein würde, sobald der Bann gebrochen war? Aber wenn es Maró wirklich half, seine Erinnerungen wiederzuerlangen? Immerhin hatte sie mit ihm nach diesen gesucht und ein Teil von ihr wünschte, seine Beharrlichkeit möge belohnt werden.

Es roch nach Holz. Ein Schreibtisch voller Federn, Pergamente und Bücher stand in der Mitte des Raumes. Ein Kamin stand in einer Ecke. Regale befüllt mit Büchern, Schriftrollen, allerlei Gläsern und Tiegeln säumten die Wände. Einzig dort, wo eine Tür zu einem weiteren Raum abging, stand nichts. Räder, Seile und Gestänge waren alles, was noch auf die ehemalige Funktion des Bauwerks als Mühle hindeutete. Eine dunkle Treppe führte auf den eigentlichen Mahlboden.

Irior bot Stjerna heißen Met an, den sie dankend annahm. Das Getränk rann angenehm süß und warm ihre Kehle hinab. Den Gedanken an Maró, den sie wie einen streunenden Hund zurückgelassen hatten, schob sie von sich. Stjerna und Irior setzten sich auf harte Holzstühle an einen kleinen Tisch. Dann stellte er ihr mannigfaltige Fragen. Woher sie käme, wie sie Maró begegnet sei, ob er sie schlecht behandle, ihr gar etwas angetan hatte. Trotz des Mets blieb sie auf der Hut, ließ den Alkohol ihre Zunge nicht lockern. Sie antwortete knapp und gab so wenig wie möglich von dem preis, was geschehen war. Sie wollte sich nicht unterhalten, insbesondere nicht über den Dämon. Was ihn anging, kam es Stjerna vor, als sei ihr Geist in einem undurchdringlichen Irrgarten gefangen. Welcher Weg war der richtige?

Stattdessen erzählte sie von Rilan und der Magier versprach, ihm unverzüglich eine Nachricht zukommen zu lassen. Er sagte, er habe Mittel und Wege, dies schnell zu erledigen, und bis Rilan eintraf, könne sie in der Mühle bleiben.

»Was schaust du so traurig drein, Stjerna? Der Dämon ist bald kein Problem mehr für dich. Du hast vor ihm nichts mehr zu befürchten«, bemerkte der alte Mann.

Sie zwang sich zu einem Lächeln. »Ich weiß auch nicht. Es ist nur seltsam. Ich meine, ich habe eine ganze Weile mit Maró verbracht.«

»Entschieden zu lange. Hat er dir wirklich nichts angetan? Du kannst mir alles anvertrauen, Mädchen. Hat er dir Leid zugefügt?«

»Nein!«, sagte sie entschieden.

»Dann kannst du gewiss von Glück reden. Niscahle sind dunkle Kreaturen. Licht zu stehlen, ist ihnen eigen. Sie vermögen es, unsichtbar zu werden im Schatten, mit ihm zu verschmelzen, denn Schatten ist in ihnen.«

»Sind Niscahle denn wirklich alle so furchtbar?«, fragte Stjerna.

Konnte es wirklich eine Tatsache sein? Maró wollte sich ihres Erachtens in dieses Bild einfach nicht einfügen lassen. Wie ein unpassendes Puzzleteilchen trug er nicht dazu bei, jener Vorstellung zu entsprechen, die offenbar *jeder* über Niscahle hegte.

»Kannst du etwas Gutes an ihrer Existenz sehen?«, stellte Irior ihr eine Gegenfrage, anstatt zu antworten.

»Alles bedingt einander, auch die Niscahle tragen zum Bestehen Mecanaés, unserer Welt, bei. Jedenfalls hat Maró das gesagt.«

»Du solltest auf seine Worte nichts geben. Trotzdem würde mich interessieren, was er denn fabuliert. Wie tragen Niscahle zum Bestehen der Welt bei?«

»Ich habe ihn nicht gefragt.« Ihre Schulter sackten hinab.

»Er hätte dir ohnehin mit einer Lüge geantwortet. Sicher hat er dir einiges erzählt, was nicht der Wahrheit entspricht, nicht wahr?«

Stjerna antwortete nicht. Hatte Maró geheuchelt? Er hatte ihr Dinge verschwiegen, aber gelogen? Je mehr Irior sagte, desto mehr Unwillen wallte in ihr auf. Unwillen gegen den Magier, nicht den Dämon. Es stimmt einfach nichts von dem, was der Alte behauptete! Oder war sie zu verblendet, die Wahrheit in seinen Worten zu sehen? Nein! Sie war doch kein dummes Kind mehr und musste sich nicht ständig belehren lassen.

»Gewiss trifft dein Freund in wenigen Tagen ein. Rilan, nicht wahr?« Iriors Worte rissen sie aus ihren Gedanken. »Dann kannst du nach Hause zurück und dein Leben weiterführen wie ein gewöhnlicher Mensch.«

»Ein Mensch, gewöhnlich, ja«, entgegnete Stjerna zerstreut und strich sich die Haare von den Schultern. Sie setzte an, Irior nach dem verlorenen Pfad zu fragen, aber etwas hielt sie davon ab. Da war etwas Verschlagenes in seinem Blick und es gefiel ihr nicht.

Es dämmerte bereits und Stjerna hatte keine Lust mehr auf ein weiteres Gespräch mit Irior. Daher entschuldigte sie sich und ging nach oben, um etwas Ruhe haben und dem Magier und seinen Ansichten entgehen zu können. Sie richtete sich für die Nacht auf dem ehemaligen Mahlboden ein und spähte danach aus dem Fenster. Das Glas wandelte sich zu einem klaren Spiegel. Ihre Reflexion erschien darin, deutlich zu manifest.

Bunte Blüten umkränzten ihr Haupt, doch diese waren welk, kraftlos fielen sie hinab und vergingen im Nichts.

Dann schwand die Illusion und sie erkannte in der Dunkelheit ein brennendes Lagerfeuer und Marós Gestalt, die sich dagegen abzeichnete.

Stjerna schlang die Arme um den Leib und trat vom Fenster zurück, nur um sogleich doch wieder hinzugehen. Schwermut stieg in ihr auf. Sollte sie zu ihm gehen? Sie konnte ihn nicht einfach so ziehen lassen. Zumindest sprechen musste sie vorher noch mit ihm. Stjerna seufzte geschlagen und ließ sich auf ihr Lager fallen.

Erst als sie aufschreckte, begriff sie, dass sie der Schlaf übermannt haben musste. Draußen war es mittlerweile tiefgehend dunkel, doch Stimmen drangen herauf. Stjerna schlich zum Fenster und um bessere Sicht zu haben, öffnete sie es leise. Im Feuerschein erkannte sie Irior, der Maró gegenüberstand. Was gedachte der Zauberer, mit ihm zu machen? Würde er ihm Schaden zufügen?

»Also schön, Dämon. Ich folge deinem Wunsch und nehme den Bann jetzt schon von dir, damit das Mädchen es nicht mitansehen muss. Aber ich habe dir gesagt, ich verlange einen Preis.« Die Stimme des Zauberers klang kalt.

»Was willst du?«, fragte Maró knurrend.

»Dein Blut wäre gewöhnlich mein Interesse. Doch ich befürchte, es ist wertlos, weil der Zauber es schwächt. Stattdessen ein Stück deines Horns.«

»In Ordnung.«

Irior zog ein Seil hervor. Maró machte einen Schritt zurück.

»Glaubst du wirklich, ich gebe dir die Macht, wieder deine Gestalt anzunehmen, ohne mich zu schützen? So oder gar nicht. Stell dich da hin. An die Wand.« Er nickte zum Schuppen hinter ihnen.

Maró gehorchte. Irior band seine Hände mit den Stricken an zwei eisernen Ringen fest, die an Ketten von einem überstehenden Dachbalken hingen. Dann nahm er ein Sichelmesser aus seinem Gürtel. »Beginnen wir mit meiner Bezahlung.«

»Wie soll das gehen? Ich kann meine Gestalt dafür kaum lange genug behalten.«

»Dem lässt sich mit einem Zauber abhelfen. Erst danach widme ich mich dem Lösen des Siegels.«
»Ich habe wohl kaum eine Wahl. Ich stelle jedoch eine Bedingung.«
»Findest du, in der Position dazu zu sein?«
»Glaubst du, meine Kräfte richtig einzuschätzen?«
»Dann sag schon, was du willst.«
»Du wirst dafür sorgen, dass Stjerna nichts geschieht und es ihr freisteht zu tun, was sie möchte.«
»Ich gebe auf sie acht.«
»Also gut. Dann gehen wir es an.«

Stjerna biss sich auf die Lippe und krallte die Finger ins Fensterbrett. Sie fürchtete, ihre Knie könnten nachgeben. Nach allem, was sie ihm an den Kopf geworfen hatte, sorgte er sich noch immer um sie.

Einen Herzschlag lang umgab Maró ein dunkler Schimmer, schwärzer noch als die Nacht. Dann wurde es unnatürlich hell um ihn und den Magier. Nervös sah Stjerna zu, als Marós menschliche Gestalt unwiederbringlich wich. Seine wahre Haut, der einer Schlange nicht unähnlich, war von dunklem Grün, die Augen violett und dunkle Hörner bogen sich aus seinen Schläfen hervor. Stjerna empfand keine Angst beim Anblick des Dämons, mehr eine Faszination, wie schon damals im Wald. Etwas seltsam Verwegenes ging von Maró in seiner wahren Gestalt aus.

Irior flüsterte Worte, die Stjerna nicht verstand. Dann packte er Marós linkes Horn und holte mit der Klinge aus. In einer forschen Bewegung traf er das Horn etwas über dessen Mitte. Die Sichel glühte auf. Maró ächzte, silbriges Dämonenblut lief ihm in die Stirn hinab. Stjerna glaubte, Frost überzöge ihr Inneres. Sie schlug eine Hand vor den Mund, um nicht laut Marós Namen zu rufen. Es widerstrebte ihr zuzusehen, wie Irior Maró Schmerzen zufügte. Irior steckte seine Bezahlung ein und trat einen Schritt zurück. Dann bewegte er die Hände und flüsterte in einem leisen Singsang melodisch eine Formel. Glänzend glühten die goldenen Linien in Marós rechter Schulter auf. Der Dämon stöhnte. Immer heller leuchtete das verschlungene Muster. Maró zerrte an seinen Fesseln und bog sich. Rauch stieg von dem siedenden Gold auf. Maró schrie nun vor Schmerzen und verdrehte die Augen. Sein Leib bäumte sich auf, wild zerrte er an den Stricken, die ihn hielten. Stjerna lehnte sich gegen das Fensterbrett, als ihre Knie nachgaben, Tränen brannten in ihren Augen.

Noch einmal leuchtete es, dann erlosch der goldene Schimmer. Gepeinigt riss Maró an den Seilen. Mit einem lauten Knall gaben diese nach. Irior sprang hektisch von ihm weg. Wildheit stand im Blick des Dämons. Sein rechter Arm hing schlaff herab. Maró fixierte den alten Magier, der geduckt weiter zurückwich. Der Dämon machte einen Schritt in seine Richtung. Dann glitt sein Blick kurz zum Fenster hoch. Unvermittelt wirbelte er herum, schnappte seine Habseligkeiten und stürmte davon.

»Maró!«, schrie Stjerna und rannte plötzlich wie aufgestachelt aus dem kleinen Zimmer, die schmale Treppe hinab und aus der Mühle hinaus. Knallend fiel die Tür hinter ihr zu. Sie meinte vage, Irior nach ihr rufen zu hören, ignorierte es aber. So schnell wie irgend möglich floh sie in jene Richtung, in die der Dämon verschwunden war.

ELF

Keuchend lief sie über das federnde Gras, ohne sich umzudrehen. Schweiß lief ihre Schläfen hinab und es stach beim Atmen in der Seite. Dennoch eilte sie weiter. Stjerna schalt sich selbst eine Törin, nicht schon früher gehandelt zu haben, eingesehen zu haben, wie falsch sie lag. Immerhin hatte sie bei den Blutdornen in Zuriesas Wald begriffen, wie viel wert eigenes Handeln war, die Initiative selbst zu übernehmen und nicht bloß zu reagieren.

Ihre gelegentlichen Rufe nach Maró blieben unbeantwortet. War er zornig und schwieg absichtlich oder hörte er sie nicht? Wohin war er nur so schnell verschwunden? Beharrlich setzte Stjerna ihren Weg fort. Sie würde ihn finden! Was die anderen über ihn sagten, war egal. Sie kannte ihn, wusste, wie sein Wesen war, ganz gleich was für eine Kreatur er sein mochte.

Am Himmel kündigten zarte blassrosa Streifen den Morgen an. Sich an einem großen Stein abstützend stand Stjerna leicht nach vorne gebeugt da und schnappte nach Luft. Die Mühle lag inzwischen ziemlich weit zurück, nur noch klein auszumachen wie eine verwischte Erinnerung. Nachdem sie etwas Atem geschöpft hatte, wischte sich Stjerna den Schweiß aus dem Antlitz und ging unschlüssig weiter. Wo mochte Maró sein? Und würde er sie überhaupt sehen wollen? Mit der Hand strich sie über die rauen Felsen, an denen sie vorbeikam. Einige davon waren größer als sie selbst.

Schließlich gelangte sie zu einer Stelle, an der mehrere dieser hohen Steine einen Halbkreis bildeten. An einem kleineren Findling, dicht bei den größeren, schimmerte es silbrig ... Dämonenblut! Stjernas Elan kehrte zurück. Eine Spur!

»Maró?«, fragte sie hoffnungsvoll und trat in den Zirkel der rauen Steine. Moos überzog diese an mehreren Stellen. »Maró, bist du hier?« Sie drehte sich einmal um sich selbst. Nur Felsen, Gras und der Bach. »Bitte sag was, wenn du mich hörst.« Ihre Stimme brach.

»Stjerna!«

Sie wirbelte herum, ängstlich und erfreut zugleich. Erfreut, ihn gefunden zu haben, doch nervös ob seiner Reaktion zu ihrer Anwesenheit. Seine Stimme kam unsichtbar von irgendwo zwischen den Felsen.

»Wo bist du?«

»Ich dachte, du wolltest bei Irior auf Rilan warten.«

Stjerna schluckte. »Dachte ich auch. Jedenfalls anfangs.«

»Und inzwischen nicht mehr?«

»Nein. Irior redet genauso borniert wie Rilan. Was sie sagen ist einfach nicht wahr. Bitte verzeih mir mein Verhalten. Es tut mir so unendlich leid, Maró. Ich wollte …« Ratlos hob sie die Arme. Sie wollte ihm so vieles sagen, wusste nur nicht, wo sie beginnen sollte. Und was, wenn er nicht ihrer Meinung war? Was, wenn sie sich nur Illusionen machte? Immerhin war sie ein Mensch und er ein Niscahl, daran gab es nichts zu rütteln. Deswegen rettete sie sich in eine Halbwahrheit.

»Die Vorstellung, vermutlich niemals zu erfahren, was aus dir wird, ist einfach seltsam. Außerdem brauchst du mich noch für deine Erinnerungen.«

»Vielleicht kommen sie ohne den Bann auch von allein zurück.«

»Vielleicht auch nicht. Bitte, Maró, zeig dich. Es kommt mir absurd vor, mit den Steinen zu sprechen.«

»Bist du sicher? Meine Gestalt ist nicht mehr menschlich.«

Sie gab sich Mühe, gelassen zu klingen. »Ich weiß. Ich habe dich so bereits gesehen. Es wird mich nicht erschrecken.«

»Also gut.«

Er löste sich aus dem Schatten zweier Steine. Sein rechter Arm lag in einer provisorischen Schlinge aus einem Stück Seil. Stjerna wollte zu ihm stürmen, wagte es aber nicht, sich zu rühren. Eine seltsame Scheu lag auf ihr.

Maró musterte sie in ihrem Kampf. Als sein Blick sie fand, stürzte sie doch zu ihm und schlang ihm die Arme um den Hals. Sein Leib spannte sich an und er zögerte kurz, ehe er den unverletzten Arm um sie legte. Es fühlte sich gut an.

»Wie geht es dir?«, fragte Stjerna besorgt und trat einen Schritt zurück. »Deiner Schulter?«

»Es wird besser werden und meine Kräfte zurückkehren.«

»Das ist gut.« Einem Impuls folgend streckte sie die Hand nach dem halb abgeschnittenen Horn aus.

Maró wich zurück. »Nicht.«

»Verzeih.« Stjerna nahm die Hand weg. »Tut es sehr weh?«

»Ein wenig. Ich trenne mich nur ungern von Teilen meines Körpers.« Er lächelte matt. »Es ist schön, dich hier zu sehen, Stjerna. Aber bist du sicher, dem Wunsch deines Herzens zu folgen?«

»Ja! Ich weiß, ich war in den vergangenen Tagen nicht unbedingt freundlich zu dir.« Sie sah weg. *Dem Wunsch ihres Herzens.* Wenn er wüsste, was der Wunsch ihres Herzens war, wie es sie an ihn fesselte.

»So lässt es sich wohl auch ausdrücken.«

»Es tut mir so leid, Maró. Ich habe mich benommen wie ein dummes Kind. Bitte vergib mir. Alles, was geschehen ist, herauszufinden, was du bist ... Ich war einfach völlig verunsichert. Da waren all die Geschichten von früher über die Dämonen. Ich weiß, ich sollte längst nichts mehr auf sie geben, aber ich war so enttäuscht. Die Welt schien einzustürzen, als du mir offenbart hast ein Niscahl zu sein.«

»Es war nicht meine Absicht, dich zu verletzen, Stjerna. Ich habe dir mein Wesen verschwiegen, um dir keine Angst zu machen, dir nicht wehzutun.«

»Ich weiß. Mittlerweile habe ich begriffen, wie schwierig alles für dich sein musste, in einer dir fremden Gestalt gefangen. Verzeih, dass ich es nicht früher verstanden habe. Ich hätte dir beistehen sollen, nicht dich schelten. Ich fürchte, es hat mich alles überfordert.«

»Was es nun nicht mehr tut?« Seine Stimme trug keinen Spott.

»Das wäre wohl übertrieben. Du hast einmal gesagt, dass nicht alles in Schwarz und Weiß eingeteilt werden kann. Ich glaube, das habe ich verstanden. Ich gebe nichts mehr auf das, was Rilan oder Irior oder irgendjemand anderes über Niscahle sagt. Es tut mir leid, dass ich es je getan habe.« Sie lächelte. »Ich habe eine Bitte an dich«, setzte sie ob ihres leichten Herzens ernst hinzu.

»Die wäre?«

»Zeig mir den Weg zum verlorenen Pfad. Ich möchte endlich herausfinden, wer ich bin. Allein aber wird es mir nicht gelingen. Irior und Rilan würden mir ganz sicher auch nicht zur Seite stehen. Du schon. Jedenfalls hoffe ich das.«

Er grinste wissend. »Deine Entscheidung überrascht mich nicht, Stjerna. Allerdings wird uns zumindest Rilan sicherlich verfolgen.«

Sie sackte unglücklich in sich zusammen. »Du hast recht. Ich fürchte, ich habe ihn wieder auf deine ... auf unsere Spur gelockt. Darf ich dennoch bleiben?«

»Gewiss. Glaub mir, ich bin wirklich froh über deine Gegenwart.«

»Und ich über deine«, wisperte sie kaum hörbar.

Zärtlich nahm er ihre Hand und führte sie in den Schatten der Steine, wo sie sich niederließen.

»Dann keine Lügen mehr von nun an? Keine Heimlichtuerei?«, fragte Stjerna und sah fest ins noch ungewohnte Violett seiner dämonischen Augen.

»Keins von beidem. Tatschlich weißt du ohnehin so gut wie alles, was es zu wissen gibt. Meine Erinnerungen sind mir nach wie vor verwehrt, zumindest einige. Es muss mit dem Bann zu tun haben.« Er deutete auf seine Schulter. »Wer diesen Zauber gesprochen hat und warum, vermag ich nicht zu sagen. Nach wie vor sagt mir mein Instinkt, es unbedingt herausfinden zu müssen. Nicht nur weil der Nebel in meinem Geist lästig ist, sondern auch weil ich das Gefühl habe, Unheil erwächst daraus, wenn es mir nicht gelingt.«

»Und weißt du irgendetwas über mich?«

Er legte ihr die Hand auf den Arm. Deutlich zeichnete sich seine schlangengleiche dunkelgrüne Haut gegen die ihre ab. Sogleich wollte er seine Hand zurückziehen, doch Stjerna legte sanft ihre darauf.

»Es tut mir leid, dich enttäuschen zu müssen, aber nein. Ich kann nur annehmen, dass du kein gewöhnlicher Mensch bist. Deine Fähigkeiten deuten zumindest darauf hin.«

Sie erzählte ihm von dem, was mit ihrem Spiegelbild geschah. Es tat gut, diese Dinge auszusprechen. »Ich werde doch nicht verrückt?« Bang hielt sie ihn etwas fester.

Maró schüttelte den Kopf. »Nein, ganz sicher nicht. Auch was du in deiner Reflektion siehst, spricht für meine Vermutung. Offenbar hat meine Gegenwart, oder mehr die Magie, die meinem Wesen innewohnt, etwas in dir aus einem tiefen Schlaf geweckt.«

»Es macht mir ein bisschen Angst«, gestand Stjerna leise.

»Wenn es Kräfte sind, die aus deinem Inneren entspringen, dann brauchst du dich nicht zu fürchten, Stjerna. Du musst sie kennenlernen. Sie werden dir nicht schaden, denn sie sind ein Teil von dir.«

»Hilfst du mir da durch?« Sie presste die Lippen aufeinander. So direkt hatte sie gar nicht fragen wollen.

»Wenn es in meiner Macht steht. Ich kann dir den Eingang zum verlorenen Pfad zeigen. Betreten musst du ihn hingegen alleine. Bei allem anderen, das verspreche ich, werde ich an deiner Seite stehen, sofern du es wünschst.«

»Ich wünsche es sehr.«

Er lächelte, beinahe erleichtert, dann rasteten sie eine Weile und machten sich später auf, den Abstand zwischen ihnen und der Mühle zu vergrößern. Beiden war unwohl bei den Gedanken an Irior und ein mögliches Auftauchen von Rilan. Allerdings kamen sie weniger schnell voran als gewöhnlich. Iriors Zauber hatte mehr Kraft von Maró gefordert, als Stjerna geahnt hatte, wenngleich der Dämon darüber kein Wort verlor. Am Abend schlugen sie ihr Nachtlager in einer kleinen Senke auf. Stjerna schlief nicht gut. Immer wieder schreckte sie hoch, sah sich nach Maró um. Seine Gegenwart beruhigte sie jedes Mal, groß nagte die Sorge, ungebetene Begleiter mochten sie finden. Daher war sie froh, als sie am nächsten Morgen endlich aufbrachen.

»Alles in Ordnung, Stjerna? Du wirkst zerstreut.«

Stjerna seufzte. »Ich habe die ganze Nach über gefürchtet, Irior könnte auftauchen. Oder Rilan.«

Ein feines Lächeln umspielte Marós Miene und er drückte Stjerna die Hand. Als er sie losließ, durchzuckte sie der altbekannte Blitz.

Um sie herum ragte ein nächtlicher Wald auf. Sie hörte rasselnden Atem, klirrende Schwerter. Dumpfe Rufe hallten zwischen den dunklen Bäumen, die ringsum wie drohend aufragten. Eine filigrane weiße Hand tauchte auf, die Finger bewegten sich elegant. Ein goldener Blitz schoss heran.

Wie von Unterwasser tauchte Stjerna aus ihrer Vision auf. Schwindel überkam sie. Maró hielt sie mit sicherem Griff fest und wartete geduldig, bis sie sich gesammelt hatte. Aufmerksam lauschte er dann ihrer Erzählung.

»Kannst du dich inzwischen an irgendwas erinnern?«, fragte Stjerna, während sie weiter auf die Gebirgskette zugingen.

»Leider nein.« Maró rieb sich die rechte Schulter. »Ich hoffte, es würde alles klarer werden, wenn ich den leidigen Bann los bin.«

»Möglicherweise wird es das noch.«

»Ich hoffe es«, antwortete er, klang jedoch nur mäßig zuversichtlich.

»Bisher habe ich siedendes Gold gesehen, eine schwarze Flamme, ein leere Feuerschale, die beiden toten Dämonen und nun den Wald«, resümierte Stjerna.

»Die Dämonen. An sie kann ich mich erinnern. Nicht mein Geist, aber mein Herz weiß, ich habe sie sehr geschätzt.«

»Sie waren Freunde von dir?«

»Ich glaube schon.« Betreten schüttelte er den Kopf.

»Was ist das Letzte, woran du dich klar erinnern kannst?«

»Es gibt auch in meinen früheren Erinnerungen Lücken. Ich nehme an, sie sind mit dem verbunden, was du in deinen Visionen siehst. Einiges aus meinem Leben ist wie durch Nebel verborgen. Meine letzte deutliche Erinnerung ist, in Misúl gewesen zu sein.«

»Misúl? Mecanaés sagenumwobene Stadt im See, in der Menschen und Übernatürliches ein und aus gehen?« Stjerna machte große Augen.

»Eben die. Ihre Existenz wundert dich?«

»Insgeheim habe ich mir früher oft in Tagträumen ausgemalt, wie es wohl wäre, dort zu sein. All die Wesen aus den Mythen tatsächlich zu sehen, die ich mit Glück höchstens aus der Ferne erspähte. Natürlich habe ich diesen Wunsch niemandem verraten. Es sollte mich wohl nicht mehr wundern, dass es diesen Ort tatsächlich gibt, nicht wahr? Nicht, seit meiner Begegnung mit dir.«

Er verneigte sich leicht. »Wenn es darum geht, ein Weltbild durcheinander zu werfen, stehe ich immer gern zu Diensten.«

Stjerna lachte. »Nimmst du mich mit? Nach Misúl?«

»Zuvor wird unser Weg uns zum verlorenen Pfad führen, beschreite ihn. Wer weiß, was er dir offenbaren mag. Wenn es danach noch dein Wunsch ist, wäre es mir ein Vergnügen, dich in diese Stadt zu geleiten.«

Sie schluckte und rieb sich fröstelnd die Arme.

»Sorg dich nicht zu sehr«, bat Maró aufmunternd. »Deine Aufrichtigkeit hat mich vor den Blutdornen bewahrt, da wirst du auch auf dem Pfad kaum etwas zu befürchten haben.«

Unwillkürlich trat Stjerna dichter zu ihm. »Ich hoffe es. Wenn ich nun etwas Gefährliches oder Schlechtes erfahre?«

Maró legte sacht seine Hand auf ihre Wange. »Du wirst Wahrheit sehen, Stjerna. Ich glaube, diese musst du nicht scheuen. Ich kenne dich nun bereits seit einer gewissen Zeitspanne, was sollte da Schlechtes sein?«

Bei seinen Worten wurde ihr die Seele leichter. »Danke. Darf ich dich einstweilen noch etwas fragen, um mein Weltbild durcheinander zu bringen?«

»Sicher.«

»Du ... Ihr ... Die Dämonen. Du hast gesagt, ihr tragt zum Bestehen Mecanaés bei. Wie? Ich verstehe nicht, was dieses Tun bewirkt.« Sie stockte. »Diese Frage ist schwer zu formulieren.«

»Was Sinn und Zweck des Ganzen ist, möchtest du wissen? Weil wir nicht etwa auf Flora und Fauna achten wie zum Beispiel Waldgeister?«

Stjerna nickte.

»Uns wird nachgesagt, mit Mördern und Dieben Untaten auszuhecken.«

»Weil ihr, wie sie, die Dunkelheit braucht.«

»Hm. Es ist eher andersherum. Ein wenig Furcht, ein Albtraum, der erdenkliche Konsequenzen zeigt, kann Menschen davon abhalten, Dinge zu tun, die unheilvoll in ihrem Geist brodeln. Wenn ein Mensch in einem Albtraum deutlich sieht, wozu er potenziell fähig ist, wohin seine Gedanken steuern, wenn er sie zu Ende denkt und umsetzt, dann hält ihn eben das mitunter vor der eigentlichen Tat zurück.«

Stjerna zog die Stirn kraus. »Indem Menschen sehen, was Dunkles in ihrer Seele lauert, lassen sie davon ab. So eine Art Warnung?«

»Für jene, die dafür noch empfänglich sind. Es mag schwerfallen, dies zu glauben –«

Sie hob eilig die Hand. »Keine Lügen mehr, haben wir gesagt. Wenn unsere gemeinsame Reise funktionieren soll, dann auch keine Zweifel. Ich glaube dir.«

ZWÖLF

Immer näher rückten sie auf ihrer Reise an die Berge heran. Graugrün stachen sie in den hellblauen Himmel, über den dann und wann weiße Wolken zogen. Neben ihnen schlängelte sich immer noch mit leisem Rauschen der Bach. Libellen und Vögel zogen summend und singend ihre Kreise.

Stjerna kam es vor, als falle ein schweres Gewicht von ihr ab, je weiter sie sich von Irior und auch Rilan entfernten. Der leichte Duft des Frühlings, der sich in Sommer wandelte, lag in der Luft. Angenehm wärmte die Sonne tagsüber und Stjerna genoss ihren Weg an der Seite des Dämons. Man merkte Maró deutlich an, dass es ihm besser ging. Seine Kräfte nahmen kontinuierlich zu, seine Schritte wurden leichter, seine Bewegungen fließender und er konnte seinen rechten Arm langsam wieder gebrauchen. Auch dass die Barriere der Geheimnisse nicht mehr zwischen ihnen stand, machte Stjerna glücklich. Obgleich sie Maró dennoch nicht alles fragte, was sie gerne über sein Leben als Dämon gewusst hätte. Ihm setzte zu, sich nach wie vor nicht an alles erinnern zu können, und Stjerna wollte an diesem Schmerz nicht zusätzlich durch zu viele Erkundigungen rühren. Er antwortete ihr auf jede Frage. Ab und zu verdunkelten sich jedoch dabei seine Augen, sein Tonfall wurde ernst und seine Stimme leise.

An einem wolkenverhangenen Vormittag erreichten sie den Fuß des Berges. Zwischen einigen Felsen kletterten sie ein Stück in den Hang, wo sie eine Öffnung erwartete, gleich einem schwarzen Maul.

»Ist er das?« Stjerna hielt sich an Maró fest.

»Nein. Der verlorene Pfad liegt jenseits des Bergs. Dies hier ist leider der einzige Weg, den ich kenne, der uns auf die andere Seite bringt. Sicher gibt es mehr Wege, die dorthin führen, nur ich weiß nicht, wo.« Entschuldigend zuckte er die Schultern.

Vorsichtig machte Stjerna einen Schritt nach vorn. Tiefe Dunkelheit erwartete sie. »Einladend sieht das nicht aus.«

»Ich weiß.« Maró stieß einen Seufzer aus. »Als Niscahl ist es mir eigen, in der Dunkelheit bedeutend besser zu sehen als andere Kreaturen. Du wirst mir da drinnen vertrauen müssen, Stjerna.« Er legte ihr die Hände auf die Schultern und sah sie mit seinen violetten Augen eindringlich an.

Sie erwiderte seine Geste und hielt seinen Blick. »Ich vertraue dir, Maró«, flüsterte sie aus ganzem Herzen.

»Dann gehen wir es an!« Sanft nahm er sie am Arm. Stjerna holte tief Luft und trat neben dem Dämon in die dunkle Höhle. Eine Finsternis, die sie so schlagartig umgab, hatte sie nicht erwartet. Stjerna setzte ihre Schritte instinktiv vorsichtiger und langsamer. Maró spürte ihre Unsicherheit und verstärkte seinen Griff. Dankbar nahm sie seine Hand. Seine Wärme, die Sicherheit, die er ausstrahlte, taten gut.

»Geht es?«

»Ja. Lass uns gehen, damit wir beizeiten wieder heraus sind.« Stjernas Stimme klang etwas dünn.

Je weiter sie kamen, umso mehr fröstelte Stjerna fern der sommerlichen Luft draußen. Es roch abgestanden und eine gewisse Feuchte hüllte sie ein. Atmen fühlte sich an, als wäre sie von einem Nebel umschlossen. Seltsam gedämpft hallten die Geräusche ihrer Schritte von den Wänden wider. Instinktiv zog Stjerna den Kopf zwischen die Schultern, weil sie die Decke nicht ausmachen konnte. Etwas streifte ihren Knöchel und sie zuckte erschrocken auf.

»Da war irgendwas.« Stjerna wagte nur zu flüstern.

»Keine Sorge. Ich glaube, gefährliche Kreaturen leben hier nicht.

»Hm.«

Stjerna konnte unmöglich sagen, wie viel Zeit verstrich. Irgendwann riskierte sie einen Blick zurück. Der Eingang war längst verschwunden, alles um sie herum war nur schwarz. Ihr Herzschlag beschleunigte sich. Einzig die Gewissheit des Dämons an ihrer Seite gab ihr eine unerschütterliche Zuversicht.

Maró blieb stehen. »Hier wird der Pfad sehr eng und ohne dich beunruhigen zu wollen, links von uns verschwindet die Wand. Halte dich rechts.«

Unbeabsichtigt verstärkte sich ihr Griff.

»Keine Sorge, ich gebe acht, dich nicht zu verlieren.« Marós Stimme klang ein klein wenig belustigt, gerade so, als wollte er die Situation entspannen. Langsam ging er vor, blieb jedoch immer unmittelbar bei ihr. Stjerna war mehr als froh über seine Anwesenheit und nicht nur weil er ihr den Weg wies. So viel sie auch gezögert hatte, es war richtig gewesen, bei ihm zu bleiben. Sie wollte ihm so beistehen, wie er stets sicher an ihrer Seite war. Und zwar in allem, nicht allein jetzt und bei der Suche nach seinen Erinnerungen. Links zog mehrfach ein kalter Windhauch vorbei. Stjerna glitt mit der rechten Hand über den kalten und rauen Felsen neben ihr, auch ihre Schulter streifte daran entlang.

»Verflucht!«, entfuhr es Maró plötzlich und er stoppte.

»Was ist los?«

»Eine Kluft! Direkt vor uns! Wir werden springen müssen!«

»Ich hoffe, du scherzt?!«

»Leider nein.«

Sie seufzte resigniert. »Wie weit ist die Distanz?«

»Nicht groß. Eine Pferdelänge vielleicht, maximal anderthalb.«

»Wie soll ich das schaffen? Ich sehe doch nichts.« Stjerna lehnte sich gegen den Felsen »Gibt es keinen anderen Weg?«

»Unglücklicherweise nicht. Der Pfad führt genau hier entlang. Ich fürchte, ich schaffe diesen Sprung nicht, wenn ich dich trage. Das geben meine Kräfte und meine Schulter noch nicht wieder her.«

Stjerna erschauerte und ihre Knie fühlten sich weich an. Auf einmal schien sich die Dunkelheit um sie herum zu intensivieren. Doch sie wusste, sich auf Maró verlassen zu können. »Was ist dein Plan?«

Maró atmete hörbar aus. »Ich überwinde die Lücke zuerst. Danach sage ich dir genau, was du tun musst.«

Stjerna setzte an, etwas zu erwidern, doch sie bekam kein Wort heraus.

Maró legte seine Hand auf ihre Wange. »Glaub mir, Stjerna. Das Allerletzte, was ich will, ist, dir etwas zustoßen zu lassen«, sagte er sanft.

Sie schloss die Augen und verharrte. Seine warme, ermutigende Berührung zu spüren, war angenehm. Es kostete sie

Überwindung, ihren Geist in die Wirklichkeit zurückzurufen.
»Also gut«, flüsterte sie. »Wir können ja schlecht hierbleiben.«

»Das befürchte ich auch.« Langsam nur nahm er seine Hand wieder weg und dirigierte Stjerna vorsichtig einige Schritte rückwärts.

»Dir wird nichts geschehen.« Maró hauchte ihr einen Kuss auf die Wange.

Ehe Stjerna reagieren konnte, hörte sie, wie er sich umdrehte. Am liebsten hätte sie ihn zurückgerissen und in der Schwärze dieser unwirklichen Umgebung mit ihren Lippen die seinen gesucht. Aber zunächst galt es, sich anderen Dingen zu widmen. Der Rhythmus seiner Schritte wurde flinker, dann sprang er ab. Stjerna bohrte sich die Fingernägel in die Hände. Maró landete hörbar wieder auf dem steinernen Boden. Erleichtert atmete sie aus.

»Erschrick jetzt bitte nicht«, warnte er.

Bevor Stjerna etwas erwidern konnte, glühten seine Augen in der Dunkelheit auf wie zwei lodernde violette Kohlen, die sich von der Finsternis abhoben.

»Lauf dicht an der Wand entlang, Stjerna, und spring ab, wenn ich es dir sage.«

Sie holte tief Luft und trat noch einen Schritt zurück.

»Du schaffst das!«

Zaghaft tastete sie nach der Wand. Obwohl es stockfinster war, schloss sie kurz die Augen, um sich zu sammeln, und versuchte, an nichts zu denken, dann richtete sie ihre ganze Aufmerksamkeit auf das violette Glühen und nahm Anlauf. Laut hallten ihre Schritte wider.

»Schneller«, rief Maró.

Stjerna biss die Zähne aufeinander und rannte, so rasch sie konnte.

»Spring!«

Mit aller Kraft sprang sie nach vorne ab. Heiß durchzuckte sie Furcht, als sie dabei mit einem Fuß wegrutschte. Ihr Absprung war zu flach! In ihren Ohren rauschte es laut. Wild ruderte Stjerna mit den Armen. Unter ihr ein tiefes Nichts und nur ein kalter Lufthauch umgab sie. Schrill schrie sie auf. Sie fiel dem kalten Abgrund entgegen. Unvermittelt wurde sie gepackt. Ein warmer, starker Griff umschloss ihr Handgelenk und mit einem Ruck wurde sie nach oben gerissen und glitt schwer über die Felskante. Keuchend kam sie auf dem steinernen Boden mit den Knien auf. Maró hielt sie fest.

»Danke«, japste Stjerna mit schwacher Stimme. »Das war verdammt knapp.«

»Ich hatte dir versprochen, dass dir nichts geschieht.« Er drückte sie. »Alles in Ordnung?«

»Ich glaube schon.«

Eine Weile blieben sie sitzen, sein Herz schlug gegen ihres. Sein Arm um sie, wie sein Atem gleichmäßig und ruhig ging, gefiel Stjerna. Ihre eigene Aufregung zerstreute sich wie vom Wind verwehte Nebelschwaden ob seiner Nähe. Dann stand Maró auf und half ihr hoch. »Ich glaube, das Schlimmste haben wir geschafft. Der Weg dürfte bald wieder breiter werden und uns vom Abgrund fortführen.«

»Hört sich verlockend an.«

Er lachte und setzte sich in Bewegung. Stjerna blieb dicht bei ihm. In der Dunkelheit wirkte alles gleich, zumindest wurde der Weg bald wieder breiter, sodass sie nebeneinander gehen konnten. Manchmal knirschten lose Steinchen unter ihren Schritten. Maró hielt sich zwischen Stjerna und dem Abgrund. Als sich endlich ein schwaches Licht abzeichnete, musste Stjerna sich zusammenreißen, um nicht hinzurennen. Marós Züge neben ihr wurden wieder deutlich und allmählich konnte sie etwas anderes sehen als Schwärze.

Mit zunehmender Unbeschwertheit trat sie aus dem Berg hinaus ins Licht. Inzwischen schien die Sonne. Stjerna musste die Augen abschirmen, bis sie sich wieder an die Lichtverhältnisse gewöhnt hatte. Es war schön, die Strahlen der Sonne zu spüren. Erst nun bemerkte Stjerna, dass sie sich noch immer an Maró festhielt. Sie löste ihre Hand nicht von der seinen.

Die Berge verschwommen im Hintergrund zu milchigen Schemen. Vereinzelt fanden sich wieder Bäume auf der grünen Ebene. Dann und wann zeigten sich auch erste Blumen, deren Duft angenehm lieblich in der Luft hing. Stjerna pflückte im Gehen eine der blau-weißen. Gedankenverloren roch sie daran und strich mit den Fingern über die langen Blütenblätter. Sie schrak zusammen, als Marós sanfte Stimme sie aus ihrer Versunkenheit riss.

»Was macht dir Sorgen?«

»Der verlorene Pfad. Mit jedem Schritt kommen wir ihm näher.«

»Bald werden wir ihn erreicht haben, das stimmt. Du musst ihn nicht betreten, wenn du es nicht wünschst.«

»Doch!«, bekräftigte sie umgehend. »Doch, ich möchte es. Ich möchte endlich die Wahrheit über meine Herkunft herausfinden. Wissen, warum ich all diese ... Dinge sehen kann.« Sie betrachtete die Blüte. »Ist es dort auch so finster wie der Weg durch den Berg?«

Maró blieb stehen, nahm ihr die Blume aus der Hand und steckte sie Stjerna ins Haar. »Ich weiß es nicht. Ich habe den Pfad nie gesehen. Und selbst wenn, wäre es unbedeutend. Es heißt, er sieht für jeden anders aus. Je nachdem, was in seiner Seele ist.« Er beugte sich zu ihr hinab. Stjerna kam seiner sanften Bewegung entgegen, ihre Lippen trafen beinahe einander, als Maró herumwirbelte und sich kerzengerade aufrichtete. Angespannt folgte Stjerna dem Blick des Dämons und lauschte. Ein Reiter schoss heran.

»Hier. Sicher ist sicher.« Maró gab ihr sein Messer.

Schützend stellte er sich vor sie. Stjerna setzte an zu sprechen, als etwas sausend durch die Luft flog. Maró warf sich zur Seite und rollte sich geschickt ab. Sogleich sprang er wieder auf.

»Stjerna!«, bellte der Reiter. »Lauf!« Er holte erneut zu einem Wurf aus.

»Rilan!«, schrie sie zurück. »Nicht!« Eilig rannte sie los und sprang vor Maró.

Rilan riss im letzten Augenblick den Arm zur Seite, sein Messer landete im Gras, dicht neben Maró und ihr. Unsanft zügelte Rilan sein Pferd und sprang aus dem Sattel des Braunen, ehe das Ross ganz stand. Kaum war er gelandet, zog er sein Schwert. Seine grünen Augen schimmerten dunkel vor Hass, als er Maró anstarrte.

»Niscah!«, zischte er wie einen Fluch. »Lass sie gehen, sofort!«

Maró trat selbstbewusst weiter nach vorn. »Es steht Stjerna frei zu tun, was sie möchte«, erwiderte er knurrend.

»Lügner! Ich kenne sie! Niemals würde sie sich freiwillig mit einer Kreatur wie dir abgeben. Kämpfe mit mir, wenn du nicht zu feige bist, elende Bestie!« Provozierend kreiste er mit seiner Klinge.

»Du scheinst dich ja sehr überlegen zu fühlen, Mensch!« Maró setzte an, weiter auf Rilan zuzugehen. Stjerna schloss ihren Griff fest um sein Handgelenk und hielt ihn zurück. Geschwind positionierte sie sich zwischen den beiden. Die Schwerter waren ihr unangenehm nah, im Sonnenlicht blitzten die Schneiden silbrig auf.

»Hört damit auf! Beide!« Missbilligend sah sie von einem zum anderen und stieß Marós Messer hart in den Boden. Rilan starrte sie an, seine Züge wutverzerrt. Maró indes nahm sein Schwert herunter. Stjerna stellte sich dichter zu ihm, weg von Rilan.

»Was um alles in der Welt ist in dich gefahren, Stjerna? Ein Dämon? Und du schützt ihn? Hab ich dich nicht gelehrt, dass –?«

»Ich habe dazugelernt«, unterbrach sie ihn. »Maró sagt die Wahrheit. Ich bin nicht seine Gefangene.«

Rilan spuckte angewidert aus und senkte seine Klinge. »Das heißt, du kannst gehen und mich nach Hause begleiten?« Er streckte die Hand nach ihr aus. Unwillkürlich machte Stjerna einen Schritt zurück. Schützend legte Maró ihr die Hand auf die Schulter.

»Wenn ich es wollte, könnte ich es. Obschon –«

Nun schnitt er ihr das Wort ab. »Soll das heißen, du ziehst es vor, bei ihm zu bleiben, anstatt mit mir zu kommen?«

»Rilan, ich …« Stjerna senkte kurz den Blick. »Ich freue mich, dich zu sehen, ehrlich. Bloß kann ich nicht mit dir gehen. Zumindest noch nicht.«

»Und was hält dich zurück?«, fragte Rilan mit einer steilen Falte auf der Stirn.

Stjerna widerstand dem Impuls, sich zu Maró umzudrehen. »Es gibt Dinge, die ich endlich herausfinden möchte. Über mich, über meine Ahnen.«

»Dafür brauchst du die Gesellschaft des Dämons nicht. Komm mit nach Hause. Betha wird dir sagen, was du wissen musst.« Einladend streckte er ihr die Hand entgegen.

»Betha sagt mir nur das, von dem sie meint, es genügt, wenn ich es weiß.«

»Mag sein. Aber bist du nicht immer glücklich bei uns gewesen? Es war gut, so wie es war.«

»Inzwischen ist es jedoch anders«, schaltete Maró sich ein.

»Was weißt du schon!«, fuhr Rilan ihn an.

»Mehr als du, offensichtlich!«

Stjerna spürte, wie er bebte. »Bitte nicht. Bitte streitet euch nicht!« Ratlos hob sie die Arme. »Maró kann mich zu einem Ort führen, der meine Fragen beantworten wird. Wenn ich dort war, entscheide ich, wie ich meine Zukunft gestalten werde. Könnt ihr euch einstweilen damit zufriedengeben?«

»Ich für meinen Teil schon«, entgegnete Maró.

Rilan drehte sein Schwert hin und her. »Was für ein Ort soll das sein?«

Stjerna zögerte. Maró an ihrer Seite gab ihr Sicherheit, sodass sie es schließlich offenbarte. »Der verlorene Pfad.«

»Bist du von allen guten Geistern verlassen?« Rilan starrte sie erschüttert an. »Dieser Weg ist gefährlich und ohne Wiederkehr! Das lasse ich auf gar keinen Fall zu!«

»Er ist nicht für alle gefährlich«, entgegnete Maró gelassen. »Stjerna wird dort nichts zu befürchten haben.«

Rilan schnaubte verächtlich.

»Es ist meine Entscheidung. Maró zeigt mir den Weg, alles andere sehen wir danach«, sagte Stjerna mit Nachdruck, ehe Rilan noch etwas einwenden konnte.

»Also gut!« Mit einer energischen Geste steckte er sein Schwert weg. »Wenn es stimmt, was der Dämon behauptet, und du tun kannst, was du willst, dann wird es euch auch nicht ungelegen sein, wenn ich euch bis zu dem *unheilvollen* Pfad begleite.«

Stjerna seufzte genervt und linste dann zu Maró.

»Wie du wünschst, Mensch.«

Sie hörte, wie auch Maró seine Waffe in die Scheide schob.

»Danke«, flüsterte sie, obgleich sie das Gefühl hatte, sich bei ihm für das Verhalten ihres Freundes entschuldigen zu müssen.

DREIZEHN

Rilan fing sein kastanienbraunes Pferd ein. Stjerna kannte das Tier nicht, aber dessen ruhige Augen gefielen ihr. Vermutlich hatte Rilan es auf einem Jahrmarkt erstanden. Mit dem Braunen am Zügel kam er zu ihnen zurück und nahm Stjerna in den Arm. Es fühlte sich seltsam an, ein wenig, als umarmte sie einen Fremden. So lange war sie gar nicht weg gewesen und trotzdem war sie nicht mehr dieselbe.

Es war sonderbar – früher war sie in Rilans Nähe immer unbekümmert gewesen, hatte viel gelacht und seine Geschichten und ironischen Bemerkungen geliebt. Diesmal jedoch wollte sich dieses Gefühl, diese Vertrautheit nicht einstellen. Hin und wieder schien es beinahe wie einst, doch schnell verflog diese Illusion wieder. Oft wanderten ihre Gedanken zu Maró. Sehr viel lieber wäre sie an seiner Seite gewesen als an Rilans, allein die Höflichkeit gebot es, bei ihrem Freund zu bleiben und dem zu lauschen, was er erzählte. Es freute sie zu erfahren, dass es ihm gut ging. Allerdings entgingen ihr auch die feindlichen Blicke nicht, die Rilan immer wieder Maró zuwarf. Diesem war Stjerna dankbar für seine besonnene Reaktion. Er ließ sich nicht provozieren. Wie sehr sie Marós gelassene Klugheit schätzte! Rilan versuchte immer wieder, seine Schritte zu verlangsamen, um sie ein Stück hinter Maró zurückbleiben zu lassen. Stjerna tat, als bemerkte sie es nicht, und blieb in der Nähe des Dämons. Wann immer Rilan sie wie zufällig streifte, wich Stjerna sacht aus und ging mit verschränkten Armen weiter.

Am Abend fragte Rilan sie noch einmal leise, ob sie wirklich aus freien Stücken bei Maró blieb. Als sie es bejahte, betrachtete er sie verständnislos. Auch am folgenden Tag hatten der Mann und der Dämon kaum ein Wort miteinander zu wechseln. Rilan sah erschöpft aus und dunkle Ringe zeigten sich unter seinen Augen, wie nach einer Nacht mit unruhigem Schlaf. Stjerna kam sich merkwürdig vor zwischen den beiden. Sie wollte keinen von ihnen verärgern. Sie gab sich redlich Mühe, Rilan gegenüber aufgeschlossen zu sein, mit ihm zu sprechen wie ehedem. Trotzdem fand sie sich immer öfter in Marós Nähe wieder. Seine Gegenwart war ihr angenehm und bestärkte sie in ihrem Vorhaben. In seiner Nähe fühlte sie sich deutlich unbekümmerter. Am zweiten Abend lagerten sie unter einer Kastanie. Stjerna setzte sich dicht zu Maró, während Rilan sein Pferd versorgte.

»Der verlorene Pfad ist nicht mehr weit. Ich rechne damit, dass wir ihn schon morgen erreichen. Er liegt in relativ gerader Linie im Westen von hier aus«, flüsterte Maró ihr zu.

Stjernas Herzschlag beschleunigte sich und ihr Magen schien geschrumpft zu sein. Dennoch war sie sich ihrer Sache sicher, besonders wenn Maró ihr beistand. Sie suchte den inzwischen so vertrauten Blick seiner violetten Augen.

»Um ehrlich zu sein, bin ich froh, wenn es so weit ist. Diese Ungewissheit gefällt mir gar nicht.« Es stimmte, obgleich sie Furcht vor dem Pfad verspürte, so wünschte sie auch, sich dieser Prüfung endlich zu stellen.

»Glaub mir, ich weiß.« Er lächelte, jedoch erreichte es seine Augen nicht.

»Entschuldige.« Stjerna nahm seine Hand. »Deine Erinnerungen sind noch immer nicht zurückgekehrt?«

»Leider nein.« Er wiegte den Kopf, als wollte er die Gedanken daran vertreiben. »Zuerst der Pfad und dann –«

»Und dann, ja«, wiederholte Stjerna etwas verträumt, ohne den Satz zu beenden.

»Entscheide nach dem, was dein Herz dir rät.«

»Das werde ich.« Sanft drückte sie seine Hand. Ihr Herz hatte schon längst entschieden. Wenn doch nur der vermaledeite Rilan nicht aufgekreuzt wäre, um dazwischenzufunken. Natürlich aber hatte sie dafür niemanden zu schelten als sich selbst. War sie es nun mal, die töricht genug gewesen war, an Maró zu zweifeln.

»Hier.« Als hätte er ihre Gedanken gehört, kam Rilan mit zwei Bechern zu ihnen. »Ich will nicht mehr streiten. Lasst uns trinken.«

Stjerna lächelte und nahm eines der dargebotenen Gefäße. »Gern!« Vielleicht würde doch nicht alles so kompliziert werden?

Maró zögerte, schließlich nickte er. »Also gut.«

Rilan holte einen dritten Becher für sich selbst. »Auf die Zukunft«, sagte er, Stjernas Blick suchend.

Sie stießen an und tranken. Der Wein schmeckte süßlich, nach dunklen Beeren, und es dauerte nicht lange, bis Stjernas Lider schwer wurden. Sie meinte, Maró etwas sagen zu hören, aber die Worte verschwammen. Tiefer, traumloser Schlaf überkam sie.

Als sie erwachte, beschäftigte sich Rilan damit zusammenzupacken und den Aufbruch vorzubereiten. Der Braune graste im Hintergrund, sein Sattel lehnte bereits griffbereit an der Kastanie. Stjerna setzte sich auf und streckte ihre Glieder. Wo war Maró? Stutzend schaute sie sich eilig in alle Richtungen um, abgesehen von dem einsamen Baum gab es in keiner Richtung etwas, wo er sich hätte verbergen können. Von dem Dämon fehlte jede Spur.

»Guten Morgen.« Beschwingt kam Rilan zu ihr.

Völlig konsterniert stand Stjerna auf. »Maró. Wo ist er?«

»Er war weg, als ich aufgewacht bin.«

Stjerna zog die Stirn kraus. »Ohne ein Wort? Niemals!«

»Stjerna, was erwartest du von einem Niscahl-Dämon? Anstand und Freundschaft? Vielleicht waren ihm zwei Menschen zu viel, vielleicht wollte er losziehen, um irgendwo Licht zu stehlen oder jemandem böse Träume zu bescheren. Was auch immer, er ist weg. Du solltest froh darüber sein.«

»Sprich nicht so! Du kennst ihn nicht!« Sie ballte die Hände zu Fäusten. Wo konnte er nur sein?

»Was gibt es da zu kennen? Eine Kreatur wie er hat meinen Vater getötet, damit weiß ich genug. Das Übernatürliche altert nicht wie wir, Stjerna. Es ist nicht ausgeschlossen, dass er der ist, der es war. Dein scheußlicher *Freund* könnte meinen Vater eigenhändig ermordet haben! Vor seinem Tod sprach mein Vater immer wieder von glühenden violetten Augen.« Rilan erschauerte und tastete unwillkürlich nach seinem Schwert.

Stjerna hob den Kopf. »Maró würde niemals unbegründet töten!«

»Willst du sagen, mein Vater habe dem Dämon einen Grund gegeben?«

»Ich ... Nein, natürlich nicht.« Sie senkte den Blick. »Es ist nur, es sieht ihm nicht ähnlich, sich in der Nacht davonzustehlen.« Resigniert spähte sie erneut umher. Es gab keine Spur von ihm. Was mochte das zu bedeuten haben? Ihr Herz fühlte sich an, wie von einem eisernen Käfig umschlossen.

»Vergiss ihn, Stjerna! Allein wie du ihn angesehen hast!« Rilan klang vorwurfsvoll.

Stjerna verschränkte die Arme. »Wie habe ich ihn denn angesehen?«

»Auf eine Art, auf die du mich niemals angesehen hast. Und auf eine Art, auf die du einen Dämon ganz bestimmt nicht ansehen solltest. Von einer solchen Kreatur kann nichts Gutes ausgehen. Außerdem sind wir wieder beieinander.« Rilan lächelte und nahm sie in die Arme. »Am liebsten würde ich dich nie wieder loslassen.«

Stjerna befreite sich unsanft aus seinem Griff und ging einige Schritte auf Abstand. Rilans forsche Vertrautheit missfiel ihr und sie wollte ihn nicht so nah bei sich haben. Enttäuscht strich sich Rilan über den rötlichen Bart.

»Wir müssen nach ihm suchen, Rilan. Was, wenn ihm etwas zugestoßen ist?«

»Suchen? Einen Dämon? Auf gar keinen Fall! Was sollte einer Kreatur wie ihm schon geschehen sein? Noch dazu wo wir alle zusammen gelagert haben? Nein, Stjerna. Er wollte fort, anders ist sein Verschwinden schlicht nicht zu erklären.«

Energisch schüttelte sie den Kopf. Nein! Das konnte einfach nicht sein. Niemals würde Maró sie hintergehen und ohne ein Wort aufbrechen. Schon gar nicht, wo sie dem verlorenen Pfad so nahe waren.

Rilan lachte missbilligend. »Komm«, gebot er herrisch. »Hör auf mit diesen Kindereien und lass uns gehen. Die anderen sind sicher auf dem Weg nach Liephant zum Jahrmarkt. Wenn wir uns beeilen, können wir sie einholen. Deine Fähigkeiten als Kartenlegerin sind immer willkommen.«

»Nein.« Stjerna trat einen Schritt zurück. »Der verlorene Pfad, ich möchte –«

»So ein Unfug.« Rilan machte eine wegwerfende Handbewegung. »Sicher war das nur ein Trick des Niscahls, um dich in irgendeine Falle zu locken. Du siehst ja nun, was du auf seine Worte geben kannst. In der Dunkelheit hat er sich davongeschlichen. Du bist eine Gauklerin und du gehörst zu uns. Das ist alles, was du wissen musst, und alles was du brauchst.«

»Rilan, ich kann dein Geschwafel nicht mehr hören! Ständig meinst du, es stünde dir zu, mir Befehle zu erteilen! Von nun an werde ich selbst über mein Leben entscheiden und auch darüber, was ich wissen will und was nicht! Ich muss endlich herausfinden, was sich in meiner Vergangenheit verbirgt! Und wo Maró ist.«

»Was, meinst du, würde es ändern, wenn du es weißt?«

»Alles! Alles wird sich ändern dadurch.« Stolz hob sie den Kopf. Sie war es so leid, sich von Rilan bevormunden zu lassen.

Hämisch funkelte er sie an. »Wie willst du denn dort hingelangen? Dein dämonischer Freund hat dich im Stich gelassen und ich werde dich in diesen törichten Ideen ganz sicher nicht unterstützen! Du bist ein Mädchen, ein schönes noch dazu, und du bist allein in einem Gebiet, welches du nicht kennst. Du setzt einiges aufs Spiel, wenn du diesen Weg allein gehst.«

»Möglicherweise kann ich Maró noch einholen«, erwog sie und spähte gen Horizont. Eine neu entdeckte Energie durchfloss sie.

Rilan schnaubte. »Du weißt ja nicht einmal, in welcher Richtung du suchen musst.« Er machte eine ausholende Geste. »Offensichtlich bist du ihm völlig gleichgültig, Stjerna! Und wer weiß, ob das, was du herausfinden würdest, nicht etwas Entsetzliches wäre. Dem Dämon bist du egal. Was immer er dir gesagt hat, es ist eine Lüge gewesen. Mir hingegen bedeutest du etwas.«

»Ich bedeute ihm auch etwas, Rilan. Und er mir, sehr viel sogar. Ich liebe ihn«, flüsterte sie die letzten Worte und ihr Herz fühlte sich bei dieser Einsicht leicht und frei wie auf Vogelschwingen fliegend.

»Hör auf, dir etwas vorzumachen! Ich bin dein Lamentieren leid. Komm endlich!« Unsanft packte Rilan sie am Arm und zerrte sie mit sich.

»Fass mich nicht an! Ich ertrage deine Engstirnigkeit nicht einen Augenblick länger!« Mit aller Kraft riss sich Stjerna aus seinem eisernen Griff los.

»Wie sprichst du denn mit mir?!« Drohend hob er die Hand und holte aus, da entbrannte in Stjerna eine unbändige Wut. Kühn sprang sie nach vorn und stieß Rilan von sich. Er taumelte einige Schritte nach hinten, ehe er sich fing. Verdutzt riss er die Augen auf, als es plötzlich raschelte. Obgleich es windstill war, raste plötzlich einer der Äste der mächtigen Kastanie auf Rilan zu und fegte ihn zu Boden. Mit einem erschrockenen Aufschrei stürzte er mit dem Schädel unsanft auf den Baumstamm. Reglos blieb er liegen, nur ein leidvolles Stöhnen entwich ihm. Der Ast schnellte zurück und im nächsten Moment ragte der Baum ruhig wie eh und je über ihnen empor, lediglich einige weiße Blüten regneten herab.

Irritiert starrte Stjerna auf ihre Fingerspitzen, die seltsam kribbelten. Was war gerade passiert? Einige Momente verharrte sie in Trance, dann besann sie sich und sah sich eilig um. Sollte sie das Pferd satteln? Nein! Sie konnte nicht wissen, wie lange Rilan bewusstlos blieb, besser, sie nutzte jeden Augenblick, den sie bekam, um Distanz zwischen sie beide zu bringen.

Sie rannte durch taunasses Gras davon und ließ das Pferd Pferd sein. So schnell sie konnte, lief sie, immer in Richtung Westen, wo der verlorene Pfad sich verbarg. Noch lieber hätte sie nach Maró gesucht, aber dieses Vorhaben musste warten. Trotzdem hoffte sie inständig, ihn zufällig aufzuspüren. Oder aber auf dem verlorenen Pfad Klarheit über seinen Verbleib zu erhalten!

Morgendliche Stille umgab sie, zerschnitten nur vom Gezwitscher einiger Vögel und von ihrem eigenen hektischen Atem. Stjerna hatte keine Ahnung, wohin genau sie sich wenden musste. Sie hörte blind auf ihren Instinkt. Maró fand, sie verfügte über eine gute Intuition. Sie vertraute seinen Worten. Mehr noch, sie vertraute sich, richtig zu handeln. In der vergangenen Zeit hatte sie ständig gezweifelt, das würde sie von nun an nicht mehr tun!

Sie rannte und rannte über die grüne Ebene, schließlich wurde das stetige Laufen zu anstrengend. Eine Pause machte sie dennoch nicht, sondern ging mit agilen Schritten weiter. Schweiß rann ihre Wangen hinab und zielstrebig näherte sie sich einem Wald. Als sie zwischen die Bäume des Hains trat, spürte sie, an ihrem Ziel angekommen zu sein.

Erleichtert atmete sie auf. Der Geruch nach Moos und Laub, welches in der Sonne zu trocknen begann, hing in der Luft. Es war angenehm still im Wald, alles wirkte harmonisch. Stjerna fühlte sich ungeachtet der Situation wohl.

»Stjerna!«

Ohne sich umzudrehen oder Rilan eine Antwort zu geben, floh sie wie ein Reh zwischen den Bäumen hindurch ins dichte Unterholz. Laut und trampelnd zerriss hinter ihr die Stille. Geschwind setzte sie über Wurzeln und einen kleinen Fluss, schlug Äste und Blätter aus dem Weg. Der Stoff ihres Rocks riss hörbar, als sie ihn von einer Ranke fortriss, in der er sich verfangen hatte. Immer tiefer drang sie ins Wäldchen ein. Vor einer mächtigen Weide hielt sie mit wild klopfendem Herzen inne. Der Baum stand auf einem kleinen Hügel etwas über ihr. Seine knorrigen, moosbewachsenen Wurzeln bedeckten den Hügel vollständig, allein in ihrer Mitte öffnete sich ein schmaler Durchlass. Einladende Helligkeit drang heraus. Das war er! Sie hatte den Pfad erreicht!

»Stjerna!«

Zusammenzuckend drehte sie sich um, als Rilan zwischen den Bäumen hinter ihr hervorbrach. »Was ist nur in dich gefahren?! Lass uns von ihr verschwinden.«

»Nein!« Stjerna wich zurück, dichter an die Weide heran.

»Komm weg von da!«

»Ich werde diesen Pfad betreten, Rilan. Ob es dir gefällt oder nicht.«

»In dieses gespenstische schwarze Loch da willst du gehen? Komm mit mir nach Hause zu den anderen. Es wird sein, wie es immer war, es wird ein schönes Leben sein. Das hier ist nur ein Hirngespinst.«

»Ich bin es so leid!«, zischte Stjerna und drückte ihr Kreuz durch. »So leid, wie du mir ständig sagst, was *ich* will und was *ich* nicht will, und wie du glaubst, für *mich* entscheiden zu können. Ich habe deine engstirnige Weltsicht so satt, Rilan! Geh, geh zu den anderen zurück, sicher ist es für *dich* am besten. Verschwinde von hier und lass mich endlich in Ruhe!«

Stjerna wirbelte herum und trat festen Schrittes auf die verschlungenen Wurzeln zu.

VIERZEHN

Dunkelheit umschloss sie und Schwindel drohte sich ihrer zu bemächtigen, dann stand sie in einem lichten Birkenwäldchen. Hohes Gras umgab sie, die Luft roch leicht nach Heu und war angenehm warm. Stjerna drehte sich einmal um sich selbst. Der Eingang war verschwunden. Rilan ebenso. Behutsam strich sie mit der Hand über einen kühlen und glatten Birkenstamm und spürte ihrem pochenden Herzen nach. Sie war nervös und froh gleichermaßen, endlich hier zu sein. Rilan die Meinung gesagt zu haben, tat gut. Sie war ihm, den Gauklern und deren Weltansicht entwachsen. Diese Einsicht schmerzte etwas, immerhin war die bunte Truppe lange ihre Familie gewesen, doch sie würde dort nicht mehr glücklich werden. Mit Maró hingegen ... Wenn sie nur wüsste, wo er steckte! Hoffentlich fand sie hier die Antwort auch auf diese Frage.

Sie fühlte sich sicher in diesem Wäldchen und setzte sich gemächlich in Bewegung. Es dauerte nicht lange, bis sie eine mit Felssteinen eingefassten Quelle erreichte.

»Ich habe dich erwartet.« Eine mit grauen Tüchern und Schleiern verhüllte Gestalt löste sich aus dem Schatten der Bäume. Lediglich ihre Umrisse waren zu erahnen. Ihre Stimme machte es unmöglich zu sagen, ob das Wesen männlich oder weiblich war. Obgleich sie die Augen nicht sehen konnte, fühlte Stjerna einen eindringlichen Blick auf sich ruhen.

»Was führt dich hierher, Stjerna?«

»Die Hoffnung auf die Wahrheit«, antwortete Stjerna zögerlich.

»Ich kann dir sagen, was du zu wissen begehrst. Selbstverständlich verlange ich dafür einen Preis.«

Stjerna schluckte und betastete ihre Taschen. »Ich fürchte, ich habe nichts von Wert.«

Das Wesen lachte. »Weltlicher Reichtum interessiert mich nicht.« Es kam etwas näher. Die Kreatur war ein Stück kleiner als Stjerna.

»Was dann?« Sie zwang sich, ihrer Stimme einen festen Klang zu geben. So weit war sie gekommen, da würde sie sich nun nicht erschrecken lassen.

»Einen Beweis deiner Willenskraft, eine Versicherung der Bedeutung deines Vorhabens. Belangloses besteht hier nicht. Du bist sehr schön, Kind. Warum nicht einen deiner Finger?«

Stjerna ballte die Hände zu Fäusten und verbarg sie in ihren Ärmeln. »Dafür kannst du mir offenbaren, wer meine Eltern waren?«, erwiderte sie kühn.

»Gewiss.«

»Und was aus Maró geworden ist?«

»Ah, der, nach dem sich dein Herz sehnt? Natürlich.«

»Also gut.«

»Dann geh und sieh!« Das Geschöpf deutete in den Wald. Die Birken erschienen auf einmal viel dunkler und vor Stjerna brach ein neuer Pfad auf.

Tief Luft holend lenkte Stjerna die Schritte auf den Weg. Gelbe Birkenblätter verliehen dem Hain einen goldenen Schimmer. Es raschelte sanft, wo sie ging, und kurz darauf konnte sie die Kreatur nicht mehr sehen, spürte dennoch ihre Gegenwart. Die Luft begann zu flirren wie an einem heißen Sommertag. Sie verlangsamte ihren Gang, als sich vor ihren Augen Bilder zu formen begannen.

»Bleib nicht stehen«, raunte die Kreatur ihr ungesehen zu.

Umrisse zeichneten sich ab, die sich nach und nach zu Bildern verdichteten. Obgleich Stjerna weiterging, verringerte sich ihr Abstand zu den Bildern jedoch nicht. Es war wie eine Vision, die nicht ihren Geist umfing und Stjerna in sich hineinzuziehen schien, sondern vor ihr im Birkenwäldchen hing wie Bilder an einer Wand.

Bunte Blätter hingen an den Bäumen, etliche bedeckten den Boden. Ein Paar saß in dem Forst. Die Frau hatte ebenso blondes Haar wie Stjerna und ihre Augen waren genauso kornblumenblau. Die Haare des Mannes changierten in Rotbraun, wie die Blätter des Waldes, seine Augen von klarem Türkis. Die beiden lachten, ohne dass Stjerna etwas vernahm. Der Mann vollführte eine filigrane Geste mit der rechten

Hand und ein Kranz aus Herbstblättern erschien. Diesen setzte er seiner Gefährtin auf das Haupt. Sie flüsterte ihm etwas zu und legte seine Hand auf ihren Bauch. Er riss sie strahlend in seine Arme.

Das Bild verschwamm und gab das Birkenwäldchen um sie herum wieder preis. Stjerna unterdrückte mit aller Macht den Impuls, der Illusion hinterherzurennen. Ihre Eltern! Endlich hatte sie sie gesehen, nur um sie gleich wieder zu verlieren! Stjerna wünschte sich sehnlichst, den beiden nah sein zu können. Sie waren so jung und unbeschwert, wie sie wohl nun aussehen würden, wären sie noch am Leben? Und was hatte Stjerna die Eltern genommen? Nie hatte sie eine klare Vorstellung ihrer Eltern gehabt, doch die schlanken Gestalten, die sie soeben gesehen hatte, fügten sich nahtlos in ihren Geist und es kam ihr vor, als hätte sie die beiden stets klar vor Augen gehabt. Aber da war auch noch eine andere Erkenntnis ...

»Das bedeutet, mein Vater war ein Waldgeist?«, sprach Stjerna laut ihre Frage aus.

»Und deine Mutter ein Mensch.«

Stjerna holte tief Luft. Obgleich diese Feststellung sie nicht mehr überraschen sollte, nach allem, was geschehen war, so brauchte dieses Wissen doch einen Moment, um in ihren Verstand zu sickern. Die Hälfte von ihr war also ein Waldgeist, ein übernatürliches Wesen!

Es erklärte so vieles! Ihre Fähigkeiten beim Kartenlegen, ihre Visionen, wie sie die Blutdornen bei Zuriesa im Wald zurückdrängen konnte ... Wie hatten die Gaukler sie nur dermaßen ihrer Identität berauben können? Stjerna fürchtete das Erbe ihres Vaters nicht. Im Gegenteil! Auf einmal erschien alles zu passen, als hätte ein Maler mit wenigen gekonnten Pinselstrichen aus verworrenen Farbklecksen ein klares Gemälde erschaffen, zur Vervollständigung des Motivs. Wie es wohl gewesen wäre, mit diesem Wissen, mehr noch, mit ihren Eltern aufzuwachsen?

»Was ist mit ihnen geschehen?«

Erneut tauchten Bilder flirrend vor ihr auf.

Ihr Vater, mit einem langen Messer bewaffnet. Blut an der Klinge, noch mehr Blut an seinem Leib. Es floss aus einer tiefen Wunde an seiner Seite. Er floh taumelnd. Ein Mensch rannte ihm mit gezückter Waffe nach. Das Bild wandelte sich. Ihre Mutter, auf einem Lager aus

Stroh. Den Mund zu einem Schrei verzerrt, ein neugeborenes Kind wurde ihr in die Arme gelegt. Die nächste Szene zeigte erneut ihre Mutter. Blass, mit glasigen Augen und schweißnassem Antlitz.

Stjerna streckte die Hand nach der Szene aus und die Bilder wichen. Stjerna weinte still und wischte sich die Augen.

»Die Menschen ... Sie haben meinen Vater getötet?«

»Ich fürchte, dem ist so. Sie entdeckten die beiden im Wald, brachten deine Mutter fort und verfolgten ihn. Auch am Tod deiner Mutter sind sie nicht unschuldig. Die Waldgeister hätten sie retten können. Die Menschen indessen sperrten sich dagegen, diese Hilfe zu akzeptieren.«

»Wieso?«

»Zarant, das Dorf, in dem deine Mutter lebte, war klein und alter Aberglaube haftete ihm an, Kind. Die Bewohner fürchteten sich davor, mit dem Übernatürlichen zu interagieren. Für sie war es einfacher, das, was geschehen ist, dem Übernatürlichen anzulasten, als ihre eigenen Handlungen zu hinterfragen. Sicher sorgte sie auch, dass der Niscahl zurückkehren könnte, dass die Waldgeister ihn anlocken würden.«

Stjerna japste erschrocken auf. »Niscahl? Doch nicht Maró?! Hat er wirklich Rilans Vater getötet?«

»Sieh.«

Als sie dem Pfad weiterfolgte, zeigte der Wald ihr Maró.

Er kniete über etwas auf der Erde, als plötzlich zwischen den Bäumen ein Mensch auftauchte und mit gezogenem Schwert mit wuchtigen Hieben auf ihn losging. Der Dämon befreite sich von dem Angreifer und sprang blutend auf, dabei seine eigene Klinge ziehend. Die beiden fochten kurz und heftig. Maró war der bessere Fechter und einer seiner scharfen Streiche traf den Menschen hart am linken Oberschenkel. Hinkend schleppte dieser sich davon.

»Er hat sich verteidigt.« Stjerna klang beinahe trotzig.

»Das hat er, Kind. Dein Herz hat sich in ihm nicht geirrt.« Die Kreatur stand nun dicht sichtbar neben ihr.

»Warum ist er nun weg? Ich nahm an, er wüsste –«

Das Wesen stieß einen leisen Klagelaut aus. »Ich hätte dir gern etwas Angenehmeres aufgedeckt.«

Wie sie selbst lag Maró in tiefem Schlaf an ihrem Lagerplatz. Rilan indes ging auf und ab. Aus seinen Satteltaschen holte er ein Seil und fesselte Maró. Alsbald tauchte aus der Dunkelheit eine zweispännige

Kutsche auf. Rilan lief ihr wild winkend entgegen. Irior sprang aus dem Gefährt. Gemeinsam mit Rilan verfrachtete er Maró in das Innere und verschloss den Schlag sorgfältig von außen. Die beiden gaben sich die Hand und Irior überreichte Maró ein kleines Säckchen. Dann hastete er auf den Kutschbock, wendete die Pferde und verschwand in der Nacht.

»Nein!« Stjerna schlug ihre Hände gegen die Stirn. »Himmel, nein! Er hat ihn verraten. Er hat mich verraten! Der Wein. Er muss ihn mit Schlafmittel versetzt haben.« Sie raufte sich die Haare. »Wieso?« Eindringlich sah sie die grau verhüllte Kreatur an. »Wohin? Wohin hat Irior ihn gebracht? Zurück in seine Mühle?«

»Nein. An den Hof des Grafen Perisad.«

»Was hat er mit ihm vor?«

Das Geschöpf hob den Arm. »Ich weiß es nicht und es liegt nicht in meiner Macht, dir die Zukunft zu enthüllen.«

Verständnislos verharrte Stjerna, als wäre sie gefesselt. Dann wirbelte sie herum, in jene Richtung, aus welcher sie den verlorenen Pfad betreten hatte.

»Maró!«, rief sie, rannte los und blieb wie geschlagen stehen. Aufgebracht drehte sie sich zu dem grauen Wesen um und streckte ihm die Hände entgegen. »Nimm dir deinen Lohn, ich flehe dich an, beeil dich!«

Die Kreatur lachte düster, zog ein Messer und deutete damit auf den Stamm einer Birke. Mit zusammengebissenen Zähnen legte Stjerna ihre linke Hand darauf. Wie Feuer brannte die Rinde auf ihrer Haut. Bedächtig senkte die Kreatur das Messer auf Stjernas Ringfinger. Der Stahl war kalt und ein unangenehmes Prickeln durchlief Stjernas Arm. Sie umfasste ihr Handgelenk, um das einsetzende Zittern zu bändigen. Plötzlich lachte das Wesen unbeschwert auf und riss das Messer zurück.

»Du bist mutig, Kind. Du ahnst nicht, wie oft gestandene Krieger mich schon angefleht haben abzulassen. Versucht haben, mich mit schmeichelnden Worten umzustimmen. Dein Mut und dein aufrichtiges Herz sollen nicht ohne Lohn bleiben. Die Bezahlung sei dir erlassen. Geh, Stjerna. Und viel Glück.«

Schlagartig war das Geschöpf verschwunden, ebenso das Birkenwäldchen. Stjerna befand sich unversehens in einer kleinen Höhle und nur einige Schritte vor ihr öffnete sich der Ausgang in den Wald. Mit rasendem Herzen schlüpfte sie hindurch. Rilan sprang auf und Stjerna blieb auf der Stelle stehen.

»Du!«, zischte sie ihn an. »Du elender Verräter!«

»Bitte?«

»Ich habe gesehen, was du getan hast. Du hast Maró verkauft wie ein Stück Vieh.«

»Stjerna, bitte, versteh doch!«

»Nichts, gar nichts verstehe ich und ich will es auch nicht. Ich will dich nie wiedersehen! Warum bist du überhaupt noch hier?!«

Rilans Miene wurde frostig. Seine Augen verdunkelten sich unheilvoll. »Jetzt reicht es endgültig!«, entgegnete er mit eisiger Stimme. »Dein kindisches Getue werde ich mir nicht länger gefallen lassen. Du kommst jetzt mit mir und schlägst dir den Dämon und alles Übernatürliche ein für alle Mal aus dem Kopf.«

»Du begreifst es einfach nicht! Ich weiß jetzt, was ich bin! Und zu wem ich gehöre! Verschwinde von hier, Rilan!«

Mit wutverzerrter Miene stürmte Rilan auf sie zu. Stjerna unterdrückte den Impuls, einfach wegzurennen. Kurz bevor seine gierigen Finger sie packten, huschte sie flugs zur Seite. Laub stob auf, als Rilan abbremste und herumwirbelte. Stjernas Herz pochte. Plötzlich weiteten sich seine Augen von Panik erfüllt. Wild begann er zu rennen, kam jedoch nicht von der Stelle. Im Gegenteil, wie von einer unsichtbaren Kette gezogen rutschte er immer mehr in Richtung des Eingangs zum verlorenen Pfad. Stjerna wusste, diese Magie ging nicht von ihr aus. Einem Antrieb folgend machte sie einen Schritt auf ihn zu, prallte ob seines hasserfüllten Blicks aber zurück wie von einer unsichtbaren Wand.

»Du! Du und deinesgleichen, ihr seid nichts als ein Übel für Mecanaé! Eine Bestie bist du, Stjerna, genau wie dein Dämon. Möge Irior euch zusammen zugrunde gehen lassen!«

Stjernas Herz wurde hart und jeder Gedanke daran, ihm zu helfen entwich ihrem Geist. Rilan schnaufte hektisch und warf all sein Gewicht gegen die unsichtbare Macht. Vergeblich. Immer weiter wurde er nach hinten gezogen. Noch einmal funkelte er sie an, dann gab er den Kampf auf. Sein Leib erschlaffte und wie in einem zurückschlagenden Peitschenreimen gefangen wurde er unversehens mit aller Macht in die Öffnung gerissen. Knarrend wie ein hölzerner Vorhang schlossen sich die Wurzeln der Weide hinter ihm.

  Einen Herzschlag lang vermochte Stjerna es nicht, sich zu rühren. Sie starrte auf die moosbewachsene, knorrige Barriere. Dann schüttelte sie sich, wirbelte herum und rannte zum Ausgang des Waldes. Sie musste Maró finden. Wer wusste, was Irior mit ihm vorhatte!

FÜNFZEHN

Am Waldrand fand sie Rilans Pferd. Der Braune kam ihr gelegen. Sie verkürzte die Steigbügel, dann saß sie auf und galoppierte in Richtung Norden davon. Jene Richtung, in die Iriors Kutsche verschwunden war. Das Pferd schoss dahin, trotzdem war es ihr nicht schnell genug. In Stjernas Geist drehte sich alles. Ihre Eltern, Maró, Rilan. Es fiel ihr schwer, einen klaren Gedanken zu fassen. Eines indes war ihr deutlich bewusst geworden – alles, jede Faser ihres Seins, sehnte sich nach Maró. Sie würde ihm helfen, egal wie.

Sie machte nur Rast, um sich zu erfrischen und ihr Ross trinken zu lassen. Rilans Satteltaschen waren gut mit Vorräten bestückt, was ihr gelegen kam. Stjerna war froh, an diesem Tag niemandem zu begegnen und sich ganz mit dem befassen zu können, was in ihren Gedanken kreiste. Dennoch war sie in der Nacht dankbar für die Gesellschaft des Wallachs, der sie davor bewahrte, völlig allein zu sein. Immer wieder tauchten Bilder ihrer glücklichen Eltern vor ihr auf, die sich zu Kampf und Schmerz wandelten. Und Maró? Wie es ihm wohl ging?

Die kleine Ortschaft, auf die sie am folgenden Tag traf, betrat Stjerna mit gemischten Gefühlen. Es war schön, nicht mehr völlig auf sich gestellt zu sein und den Schutz anderer Menschen um sich herum zu wissen. Gleichzeitig wurde ihr bewusst, dass sie als einzelne Frau Vorsicht walten lassen musste. Inzwischen war ihr klar, die Magie, die ihr innewohnte, würde sie schützen, immerhin hatte sie es irgendwie fertiggebracht, einen Kastanienast nach Rilan schlagen zu lassen. Nur hatte Stjerna keinen Schimmer, wie sie es angestellt hatte. Welche Kräfte waren ihr eigen? Und wie konnte sie damit umgehen? Eine weitere Frage, die es zu beantworten galt. Zunächst aber musste sie Maró finden. Alles andere war vorerst zweitrangig.

Jahrmärkte und Turniere kannte sie, nach der Zeit fernab von Siedlungen erschien ihr hier nun alles laut, hektisch und völlig chaotisch. Fremd. Menschen liefen umher, Stimmen gingen durcheinander, ein Kind plärrte, ein Hund bellte. Es roch nach Pferden, nach angebrannten Backwaren, gebratenem Fleisch, nach abgestandenem Wasser. Mit Brot, getrockneten Früchten, gedörrtem Fleisch und Nüssen stockte Stjerna ihre Vorräte zusätzlich auf, schließlich wusste sie nicht, wie lange ihre Reise andauern würde. Dann ging sie in ein Gasthaus, in dem noch kein reger Betrieb herrschte. Ein Feuer glomm schwach im Kamin, einige Männer saßen zusammen und tranken Bier. Stjerna bestellte etwas zu essen. Ohne zu zaudern, zahlte sie mit Rilans Geld, welches tief in den Satteltaschen versteckt gewesen war. Das Blutgeld von Irior …

Obgleich sie seit Langem wieder eine warme Mahlzeit zu sich nahm, aß Stjerna das Geflügel mit Kräutersoße und dem frischen Brot lustlos. Sie vermisste Marós Gesellschaft. Sehr viel lieber hätte sie mit ihm auf weiter Flur ein Mahl geteilt, als ohne ihn hier im Gasthaus zu speisen. Schweigend saß Stjerna einen Moment da, nachdem sie fertig gegessen hatte. Sie spielte mit einer Strähne ihres langen blonden Haares, das, wie sie nun wusste, dem ihrer Mutter glich. Was wohl aus ihr geworden wäre, hätte sie ihre Eltern gekannt? Sie spähte aus dem Fenster auf die braune Straße, eine trübe Pfütze stand in der Mitte. Stjerna stand auf und trat zu der Wirtin, die in einem großen kupfernen Kessel rührte.

»Verzeih.«

»Ja?« Die beleibte Frau drehte sich zu ihr um und wischte sich die Hände an ihrer Schürze ab.

»Wie gelange ich zum Hof des Grafen Perisad?«

Die Frau lächelte. »Willst du auch zu seinem Fest? Menschen reisen zuhauf dorthin. Erst gestern waren einige Spielleute hier. Sie hoffen wohl, dort etwas zu verdienen.«

»Zu seinem Fest, gewiss«, schwindelte Stjerna.

»Nun, es heißt, der Graf habe sich endlich von seiner langen Krankheit erholt. Ein Heiler soll ein wirksames Mittel gefunden haben. Da hat er wohl Grund zum Feiern.«

Stjerna trommelte mit den Fingern auf dem Tresen. »Weißt du, wie ich hinkomme?«

»Folge einfach der Straße. Pass auf, dich bei der Gabelung links zu halten, sonst gerätst du ins Moor. Es wäre sicher schneller hindurch, aber dort sind die Pfade tückisch.«

»Danke.« Stjerna wandte sich eilig zum Gehen.

»Versuch es besser nicht allein!«, rief ein junger Mann vom Nebentisch. Die anderen lachten.

»Darum braucht ihr euch nicht zu scheren«, antwortete Stjerna abweisend.

»Es wird bald dunkel. Du solltest hierbleiben. Es gibt sehr gemütliche Schlafplätze hier. Weit besser, als draußen zu lagern. Ich zeige sie dir gern.« Er griff an seinen Gürtel.

Stjerna verzog das Gesicht, setzte an, etwas zu erwidern, verbiss es sich und stürmte hinaus. Fahrig zog sie den Sattelgurt des Braunen fester und saß auf.

»Du solltest es wirklich lassen«, ertönte plötzlich die Stimme des Mannes ernst. Er lehnte mit verschränkten Armen im Türrahmen. »Wer weiß, was dir da draußen begegnet. Oder wer.«

»Das lass meine Sorge sein!«

Sie drückte dem Pferd die Beine in die Seiten und trabte eilig davon. Sobald sie die Ortschaft hinter ihr lag, galoppierte sie an. Dumpf schlugen die Hufe auf die Straße. Ihre Finger krampften sich um die Zügel. Immer wieder wandte Stjerna sich um, doch niemand erschien hinter ihr. Einzig andere Reisende begegneten ihr dann und wann. Schließlich ließ ihre Unruhe etwas nach. Sie verlangsamte die Gangart des Pferdes und knetete ihre schmerzenden Hände. In lockerem Trab, mit gelegentlichen Schrittpausen, um den Braunen nicht zu überfordern, folgte sie der Straße und war recht zufrieden damit, wie so vorankam. Gemächlich begann die Sonne, gen Horizont zu sinken, und Stjerna beschloss, noch etwas weiterzureiten. Zumindest bis sie einen geeigneten Lagerplatz erspähte.

Stjerna horchte unvermittelt auf. Hinter ihr erklangen Hufschläge. Zwei Reiter kamen näher und etwas in ihrem Inneren mahnte zur Vorsicht. Sie erschrak, als sie den jungen Mann aus dem Gasthaus erkannte und einen der Männer, die mit ihm dort gewesen waren. Ihr überraschtes Pferd machte einen Sprung, als Stjerna ihm abrupt eine rasantere Gangart abforderte, galoppierte jedoch trotzdem los.

»Bleib stehen! Du wirst so ganz allein nicht weit kommen.«
»Unsere Gesellschaft heute Nacht wird dir gefallen, du wirst sehen!« Die beiden lachten.

Stjerna schnalzte mit der Zunge und beugte sich tief über den Hals ihres Rosses. Die flatternde Mähne schlug ihr hart ins Gesicht. Um sie herum gab es nichts, wo sie sich hätte verstecken können. Laut hämmerten die Hufe über die Erde. Die beiden Männer holten auf. Nebel tauchten vor Stjerna auf und der Weg gabelte sich. Das Moor! Ihr Pferd scheute und stieg. Stjerna umschlang seinen Hals nun komplett mit ihren Armen. Das schweißnasse Fell rieb gegen ihre Wange. Energisch trieb sie das Tier weiter voran. Es landete wieder auf allen vieren, machte einen unwilligen Bocksprung und galoppierte vorwärts. Matschiges Wasser spritzte auseinander, als sie in das Moor stürmte, weißlicher Dunst umgab sie.

»Bist du wahnsinnig?«, rief es hinter ihr.

»Halt an!«

Sie hörte, wie die Männer ihre Pferde zügelten.

»Da kommt sie nie wieder raus.« Die Stimmen wurden schwächer.

Nach Atem ringend parierte Stjerna ihr Pferd durch und hielt schließlich an. Sie kreuzte die Arme auf dem Sattel. Nervös tänzelte ihr Ross hin und her. Um sie herum wurde es zusehends dunkler. Was nun? Sie konnte es kaum riskieren zurückzureiten. Es blieb ihr nur das Moor. Misstrauisch schnaubte der Braune mit geblähten Nüstern ins moorige Wasser. Irgendwo quakte ein Frosch. Der Nebel wurde immer dicker und hing wie ein undurchlässiger Vorhang über der Welt, aus der alle Farbe gewichen schien. Kälte kroch ihr die Beine empor. Stjerna blickte hinab. Braune Brühe umgab die Hufe des Pferdes. Abzusitzen wagte sie nicht, so ritt sie unschlüssig im Schritt weiter. Die Zügel lang, in der Hoffnung, das Tier fände einen geeigneten Pfad.

Es dauerte nicht lange und sie war völlig orientierungslos. Im um sie umherwabernden Dunst konnte sie kaum etwas sehen. Ab und an drang fauliger Gestank aus dem Moor nach oben und Stjerna rümpfte die Nase. Außer dem Schmatzen und Platschen der Hufe und der ein oder anderen zirpenden Grille war es totenstill. Mehr denn je sehnte sie sich nach Marós Gesellschaft!

»Es kommt nicht sehr oft jemand freiwillig hierher.«

Stjerna zuckte zusammen. Die hochgewachsene Gestalt einer jungen Frau stand ihr urplötzlich gegenüber. Ihr langes rotblondes Haar hing ihr lose über die Schultern. Ihre Gewänder waren in Grün- und Brauntönen gehalten, ähnlich dem Moor. Eine Kette wie aus Tautropfen schimmerte an ihrem feinen Hals. Obgleich es absurd war, mitten im Sumpf jemanden zu treffen, kam Stjerna ihre Anwesenheit völlig natürlich vor. Ihr Gesicht strahlte warme Gutmütigkeit aus und da war etwas an ihr, was Vertrauen erweckte. Magie, wie Stjerna schlagartig begriff.

»Bitte verzeih, wenn ich in dein Refugium eingedrungen bin. Die Reiter –«

»Ich weiß. Was glaubst du, warum der Nebel so dicht ist?« Sie lächelte verschwörerisch.

»Das ist dein Werk?«

Sie verneigte sich leicht. »Ilanía, zu Diensten. Du siehst besorgt aus. Vor mir hast du nichts zu befürchten.«

Ein Seufzer entwich ihr. »Ich bin Stjerna. Danke, ohne deine Hilfe hätte das wohl ein böses Ende genommen.« Sie biss sich beklommen auf die Lippe bei der Vorstellung dessen, was die Männer sicherlich mit ihr gemacht hätten.

»Jemand meinesgleichen ist mir jederzeit willkommen.«

»Du weißt, was ich bin?«

Erneut lachte Ilanía gutmütig. »Natürlich. So wie du weißt, dass auch ich kein Mensch bin.«

»Du bist also ein Waldgeist?« Hoffnung und Furcht schwangen gleichermaßen in ihrer Stimme mit.

»Nicht ganz. Ich bin ein Moorspuk. Wir sind uns sehr ähnlich, nur bin ich weit mehr an meine Umgebung gebunden als die Waldgeister.«

»Ich freue mich, dich zu treffen. Du bist der erste Moorspuk, der mir begegnet. Ich bin, ich meine ... Ich weiß noch nicht lange, was ich tatsächlich bin.«

»Wie kommt das?«, fragte Ilanía und trat näher.

»Menschen haben mich aufgezogen. Zwar war ich allem Übernatürlichen immer geneigt, nur ahnte ich lange nicht, dass ... na ja, dass ich auch dazugehöre.« Stjerna lachte unfroh und betrachtete ihre Hände.

»Was hat dich in die Obhut der Menschen gebracht?«

»Meine Mutter war ein Mensch. Mein Vater war ein Waldgeist.«

»Wie war sein Name?«

Stjerna schluckte. Sie fühlte sich ertappt und beschämt. »Ich weiß es nicht.«

»Komm!« Ilanía streckte Stjerna eine Hand entgegen. »Ich geleite dich durch meinen Sumpf. Dabei erzähl mir, was du zu erzählen wünschst.«

Stjerna saß ab und ging neben ihr her, das Pferd am losen Zügel führend. Ihre Intuition riet ihr, Ilanía zu vertrauen. Der Nebel lichtete sich nun schnell und Irrlichter wiesen ihnen den Weg durch die Dämmerung. Die Grassoden, auf denen sie gingen, schwankten, gaben jedoch nicht nach. Ilanía führte sie für eine kurze Dauer, ehe sie auf einer Insel aus Gras und Heidekraut ein Lager für die Nacht aufschlugen. Sicher war es besser, hier zu rasten, als außerhalb des Sumpfes, wo sie wieder auf sich allein gestellt war. Stjerna berichtete währenddessen dem Moorspuk, was sie unlängst über ihre Eltern erfahren hatte. Es tat gut, darüber zu sprechen, und es half, dass Wirrwarr in ihrem Geist ein wenig zu ordnen. Rilans Verrat und Iriors Rolle machten sie vorsichtig und über den Dämon schwieg sie, immerhin kannte sie ihr Gegenüber nicht sonderlich gut.

»Du hast also nie gelernt, die Kräfte zu nutzen, die dir innewohnen?«

»Leider nicht, nein. Die Magie ist mir nach wie vor unvertraut und ich weiß nicht, wie ich sie lenken kann.

»Wenn du es erlernt hast, werden deine Fähigkeiten dir sicher nützlich sein.«

»Damit hast du den Nebel heraufbeschworen?«

»Als Moorspuk sind meine Kräfte am stärksten in jenen Dingen, die mit meinem Wesen zusammenhängen. Sümpfe und was zu ihnen gehört also vornehmlich. Das beinhaltet auch den Dunst.«

»Wie? Ich meine, wie setzt du diese Magie ein?«

»Es hat mit Gedanken zu tun, die ganz klar auf ein Ziel gerichtet sind, mit Vertrauen und mit einem geöffneten Geist.«

»Ist sie uns allen zu eigen?«

»Jedes übernatürliche Volk hat spezifische Fähigkeiten. Waldgeister zum Beispiel sind eng mit Flora und Fauna verbunden. Allerdings gibt es immer wieder auch Wesen, die ihre Kräfte steigern wollen. Sie können weit über das hinausgehen, was uns naturgemäß innewohnt. Es hat mächtige Zauberer gegeben und möglicherweise gibt es sie noch. Ich persönlich habe das nie angestrebt. Es ist immer auch mit Gefahr verbunden, alles an magischer Macht auszureizen, die jemand in sich finden kann, und sie für Dinge einzusetzen, die uns nicht eigen sind. Machbar ist es.«

Stjerna schluckte bei der Erinnerung an jenes feurige Wesen, welches ihr am Beginn ihrer Reise mit Maró begegnet war. Ein dunkler Zauber. Sie zupfte einen Grashalm ab.

»Keine Sorge! Ich wollte dir keine Angst machen.« Ilanía stupste sie aufmunternd an. »Deine Magie wird dir nicht schaden. Nicht, wenn du sie klug einsetzt und nicht der Machtgier verfällst. Wie bei diversen anderen Dingen auch gibt es unterschiedliche Ausprägungen in der Stärke dieser Kräfte. Je mehr du sie gebrauchst, umso besser wirst du darin werden.«

»Wenn ich jemanden finde, der es mich lehrt.« Stjerna seufzte und schlang die Arme um ihre Knie.

»Du wirst es im Nu beherrschen. Du musst dir nur in deinem Geist ganz klar über das sein, was du möchtest.« Ohne dass Ilanía etwas Wahrnehmbares tat, kehrte der Nebel zurück, um sogleich wieder zu verschwinden.

»Ich bin mir völlig klar über das, was ich möchte. Leider hat das nichts mit Magie zu tun«, flüsterte Stjerna.

»Wenn du es wünschst, zeige ich dir den Weg zum Forst von Dormun. Ich selbst bin nie dort gewesen, weiß aber, dass es die Heimstadt einer ganzen Schar von Waldgeistern ist. Einer von ihnen wird dich gewiss gern lehren, Stjerna.«

»Leben sie dort in einer Gemeinschaft?«

»Ich nehme an, es ist der Ort in Mecanaé, wo ihr Amaìn gehütet wird. Meist ist so ein Refugium eine Gemeinschaft. Manche leben dauerhaft dort, andere kommen hin und wieder an diese Orte, einige ihr Leben lang nicht.«

»Amaìn?«

»Entschuldige, ich vergaß. Das kannst du nicht wissen. Jede der übernatürlichen Arten hat ein Amaìn. Eine Art Kraftquelle. Sie bedingt ihre Existenz und speist sich zugleich aus den Kräften ihrer Geschöpfe. Ein Kreislauf, wenn du so willst. Wenn ich recht habe und jenes der Waldgeister sich in Dormun befindet, dann zeigen sie es dir sicher, wenn du darum bittest.«

»Ich kann nicht. Ich meine, ich würde es wollen, aber zuvor … Es gibt einen Freund, den ich treffen muss.« Angestrengt atmete Stjerna aus.

Ilanía nickte. »Ich sehe, was immer es ist, es bewegt dein Innerstes. Geh zu deinem Freund. Wenn es dein Wunsch ist, geh anschließend nach Dormun.«

Zu gern hätte Stjerna ihr offenbart, was in ihr vorging, doch die Angst vor einem neuen Verrat band ihre Zunge.

Sie unterhielten sich noch eine ganze Weile. Ilanía erzählte ihr, was sie über die Wege nach Dormun wusste, und berichtete über ihr eigenes Volk, welches denen der Waldgeister offenbar sehr nahe war. Es war ein gutes Gefühl in dieser Nacht, sie an ihrer Seite zu wissen. Am Morgen fühlte sich Stjerna das erste Mal seit Tagen wirklich erholt. Bei Tageslicht präsentierte das Moor sich in Rot, Grün, Blau und Braun. Libellen und andere kleine Tiere schossen dahin. Schilf, Gras und Heidekraut umgab sie. Ilanía führte sie auf sicheren Pfaden hindurch.

»Von hier aus musst du nur noch geradeaus reiten«, sagte Ilanía und blieb stehen.

»Danke. Ich danke dir für alles.«

Sie lachte. »Ich habe doch kaum etwas getan.«

»Mehr, als du glaubst.«

»Nun denn, gern«, entgegnete sie lächelnd. »Hoffentlich sehen wir uns einst wieder, Stjerna. Bis dahin, viel Glück.«

»Danke!«

Ilanía hob die Hand zum Abschied und unverzüglich verschwand sie in Nebel und Dunst, die sich wie ein Vorhang vor ihr schlossen. Einen Augenblick schaute Stjerna ihr nach, dann saß sie wieder auf und ritt auf dem ihr gewiesenen Weg weiter.

SECHSZEHN

Von Eseln gezogene Karren, bunte Wagen, Gaukler und Spielleute in farbenfrohen Gewändern – sie alle bestritten die Reise zum Fest des Grafen. Es wurde immer voller auf der Straße, die sie alsbald erreicht hatte. Stjerna blieb etwas abseits von dem Treiben der anderen. Wachsam spähte sie umher. Zwar behauptete Rilan, dass die Gaukler nach Liephant wollten, es wäre jedoch nicht seine erste Lüge gewesen und sie konnte gut darauf verzichten Betha und die anderen zu treffen. In der Nacht lagerte Stjerna in ihrer Nähe am Straßenrand, ohne sich den anderen Reisenden direkt anzuschließen. Einen nahen Fluss nutzte sie, um sich zu waschen und frisches Wasser in ihren Schlauch zu füllen. Die Lieder, das Lachen und die Fröhlichkeit der anderen stimmte sie traurig. Nicht etwa weil es sie an ihre eigene Gauklergemeinschaft denken ließ, sondern weil es sie an Maró erinnerte. An jenen Abend, als sie vor dem kleinen Hain getanzt hatten. Was mochte der Graf von ihm wollen? Was hatte Irior mit ihm gemacht? Was, wenn sie zu spät kam?

Dunkelheit. Dann eine flackernde Fackel. Ein runder Raum mit Wänden aus groben Steinen, an denen Feuchtigkeit hing. Maró in eiserne Fesseln gebunden. Eine schemenhafte Gestalt trat auf den Dämon zu, böse lachend. Eine Messerklinge glitzerte unheilvoll und näherte sich Maró, der mit lodernden Augen an seinen Ketten riss.

Stjerna erwachte schlagartig, kalter Schweiß benetzte ihre Wangen. Ihr Herz schlug wild, wie ein Vogel in einem Käfig. Ein Traum ... Nein! Ein Albtraum! Sie setzte sich auf. Um sie herum begann es zu dämmern. Steckte mehr hinter diesem Traum? Wenn ein Niscahl Albträume zu bringen vermochte, konnte er diese dann auch für einen Hilferuf nutzen? Oder hatte ihre Sorge um Maró ihr einen Streich gespielt? So oder so, sie stand auf und machte sich daran, das Pferd zu satteln. Sie wollte weiter, so schnell es ging.

Am Vormittag des folgenden Tages erreichte Stjerna gemeinsam mit etlichen anderen die Burg. Endlich! Das Pferd führte sie am losen Zügel, längst war die Straße bedeutend zu voll, um im Sattel besser voranzukommen. Aufgeregte Stimmen vermischten sich, Musik und Gesang hallten durch die Luft. Solide standen die hohen Mauern da, welche die Burg abschirmten. Stjerna hatte zwar ihr Ziel erreicht, doch sie konnte es vorerst nur von außen bestaunen. Der Zutritt war dem fahrenden Volk der Straße verwehrt. Ihnen blieb nur der sehnsüchtige Blick der Ausgesperrten auf den Burghof.

Hinter einem großen, blank polierten Gittertor erstreckte sich die mächtige Burg aus massivem grauen Stein. Dunkle Spitzdächer bedeckten Türme, Palas und Kemenate. Auf dem Burghof herrschte ein ähnlich buntes Treiben wie auf der anderen Seite des vergitterten Tors. Männer in Kniebundhosen aus Samt, Seidenhemden und federbesetzten Hüten flanierten mit Damen in wallenden Seidengewändern, aufgetürmten Locken, Perlen und Federschmuck im Haar. Ohne Zweifel die Gäste des Grafen Perisad. Spielleute und Gaukler dazwischen. Diese jedoch waren ganz sicher vom Grafen selbst ausgesucht. Nicht jeder durfte seinem Fest beiwohnen. Von dem, was auf dem Vorplatz der Burg geschah, war indes nur ein kleiner Teil sichtbar, denn die massive Mauer gewährte keine anderen Blicke auf das Refugium Graf Perisads. Eine Mauer, die Stjerna unbedingt überwinden musste. Maró war sehr wahrscheinlich irgendwo dahinter und wenn in jenem Traum ein Funken Wahrheit gesteckt hatte, dann sah seine Lage nicht sehr gut aus.

»Komm.« Leise schnalzte Stjerna mit der Zunge und führte ihr Pferd weg von der Burg.

Seufzend ging sie ein Stück weiter. Die Gaukler begannen vor den Toren der Burg, Lager aufzuschlagen. Wie in Trance wich sie den Gestalten aus, die sich leuchtend bunt gegen den grünen Untergrund abhoben, die Gedanken bei Maró. Sie fand eine kleine Baumgruppe, wo bereits mehrere andere Pferde festgemacht waren. Stjerna band auch ihres an und konnte nur hoffen, dass der Braune ihr nicht gestohlen wurde. Sie spielte nachdenklich mit der Mähne des Tieres. »Wie soll ich da nur hineingelangen und Maró finden?« Das Pferd blieb stumm. Stjerna klopfte ihm zum Abschied sanft auf den Hals, zog ihre

Bluse gerade und beschleunigte ihre Schritte. Dann mischte sie sich unter das bunte Volk, welches sich vor dem eisernen Eingang zum Refugium des Grafen herumdrückte.

Sicher hofften die Spielleute ebenso wie Stjerna, hinter die Mauern zu gelangen. Die Gaukler allerdings waren gewiss auf einen Lohn für ihr Können aus. Stjernas Anliegen war kniffliger, wollte sie doch einen Niscahl-Dämon aus einem Kerker befreien. Wie zufällig trat sie näher an das Tor, fuhr mit den Fingern hinüber. Die Kälte der Eisenstäbe jagte ihr einen Schauer über den Rücken. Auf diesem Weg würde sie nicht hineingelangen. Bedächtig schritt sie an der Mauer entlang, diese war hoch und die Steine glatt. An einigen Stellen rankte Wein zaghaft empor, der Stjerna nicht einmal bis zur Hüfte reichte.

Irgendetwas geriet in Aufruhr. Stjerna wirbelte herum. Begeistert schrien und jubelten die Menschen, die draußen lagerten. Das Tor hatte sich geöffnet. Eilig lief Stjerna hin, auch alle anderen drängten in diese Richtung. Adlige strömten zuhauf heraus. Stjerna drängte sich durch die Umstehenden, stieß gegen Menschen und zwängte sich unverfroren zwischen diesen hindurch. Ein Meer von bunt geflickten Kleidern umgab sie wie ein dichter Wald. Wild riefen Stimmen und wurden zu einem einzigen Durcheinander, versuchten, auf sich aufmerksam zu machen. Sie stellte sich auf die Zehenspitzen und reckte den Hals, viel war in dem bunten Knäuel nicht zu erkennen. Träge begann die Menge, sich zu entzerren, denn ein jeder wollte zeigen, was er konnte. Um Stjerna herum wurde jongliert, Feuer gespuckt, geturnt, getanzt und gesungen. Gut gelaunt schritten die Gäste des Grafen durch das Sammelsurium. Stjerna indes konnte sich dem fröhlichen Treiben nicht anschließen. Sechs Soldaten mit Lanzen und Schwertern gerüstet standen in einer Reihe am Burgtor. Niemand durfte hinein. Jeder Fremde, der zu nahe kam, wurde von ihnen zur Seite geschoben. Auch zwischen den Spielleuten und Gauklern gingen einige weitere Soldaten umher.

Stjerna ächzte resigniert. Auf diesem Weg würde sie auf gar keinen Fall dichter an die Burg herankommen. Ihr musste etwas anderes einfallen, und zwar schnell. Sie hatte nicht die leiseste Ahnung, was Irior mit Maró vorhatte, aber so wie er und Rilan den Dämon gefesselt hatten, war es sicher nichts Gutes. Und auch der Albtraum, welcher ihr den Dämon angekettet in einem

Kerker gezeigt hatte, trieb sie um. Stjerna konnte die Bilder nicht aus ihrem Geist verdrängen. Jeder Augenblick, der verstrich, bedeutete potentiell eine Gefahr für Maró.

»Jetzt könnte ich auch ein bisschen Nebel gebrauchen«, flüsterte sie gedankenversunken und hielt perplex inne. Sie rieb sich die Schläfen, trat einen Schritt nach vorn, blieb stehen, sah sich um. Ob das ihre Möglichkeit wäre? Jeder war beschäftigt. Wer sollte sie also bemerken?

Stjerna rannte los. Geschickt suchte sie sich ihren Weg durch die sich drängenden Menschen. Alles strömte in die ihr entgegengesetzte Richtung, hin zu der Festgesellschaft. Als sie die Reihen der um Aufmerksamkeit buhlenden Schausteller hinter sich gelassen hatte, drückte Stjerna sich eng an die Mauer und eilte weiter. Immer wieder blickte sie ringsum, niemand beachtete sie. Sämtliche Wachen richteten ihre Aufmerksamkeit auf das bunte Treiben um den Grafen. Die Mauer lief in einem Bogen um die Burg. Dieser Rundung folgte Stjerna, bis sie von den anderen nichts mehr sehen konnte. Dann blieb sie stehen und reckte den Hals. Leichter Schwindel überkam sie, als sie so die Mauer heraufschaute, die sich gelblich gegen den blauen Himmel abzeichnete. Sie fiel auf die Knie und schloss die Augen, bis alles um sie herum aufhörte, sich zu drehen. Das kühle Gras fühlte sich angenehm an. Dann stand sie wieder auf, presste eine Hand gegen die Mauer und ging weiter.

Nicht lange und sie fand, was sie suchte – den Spross einer Weinranke. War ihre Idee Wahnsinn? Diese zierliche Pflanze? Überschätzte Stjerna sich? Aber selbst wenn! Sie würde es in jedem Fall versuchen. Sie kniete sich erneut und strich sanft über die breiten grünen Blätter, gewahrte die Kühle, die schwach davon ausging, dabei rief sie sich Ilanías Worte über Magie ins Gedächtnis.

Sie fokussierte all ihre Aufmerksamkeit auf die Ranke und auf die Mauer. Jeden Gedanken, jeden Zweifel, der sich ihrer bemächtigen wollte, schob sie fort. Sie schloss die Augen, stellte sich vor, wie die Ranke am Gestein entlangspross, wie der Wein sie mächtig und groß überragte, wie er Schatten spenden würde und seine Wurzeln sich fest in der Mauer verankerten. Vor ihr rauschte etwas, Stjerna zwang sich, nicht hinzusehen, ihre Konzentration beizubehalten. Immer deutlicher sah sie das Bild in ihrem Geist – wie die Ranke wuchs, größer und kräftiger wurde. Euphorie überkam Stjerna. Alles in ihr floss harmonisch, gleich einem Bach, der zu einem großen Strom anschwoll. Sie fühlte sich stark, mutig und auch ganz leicht. Wie ein genau in die Fassung passendes Juwel fügte sich alles nahtlos ineinander. Es kam ihr vor, als würde die Welt um sie herum anfangen, sich immer schneller zu drehen. Als säße sie auf einem Pferd, dessen Galopp immer rascher wurde. Alles wurde fortwährend fließender und stetig rasanter, dann brach es ab.

Obgleich sie kniete, verlor sie ihr Gleichgewicht und stützte sich eilig mit den Händen ab. Blinzelnd blickte sie auf und schnappte nach Luft. Der kleine Spross hatte sich zu einer imposanten Weinranke entwickelt, die sich bis zu den Zinnen der Mauer emporzog. Unwillkürlich musste sie lachen. Sie war das gewesen! Die ihr innewohnende Magie, nein, sie *selbst* hatte einen Zauber gewoben! Es erschien ihr schier unglaublich, immerhin hatte sie rein nach Instinkt gehandelt. Und dennoch, es hatte geklappt! Die Ranke erstreckte sich dicht und stark über ihr am Gestein hinauf.

Stolz betrachtete Stjerna ihr Werk und strich lächelnd durch die knisternden Blätter. Alles war so viel besser, wenn sie sich selbst vertraute, ihrer Intuition folgte, statt sich vom Gerede anderer leiten zu lassen! Prüfend zog sie an dem Gewächs. Die Ranke wuchs weiter. Mit starken, hölzernen Trieben verwurzelte sie sich fest mit der Mauer. Der Anfang ins Innere der Burg war geschafft! Mit beiden Händen griff Stjerna nach einem Rankentrieb und zog sich hoch. Ihr Herzschlag beschleunigte sich. In dem dichten Gewächs war es nicht allzu schwer, auch mit den Füßen Halt zu finden. Langsam und stetig kletterte sie durch den Wein. Die breiten grünen Blätter streiften ihr Gesicht, als Stjerna weiter hinaufkletterte.

Plötzlich hörte Stjerna Stimmen, die von oben zu ihr herunterwehten. Sie verharrte kurz reglos, dicht an die Wand gedrückt. Ihr Bauch presste schwer gegen die Ranke, wenn sie Luft holte. Vorsichtig hob sie den Kopf. Die Zinnen über ihr waren durch das sie umgebenden Gewirr aus Blättern nicht frei einzusehen, trotzdem erkannte sie die Wachen. Sie trugen Helme und Speere, allerdings lenkten sie sich selbst durch ein angeregtes Gespräch ab und blickten weder nach links noch rechts. Mit angehaltenem Atem verharrte Stjerna einige gefühlt unendliche Momente, bis die beiden vorbeigezogen waren. Dann atmete sie erleichtert aus und kletterte geschwind weiter, bis sie das Ende der Ranke direkt an den Zinnen erreichte. Behutsam spähte sie hindurch. Ein Wehrgang lag vor ihr und zu ihrer Begeisterung entdeckte sie niemanden darauf. Entschlossen stützte sie sich zwischen den Zinnen der Mauer ab, zog sich hinüber und landete leichten Fußes auf der anderen Seite.

Sie schluckte ihre Nervosität hinunter. Sie durfte keine Zeit verlieren und daran zu denken, was geschehen mochte, wenn sie hier gefasst wurde, half ganz sicher nicht. Sie hatte es auf die Mauer geschafft, nun musste sie auf der anderen Seite wieder hinab! Ob sie einen weiteren Zauber wagen konnte? Vielleicht gelang es ihr, den Wein über die Mauer und ins Innere des Burghofes wachsen zu lassen? Prüfend betrachtete Stjerna die Pflanze und streckte die Hand danach aus. Mitten in der Bewegung hielt sie inne. Stimmen! Erneut näherte sich jemand! Einzig die leichte Biegung der Mauer verbarg sie noch! Ohne weiter nachzudenken, lief Stjerna los, geduckt und so leise es ging. Es gab hier oben nichts, wo sie sich hätte versstecken können!

Ein kleiner Wachturm mit hölzerner Tür kam in Sicht. Geschwind lief Stjerna darauf zu. Alles in ihr schrie danach innezuhalten, doch ihr fehlte die Zeit. Die Wachen würden jeden Augenblick auftauchen. Sie öffnete die Tür einen Spalt und musste darauf vertrauen, dahinter niemanden anzutreffen. Stjerna quetschte sich durch die schmale Öffnung. Mit rasendem Herzen verharrte Stjerna nur so lange, bis ihre Augen sich an die neuen Lichtverhältnisse gewöhnt hatten. Eine steinerne Treppe lag vor ihr. Flugs lief sie diese hinab. Zu ihrem Entsetzen hörte sie, wie hinter ihr die Tür geöffnet wurde. Männer lachten, vermutlich die Wachen von eben. Duckend beschleunigte sie ihre Schritte. Sie stolperte über ihren Rocksaum und fiel die letzten paar Stufen herunter. Unsanft landete sie auf dem steinernen Boden. Gehetzt schweifte ihr Blick umher, links und rechts gab es einen Gang.

Stjerna rappelte sich auf und wandte sich nach rechts, den schmerzenden Knöchel ignorierend. Auch hier bot ihr nichts Deckung. Nach einer Biegung erblickte sie zu ihrer Begeisterung eine weitere Tür. Atemlos hielt Stjerna vor dieser an. Hinter ihr kamen Schritte näher. Wenn sie nur wüsste, was hinter der Tür war! Sie presste ihr Ohr fest dagegen und hörte nichts außer dem wilden Schlagen ihres eigenen Herzens. Sie musste es riskieren! Entschlossen drückte sie die Tür ein Stück auf. Dahinter erstreckte sich eine kleine Waffenkammer. Speere, Lanzen, Schwerte, Helme und Rüstungen waren übereinandergestapelt, zum Glück jedoch gab es keine Person weit und breit. Flugs huschte Stjerna hinein und schloss die Tür hinter sich. Es roch nach Leder, Holz und poliertem Stahl. An der Wand lehnte ein großer Schmuckschild, schnell kauerte Stjerna sich hinter diesen. Einen Augenblick hier abzuwarten, schien ihr das Beste. Sie rieb sich den Knöchel, zum Glück klang der Schmerz bereits wieder ab. Es knarzte und Stjerna versteifte sich. Die Tür wurde geöffnet! Zwei Männer traten ein.

»Du willst nicht sagen, er sei eingeschlafen?« Der eine lachte, während er klappernd seine Lanze zu den anderen an die Wand lehnte wie in einen bunten Stangenwald.

»Doch! Ob du es glaubst oder nicht. Hätte ich ihn nicht festgehalten, wäre er so von der Mauer gefallen.« Der andere schnipste mit den Fingern und legte gleichfalls seine Waffen ab. Jetzt lachten beide.

»Jedes Mal, wenn ich hier drin bin reizt, mich dieser Schild«, sagte der Erste. »Dem würde ich gern ein paar Kratzer zufügen.«

Schritte kamen näher. Stjerna machte sich so klein sie konnte und wagte kaum zu atmen.

»Stimmt. Heute, wo alles mit dem Fest beschäftigt ist, würde es sicherlich nicht mal jemand merken.«

»Was meinst du, sollen wir es auf den Übungsplatz schaffen?«

»Lass. Wir würden es irgendwann dem Hauptmann erklären müssen und du weißt, Sorin hat wenig Humor. Außerdem gibt es bestimmt auf dem Fest gutes Essen und Unterhaltung. Ich würde eher versuchen wollen, mich dort ungesehen in die Menge zu mischen.«

»Stimmt auch wieder. Komm, gehen wir.«

Schritte entfernten sich, Holz knarrte erneut, dann war es still. Einen Moment noch blieb Stjerna reglos, obgleich ihre Glieder schmerzten in der zusammengedrückten Position, in der sie saß. Langsam stand sie auf und streckte ihre schmerzenden Glieder. Nun nichts wie raus hier, ehe noch jemand auftauchte. Kurz hielt sie inne. Ob sie eine Waffe mitnehmen sollte? Andererseits, was würde sie damit gegen einen erfahrenen Wachmann ausrichten können? Es würde sie nur in ihrer Bewegungsfreiheit einschränken.

Die Tür ein Stück öffnend spähte sie hinaus. Verlassen lag der Gang da. Die Waffenkammer hinter sich lassend lief Stjerna weiter, jede noch so kleine Biegung ließ sie innehalten. Sie durfte nicht riskieren, hier jemandem in die Arme zu laufen! Wie eine helle Flagge zeichnete sich plötzlich Sonnenlicht ab, welches durch eine geöffnete Tür auf den Gang fiel. Endlich! Eng an die Wand gepresst glitt Stjerna darauf zu und sah sich misstrauisch um. Niemand war zu erkennen, so huschte sie hinaus und trat, so schnell sie konnte, vom Eingang weg.

Sie spürte erst, als sie auf dem knirschend Kies des Burgzwingers gelangte, wie sehr ihre Knie zitterten. Ihr gegenüber türmte sich die eigentliche Burg. Wenn ihre Sinne sie nicht gänzlich täuschten, so lag irgendwo hinter ihr der Vorplatz, auf dem die Festgesellschaft weilte. Würde sie Maró in der Burg finden? Und wenn ja, wie sollte sie in diese hineingelangen?

Zweifelnd trat Stjerna hinüber zu dem Bauwerk und betastete die solide Außenmauer. In der Hoffnung auf irgendeinen Anhaltspunkt oder eine Idee, folgte sie der Biegung, welche Perisads Heim beschrieb. Ein Turm mit spitzem Dach, etwas abseits von der Burg stehend, kam in ihr Blickfeld. Ein runder Turm! In ihrem Traum hatte sie Maró in einem halbrunden Raum gesehen! War er da drin?! Ein Wächter stand vor dem Eingang. Ohne nachzudenken, setzte Stjerna an hinüberzugehen.

»Das würde ich lassen, Mädchen«, lallte jemand.

Stjerna sog scharf die Luft ein. Ein Stück vor ihr, an die Burgwand gelehnt, saß ein Mann. Seine bunten Kleider machten deutlich, dass er ein Gaukler war. Neben ihm lagen ein sehr schlapp wirkender Weinschlauch und ein Stapel Karten.

»Das würde ich lassen«, wiederholte er. »Soweit ich weiß, sperrt der Graf seine Gefangenen in diesen Turm. Sicherlich kein geeigneter Umgang für dich.«

Stjernas Augen weiteten sich. »Und weißt du, ob jemand darin ist?«

»Ich nehme es an. Jedenfalls munkelt das Gesinde, der Hauptmann der Wache gehe täglich hinein. Ich selbst habe ihn gestern schon im Turm verschwinden sehen. Und es zieht ihn sicher nicht in den Kerker, weil er es dort so kuschlig findet.«

»Gibt es auch Wachen darin?«

»Vermutlich.« Er zog eine Grimasse und griff nach seinem Wein. »Warum interessiert doch das so?«

Sie machte einen Schritt zurück. »Ohne besonderen Grund. Deine Karten«, sagte sie eilig und deutete auf den Stapel. »Würdest du sie mir überlassen?«

Er legte die Hand darüber. »Warum sollte ich?«

»Deswegen?« Stjerna zog etwas von Rilans Geld hervor. Der Fremde starrte sie ungläubig an, dann grinste er breit. »Nimm sie. Ich bin dieses Gewerbe ohnehin leid.« Er hielt ihr das Kartendeck entgegen. Stjerna ergriff die Karten, gab ihm die Münzen und zog sich widerwillig zurück. Währenddessen spielte sie mit den Karten, ließ sie zwischen ihren Fingern hin und her laufen. Ein vertrautes Gefühl brach in ihr aus und eine Eingebung, mit der es ihr hoffentlich gelingen würde, einen Plan zu schmieden, um in diesen Turm zu gelangen. Zielstrebig machte sie sich auf den Weg zum Vorplatz der Burg. Dort herrschte emsiges Gewusel. Über einem Feuer briet ein Schwein, ein Falkner präsentierte seine Tiere, es gab Zuckerwaren und Gebäck. Diener in der grau-weißen Dienstkleidung des Grafen mit einem Wappen darauf, welches für Stjerna nach einer Sanduhr aussah, eilten mit Erfrischungen zwischen den Gästen umher. Ein derart pompöses Fest hatte Stjerna noch nie besucht. Auf den Jahrmärkten, die sie mit ihrer Gauklertruppe besuchte, mischten sich die Menschen aller Schichten, hier gab es nur Reichtum und Adel. Allerdings nagte die Sorge um Maró an ihr, daher war es ihr im Grunde herzlich egal, wie fein Perisads Gäste gewandet waren. Würde sie auffallen zwischen ihnen? Sicher würde sie bloß für eine der eingeladenen Gauklerinnen gehalten werden. Stjerna beschloss, sich unter die Menschen zu mischen.

Sie schritt zwischen den Menschen umher, horchte auf Gesprächsfetzen, hoffte, etwas Hilfreiches zu erfahren. Eine elegant gekleidete ältere Frau sprach Stjerna an. »Du legst Karten?«

»Bitte? Nein, ich ... Ich meine ja! Genau das mache ich.«

»Wie interessant! Was muss ich tun?«

In geschickter Bewegung fächerte Stjerna die Karten auf. »Zieht eine.«

Lächelnd zog die Alte eine Karte und reichte sie Stjerna. Es war jene mit dem Stern. Doch wie schon früher, achtete Stjerna kaum auf die Karte. Sofort drängten Bilder in ihren Geist.

Ein junger Mann, der in einem Duell tödlich verletzt wurde. Eine junge Frau, die mit der Alten stritt. Ein großes Zimmer, leer.

Der Frau drohten der Verlust ihres Sohnes, Streit und ein einsames Dasein. Stjerna zögerte, als sie die hoffnungsfrohen Züge der Dame sah.

»Euer Sohn«, setzte sie an, »hat einen Feind, mit dem er in tiefem Zwist ist, nicht wahr?«

»Ja! Wie bemerkenswert dein Wissen ist!«, rief die Frau begeistert.

»Er sollte sich vorsehen. Er hat eine Gemahlin, mit der Ihr oft streitet. Aus diesen Schereieien kann leicht ein Streit erwachsen, der sich nicht wieder kitten lässt.«

»Du meinst, ich sollte zusehen, besser mit ihr auszukommen?«

»Wenn es Euch beliebt«, antwortete Stjerna und verneigte sich leicht. Es war stets gefährlich, adligen derartige Dinge zu sagen.

»Ich werde darüber nachdenken!«

Die Dame ging. Obgleich Stjerna versuchte weiterzugehen, blieb ihr Können nicht von allen unbemerkt. Mehrere Menschen wollten in die Karten blicken. Also deutete Stjerna die Karten, gleichwohl nur halbherzig bei der Sache. In den Karten gewahrte sie jedes Mal einen kleinen Abschnitt aus einem individuellen Schicksal. Glück, Trauer, Leid, Tod, Verlust, Reichtum, Armut wechselten einander ab. Nicht jedem sagte Stjerna die Wahrheit. Einiges war zu erbarmungslos, als dass sie es den Personen zumuten wollte zu wissen, was sie erwartete. Nie jedoch war das, was sie sah, so real oder intensiv wie die Visionen, die Maró in ihr auslöste. Es glich mehr verwaschenen Bildern, denen es an

Farbintensität fehlte, während sie bei dem Dämon oft das Gefühl hatte, leibhaftig dem beizuwohnen, was ihr gezeigt wurde.

Irgendwann stand ein schmächtiger Mann vor ihr, dünn und blass. Er stützte sich auf einen Stock. Sie hatte ihn schon zuvor zwischen den anderen gesehen. So wie die anderen, Gäste wie Diener, ihn hofierten, konnte er nur der Graf Perisad höchstpersönlich sein.

»Nun, Mädchen, was sagen deine Karten wohl für mich?«

Er zog den Turm. In Stjernas Geist erschien nichts. Nur Dunkelheit. So etwas war noch nie geschehen. Dennoch wusste sie umgehend, was es bedeutete: Tod.

»Ein langes und erfülltes Leben, Mylord. Eure Gesundheit wird sich weiter verbessern«, log sie.

Lächelnd ging er mit lahmen Schritten davon. Stjerna blickte ihm still nach. Ein Stück hinter dem Grafen schritt ein Mann. Seine Haltung, seine souveränen Schritte wiesen ihn als Krieger aus. Ebenso sein Schwert und das Messer, das er für jedermann sichtbar am Gürtel trug. Stjerna verharrte einen Wimpernschlag lang wie paralysiert. Dieses Messer hatte sie selbst bereits in Händen gehalten – es gehörte Maró! Ohne einen weiteren Gedanken zu verschenken, lief sie ihm nach.

»Verzeiht!« Sie deutete einen Knicks an. »Habt Ihr nicht vergangenes Jahr das Turnier in … Estra gewonnen?« Sie nannte einfach das erste Turnier, das ihr in den Sinn kam.

Er blieb stehen und strich sich nachdenklich über sein Kinn. »Estra? Nein, dorthin hat es mich noch nie verschlagen. Du musst mich verwechseln.«

»Entschuldigt. Ich hätte schwören können, Ihr wärt es gewesen. Ihr seht aus, als wärt Ihr der geborene Turniersieger«, flötete Stjerna.

Er lachte und musterte Stjerna eingehender. Sie warf sich nonchalant lächelnd die Haare über die Schultern.

»Mein Name ist Sorin, ich bin der Hauptmann der Wache.«

»Eine noch erheblich anspruchsvollere Aufgabe als ein Turnier. Immerhin müsst Ihr für den Schutz einer ganzen Burg sorgen.«

Er stellte sich breitbeinig hin. »Wohl wahr. Und nun, da es dem Grafen endlich besser geht, habe ich auch wieder einiges zu tun.« Er machte eine auslandende Geste.

»Und sagt, müsst Ihr dann und wann auch Gefangene machen? Euer Dienst ist sicher sehr gefährlich«, schmeichelte Stjerna und lehnte sich etwas zu ihm.

»Hin und wieder bleibt das nicht aus. Tatsächlich haben wir seit einer Weile einen ziemlich grässlichen Gefangenen im Turm. Es war nicht ganz einfach, mit ihm fertig zu werden und ihm Manieren beizubringen.«

Stjerna schluckte und zwang sich, ihr kokettes Lächeln nicht zu verlieren.

»Und du? Wie ist dein Name?«

»Stjerna.«

»Welch ein hübscher Name. Und noch dazu hast du so erstaunliche Fähigkeiten im Kartenlegen.«

»Wenn Ihr es wünscht, beweise ich es Euch.«

»Ich würde es mir nicht entgehen lassen.«

Sie hielt ihm die Karten hin, doch er drückte diese leise lachend hinab und trat dichter zu Stjerna. Sein Leib berührte den ihren. Stjerna unterdrückte den Impuls zurückzuweichen.

»Nicht jetzt. Komm heute Nacht in mein Gemach und zeige mir deine Fähigkeiten dann.« Er strich ihr eine Strähne hinters Ohr. »Sag den Wachen meinen Namen und dass ich dich nach der Blauen Stunde erwarte. Sie werden dich einlassen und dir den Weg weisen.«

»Gern!« Stjerna zwang sich, ihn anzustrahlen und es zu dulden, wie er ihr flüchtig über die Wange strich.

Sorin nickte zufrieden und ging davon. Stjerna steckte eilig die Karten ein und verschwand in die entgegengesetzte Richtung. Unvermittelt erblickte sie einen Mann in hellblauen Gewändern in der Menge. Er stand mit dem Rücken zu ihr, dennoch wusste Stjerna umgehend, wer es war: Irior! Jener Magier, an den Rilan Maró verkauft hatte. Auch das noch! Gewiss verhieß seine Gegenwart nichts Gutes.

Stjerna trat hinter einige Gäste und setzte eilig ihren Weg fort, immer wieder dorthin spähend, wo sie den Zauberer gesehen hatte. Achtsam und zielstrebig schlug sie wieder den Weg ein, der zu dem Turm führte. Der betrunkene Gaukler hatte seinen Platz verlassen, auch sonst regte sich dort nichts. Bedauerlicherweise stand die Wache noch immer vor der Tür. Seufzend rutschte Stjerna mit hängenden Schultern zu Boden.

Was nun? Alles in ihr schrie danach, Maró zu befreien. Nur wie? Um sie herum dämmerte es bereits.

Als sie nach einer Weile Schritte vernahm, rappelte sich Stjerna eilig auf. Eine junge Frau, nur wenig älter als sie selbst, näherte sich ihr. Sie trug ein Tablett, dabei schaute sie sich immer wieder um.

»Hallo«, sagte Stjerna.

Die andere zuckte erschrocken zusammen, das Geschirr wackelte unheilvoll auf dem Tablett. »Himmel! Hast du mich erschreckt.«

»Entschuldige.«

Die andere musterte Stjerna neugierig. »Ich glaube, wir kennen uns nicht. Bist du auch nur vorübergehend für das Fest hier im Gesinde?«

»Genau. Nur für das Fest.«

»Ich auch. Pass auf, dass dich hier niemand beim Ausruhen erwischt. Die Köchin hat eine enorme Menge an Arbeit und ist ziemlich gereizt.«

»Danke für die Warnung. Und was führt dich hierher?« Stjerna nickte zu dem Tablett.

»Ich soll es in den Turm bringen, für den Mann, der den Gefangenen bewacht.« Sie erschauerte. »Das musste ich gestern auch schon machen. Es ist wirklich schaurig da unten, dunkel und kalt. Der Wächter hat mich so seltsam angesehen, alle Haare standen mir zu Berge.«

»Ich mache es, wenn du willst.«

»Das würdest du tun?«

»Wenn du niemandem sagst, dass ich meine Zeit hier draußen vertrödelt habe?«

»Kein Wort!« Ohne zu zögern, reichte sie Stjerna das Tablett. »Danke!«

»Ich danke dir«, wisperte Stjerna, als die junge Frau hastig davonlief.

SIEBZEHN

»Die Köchin schickt mich«, sagte Stjerna mit fester Stimme, als sie im Turm ankam.

Die Wache musterte sie prüfend, ehe er ihr die Tür in das Gemäuer öffnete. Kälte und Finsternis schlugen ihr entgegen und es roch unangenehm faulig. Stjerna zog den Kopf ein, als die Tür sich hinter ihr schloss. In dem kleinen Eingangsraum des Turmes gab es keinerlei Einrichtung. Eine Wendeltreppe führte hinauf in die Dunkelheit und hinab wie in einen schwarzen Schlund. Fackeln in regelmäßigen Abständen sorgten für spärliches Licht auf dem Weg nach unten. Die Stufen, die nach oben führten, waren unbeleuchtet, folglich würde sie unten finden, was sie suchte – Maró! Hoffentlich!

Mit weichen Knien stieg sie die Treppe hinab. Als näherte sie sich einem feurigen Rachen, nahm das Licht etwas zu, eine gewölbte Öffnung am Treppenende kam in Sicht. Unten erwartete sie ein runder Raum, von Fackeln in orangeroten Schein getaucht. Mehrere schwere Türen gingen ab, nur eine jedoch war geschlossen. Auf einer hölzernen Bank daneben saß ein Wächter. Er stand auf und kam ihr entgegen. Stjernas Augen weiteten sich, als sie Marós Schwert und Waffengurt an einem Haken neben der Bank erkannte. Nur sein Messer fehlte.

»Gib her!«, befahl der Mann harsch und streckte den Arm nach dem Tablett aus. Stjerna zögerte keinen Augenblick und zog ihm mit aller Kraft das Tablett über den Schädel.

»Ah! Verfluchtes Miststück!« Brüllend taumelte er rückwärts und rieb sich dabei den Kopf.

Stjerna rannte los, riss Marós Schwert von der Wand und hieb mit dem Heft der Waffe nach der Wache. Der Mann wischte sich zornig die Essensreste aus den Augen, während er fluchend auswich. Dabei trat er auf das Tablett und rutschte aus. Mit den Armen rudernd fiel er rückwärts. Hart schlug er mit dem Schädel gegen die Wand und blieb reglos liegen. Kurz erschrocken von der Szene verharrte sie einen Moment, ehe sie sich atemlos umsah. Sie fand einen Strick an einem eisernen Ring. Mit diesem fesselte sie die Hände des Wächters, nachdem sie überprüft hatte, dass dieser wirklich bewusstlos war, und riss dann den Schlüsselbund von dessen Gürtel. Ungestüm hastete sie zu der verriegelten Tür. Nervös hantierte sie mit den Schlüsseln. Es kostete sie Mühe, den zu finden, dessen Bart in das Schloss passte. Das Eisen kratzte und quietschte. Endlich, im vierten Anlauf, schnappte das Schloss und Stjerna zog die Tür auf, ihr ganzes Gewicht benutzend.

Maró sah elend aus. Seine ausgebreiteten Arme waren über der Kopfhöhe an die Wand gekettet, sein Haupt hing reglos nach vorne, die Augen mit einem schwarzen Tuch verbunden.

»Maró!« Sie stürzte zu ihm. »Maró!«

Er regte sich nicht. Vorsichtig löste sie die Augenbinde. Leise stöhnend versuchte er, ihr auszuweichen. Stjerna legte ihm behutsam die Hände auf die Wangen, stellte sich auf die Zehenspitzen und küsste ihn. »Maró, wach auf, bitte.«

Erneut ächzte er und blinzelte benommen. »Stjerna? Nein, nein, das muss ein Traum sein.«

»Es ist keiner.« Sie küsste ihn erneut. »Ich bin wirklich da.«

»Wie?«

»Später! Jetzt lass uns erst mal von hier verschwinden.«

Hastig suchte Stjerna nach dem Schlüssel zu den Kettenschellen, die ihn hielten. Die langen Schnittwunden an seinem Unterarm ließen sie ahnen, was das Mittel war, das den Grafen heilen sollte. Irior hatte Marós linken Arm, die Herzseite, gewählt, um dem Dämon Blut abzuzapfen. Blutige Kratzer und Prellungen auf Marós bloßem Oberkörper zeigten auch deutlich, dass er sich nicht widerstandslos seinem Schicksal ergeben hatte.

Stjerna fand den passenden Schlüssel und befreite den Dämon. Taumelnd stürzte er auf den steinernen Boden. Sanft strich sie ihm die Haare aus der Stirn.

»Schaffst du es die Treppe hinauf?«

»Und wenn ich kriechen muss.«

Sie lachte. »So gefällst du mir schon besser! Komm.«

Maró stützte sich auf sie. Seine Schritte waren steif und unsicher, immerhin konnte er sich halbwegs auf den Beinen halten. Der Wächter lag noch reglos da. Stjerna nahm Marós

Waffengurt mit. Mehrmals stolperte der Dämon auf der Treppe, aber schließlich bewerkstelligten sie den Weg bis zur Tür des Turms. Dort blieb Stjerna stehen. Maró lehnte sich erschöpft an die Wand. Sie reichte ihm seinen Waffengurt, den er sich mit fahrigen Bewegungen umlegte. Er nickte, als er fertig war.

»Da draußen ist ein einzelner Wächter. An dem müssen wir zunächst vorbei, und zwar am besten unbemerkt.« Sie seufzte. »Und dann versperrt uns leider das Fest des Grafen den Weg zum Tor.«

»Wie bist du hereingekommen?«

»Über eine Weinranke an der Mauer. Dieses Unterfangen möchte ich mit dir derzeit lieber nicht versuchen.«

»Weinranke?« Ratlos zog er eine Braue hoch.

»Das erkläre ich dir, sobald wir in Sicherheit sind«, erwiderte sie und lief nachdenklich auf und ab.

»Es ist nur ein Wächter draußen, sagst du?«

»So war es zumindest, als ich hergekommen bin.«

»Dann habe ich eine Idee.«

Zweifelnd sah sie Maró an, dessen Zustand ihr Sorgen machte.

»Keine Angst, ich lege es nicht auf einen Kampf an.«

»Gut.«

»Erschrick nicht«, warnte er, ehe seine Gestalt verschwand, eins mit dem Schatten wurde.

»Maró?«

»Hier.« Seine Stimme kam noch von da, wo er gestanden hatte. »Gehen wir es an.«

»Ich vertraue dir. Was ist dein Plan?«

»Die Dunkelheit zu nutzen, um ihn zu überrumpeln. Komm.«

Maró öffnete die Tür gerade weit genug, um hindurchschlüpfen zu können. Stjerna spähte angespannt um die Ecke. Fackeln erhellten die Szenerie schwach. Sie wäre ihm gern gefolgt, wollte aber sein Vorhaben nicht gefährden, denn sie konnte der Wächter sicherlich sehen.

»Wer da?« Der Türhüter zog sein Schwert und drehte sich in Marós Richtung. Der Dämon war nicht zu erkennen. Nur ganz kurz glaubte Stjerna einen flackernden Schemen im Schatten zu erspähen. Auch der Wächter starrte kurz hin. Kopfschüttelnd setzte er dann seinen Weg zur Tür fort. Festen Schrittes kam er auf sie zu. Plötzlich machte er einen Sprung zurück. Scheppernd fiel seine Lanze zu Boden und wild hieb er mit dem Schwert nach vorn. Die Dunkelheit intensivierte sich. Stjerna konnte nichts mehr erkennen.

»Was ist das für ein fauler Zauber? Warum kann ich nichts sehen?!«, rief der Mann. Stjerna vernahm gedämpfte Geräusche, einen unterdrückten Ausruf, dann wurde es still. Sie hielt den Atem an. Was war geschehen? Endlich wich die Schwärze und sie sah eine Silhouette am Boden liegen und eine gehörnte darüberstehen. Erleichtert lief sie hinüber.

»Alles in Ordnung?«

»Ja. Er war selbst in der Dunkelheit wehrhafter, als ich dachte. Aber fürs Erste wird er uns keine Probleme bereiten.«

Stjerna sah auf den am Boden liegenden Mann. Ob er wusste, was in dem Kerker vor sich ging? Vermutlich glaubte er den Worten seines Befehlshabers und tat schlicht seine Arbeit. Ein wenig tat er ihr leid.

Mit dem Tuch, welches Marós Augen verbunden hatte, knebelten sie die Wache, fesselten ihm mit seinem eigenen Ledergürtel die Arme auf den Rücken und schleiften ihn hinterher ins Innere des Turms.

»Und nun?«, fragte Maró und verschloss sorgsam die Tür.

»Reichen deine Kräfte, um dich nochmals in der Dunkelheit zu verbergen?«

»Ich denke schon.«

»Dann habe diesmal ich eine Idee, allerdings müssten wir die Nacht in der Burg verbringen.«

»Seien wir ehrlich, viel weiter würde ich heute ohnehin nicht kommen«, versetzte er leise.

»Das befürchte ich auch.« Stjerna strich ihm über die Wange. »Meine größte Sorge ist, dass uns Irior begegnet.«

»Der hat bis morgen genügend von meinem Blut. Das wird dem Grafen bis morgen reichen.« Maró hob seinen Arm.

»Dann lass uns hoffen, nicht doch zufällig auf Irior zu treffen. Mir hat indes der Hauptmann der Wache eine Einladung in sein Gemach für diese Nacht ausgesprochen.«

Maró knurrte wie ein gereizter Wolf.

»Keine Sorge, mein Plan ist, die Nacht dort zu verbringen, nur nicht mit ihm. Wir werden uns da verstecken bis zum Morgen und verschwinden dann im Trubel des anbrechenden Tages. Was sagst du?«

»Alles, was du willst. Ich vertraue dir, Stjerna.«

Eilig huschten sie an der Burgmauer entlang. Noch regte sich einiges auf dem Hof. Zwar war der Adel verschwunden, doch ein Teil der Gaukler saß beisammen. Spielleute sangen Lieder, es wurde jongliert, getrunken und gelacht. Mehrere Feuer warfen flackernde Schatten an die Wand. Das Tor der Burg, der Weg in die Freiheit, so verlockend nah. Unglücklicherweise standen mehrere Torhüter davor. Von jenen Höfen, die sie mit den Gauklern dann und wann besucht hatte, wusste Stjerna, wie unwahrscheinlich es war, dass die Wachen jemanden hinauslassen würden, den sie nicht kannten oder der keinen Befehl vom Grafen hatte. Adelige und ihre Diener neigten zu Misstrauen. Wenn sie deswegen versuchte, mit Maró hinauszukommen, und so Aufsehen erregte, könnte ihre Misere danach noch größer sein als jetzt. Gar nicht auszudenken, was geschah, wenn jemand einen Niscahl erspähte, und Maró war leidlich im Zustand für einen Kampf mit mehreren Männern.

»Also in die Burg«, raunte Stjerna.

Achtsam schlichen sie weiter.

»Erschrick nicht«, warnte Maró abermals leise. Die Dunkelheit um sie herum intensivierte sich. Es war seltsam, ihn zu spüren, ihn jedoch nicht sehen zu können. Sie waren nun in unmittelbarer Nähe der Gaukler. Noch immer beachtete sie niemand. Zügig lenkte Stjerna ihre Schritte die kleine Treppe zum Eingang in die Burg hinauf. Sofort trat ihr ein Türhüter in den Weg.

»Hauptman Sorin erwartet mich nach der Blauen Stunde.«

Der Mann grinste wissend und öffnete die Tür. »Kommt herein, Gauklerin. Die vierte Tür auf der linken Seite die Treppe hinauf ist sein Gemach.«

Stjerna schlüpfte hindurch, der im Schatten verborgene Maró mit ihr.

»Danke.«

Stjerna atmete erleichtert auf, als er wieder die Tür hinter sich schloss. Musik zog durch die Burg sowie der Geruch von gebratenem Fleisch, frischen Kräutern und Wein. Ihnen gegenüber führte eine imposante Freitreppe nach oben. Kleinere Stiegen liefen links und rechts an der Wand empor. Der linken davon folgten sie.

»Es dürfte nicht weit sein«, flüsterte Stjerna, als sie die mühsamen Bewegungen des Dämons hörte.

»Keine Sorge, es geht schon.«

Niemand begegnete ihnen auf dem Weg. Vor der benannten Tür blieb Stjerna stehen. Sie ballte die Hand zur Faust und klopfte energisch an. Lächelnd erschien der Hauptmann in der Tür.

»Ah, meine Kartenlegerin. Komm!« Er trat einen Schritt auf sie zu und legte Stjerna die Hände an die Hüften. Sie versteifte sich, folgte ihm jedoch in das Gemach. Hinter sich spürte sie den Dämon hineingleiten und die Tür fiel leise zu. In dem Zimmer fand sich nur eine karge Einrichtung. Ein Bett, ein Schreibtisch, auf dem Stjerna Marós Messer entdeckte, ein Kamin, in dem ein Feuer flackerte, und ein Regal mit einigen Büchern.

»Und, was sagen die Karten denn wohl für mich?« Sorin drückte ihr wild einen Kuss auf die Lippen. Seine Zunge drang tastend in ihren Mund ein, Stjerna schmeckte Alkohol und Tabak. Ehe sie den Impuls unterdrücken konnte, wich sie zurück.

»So nicht! Du bleibst schön hier, Gauklerin.« Fest griff er ihr ins Haar und zog sie in seine Richtung. Stjerna ächzte. Sorin versuchte unsanft, sie Richtung Bett zu bugsieren.

»Genug!«, erklang es befehlend hinter ihr.

Sorins Augen weiteten sich. Er stieß Stjerna energisch aus dem Weg und griff nach Marós Messer. Bevor sie allzu unsanft auf dem Boden landete, fing Stjerna sich ab und wich an die Wand zurück. Maró hatte sich mit blanker Klinge aus dem Schatten gelöst und stand in voller Sichtbarkeit in dem kleinen, von Fackeln erhellten Zimmer.

»Dämon!«, stieß Sorin aus wie ein Fluch und sprang nach vorne. Klirrend trafen die Waffen aufeinander. Der angeschlagene Maró taumelte unter der Wucht des Hiebs nach hinten und prallte gegen die Wand. Schmerzerfüllt zuckte er zusammen, dann straffte er sich und wich Sorins nächstem Schlag aus. Das Messer hinterließ einen Kratzer im Stein, wo Maró gerade noch gestanden hatte. Hauptmann Sorin wirbelte herum, die Kontrahenten funkelten sich an und gingen wieder aufeinander los. Blanker Zorn stand dem Dämon ins Gesicht geschrieben, seine Augen glühten. Mit der aufgestauten Wut der Tage seiner Gefangenschaft kämpfte er mit Sorin. Wirbelnd trafen die blitzenden Klingen ein ums andere Mal aufeinander.

Der Lärm kam Stjerna ohrenbetäubend vor. Obgleich es eng war, umkreisten die beiden sich in einem tödlichen Tanz. Sorin war geschickt und trieb den Dämon mehrfach in die Enge. Nur in knapper Not vermochte Maró, die Finten seines Gegenübers zu parieren. Stjernas Herz setzte einen Schlag aus, als der Hauptmann Maró in die Ecke gedrängt hatte. Mit aller Kraft jagte Sorin sein Messer nach vorn. Maró hatte nicht genug Raum, um sein Schwert zu schwingen. Energisch warf sich der Dämon zur Seite. Um Haaresbreite verfehlte Sorin Marós Wange und rammte sein Messer stattdessen ins Regal. Ehe er es wieder hinausziehen konnte, sprang Maró ihn an. Polternd stürzten die beiden zu Boden. Mit wilden Faustschlägen setzten sie einander zu. Schließlich war Maró über Sorin. Der Dämon kam auf die Knie und holte aus. Sorin wehrte sich und versuchte, sich aufzurichten. Ehe der Mensch sich hochrappeln konnte, schlug der Dämon heftig zu. Blutend fiel Sorin auf den Rücken. Stjerna rannte hinüber. Maró hieb noch einmal zu, dann hielt sie seinen Arm fest.

»Genug. Er wird sich sobald nicht mehr rühren.«

Maró starrte den Hauptmann an. Sein Leib bebte vor Zorn und es dauerte kurz, ehe er nachgab und von ihm wegtrat.

Stjerna schaute sich suchend um. Aus einer Kleidertruhe zog sie schließlich ein Hemd. Mit Marós Schwert zerschnitten sie es, knebelten Sorin und fesselten ihn so, dass er sich nicht rühren konnte, sollte er alsbald wieder aufwachen.

Maró musterte Sorin einen Augenblick, dann trat etwas Verschlagenes in den Blick des Dämons. Er packte den bewusstlosen Mann am Schlafittchen und schleifte ihn zu der Kleidertruhe.

»Du willst nicht etwa ...?«, fragte Stjerna überrascht.

»O doch, allerdings.« Maró warf achtlos die Kleider aus der Truhe und legte den Hauptmann hinein. Hoch aufgerichtet stand Maró da. Still bewegten sich seine Lippen, seine Augen glühten auf. Plötzlich erstarb jedes Geräusch und Stjerna glaubte, ihr Herzschlag müsste hörbar sein. Schwarze Funken bildeten sich vor Maró in der Luft. Wie Blätter im Herbstwind tanzten sie hinab in die Truhe. Sorin stöhnte leise. Maró nickte zufrieden, schloss den Deckel von Sorins improvisierten Gefängnis und aller Zauber verflog.

»Was hast du gemacht«, fragte Stjerna.

»Ihm einen Albtraum beschert.«

»Ein bisschen Genugtuung für die vergangenen Tage?«

»Auch. Allerdings war meine eigentliche Intention, ihn zu verwirren. Ich weiß nicht genau, was er träumen wird. Es hängt von dem ab, was in seinem Herzen ist. Wenn der Traum aber verstörend genug ist, dann kann er vielleicht erst einmal keine zusammenhängende Erklärung liefern, für alles, was hier geschehen ist.«

Stjerna lächelte. »Sehr verschlagen.« Dann wurde sie wieder ernst. »Glaubst du, jemand hat etwas gehört?«, fragte Stjerna.

»Ich hoffe nicht. Das Gros der Gesellschaft schien im Festsaal zu sein oder draußen.«

Stjerna trat ans Fenster, neben diesem gab es eine schmale Tür, hinter der führte eine Treppe hinab in den Hof der Burg.

»Da tut sich nichts«, befand sie erleichtert.

»Gut.«

Maró machte Anstalten, den Schreibtisch vor die Tür des Gemaches zu schieben. Stjerna half ihm. Wie die Tischbeine über den Boden scharrten, kam ihr unendlich laut vor. Als das Möbelstück vor der Tür stand, verharrten sie lauschend. Nichts und niemand regte sich. Maró sank schließlich erschöpft auf das Bett. Stjerna setzte sich daneben.

»Alles in Ordnung?«, fragte sie und musterte ihn eingehend.

»Keine Sorge, mir geht es gut. Was ist mit dir?« Beinahe scheu strich er ihr eine Haarsträhne aus dem Gesicht.

»Sorin hätte sich schon etwas anderes ausdenken müssen, um mir Angst zu machen.«

Sanft griff Stjerna nach seinem Arm. Einer der Schnitte blutete leicht silbrig. Behutsam schlang sie einen Streifen Stoff um die Wunde.

»Ich komme mir immer noch vor wie in einem Traum«, meinte er und drehte seinen verletzten Arm hin und her. »Du, das alles, ich fürchte, mein Geist ist gegenwärtig nicht in der Lage zu begreifen, was vor sich geht.«

Stjerna lachte. »Ich bin nicht ganz sicher, ob der meine es begreift. Morgen wird sicher alles klarer erscheinen. Obwohl, geträumt habe ich tatsächlich. Von dir im Kerker.«

Maró hob die Brauen. »Ich war mir nicht sicher, ob dieser Traum dich erreichen würde. Gewöhnlich sind Niscahle den Menschen, denen sie Albträume bringen, bedeutend näher.«

»Also war es doch dein Werk?«

»Verzeih mir. Ich fürchte, ich weiß nicht, wie es gelingt, angenehme Bilder zu bringen. Aber ich nahm an, wenn ich mit jemandes Hilfe rechnen kann, dann mit deiner. Dafür allerdings musstest du wissen, was geschehen ist.«

»Auf meine Hilfe kannst du jederzeit vertrauen, Maró.«

»Danke.«

Stjerna drückte ihn sanft hinunter.

»Schlaf etwas. Wir müssen in aller Frühe aus dieser Burg heraus, da sollten wir beide bei Kräften sein.«

Er zog sie zu sich. »Danke, Stjerna. Ich weiß nicht, ob ich ohne dich jemals wieder da herausgekommen wäre.«

Lächelnd beugte sie sich hinüber und küsste ihn. Stjerna legte ihre Hand auf seine Brust. Es tat gut, sich seiner Nähe sicher zu sein, seinen Atem zu spüren. Sie war glücklich, ihn wieder bei sich zu wissen.

***

Immer wieder erwachte sie in der Nacht unruhig, nie aber bemerkte sie etwas, das Anlass zur Sorge bereitete. Jedes Mal jedoch vergewisserte sie sich der Gegenwart des Dämons. Als sich am Himmel zartes Grau ankündigte, erhob sich Stjerna. Sie fröstelte, als sie die Wärme des Bettes verließ, trat zum Fenster und spähte hinaus. Von der Tür, die sich daneben befand, führte eine schmale hölzerne Treppe hinab in den Burghof. Schräg gegenüber befanden sich die Stallungen. Offenbar musste der Hauptmann zügig hinauskönnen, wenn es darauf ankam.

Stjerna lächelte, drehte sich um und ging zu Maró. Als sie ihn berührte durchfuhr sie ein Blitz.

Sie erkannte den Rücken einer Frau. Sie stand unter Bäumen, gewandet in ein schwarzes Kleid. Die braunen Haare trug sie hochgesteckt und mit einem Kranz aus Herbstlaub und roten Beeren geschmückt. Sie lachte, doch es war kein freundliches Lachen. Etwas seitlich von ihr flackerte eine schwarze Flamme. Sie streckte die Hände danach aus und wandte sich um.

Ehe Stjerna ihr Antlitz zu erblicken vermochte, zerbrach die Vision. Sie blieb leicht nach vorne gebeugt stehen, wartete, dass die Reste des Zaubers wichen.

»Wach auf, Maró. Wir müssen fort.«

Langsam schlug er die Augen auf. »Stjerna«, flüsterte er. »Ich hatte befürchtet, es sei doch nur eine Illusion gewesen.« Leicht verzog er die Miene, als er aufstand.

»Nein, es ist Realität, keine Sorge. Du musst nicht mehr unsanft in Ketten erwachen.«

Maró zog sein Messer aus dem Regal, wo es nach dem Kampf noch immer steckte, dann nahm er Stjernas vorherige Position am Fenster ein.

»Ich habe mein Pferd hinter dem kleinen Hain versteckt. Jedenfalls hoffe ich, dass es noch da ist. Um schneller zu sein und auch für den Fall, dass meines gestohlen wurde, sollten wir uns aber ein zweites beschaffen.«

»Dann müssen wir nur noch eine Gelegenheit finden, um samt Pferd hier herauszukommen. Sicher gibt es irgendwo noch ein anderes Tor mit weniger Wachen als am Haupttor.«

»Hoffentlich.«

Eilig bereiteten sie sich vor. Für Maró fanden sie unter den Sachen des Hauptmanns ein dunkelgraues Hemd und ein schwarzes Wams sowie einen Umhang. So offenbarten sie seine Identität als Niscahl-Dämon wenigstens nicht auf Anhieb.

Sie warfen einen letzten Blick auf ihren Gefangenen in der Truhe, der mittlerweile wieder das Bewusstsein erlangt hatte. Er erschauerte und gegen seinen Knebel gab er erstickte Laute von sich, als Maró vor ihn trat.

»Nicht mehr ganz so spaßig, wenn der Dämon nicht an der Kette liegt, nicht wahr?« Maró lächelte böse und schloss den Deckel von Sorins provisorischen Gefängnis. Etwas mühsam stand er wieder auf. »Verschwinden wir.«

Es knarrte leicht, als Maró den Riegel von der kleinen Seitentür zog. Kalte Morgenluft schlug ihnen entgegen. Nichts regte sich auf dem Hof. Noch herrschte die Nacht über den Tag. Die Stiege war kaum mehr als eine Leiter. Das Holz lag kühl und feucht unter Stjernas Griff. Gezielt setzte sie ihre Schritte, um nicht wegzurutschen. Geschwind schlichen sie hinab. Endlich spürte sie festen Boden unter den Füßen. Maró stand in wachsamer Haltung neben ihr, bereit, sein Schwert zu zücken.

»Offenbar hat noch niemand etwas von deiner Flucht bemerkt«, flüsterte Stjerna.

»Das hoffe ich auch. Vermutlich würde es dann vor Wachen wimmeln. Und sicher hätte jemand unserem Gastgeber da oben Bescheid gesagt.« Maró deutete zu Sorins Fenster.

Stjerna konnte sich ein Lächeln nicht verbeißen.

Seite an Seite hasteten sie hinüber zum Stall. Stjerna schluckte, auf dem Weg dorthin waren sie völlig ohne Deckung. Eilig zog Maró die Tür auf. Stjerna schlüpfte hindurch, er folgte ihr. Nach einem Moment gewöhnten sich ihre Augen an das dämmrige Licht. Es war deutlich wärmer drinnen, es roch nach Heu, Hafer und schwach nach Mist. Sacht waren die mahlenden Kiefer der Pferde zu hören. Und leises Schnarchen. Der Stalljunge schlief auf dem Stroh. Die Beine baumelten hinab, sein Oberkörper lag flach auf dem Ballen.

»Hat er ein Glück, dass wir nicht der Stallmeister sind«, versetzte Maró leise.

»Schnell, komm.«

Dicht an die halbhohen Türen der Pferdeboxen gedrückt schlichen sie durch den Stall. An der Box eines jungen Schimmels hingen Sattel und Zaum. Maró griff ohne weiteres Zögern danach. Leise klimperte das Sattelzeug, als er die Tür aufschob und es dem grauen Pferd auf den Rücken legte. Leicht legte der Schimmel die Ohren an, ließ es aber geschehen. In fliegender Hast zäumte Stjerna das Tier derweil auf. Maró zog die Steigbügel lang und gurtet nach, dann nahm er die Zügel und führte das Ross auf die Stallgasse. Der Rappe, der in der benachbarten Box stand, hob interessiert den Kopf, stellte die Ohren auf und wieherte laut. Stjerna zuckte zusammen. Der Stalljunge rieb sich müde die Augen, starrte sie an und öffnete den Mund. Bevor er den Schrei ausstoßen konnte, stand Maró bei ihm und hielt ihm den Mund zu.

»Still.«

Der Junge zappelte. Stjerna trat hinzu, das Pferd am Zügel. »Wir werden dir nichts tun«, sagte sie ruhig.

Tränen liefen die staubigen Wangen des Jungen hinab, er versuchte vergeblich, sich abzuwenden.

»Sie hat recht, allerdings nur wenn du tust, was wir dir sagen. Du weißt, was ich bin. Du weißt, was ich tun kann«, wisperte Maró.

Mit Entsetzen im Antlitz nickte der Junge.

»In die Sattelkammer. Und keinen Laut«, befahl Stjerna.

Der schlotternde Junge gehorchte. Stjerna lief voraus und öffnete die Tür. Der Geruch von Leder kam ihr entgegen. Maró schob den Stallburschen hinein. Dieser flüchtete eilig ans andere Ende der Kammer und schlüpfte unter einige Sättel. Sorgsam schlossen sie die Tür und huschten samt Pferd hinaus.

Draußen saß Maró auf. Der Schimmel schlug mit dem Kopf und machte zwei Bocksprünge, dann stand er still. Stjerna ergriff Marós ausgestreckte Hand und er zog sie hinter sich auf das Tier.

»Versuchen wir es da lang.« Sie wies nach rechts. »In der anderen Richtung liegt das Haupttor.«

Es dauerte nicht lange und in einiger Entfernung kam ein weiteres Tor in Sicht. Ein Torhüter stand davor. Maró hielt an. Sogleich erschien es Stjerna, als sei ihr Blickfeld von einem schwarzen Schleier umgeben.

»Was ist passiert?«

»Wir sind eins mit den Schatten. Auch du! Er kann also weder uns noch das Pferd sehen. Leider durchaus hören.«

Unruhe drang aus jeder Faser von Marós Körper. Stjerna konnte es gut nachempfinden, sie war gleichermaßen rastlos.

»Wir sind so weit gekommen. Das schaffen wir auch noch«, sagte sie, unsicher, ob sie zu sich, dem Dämon oder ihnen beiden sprach.

»Das will ich auch meinen.«

»Mir ist etwas eingefallen. Reite weiter auf ihn zu. Schaffst du es, uns so lange zu verbergen?«

»Keine Sorge. Mir mag etwas Blut fehlen, aber ganz so leicht lasse ich mir meine Kräfte nicht nehmen.«

»Gut.«

Maró ritt wieder an. Stjerna hatte den Blick auf den Wachmann geheftet. Bald begann dieser, irritiert den Kopf von links nach rechts zu drehen und unbehaglich auf der Stelle zu treten. Als sie ihm gegenüber waren hielt Maró das Pferd wieder an. Stjerna glitt hinab, blieb dicht neben dem Schimmel, um innerhalb von Marós Zauber zu bleiben. In geringer Entfernung zu dem Türhüter stand ein kleiner Busch. Stjerna schloss die Augen und konzentrierte sich ganz auf diesen. Es surrte leise und wieder überkam sie dieses Gefühl, auf einem galoppierenden Pferd dahinzujagen. Der Wachmann keuchte erschrocken auf. Als ihr Instinkt ihr sagte, dass der Zauber gewirkt war, und das Gefühl der wilden Jagd sie verließ, hob Stjerna die Lider wieder.

Der Busch hatte ein erhebliches Stück an Größe zugelegt. Misstrauisch näherte sich der Wachmann, seinen Speer angriffsbereit vor sich. Skeptisch beugte er sich vor und inspizierte den Busch eingehend, schlug vorsichtig mit der flachen Seite seiner Waffe drauf. Es raschelte. Stjerna schüttelte den Kopf, um den Schwindel, der sie überkommen hatte, zu vertreiben, sie tauschte einen Blick mit Maró, dann lief sie zum Tor. Ohne Marós Zauber um sie herum war alles auf einmal deutlich heller. Mit zusammengebissenen Zähnen stemmte sie den Riegel hoch. Ihre Arme zitterten unter der Anstrengung. Endlich gelang es ihr und sie stieß das Tor knarrend auf.

»He!«, schrie der Wachmann und rannte in ihre Richtung.

Stjerna eilte hinaus. Das Klappern der galoppierenden Hufe wurde lauter auf dem steinernen Untergrund, dann dumpf, als das Ross den Grasboden erreichte. Stjerna wirbelte herum. Maró war beinahe auf ihrer Höhe. Er beugte sich mit ausgestrecktem Arm zu ihr hinunter. Sie umfasste sein Handgelenk, sprang ab und landete hinter ihm auf dem Pferd.

ACHTZEHN

Schnell erreichten sie den Hain, wo sie einige müde Gaukler aufscheuchten. Zu Stjernas Erleichterung stand der Braune noch da, wo sie ihn zurückgelassen hatte. Eilig band sie ihn los und sprang in den Sattel. Seite an Seite fegten sie in den grauen Morgen hinein. Erste Regentropfen benetzten Stjernas Wangen. Die Pferde spornten sich gegenseitig zu einem immer rasanteren Tempo an. Marós Grauer vollführte dann und wann einen freudigen Bocksprung. Der Wind pfiff laut in Stjernas Ohren und immer heftiger und härter biss ihr der kalte Niederschlag ins Gesicht. Im Versuch, den unangenehmen Tropfen zu entrinnen, saß sie leicht nach vorn gebeugt im Sattel. Es war, als würden sie durch einen triefenden grauen Vorhang reiten. Dennoch setzten sie ihren Weg fort. Ihr Verschwinden konnte nicht mehr lange unbemerkt geblieben sein, dennoch deutete bisher nichts auf Verfolger hin. Auch Maró sah sich immer wieder um.

Gegen Mittag wurden die Pferde merklich müde und auch der Dämon wirkte, als könnte er eine Pause gebrauchen. Das Tempo verringernd schlugen sie den Weg in einen umliegenden Wald hinein ein. Laut schlug der Regen auf die Blätter, während sie dem folgten, was einst ein breiter Pfad gewesen sein mochte. Inzwischen jedoch reckten die Bäume ihre Äste weit hinein, nasses Laub bedeckte den Boden und Birken und Eichensprösslingen wuchsen zaghaft empor. Am Ende des Pfades tauchte eine Ruine auf. Eine frühere Kate vermutlich, aus dunklen Felssteinen errichtet. Die hölzerne Tür hing schief in den Angeln, in den Fenstern fehlte das Glas und das mit Reet gedeckte Dach wies an einigen Stellen große Löcher auf. Blätter waren in den Eingang geweht.

»Wenn das nicht gelegen kommt«, sagte Maró matt und zügelte sein Pferd.

»Das würde ich auch meinen.« Stjerna saß ab.

Maró stand leicht nach vorne gebeugt neben seinem Schimmel und hielt sich am Sattel fest.

»Komm.« Stjerna ließ die Zügel los und legte Marós Arm über ihre Schultern. Vorsichtig betraten sie die Ruine. Der Dämon hatte die Hand am Heft seines Schwerts. Ein zerbrochener Stuhl, ein geschwärzter Kamin und ein verrotteter Tisch waren alles, was von der Einrichtung übrig geblieben war. Es roch etwas modrig, aber immerhin war es an den meisten Stellen mehr oder weniger trocken. In einer Ecke, von der aus sie den Eingang sehen konnten, legte Maró den Umhang des Hauptmannes ab.

Stjerna verschwand noch einmal hinaus und band die Pferde an einem vorstehenden Balken an. Ein Stück entfernt fand Stjerna einen kleinen Brunnen. Zwar fehlten dem Mauerwerk einige Steine, doch der Eimer hing noch an einer rostigen Kette und in der Tiefe fand sich Wasser. Stjerna fischte die Blätter aus dem Eimer und ließ ihn hinab, platschend kam er unten an. Sie zog ihn zurück. Klares Wasser war darin. Ihr Spiegelbild war darauf zu erkennen und diesmal nur dieser. Maró kam hinüber und nahm ihr den Eimer ab. Er trug ihn hinein, wo es mehr oder minder trocken war, und beide wuschen sich Regen und Schlammspritzer ab.

»Du zauberst jetzt also«, bemerkte der Dämon mit neckischem Lächeln, als Stjerna sich in der Ecke, die sie zu ihrem Lager auserkoren hatten, neben ihn setzte. »So lange waren wir doch gar nicht voneinander getrennt. Es scheint, mir ist etwas Wichtiges entgangen.« Er legte den Arm um sie.

»Eigentlich ist es wohl eher so, dass du der Einzige warst, der es bemerkt hat. Und dein Verdacht hat dich nicht getrogen. Ich bin nur zur Hälfte ein Mensch. Mein Vater war ein Waldgeist.«

»Dann warst du auf dem verlorenen Pfad?«

»Ja!« Stjerna nickte unterstreichend und berichtete Maró, was sich ereignet hatte.

»Es ist sehr mutig, was du getan hast. Alles.«

»Ich bin froh, diesen Weg gegangen zu sein und endlich die Wahrheit zu kennen.«

»Nicht ganz ohne einen Preis. Dein Freund –«

»So würde ich ihn nicht mehr nennen.« Kurz verkrampfte sich Stjerna, dann strich sie über Marós verletzten Arm. »Es tut mir leid. Ich hatte keine Ahnung, wozu er fähig sein würde. Dieser elende Verräter!«

Maró küsste sie sanft in den Nacken. »Du kannst nichts dafür, Stjerna. Ich nehme an, es war Iriors Idee. Sicher hat Perisad ihm eine hohe Belohnung in Aussicht gestellt, wenn er ein Heilmittel findet. Er hatte gewiss Mittel und Wege, die es Rilan ermöglichten, ihm unbemerkt und unverzüglich eine Nachricht zukommen zu lassen. Ich fand mich gefesselt in einer Kutsche wieder, dann bin ich nicht sicher, was geschah, und schließlich war ich angekettet in Perisads Kerker aufgewacht. Irior und Sorin hatten ein wenig zu viel Freude daran, mich meines Blutes zu berauben, wenn du mich fragst«

»Funktioniert es wirklich? Mit deinem Blut, meine ich?«

»Ich weiß nicht, für was für einen Zauber Irior es nutzt. Heilende Kräfte darin wären mir neu.«

»Ich habe seine Zukunft gesehen. Die des Grafen. Er wird sterben, und zwar bald.«

»Das liegt nicht mehr in unserer Macht. Danke, Stjerna. Ohne deinen Mut wäre ich diesem Kerker sicher nicht entkommen und in dem Gemäuer verrottet.«

Sie lachte. »Du hast doch gesagt, ich soll tun was mein Herz mir rät.«

»Ja, aber ich wusste nicht ... Ich meine, ich habe gehofft, dass ...«

»... ich dich auch liebe?«

»Du mich auch liebst, ja.«

Stjerna strahlte ihn an. Alles in ihr kribbelte angenehm. »Ich liebe dich, Maró.«

Es fühlte sich so gut an, es ihm endlich zu sagen. Als würde der anbrechende Tag alle Dunkelheit vertreiben. Maró nahm ihr Gesicht in die Hände und suchte ihren Blick. Stjerna kam sich vor, als verlöre sie sich in seinen violetten Augen. Aber es war schön, darin verloren zu gehen, denn sie war bei Maró und mit ihm an ihrer Seite war sie glücklich.

»Und ich liebe dich, Stjerna. Von ganzem Herzen.«

Er beugte sich hinab und küsste sie zärtlich. Stjerna erwiderte es. Maró war rücksichtsvoll und sanft. Nichts Unangenehmes oder Erzwungenes kam mit seinem Kuss. Stjerna genoss die Wärme seines Leibes so dicht bei sich, wie ihre Herzen gegeneinanderschlugen. Wenn er sie nur einfach für immer so festhalten könnte ...

Langsam lösten sie sich schließlich voneinander. Stjerna lehnte sich gegen den Dämon und schweigend verharrten sie. Es war eine angenehme Stille, denn endlich war alles gesagt und sie gehörten zueinander. Es bedurfte keiner Worte mehr, sich dessen zu vergewissern.

»Was nun? Willst du nach Dormun gehen? Deinesgleichen begegnen und deine Kräfte kennenlernen?«, fragte Maró nach einer Weile. »Bei dem, was du allein intuitiv zaubern kannst, müssen sie stark sein.«

»Ich möchte die Waldgeister treffen und ich möchte auch mehr über die Magie erfahren, zumal diese wohl nun auch für die anderen übernatürlichen Geschöpfe immer offensichtlicher wird, seit ich selbst davon weiß. Vor allem möchte ich mehr über meine Familie herausfinden, jedoch erst wenn wir deine Erinnerungen aufgespürt haben. Mehr als alles andere, Maró, möchte ich an deiner Seite sein.«

Er strich ihr über die Wange. »Ich freue mich, wenn du bleibst.«

»Du kannst auf mich vertrauen, Maró. Immer. Vielleicht können wir gemeinsam nach Dormun reisen, wenn wir dein Rätsel gelöst haben?«, fragte Stjerna hoffnungsvoll.

Eine Zukunft mit ihm war alles, was sie wünschte. Ihn in ihrer Nähe zu wissen und mit ihm zu teilen, was sie bewegte, war, was sie wollte.

Maró lächelte. »Stjerna, wenn dies alles überstanden ist, dann folge ich dir, wohin immer du möchtest.«

Sie seufzte. »Ich wünschte, so weit wäre es schon, tun zu können, was uns gefällt, ohne Bedrohungen und im Schatten lauernden Geheimnissen. Ich hatte wieder eine Vision. Heute Morgen nach dem Aufwachen.« Sie berichtete ihm, was sie gesehen hatte.

Er seufzte. »Eine schwarz gewandete Frau?«

»Noch immer keine Erinnerungen?«

»Nein. Es kommt mir vor, als könnte ich sie greifen, doch jedes Mal, wenn ich es versuche, entgleiten sie mir wieder.«

Sie nahm seine Hand und öffnete die zornig zur Faust geballten Finger. »Ich wünschte, ich könnte dir irgendwie helfen.«

»Tust du doch. Ohne dich wäre ich noch immer völlig ahnungslos.«

»Das mag sein, dennoch grämt es dich, noch immer nicht mehr zu wissen.«

»Das liegt nicht an dir, Stjerna. Unter Umständen gibt es gute Gründe für meine andauernde Unwissenheit.«

»Meinst du?«

»Nein, eigentlich nicht. Dem Bann haftete ein dunkler Hauch an. Es scheint eher so, als wollte jemand mit dunklen Absichten mein Wissen unterdrücken. Lass uns hoffen, dass unsere Reise nach Misúl uns Aufschluss bringt, immerhin ist die Stadt der letzte Ort, an den ich mich klar erinnern kann.«

»Glaubst du, wir können es riskieren, bis morgen hierzubleiben?«

Sein Blick glitt zur Tür. Es regnete noch immer.

»Der Regen mag lästig sein, was mir Sorgen macht, bist du, Maró.«

»Ist der Eindruck, den ich mache, so miserabel?«

Stjerna lachte. »Gestern und heute schon. Nach Tagen angekettet in einem Kerker hast du eine Pause verdient. Und wer weiß, was uns auf dieser Reise noch erwartet.«

»Da magst du recht haben. Ich weiß nicht, ob Perisad wusste, was Irior ihm gegeben hat. Der Hauptmann möchte seinem Herrn hoffentlich auch nicht erklären, wie er von einer Frau und einem verletzten Dämon in seine eigene Kleidertruhe gesperrt wurde. Außerdem hat Irior bereits bewiesen, offenbar selbst zu feige zu sein, um mir direkt nachzustellen. Also gut, lass uns hierbleiben.«

Stjerna genoss es, in seinen Armen zu liegen und zu spüren wie die Wärme in ihren Leib zurückkehrte. Alles in ihr fühlte sich bedeutend leichter an, seit der Dämon wieder an ihrer Seite war. Sicher gab es noch Etliches zu entwirren und zahlreiche Mosaikstückchen an die richtigen Plätze zu setzen. Sowohl in ihrer Vergangenheit als auch in der seinen. Trotzdem – mit Maró schien dieses Vorhaben ungleich lohnender und weit weniger aufreibend. Sie war glücklich bei ihm.

Sie unterhielten sich bis lange in die Nacht, leise, den Umhang, den sie vom Hauptmann mitgenommen hatten, über sich ausgebreitet. Dank dem was Stjerna erstanden und was Rilan dabeigehabt hatte waren auch ihre Vorräte noch gut bestückt.

***

Als Stjerna am Morgen erwachte, regte Maró sich, noch im Halbschlaf. Sie drehte sich auf die Seite und betrachtete ihn lächelnd. Tiefe Liebe durchströmte sie und so vollkommen und glücklich hatte sie sich nie zuvor gefühlt. Es war unbeschreiblich schön, mit Maró an ihrer Seite aufzuwachen, ihn wiederzuhaben, ihrer beider Liebe zueinander gewiss zu sein.
Sie gab ihm einen federleichten Kuss. »Bleib liegen. Ich sehe mal nach, was sich draußen getan hat.«
Obgleich die Kate einer Ruine glich, war es draußen doch deutlich kälter als drinnen. Stjerna rieb sich die Arme. Wenigstens versprach dieser Tag, klar zu werden. Der Himmel hellte sich auf, noch war auch der Mond deutlich sichtbar. Die Pferde standen entspannt. Nichts Ungewöhnliches erregte ihre Aufmerksamkeit.
Stjerna trat einige Schritte in den Wald. Sie lächelte, von Verfolgern auch hier keine Spur. Gemächlich ging sie um die Kate herum und genoss die klare Luft. Stjerna lächelte unbeschwert. Dort, wo eine größere Lücke zwischen den Bäumen war, entdeckte sie etwas weiß blühendes Blutkraut, von dem sie einige Stiele pflückte. Als sie zum Eingang der Kate zurückkehrte, saß Maró mit ausgestreckten Beinen auf der Schwelle.
»Guten Morgen, Stjerna.«
Sie setzte sich neben ihn. »Wie geht es dir?«
»Deutlich besser. Deine Idee, gestern nicht weiterzureiten, war wohl hilfreich.«
»Ach?« Spielerisch stieß sie ihn an. »Hier.« Sie zog das Blutkraut hervor. »Mit heißem Wasser überbrüht wäre es besser, so wird es auch gehen. Zerkau die Blätter, es ist gut für dein Blut.«
»Das, was noch da ist, meinst du?« Etwas skeptisch drehte er die Blätter hin und her. Endlich tat er, wie ihm geheißen. Sofort

verzog er angewidert das Gesicht. Stjerna konnte ein schallendes Lachen nicht unterdrücken.

»Sehr witzig.« Er schüttelte sich.

»Ziemlich bitter, ich weiß, aber es hilft. Ich hätte gerne noch etwas länger was von dir.«

Maró spuckte das Kraut aus. »Und ich dachte, Liebe wäre süß.«

»Ich gelobe Besserung.«

»Das will ich hoffen.« Lachend beugte er sich zu Stjerna und küsste sie. Sie legte ihm die Arme um den Hals.

»Ich liebe dich, Stjerna.«

»Und ich dich, Maró.«

Sie suchte seine warmen Lippen und sanft erwiderte er es. Eng schmiegte Stjerna sich an ihn. Seine Hände strichen über ihren Rücken und ein wohliger Schauer durchlief sie. Noch dichter presste sie sich an ihn, spürte seinen Herzschlag. Stürmischer als zuvor küssten sie einander. Der Dämon schob seine Hände sacht unter ihre Bluse. Seine Berührungen auf ihrer Haut waren angenehm warm. Stjerna wollte mehr! Langsam stand Maró auf und trat rückwärts in die Kate. Ohne sich von ihm zu lösen, folgte Stjerna, den Kopf an seiner Schulter. Die Sonne malte goldene Flecken auf die Erde. Nie zuvor hatte Stjerna jemandem genug vertraut, um so viel Nähe zuzulassen.

»Wenn du nicht möchtest –«, setzte Maró an, als hätte er ihre Gedanken gelesen.

Mit einem Kuss unterbrach Stjerna ihn und schob ihn weiter hinein. Der Dämon lachte und hob sie hoch. Sie schlang die Arme um seinen Hals. Stjernas Herzschlag beschleunigte sich, als Maró sie auf seinen Umhang bettete. Sie vertraute ihm, wusste, dass er ihr kein Leid zufügen würde. Stjerna zog ihn zu sich herab, fuhr unter sein Hemd und erforschte seinen muskulösen Leib, als wäre sie Maró nie zuvor begegnet. Sie kannte ihn inzwischen so gut, doch war auf einmal alles neu.

Er strich sanft über ihre Brust und ihre Beine. Geschickt schnürte er ihr die Bluse auf und zog sie sacht von ihrem Leib, schob ihr den Rock hoch. Er verharrte, suchte ihren Blick fragend. Stjerna nickte. Maró lächelte verschmitzt, dann küsste er sie impulsiv auf den Bauch, Ein erwartungsvolles Stöhnen entwich ihren Lippen. Maró entledigte sich auch seinen eigenen Kleidern.

Stjernas Atem beschleunigte sich. Sie empfand gleichermaßen Nervosität und Begierde. Sehnsuchtsvoll strich sie über seinen Rücken, spürte seine Muskeln, seine Wärme. Ein Beben durchlief den Dämon. Seine Küsse brannten leidenschaftlich auf ihren Lippen, seine Brührungen bestimmt, aber zärtlich. Seine Finger glitten über ihren Leib, tiefer und tiefer, bis sie zwischen ihren Schenkeln tasteten. Lustvoll stöhnte Stjerna auf, öffnete ihre Beine weiter. Ihr Körper zitterte, fest hielt sie sich an dem Dämon fest. Maró kam über sie, seine Lippen neben ihrem Ohr.

»Ich liebe dich«, raunte er.

Der Druck zwischen Stjernas Beinen nahm zu. Sie biss sich auf die Lippe, als sie einen kurzen Schmerz in ihrem Unterleib verspürte. Ihr Körper spannte sich an. Maró küsste sie und strich ihr eine Strähne aus der Stirn.

»Hab keine Angst.«

»Ich vertraue dir«, hauchte Stjerna mit Überzeugung.

Ihre Befangenheit legte sich so schnell, wie sie gekommen war. Sie folgte seinen behutsamen Bewegungen und gab sich seinen Liebkosungen hin. Spürte seine Nähe, seine Stärke. Mehr und mehr wich Stjernas Scheu. Sie stöhnte erregt und genoss, was Maró tat, was sie beide taten. Sie spürte ihn auf eine andere Art als sonst, wie er sie liebkoste, wie er ein Teil von ihr wurde und sie ein Teil von ihm.

Der anfängliche Schmerz war längst gewichen und immer mehr durchströmte sie eine wunderbare Hitze und sie begann, vor Leidenschaft zu zittern. Wie eine wilde Meereswoge schwappte eine Welle der Euphorie über sie. Stjerna ächzte übermütig. Angenehmer Schwindel bemächtigte sich ihrer. Auch der Dämon stöhnte lustvoll auf. Sie zog ihn dichter zu sich herab und küsste ihn. Maró rollte sich zur Seite neben sie, ohne seinen sanften Griff von ihr zu lösen.

Aufgewühlt lag sie in seinen Armen. Sie zitterte noch immer ganz leicht. Maró griff nach ihrer Hand und sie verschränkten die Finger ineinander. Dunkel zeichnete seine Haut sich gegen Stjernas ab.

»Süße Liebe«, hauchte Stjerna lächelnd.

Er küsste sie liebevoll. »Nichts ist mehr süß ohne dich.«

»Und nicht ohne dich, mein wortgewandter Dämon. Nie mehr möchte ich dich an meiner Seite missen.«

NEUNZEHN

Rasch verwischten die Kate und das Gebiet des Grafen Perisad hinter ihnen zu verblassenden Schemen, als sie den Weg nach Misúl einschlugen. Jedes Mal, wenn sie ein Geräusch vernahm, das sie nicht gleich zuordnen konnte, schaute Stjerna sich nach allen Seiten um. Doch keine Verfolger tauchten auf. Sie hielten sich abseits der Straßen. Nicht nur um von etwaigen Feinden schwieriger entdeckt zu werden, sondern auch weil die Menschen selten gut auf einen Niscahl-Dämon zu Sprechen waren. Erst als sie sich Misúl näherten, nutzten sie die befestigten Wege. Immer mehr mischten sich hier Wesen des Übernatürlichen und Menschen. Wie selbstverständlich gingen die unterschiedlichen Arten nebeneinander, unterhielten sich, reisten gemeinsam. Mit großen Augen sah Stjerna Faunen, Zentauren, Trollen und Zwergen nach.

»Es heißt, früher sei es überall so gewesen wie hier«, bemerkte Maró.

»Weißt du, warum es das nicht mehr ist?«

»Nicht genau. Dies alles liegt lange zurück. Ich nehme an, es hatte mit Machtansprüchen zu tun, auf der einen wie der anderen Seite vermutlich.«

»Es ist schade. Die meisten Menschen, die ich kenne, verehren und fürchten das Übernatürliche gleichermaßen. Fast niemand indes wünscht, ihm einmal zu begegnen.«

»Das Übernatürliche hält sich auch von den Menschen fern. Wenn wir mit ihnen zu tun haben, dann agieren wir meist aus dem Verborgenen heraus.«

»Wie Niscahle?«

»Zum Beispiel, ja. Menschen und Übernatürliches sind einander fremd geworden. Außer hier.« Er hielt den Schimmel an und deutete nach vorn.

Vor ihnen fiel der Boden sanft ab und weiter hinten lag blausilbern schimmernd ein riesiger See, in dessen Mitte erhob sich eine mächtige Stadt.

»Beeindruckend«, wisperte Stjerna beinahe ehrfürchtig.

»Möchtest du es aus der Nähe sehen?«

»Unbedingt!«

»Dann komm.«

Sie galoppierten den Hügel herunter. Stjerna lachte, ihr Haar flatterte im Wind. Warm strahlte die Sonne auf sie hinab. Auf einmal schien alles ganz leicht und nichts Dunkles war in der Zukunft auszumachen.

Länger, als Stjerna gedacht hatte, benötigten sie an Zeit, ehe sie den Rand des Sees erreichten. Eine Steinstraße verlief an dessen Ufer entlang. Hin und wieder standen einzelne Weiden am Rand, deren auslandende grüne Zweige das klare Wasser sanft berührten. Sie folgten der Straße ein Stück, bis Maró sein Pferd zügelte.

»Wir haben Glück, der Wasserstand ist nicht besonders hoch.«

»Du willst doch nicht sagen, dass wir da hinübermüssen?« Stirnrunzelnd betrachtete Stjerna den Weg, der zur Stadt führte. Er hob sich kaum von der Oberfläche des Sees ab und war gerade so breit, dass ein Pferd hinaufpasste.

»Doch, dies ist der Pfad, den wir nehmen müssen.« Maró kreuzte die Arme auf seinem Sattelbogen. »Sicher gibt es irgendwo verborgene Straßen, die breiter sind. Jeder Außenstehende, der nach Misúl will, muss dieser Route folgen. Oder einer der drei anderen, die ebenso schmal sind wie diese und sich an den anderen Seiten der Stadt erstrecken. Vermutlich ist der Zugang zu den einfacheren Pfaden nur Eingeweihten vorbehalten.«

Stjerna seufzte. »Und du meinst, das klappt? Mit den Pferden?«

»Reitend würde ich es eher nicht versuchen wollen.« Maró saß schwungvoll ab. Etwas zögerlich tat Stjerna es ihm gleich.

»Immerhin keine mysteriöse Barke«, neckte er und legte den Arm um sie.

»Sehr lustig. Ich war wirklich zornig auf dich, Maró.«

»Ich weiß, und das völlig zu Recht. Ich verspreche, diesmal wird sich nichts dergleichen ereignen.« Er verneigte sich formvollendet und küsste ihre Hand.

Stjerna lachte. »Also gut.«

Die Pferde waren ähnlich skeptisch und folgten ebenso zögernd wie Stjerna. Sie vermied es tunlichst, auf die blaue Wasseroberfläche zu blicken. Je weiter sie gingen, umso mehr zerrte der Wind an ihren Haaren. Sie kamen der hellblauen Mauer, die Misúl umgab, immer näher. Die dunkelblauen Tore standen weit offen. Dahinter war ein buntes Gewusel auszumachen. Am liebsten hätte Stjerna ihre Schritte beschleunigt, Maró zur Eile gemahnt, auf dem schmalen Weg allerdings barg dieses Unterfangen Gefahr, so übte sie sich notgedrungen in Geduld.

Vor dem Tor wurde die Straße deutlich breiter und Stjerna schloss zu dem Dämon auf. Bei dem geöffneten Zugang zur Stadt stand ein Zentaur. Ein Schwert um den Leib, einen Speer in der Rechten. Sein Schweif schlug hin und her, sonst rührte er sich nicht. Seine Augen indes folgten jeder Bewegung. Stjerna riss sich mit Mühe zusammen, um ihn nicht über Gebühr anzustarren.

Hinter dem Durchgang traten sie auf eine Kopfsteinpflasterstraße. Häuser drückten sich in einer Reihe. Die Dächer allesamt in Blautönen gehalten, die Steine der Fassaden hellblau oder grau. Menschen und Wesen des Übernatürlichen gingen über das leicht unebene Pflaster der schmalen Gassen, die sich zwischen den Häusern erstreckten. Einige Reiter und Kutschen kreuzten ihren Weg. Staunend beobachtete Stjerna die Szenerie, während sie weiter ins Innere Misúls schritten. Das Hämmern von Schmieden, die Düfte aus Backstuben und Wirtshäusern zogen durch die Straßen. Nahe einer Schreinerei roch es nach frischem Holz und irgendwo sang eine Frau ein Lied.

»Lass uns eine Unterkunft finden, dann können wir uns in Ruhe umsehen.«

»Gern!« Stjerna strahlte. »Allerdings, du wolltest sicher nicht zum Vergnügen hierher.«

»Nein. Die Stadt hat ein umfangreiches Archiv. Vielleicht finde ich dort etwas, das mir weiterhilft. Ich weiß gar nicht genau, wonach ich suche, es ist nur eine Idee.« Ratlos hob Maró die Schultern. »Das kann aber auch bis morgen warten, Stjerna.«

Sie fanden ein Gasthaus in einer Seitenstraße, in dem ein Faun ihnen ein Zimmer im ersten Stock zuwies und auch für die Unterbringung der Pferde sorgte. Nachdem sie sich den Staub der Reise abgewaschen hatten und einer guten Mahlzeit aus Fisch, Kräutern, Pilzen und frischem Brot, machten sie sich auf den Weg durch die Stadt.

Stjerna hakte sich bei Maró ein. So sehr sie alles faszinierte, so froh war sie, den Dämon an ihrer Seite zu haben. In großen Städten war sie selten gewesen. Allerhand verschiedene Wesen liefen und redeten durcheinander. Auf einem imposanten Platz wurden allerlei Waren ausgestellt. Kunstvolle Holzarbeiten von Trollen, geschliffene Edelsteine und auch Waffen von Zwergen, unterschiedliche Lederwaren von Menschen. Es war voll und doch liefen sie nie Gefahr, jemandem zu nahe zu kommen.

»Du wirst gefürchtet für das, was du bist. Selbst hier«, stellte Stjerna fest.

»Von einigen. Niscahle bewegen sich selten unter anderen Kreaturen und es ist die Dunkelheit, die mit uns verbunden ist. Diese fürchten nicht nur Menschen.«

Stjerna stellte sich auf die Zehenspitzen und küsste ihn. »Diese Furcht habe ich überwunden, mein dunkler Liebster.«

Er lächelte. »Zum Glück.«

Bummelnd flanierten sie weiter, bis es begann zu dämmern. Das bunte Markttreiben verblasste hinter ihnen zu farbigen Klecksen. Ohne bestimmtes Ziel schlenderten sie durch die Gassen, über die Brücken der Kanäle Misúls. Kähne wurden durch das Wasser gestakt, Fackeln, Laternen und Feuerschalen entzündet, welche die Stadt in ein geheimnisvolles Licht tauchten. Der Geruch von Rauch hing schwach in der Luft.

Plötzlich blieb Maró wie paralysiert stehen. Ihnen gegenüber stand ein weiterer Niscahl-Dämon, er stützte sich auf einen Stock. Seine schwarze Haut ließ ihn auch ohne Zauber beinahe im Schatten verschwinden. Von dem, was Stjerna erkennen konnte, schätzte sie ihn ungefähr in Marós Alter. Stocksteif stand er da und starrte sie an. Dann drehte er sich abrupt um und eilte hinkend davon.

»Lyrán!«, rief Maró und lief ihm nach. »Lyrán, bleib stehen!«

Verdutzt setzte Stjerna den beiden nach. Der andere Dämon bog scharf in eine kleine Gasse ab, doch mit seinem lahmen Bein kam er nicht weit, bis Maró ihn eingeholt hatte.

»Lyrán, was um alles in der Welt tust du? Warum fliehst du vor mir? Und wozu die Waffe?« Maró deutete auf den Dolch, den sein Gegenüber gezogen hatte.

»Bleib mir vom Leib. Ich mag gegen dich kaum eine Aussicht auf Erfolg haben, ich werde es dennoch versuchen und das weißt du auch!« Er hieb schwach mit der Klinge in die Luft vor sich.

»Ja, ich weiß. Kannst du mir vorher bitte erklären, warum du es überhaupt versuchen willst? Eine seltsame Art, einen Freund zu begrüßen.«

»So nennst du dich? Einen Freund?«

»Ich gestehe, meine Erinnerung ist nicht unbedingt zuverlässig in letzter Zeit, aber soweit ich mich erinnern kann, waren wir seit jeher gute Freunde.«

»Erzähl das Aston und Wirak.« Zornig funkelte Lyrán ihn an.

Maró machte eine hilflose Geste. »Diese Namen sind mir fremd. Ich erinnere mich an die beiden nicht.«

Lyrán lachte hämisch auf. »Erwartest du ernsthaft, ich glaube deinen Worten? Dass du die beiden Dämonen vergessen hast, die jahrelang unter deinem Kommando gestanden haben, um die schwarze Flamme zu bewachen? Die beiden, die du hinterrücks getötet hast?«

»Ich soll was getan haben?«, zischte Maró und zuckte wie nach einem Fausthieb zurück.

»Du giltst als Verräter, Maró. Die beiden sind tot, die Flamme ist verschwunden und du mit ihr. Und zwar vor inzwischen zwei Jahren!« Immer mehr Zweifel mischten sich in die wütende Miene des anderen Dämons.

»Die beiden toten Niscahle aus der Vision«, wisperte Stjerna.

»Verräter? Ich? Zwei Jahre? Lag so lange der Bann auf mir?« Maró taumelte und stieß hart gegen die Wand. Verwirrt strich er sich durch die Haare. »Ich habe nichts dergleichen getan.«

»Ich weiß«, antwortete Stjerna behutsam.

Sein Schwert ziehend ging er unstet auf Lyrán zu. Dieser hob seinen Dolch und hinkte langsam zurück.

»Mich auch noch?«, fragte er fassungslos.

»Maró, nicht!« Stjerna griff nach seinem Arm, doch er schüttelte sie ab, ging vor Lyrán in die Knie und bot dem anderen Dämon das Heft seiner Waffe dar.

»Nimm es, Lyrán. Wenn alles in dir ohne jeden Zweifel glaubt, ich bin dessen schuldig, was man mir vorwirft, dann nimm mein Schwert und sühne die Taten.«

Zögernd steckte Lyrán seinen Dolch weg und schloss dafür seine Linke um das Heft von Marós Schwert.

»Nein!« Stjerna sprang vor Maró und hob abwehrend die Hände. »Bitte nicht!« Sie suchte Lyráns Blick. Dessen rubinrote Augen blickten nachdenklich zwischen ihr, Maró und der Klinge hin und her. Maró zog Stjerna aus der Reichweite der Klinge.

»Und warum sollte ich es nicht tun? Er hat zwei Freunde herzlos umgebracht! Und sich dann feige aus dem Staub gemacht. Sie sind tot! Deine Erklärung muss schon sehr plausibel sein, wenn ich deiner Bitte nachgeben soll.«

»Er hat sich nicht aus dem Staub gemacht! Es lag ein Bann auf ihm, den er erst vor Kurzem brechen konnte. Ein dunkler Zauber verbirgt noch immer seine Erinnerung …«

Lyrán hob die Hand. »Ein Bann sagst du? Ist das die Wahrheit, Waldgeist?« Zerstreut drehte Lyrán die Klinge hin und her. »Aber ich gebe zu, ich hatte meine Zweifel an dem, was Terba erzählt hat.«

Maró ächzte gequält. »Terba ist mein Ankläger? Er ist doch noch nie gut auf mich zu sprechen gewesen. Und seit wann glaubst ausgerechnet *du* seinen Worten? Ich bitte dich, Lyrán.«

Der andere zögerte und legte nachdenklich das Haupt schief, es schien eine Ewigkeit zu verstreichen. Dann erschauerte er. »Ich kann es nicht und ich will es auch nicht. Hier.« Lyrán gab Maró das Schwert zurück und hielt ihm die Hand entgegen, um ihm aufzuhelfen. Schweigend standen die beiden Dämonen einander gegenüber und sahen sich in die Augen. Schließlich lächelte Lyrán und umarmte Maró.

»Ich gebe zu, es ist schön, dich wiederzusehen. Aber eine Erklärung schuldest du mir dennoch und lass es besser eine Gute sein!« Mahnend hob er die Hand. »Wo warst du zwei Jahre lang? Wieso tauchst du jetzt wieder auf? Wer ist deine reizende

Begleiterin und vor allem, weshalb kannst du dich nicht erinnern?«

»Ich fürchte, das ist eine längere Geschichte«, erwiderte Maró.

»Dann sollten wir das am besten an einem angenehmeren Ort besprechen. Kommt.« Lyrán umfasste seinen Stock und hinkte los.

Maró folgte mit hängenden Schultern, Stjerna neben ihm. Es betrübte sie, ihn so zu sehen, gleichzeitig wollte sie mehr über Lyrán erfahren. Vielleicht war er ja der Schlüssel zu den Fragen, die sich um Maró drehten! Vor dem Eingang zu einem kleinen Fachwerkhaus blieb Lyrán kurz darauf stehen. Eine Katze huschte davon, als er die Tür aufschloss. In einem dunklen Flur öffnete er eine weitere Tür, entzündete rasch eine kleine Laterne und bat sie hinein. Es war ein kleines Gemach. Im dämmrigen Licht waren ein Schreibtisch vor einem überquellenden Bücherregal, ein Sofa und zwei Sessel vor einem Kamin sowie eine Tür zu einem weiteren Raum auszumachen.

»Bitte, setzt euch.« Lyrán deutete zu den Sesseln.

Während ihr Gastgeber an Kerzenleuchtern und Kamin hantierte, ging Stjerna mit Maró hinüber. Der Dämon war gedankenverloren und schien kaum zu wissen, wo er sich aufhielt. Stjerna strich ihm über die Schulter. Kurz nur sah er auf. Es dauerte nicht lange und Kerzen wie Kaminfeuer spendeten Licht. Stjerna rieb sich die Hände. Erst jetzt wurde ihr bewusst, dass sie fror.

»Hier.« Lyrán reichte Stjerna einen Becher Wein.

Maró griff mechanisch nach jenem, dem sein Freund ihm hinhielt. Dann setzte der andere Dämon sich ihnen gegenüber. Er hob den Becher, sie tranken. Der Wein schmeckte leicht herb und nach Wachholderbeeren.

»Also, was hat es mit alldem auf sich?«

Da Maró keine Anstalten machte, etwas zu sagen, begann Stjerna den Bericht dort, wo sie ihm als vermeintlicher Statue das erste Mal begegnet war. Endlich regte sich auch in Maró wieder Leben und er schaltete sich ebenfalls in die Erzählung ein. Seine Stimme klang dabei leise und tonlos. Lyrán hörte ihnen aufmerksam zu, fragte nur dann und wann nach. Als sie geendet hatten, war das Feuer im Kamin nur noch ein spärliches

Glimmen. Lyrán sprang auf und legte sich die Hände an die Schläfen.

»Bei aller Dunkelheit! Was für eine Geschichte!« Er klang geradezu begeistert.

Maró zog die Augenbrauen zusammen und setzte an, etwas zu entgegnen.

»Ist ja gut, ist ja gut!« Beschwichtigend hob Lyrán die Hände und nahm wieder Platz. »Du musst mir aber zugestehen, dass ich bei meiner Profession damit Stoff für eine ganze Weile habe.« Er lehnte sich zu Stjerna. »Ich bin ein Spielmann, musst du wissen.«

»Und jetzt du! Was hat Terba erzählt?« Maró klang gereizt.

»Ganz ruhig, mein Freund. Viel Neues kann ich dir nicht berichten. Es ist so, wie ich bereits gesagt habe: Eines Morgens war die schwarze Flamme weg. Die Aufregung kannst du dir sicher vorstellen. Das Amaìn war verschwunden. Die Lebensader der Niscahle fort, du mit ihr, und Aston und Wirak ermordet.«

»Die individuelle Kraftquelle einer jeden übernatürlichen Art, die ihre Existenz bedingt und sich dabei aus ihren Kräften speist, wenn ich an meine Unterhaltung mit dem Moorspuk richtig erinnere?«

Maró nickte. »Es war meine Aufgabe, es zu hüten?«

»Du warst der Hauptmann der Hüter. Aston und Wirak zwei deiner treuesten Männer und auch deine Freunde. Stets drei Dämonen haben die Flamme bewacht. An diesen Abend warst du bei ihnen. Ihr alle drei seid ausgezeichnete Kämpfer gewesen. Da du, wie ich sehe, noch ein Schwert trägst, ist dir das sicherlich bewusst. Da es keine Hinweise gab, die darauf hindeuteten, dass ihr von einer großen Gruppe bedrängt wurdet und von dir jede Spur fehlte ...« Lyrán seufzte.

»... hat Terba angenommen, dass ich die schwarze Flamme gestohlen habe!«

»Du weißt, wie er ist. Er mag Oberhaupt der Wachen von Empandium sein, allein sein Begehren war es stets, die Wächter des Amaìns zu befehligen. Jener Hauptmann zu sein, dem es ansteht, alle Entscheidungen zu treffen, wenn es darauf ankommt. Dass die Herrin damals dich statt ihn dazu auserkoren hat, konnte er nie verschmerzen. Er war mit einem Urteil im Nu bei der Hand, seine Argumente schlüssig und vermutlich glaubt er wirklich, dass es die Wahrheit ist.«

»Wenn sogar du ihm geglaubt hast.«
»Verzeih mir, Maró. Ich hätte es besser wissen sollen.«
»Empandium?«, hakte Stjerna nach.
»Entschuldige. Das kannst du nicht wissen. Es ist jener Ort in Mecanaé, an dem die Niscahle leben. Ein Pendant zu Dormun für die Waldgeister, wenn du so willst«, erklärte Maró.
Sie nickte. »Und das alles ist zwei Jahre her?«
»Das zu begreifen fällt mir auch schwer«, lamentierte Maró und rieb sich die Stirn.
»Sie suchen seit diesem Tag nach der schwarzen Flamme. Und nach dir, Maró, also sei vorsichtig, wenn du dich zeigst. In Misúl dürftest du einigermaßen sicher sein. Ich bin seit beinahe einem Jahr hier und habe nur selten andere Dämonen getroffen.«
»Niemand hat eine Idee, wo das Amaìn sein könnte?«
»Leider nein. Wenn du es nicht hast –«
»Ich habe es nicht!« Gereizt sprang Maró auf und machte einige Schritte in den Raum hinein.
»So war das nicht gemeint. Nein, niemand hat eine brauchbare Spur.«
Maró ächzte betrübt. »Ich hatte gehofft, hier etwas zu finden.« Er kam wieder näher und stützte seine Arme auf der Lehne des Sessels ab.
»In den Archiven? Da haben die Dämonen schon in den Chroniken nach Hinweisen gesucht.«
»Eventuell haben sie das Falsche gesucht. Wenn sie glauben, Maró habe die Flamme, dann haben sie möglicherweise etwas anderes Wichtiges übersehen.«
Lyrán nickte. »Damit wiederum magst du recht haben, Stjerna.«
»Und was könnte jemand mit einem Amaìn anfangen?«, fragte Stjerna behutsam.
Lyráns Züge wurden düster und Maró ließ den Kopf hängen.
»Nun, Terbas Annahme ist, dass Maró danach strebt, die Niscahle zu beherrschen, sie zu zwingen, nach seinem Willen zu agieren.«
»Das Amaìn bedingt unsere Existenz und wir die seine. Im schlimmsten Fall könnte jemand versuchen, uns alle damit

auszulöschen. Sämtliche Niscahle auf einmal«, ergänzte Maró tonlos.

»Wer könnte das wollen?«, fragte Stjerna entsetzt.

»Ich weiß es nicht. Es gab lange keine Kriege mehr.« Ratlos hob Maró die Schultern.

Stjerna und Lyrán tauschen einen Blick. Im Antlitz des Dämons spiegelte sich ihre Sorge um Maró.

»Vielleicht bringen dazu die Archive Aufschluss«, versuchte Stjerna, ihm Hoffnung zu geben.

Maró nickte. Dann suchte er eindringlich den Blick seines Freundes. »Glaubst du mir, Lyrán?«

Der andere Dämon sah ihm lange in die Augen. »Ja. Du bist seit einer Ewigkeit mein bester Freund und du hast mich noch nie belogen. Ja, ich glaube dir, Maró.«

Erleichtert seufzte Maró auf.

»Es ist spät«, stellte Lyrán fest. »Heute Nacht werden wir dieses Rätsel nicht mehr entwirren können. Aber ich verspreche, morgen, und von da an so lange, wie es eben dauert, werde ich euch beiden mit allen Kräften, die ich habe, bei der Suche nach dem schwarzen Amaìn helfen.«

Maró nickte und richtete sich auf. Lange nahm er seinen Freund in den Arm. Ehe er mit Stjerna das Haus verließ, verabredeten sie sich für den kommenden Tag, um gemeinsam nach Antworten zu suchen.

ZWANZIG

Stjerna erwachte in der Nacht. Die Bettseite neben ihr war kalt und verdächtig unberührt. Der Dämon lehnte am Fenster, die Wangen in die Hände gestützt.
»Maró?« Sie stand auf und trat zu ihm.
Er schüttelte leicht das Haupt. »Ruh dich aus, Stjerna. Was mich grämt, muss nicht auch dir das bisschen Schlaf rauben, das diese Nacht noch bietet.«
»Und was grämt dich?«
Seufzend drehte er sich zu ihr um. »Was, wenn es stimmt? Was, wenn Terba die richtigen Schlussfolgerungen gezogen hat und ich wirklich ein Mörder und Verräter bin? Wenn ich mich deswegen an nichts mehr erinnern kann, weil die Erinnerungen zu grauenvoll sind?«
Sie strich ihm durch die Haare. »Glaubst du das ernsthaft?«
»Kann ich es plausibel abstreiten?«
»Ja, kannst du, Maró! Ich kenne dich inzwischen recht lange und gut. Niemals wärst du fähig, eine solche Tat zu begehen. Deine Freunde zu töten, das Bestehen aller Niscahle zu gefährden? Nein. Niemals!«
»Ich habe dich doch auch an einen Flussgeist verkauft.«
»Mit dem Vorsatz, mich ihm wieder zu entreißen, was du auch getan hast. Außerdem war da der dunkle Bann, der dich zu Stein hat werden lassen und dann deine Kräfte gefesselt hat. Das muss jemand, etwas, mit dir gemacht haben.«
»So oder so, ich habe versagt. Wenn es meine Aufgabe gewesen ist, das Amaìn zu hüten und es nun verschwunden ist …« Er hob hilflos die Hände.
»Es ist geschehen, Maró. Unter welchen Umständen, vermag keiner von uns zu sagen. Jedenfalls gegenwärtig nicht. Es macht es nicht besser, wenn du dir das jetzt vorwirfst.«
»Da magst du recht haben.«

»Ganz sicher habe ich recht. Komm.« Behutsam zog sie ihn mit sich zum Bett.

***

Am Morgen erwartete Lyrán sie vor der Tür. Lässig lehnte er an der Wand des Gasthauses, gekleidet in ein elegantes dunkelrotes Hemd und ein besticktes dunkelgraues Wams, schwarze Hosen und polierte Stiefel in der gleichen Farbe.

»Guten Morgen.«

»Hallo, Lyrán.« Stjerna lächelte, er erwiderte es.

Zu dritt gingen sie durch die Stadt. Dann und wann wurde Lyrán von Menschen oder übernatürlichen Geschöpfen gegrüßt.

»Du scheinst beliebt zu sein«, mutmaßte Stjerna.

»Nun, ich bin ein ausgezeichneter Spielmann. Ich habe mir inzwischen einen Namen gemacht.«

»Ich würde ihn gern seiner Arroganz wegen rügen, jedoch muss ich ihm zugestehen, dass er recht hat«, versetzte Maró.

»Dann hoffe ich, wir werden noch etwas von deinem Können hören!«

»Heute Abend, wenn ihr möchtet. Ich hatte ohnehin vor, später in einer Schenke zu spielen.«

»Gern!«

»Ich habe die Klänge deiner Mandoline offensichtlich lange nicht mehr vernommen, mein Freund.«

»Sehr schön!« Lyrán lachte.

Immer reger wurde das Treiben in den Gassen Misúls und die Luft wurde mehr und mehr von der Sonne gewärmt. Hufe und Räder klapperten über die Straßen, Menschen und andere Geschöpfe eilten umher, es roch von irgendwo leicht nach Heu. Dann ragte ein imposantes Gebäude vor ihnen auf. Der Eingang lag unter einem großen runden Vordach, das von Säulen gestützt wurde. In die Steine des Baus waren kunstvolle Ornamente eingearbeitet. Stjerna machte große Augen.

»Gegebenenfalls ist es klüger, wenn weder du noch ich uns dort sehen lassen, Maró«, schlug Lyrán vor.

»Wieso das?«, fragte Stjerna.

»Die anderen suchen Maró. Ich weiß nicht, ob sie es erneut in Misúl versuchen, aber Niscahle sind hier nicht besonders häufig. Es ist sicher auffällig, wenn ein weiterer beginnt, Nachforschungen über die schwarze Flamme anzustellen.« Er nickte zu dem Gebäude, vor dem sie standen. »Demgemäß erscheint es mir klüger, wenn sich dort niemand daran erinnert, dass jüngst ein Dämon zugegen war.«

»Und was schlägst du stattdessen vor?«

»Stjerna.«

»Ich helfe euch in allem, was ihr wollt, nur ich ...«, sie zupfte etwas verlegen an ihren Ärmeln, »ich kann nicht lesen.«

»Oh, das macht nichts. Ich meine, wir sollten dem bei erster Gelegenheit Abhilfe schaffen. Meine Intention hierbei war eher, dass du uns durch ein Fenster hineinlässt.«

Stjernas Miene hellte sich auf. »Das lässt sich sicher machen.«

»Eine gute Idee«, pflichtete Maró Lyrán bei. »Lasst es uns so versuchen.«

»Die Archive sind umfangreich. Zu unserem Glück sind die Chroniken mit allem, was das Übernatürliche betrifft, im unteren Geschoss. Es sollte also nicht allzu schwierig werden. Los geht's.«

Die beiden Dämonen schlenderten nonchalant über den kleinen Platz und an dem Gebäude vorbei. Stjerna schaute ihnen einen Atemzug lang lächelnd nach. Dann strich sie ihren Rock glatt und setzte sich selbst in Bewegung. Stjerna kam sich klein vor, als sie die Stufen hinaufstieg und unter den gigantischen Säulen hindurchschritt.

Die großen, mit verschnörkelten Beschlägen verzierten Flügeltüren standen offen. Drinnen sorgten hohe Fenster für Licht. Eine große weiße Tür zur Linken führte gewiss in die Bibliothek. Genau gegenüber befand sich eine massive weißgraue Theke, hinter der ein alter Mann in eine Schreibarbeit vertieft war. Ihre Schritte hallten auf dem weiß-schwarzen Marmorboden. Mit etwas Abstand blieb sie stehen und räusperte sich. Unwillig sah der Mann auf und musterte sie argwöhnisch.

»Ja?«, fragte er barsch.

»Ich möchte in das Archiv«, entgegnete Stjerna bestimmt und verfestigte ihren Stand.

Er musterte sie abschätzig. »Und dein Name lautet wie, Mädchen?«

»Minea.« Es erschien ihr besser, ihren wahren Namen nicht zu nennen.

»Hm.« Mit kratzender Feder schrieb er Stjernas Angabe in ein dickes Buch.

»Na gut. Aber bring nichts durcheinander!«

Es kostete sie Mühe, gelassen zu bleiben. Mit leisem Klagen erhob sich der Mann. Sein Stuhl kratzte über den Boden, als er diesen zurückschob. Er bedeutete Stjerna, ihm zu folgen, und führte sie grummelnd durch das Foyer zu einer hölzernen Tür, welche weit weniger beeindruckend war als jene zur Bibliothek. Diese zog er auf und deutete hinunter.

Grußlos ging Stjerna an ihm vorbei und stieg die Treppe hinab. In kunstvoll geschmiedeten Haltern brannten kleine Flammen hinter Glas. Im Archiv selbst herrschte trockene Luft und es roch nach Papier. Stjerna musste erneut niesen. Es war heller hier unten, als sie angenommen hatte. Zwischen den hohen Regalen, in denen sich Bücher und Pergamentrollen stapelten, waren halbrunde, kleine Fenster eingelassen. Sie mussten etwa auf einer Ebene mit der Straße sein. Staubkörnchen tanzten durch die Luft. Stjerna ging weiter, blieb jedoch immer wieder stehen. Sie horchte, doch kein Geräusch drang zu ihr. Alles wirkte unberührt, an keinem der kleinen Schreibpulte saß jemand.

Durch das milchige Fensterglas zwischen je zwei Regalreihen konnte sie nur erahnen, was dahinterlag. Es war über ihrer Kopfhöhe, so ging sie zu einem der hölzernen Pulte und ruckelte prüfend daran. Es war schwer, ließ sich aber bewegen. Die Finger fest um den Rand legend lehnte Stjerna sich rückwärts und zog das Pult mit sich. Zusammenzuckend hielt sie inne, als die Beine laut über den Boden kratzten. Wie schon zuvor rührte sich nichts um sie herum. Sie atmete erleichtert aus und zerrte das Pult bis beinahe an die Wand unter dem Fenster, dann trat sie herum und schob es das letzte Stückchen, bis die hölzerne Kante an die weiße Wand stieß. Sie wollte gerade hinaufklettern, als unvermittelt jemand hinter ihr stand.

»Du!«

Stjerna wirbelte herum. Diese Stimme hat sie schon einmal gehört ... Irior!

»Wo ist der Dämon?«, fragte er sich ihr nähernd. Stjerna wich zurück, doch sie konnte nur in eine Ecke zwischen Pult und Regal fliehen. Sie saß in der Falle.

»Wo ist er? Sag schon! Ist er hier?« Eine steile Falte stand auf der Stirn des Zauberers, die Augen zornig zu Schlitzen verengt.

»Nein!«

Drohend kam der Magier immer weiter auf sie zu und starrte sie fordernd an.

»Ich weiß nicht, wo er ist«, erwiderte Stjerna mit fester Stimme! Er war der Letzte, dem sie etwas sagen würde!

»O doch, du weißt es. Wer einem Niscahl nachläuft und mit ihm gemeinsam aus einem Kerker flieht, der wird auch ganz genau wissen, wo der Dämon sich befindet. Ich brauche sein Blut! Dringend! Also sag es mir, Stjerna.«

»Nein!«

Sie wich behände weiter zurück. Bücher fielen dumpf aus dem Regal zu Boden. Irior lachte kalt und griff nach ihr. Stjerna wollte seine Hand fortschieben, doch er hielt mit erstaunlicher Kraft ihr Handgelenk fest. Energisch drückte er sie mit all seinem Gewicht in die Ecke und hielt ihr eisern den Mund zu.

»Nicht doch. Keine Scherereien. Wo ist er? Sein Blut kann einen Menschen retten, Stjerna.«

Stjerna versuchte, ihn zu beißen. Irior ohrfeigte sie unvermittelt, ihre Wange brannte wie Feuer.

»Da ist auch etwas Magisches in dir, nicht wahr? Bei unserer ersten Begegnung muss der Bann auf den Dämon das überstrahlt haben. Schützt du ihn deswegen? Du weißt, wo er ist. Sag es mir und ich lasse dich gehen, krümme dir kein Haar!«

Stolz schüttelte sie den Kopf. So fest sie konnte, stieß sie ihren Körper gegen den seinen, versuchte, ihn zu Fall zu bringen. Irior taumelte einen Schritt nach hinten, fing sich aber schnell. Eisern hielt er sie fest und schleuderte sie dann zurück in die Ecke. Stjerna wehrte sich nach Kräften, versuchte, wieder seine Arme fortzuschieben, sich irgendwie seinem Griff zu entwinden. Irior verstärkte seinen Druck und beförderte eine sichelförmige Klinge zutage. Diese drückte er Stjerna gegen den Hals. Stjerna erstarrte. Ihr Innerstes fühlte sich an, als hätte sie einen gleißenden Stein darin.

»Möchtest du deine Weigerung vielleicht nun überdenken, Mädchen? Wo ist er?«

Stjerna sah Irior fest in die Augen. Um die Klinge nicht zu berühren, schüttelte sie nur schwach den Kopf. Auf gar keinen Fall würde sie Maró verraten! Sie zuckte, als der eisige Stahl sich fester gegen ihren Hals drückte. Wild flatterte ihr Herz, warm rann ein Tropfen ihres Blutes ihren Hals hinab. Dennoch hielt sie Iriors Blick weiter stand. Sie wusste, dass er ihre Ablehnung darin lesen konnte, und natürlich missfiel es ihm.

Maliziös lächelnd hielt der Magier inne. »Wenn du es nicht sagen willst, kann ich dich sicherlich anders zwingen, es mir nichtsdestotrotz zu zeigen.« Er presste seine Finger hart auf ihre Schläfen und lehnte dabei sein ganzes Gewicht gegen sie. Stjerna stöhnte, als ein stechender Schmerz hinter ihrer Stirn aufglühte. Da war etwas in ihrem Verstand und boshaft versuchte es, sich gegen ihren Willen tiefer hineinzuwühlen. Ihre Augen tränten vor Pein. Dann war ihr Geist auf einmal völlig leer. Es war für einen Augenblick, als stünde sie neben sich selbst und betrachtete sich von außen.

Der Magier runzelte die Stirn und zögerte. Es raschelte um sie herum, als würde ein Tier aus dem Unterholz hervorbrechen. Heftig drehte sich alles in Stjerna, ihr wurde schwindlig und sie glaubte zu fallen, obgleich Irior sie noch immer eingeklemmt hielt. Efeuranken sprossen plötzlich jäh um sie herum an Wänden und Regalen herauf.

»Was?«, ächzte Irior. Er löste abrupt seinen Griff und wich mit aufgerissenem Mund zurück, während sämtliche Pflanzen nach ihm griffen.

Stjerna sackte kraftlos in die Knie. Sie konnte nur zusehen, der Zauber war ihr völlig entglitten. Die Ranken schossen geradezu an Irior empor, schlangen sich um seinen Leib und Hals. Verzweifelt riss er an ihnen, seine Bewegungen wurden immer hektischer, doch Iriors Versuche blieben erfolglos. Keuchend taumelte er rückwärts. Seine Augen quollen hervor und er lief rot an. Wie Raubtiere zerrten die Ranken ihn mit sich, weg von Stjerna. Sie versuchte, die Magie zu fassen, doch sie glitt beständig daran ab. Egal was sie probierte, es klappte einfach nicht. Röchelnd schlug Irior hin. Er zuckte noch einmal und lag dann still.

Japsend rappelte sich Stjerna auf und starrte perplex auf den Körper des alten Magiers und das Efeu, von dem alles überwuchert war. Ihre Kehle fühlte sich trocken an und es brannte schmerzhaft, wenn sie atmete. Stjerna stand da wie paralysiert, bis ihr wieder einfiel, warum sie eigentlich hier unten war. Mechanisch drehte sie sich zu dem Pult und kletterte mit schlotternden Beinen hinauf. Es kostete sie drei Versuche, den Haken des Fensters zu lösen. Sie klappte es nach oben und glitt von dem Pult hinab. In der Ecke sank sie bebend zusammen.

»Stjerna?« Marós Gesicht erschien vor dem Fenster. »Stjerna!«

Obgleich das Fenster klein war, sprang Maró mehr hindurch, als zu klettern. Er rollte sich geschickt vom Pult ab und landete federnd auf der Erde. Sofort zog er sein Schwert und spähte umher. Dann stürzte er zu Stjerna. »Bist du verletzt?«

»Irior ...« Zitternd deutete sie auf die leblose Gestalt. »Er hat ... Er wollte ... Ich konnte nicht ...« Es war zu viel auf einmal in ihrem Geist, sie brachte es nicht fertig, Maró geordnet zu berichten, was sich ereignet hatte.

»Schon gut.« Maró zog sie dicht an sich und tupfte ihr den Blutstropfen vom Hals.

»Oho, was geht hier vor sich?«, rief Lyrán, der inzwischen auch in das Archiv geklettert war. Er trat zu dem von Efeu umwickelten Irior und stieß den Zauberer an. Dann schüttelte der Dämon den Kopf.

Stjerna schluchzte auf. All ihre Wut, ihre letzte verbliebene Kraft brach in sich zusammen und ihr wurde mit einem Schlag bewusst, was sie getan hatte! »Ich habe ihn getötet, Maró. Die Magie war einfach da, ich konnte sie nicht beherrschen«, brachte sie stockend hervor.

»Ganz ruhig, Stjerna. Willst du mir erzählen, was hier passiert ist?« Er wischte ihr sacht die Tränen von den Wangen. Gegen ihn gelehnt berichtete sie nahezu atemlos die Geschehnisse. Sie war dankbar, für seine Gegenwart, dass er sie festhielt und einfach nur zuhörte.

»Du hast dir nichts vorzuwerfen, Stjerna.«

»Er ist tot. Und ich habe ... Mein Zauber trägt die Schuld daran.« Stjerna biss sich auf die Lippe.

»Er hat dich bedroht, deine Magie hat dich geschützt.«

»Ich wollte so etwas nicht. Ich wollte nicht töten. Nicht ihn oder sonst wen. Was, wenn die Kräfte in mir dunkel sind?«

»Die Kräfte in dir sind dir unvertraut, das ist alles. Es ist kein Vorsatz dahinter gewesen, kein böser Wille. Mir allerdings ist dein Herz vertraut. Du nutzt keine dunklen Mächte, Stjerna.«

Sie schloss die Augen und holte tief Luft. Maró strich ihr sanft über den Rücken.

»Es tut mir leid, dich in diese Situation gebracht zu haben. Immerhin hat er mich gesucht.« Er stand auf und bot ihr die Hand. Stjernas Knie waren weich, als Maró sie behutsam hochzog. Einen Moment lehnte sie sich gegen ihn. Dabei vermied sie es, auf Iriors leblosen Körper zu blicken.

»Was fangen wir jetzt an mit alledem hier?« Vage zeigte sie in Richtung des Efeus und Iriors.

Marós Blick schweifte prüfend durch den Raum. »Geh du zur Tür, Stjerna, und halte Wache dort. Wenn uns jemand entdeckt, haben wir ein Problem. Lyrán und ich erledigen den Rest.«

Der andere Dämon nickte zustimmen. Stjerna suchte Marós Blick, aufmunternd lächelte er.

»In Ordnung.« Geflissentlich den Efeublättern ausweichend schlug Stjerna den Weg zur Tür des Archivs ein und bezog dort ihren Posten, indem sie sich auf eines der Schreibpulte setzte und die Tür nicht aus den Augen ließ. Ihr war noch immer flau im Magen und ihre Knie zitterten. Wie hatte ihr der Zauber nur dermaßen entgleiten können? Oder hatte ein Teil von ihr gar Iriors Tod gewollt und deshalb hatte die Magie sich so wild gebärdet? Nein! Entschieden schob sie diesen Gedanken von sich. Auf gar keinen Fall hatte sie töten *wollen*.

Wie sollte sie von nun an ihren Kräften vertrauen? So erpicht war sie darauf gewesen, sie zu nutzen, damit umzugehen, mehr über die Magie zu lernen. Konnte sie diesen Gedanken nun überhaupt noch nachgeben? Immerhin hatte sie Iriors Tod auf dem Gewissen. Sicher war es besser, ihre Kräfte nicht zu gebrauchen, wie konnte sie wissen, was beim nächsten Mal geschehen würde? Was, wenn sie einen Freund verletzte?

Stjerna tauchte aus ihren Überlegungen auf, als sie Schritte vernahm. Maró und Lyrán kamen heran. Stjerna glitt von dem

Pult hinab. »Habt ihr ...? Ich meine, sind die Spuren fort?« Unbehaglich zupfte sie an ihren Ärmeln.

»Fürs Erste, ja. Sicherlich stoßen sie früher oder später darauf, aber gewiss nicht sofort. Alles ist gut versteckt«, versicherte Maró.

Stjerna nickte, nicht wissend, was sie sagen sollte. Maró trat zu ihr und küsste sie sanft auf die Wange. »Lyrán hat sich bereit erklärt, dir die Stadt zu zeigen.«

»Mit dem größten Vergnügen sogar.«

»Sind wir nicht nützlicher für dich, wenn wir hierbleiben? Lyrán kann dir gewiss helfen und ich kann –«

Er unterbrach sie mit einem Kuss. »Nein. Ich komme zurecht. Geht nur.«

»Also gut.« Noch immer war in Stjernas Verstand alles vertrackt und sie fühlte sich leer.

»Ich treffe dich draußen, sicher ist es besser, wenn du auf dem Weg wieder gehst, auf dem du auch gekommen bist«, meinte Lyrán.

»Vermutlich, ehe der Alte Verdacht schöpft.« Stjerna straffte die Schultern.

»Mach dir keine Sorgen«, sagte Maró und hielt ihr die Tür auf.

Tief Luft holend ging Stjerna die Treppe hinauf. Oben angekommen achtete sie darauf, nicht zu schnell durch die Halle zu gehen. Zu ihrer Erleichterung sah der Mann nur flüchtig von seinem Pult auf. Er strich ihren Namen in seinem Buch durch und vertiefte sich wieder in sein Schreiben.

Der große Platz draußen mit all den Menschen und Kreaturen, die ihren Angelegenheiten nachgingen, erschien Stjerna unwirklich, nach dem, was sich gerade ereignet hatte. Sie war froh, als sie Lyrán entdeckte.

»Ich gestehe, es freut mich gewöhnlich, wenn ich Maró mit Widerworten ärgern kann. Diesmal bin ich dem ungeachtet voll und ganz seiner Meinung. Du hast dir nichts vorzuwerfen, Stjerna.« Lyrán bot ihr den Arm, den sie mit flauem Magen annahm.

»Danke. Was ist mit dir? Hast du schon mal –?«

»Getötet? Nein. Glücklicherweise musste ich das noch nie. Maró hingegen ... Nun ja. Auch mir erzählt er nicht alles, aber ich bange, er kam nicht umhin, es schon zu tun. Wie ich annehme, wirst du deswegen nicht schlechter von ihm denken.«

»Nein. Ich weiß, dass er es niemals leichtfertig tun würde.«

»Na siehst du. Das gilt doch für dich ebenso.« Lyrán lächelte nachsichtig.

Sie folgten dem Lauf eines Kanals durch die Stadt. Stjerna war Lyrán dankbar für seine Gegenwart, für sein Schweigen, sein Lächeln, wann immer sie sich ihm zuwandte. Er deutete zu einer Bank, die nahe einer großen Kastanie in der Sonne stand.

»Wollen wir uns einen Augenblick setzen? Mein Bein könnte eine Pause vertragen.«

»Sicher. Resultiert das von einer Verletzung?«

»Nein. Ich hatte schon immer ein schwaches rechtes Bein. Zum Glück bin ich Spielmann, da macht mir das nicht unbedingt viel aus.« Er streckte sein Bein aus und lehnte seinen eleganten schwarzen Stock mit dem runden silbernen Knauf, auf dem filigrane Notensymbole abgebildet waren, gegen die Bank.

Stjerna genoss die Sonne, die auf ihr Antlitz schien. Gedankenverloren rieb sie sich über den Schnitt am Hals.

»Wie war es, unter Menschen aufzuwachsen? Hast du nie Zweifel gehabt?«, unterbrach Lyrán ihre Gedanken.

»Früher nicht. Als ich älter wurde, schon. Stets wurde jede meiner Fragen abgetan oder übergangen. Noch immer frage ich mich, warum.«

»Menschen neigen dazu, das zu fürchten, was sie nicht kennen, Stjerna. Also werden sie versucht haben, was ihnen an dir fremd ist, nicht zum Vorschein kommen zu lassen.«

»Wahrscheinlich. Offenbar wird meine Magie für alle deutlich spürbarer, nun, da ich sie selbst kenne. Mag sein, dass die Gaukler mich deswegen auch nicht lesen lernen ließen.«

»Damit du nichts herausfindest und Bücher dir keine signifikanten Ideen geben?«

»Ja.«

»Hm. Die Strategie war wohl nicht so erfolgreich. Ich lehre es dich gern, wenn das alles hier vorüber ist«, bot Lyrán ihr an.

»Darauf komme ich bestimmt zurück.« Sie lächelte. Lieber, er brachte es ihr bei, als Maró. Sie wusste nicht, wie groß eventuell ihre Scham sein würde. »Hoffen wir erst einmal, dass Maró etwas findet.«

»Ich wünsche es ihm.«

»Was, wenn nicht? Ich meine, kann ein Amaìn zerstört werden?«

Lyrán wirkte beinahe andächtig und legte die Fingerspitzen aneinander. »Ich weiß es nicht genau. Einfach dürfte es nicht sein. Schlussendlich ist doch alles vergänglich. Wenn es zerstört wird, dann verlöschen alle Niscahle mit ihm. Ich fürchte, wer immer es hat, wird dieses Ziel haben. Warum sonst sollte er es gestohlen haben? Allerdings weiß der Dieb offenbar noch nichts damit anzufangen oder wie es vernichtet werden kann.«

Stjerna drehte sich grübelnd eine Haarsträhne um den Finger.

»Genug Sorgen für heute. Lass uns von etwas anderem sprechen«, befand Lyrán.

»Du hast recht. Du und Maró, ihr kennt euch schon lange?«

Er nickte mit einem feinen Lächeln in seinem Antlitz und berichtete Stjerna von seiner Freundschaft zu Maró, die währte, seit sie beide Kinder waren. Er erzählte ihr vom Empandium, der Felsenburg zwischen schroffen Klippen, wie es war, dort zu leben, wohin es ihn auf seinen Reisen als Spielmann sonst verschlug, vom Alltag in Misúl. Gebannt hörte Stjerna ihm zu und immer mehr vertrieb er den nagenden Zweifel aus ihren Gedanken. Er war ein gewandter Erzähler und brachte sie zum Lachen. Sich die Bilder zu seinen Geschichten zu denken, fiel ihr leicht und sie war mehr als dankbar für seine Ablenkung, auch wenn ihr Geist ständig wieder um die Szenen im Archiv kreiste.

Schließlich war es an Lyrán, Fragen zu stellen. Er wollte einiges von dem, was sie ihm am Abend zuvor von ihrer Reise mit Maró berichtet hatten, genauer wissen. Ließ sich den Flussmann beschreiben, ihre Entscheidung in Petfrion, nicht vor den Katzen zu fliehen, sondern Maró beizustehen, erklären, fragte nach dem Tanz auf der Lichtung und der Beschaffenheit von Zuriesas Blutdornen. Auch ihre Vergangenheit als Gauklerin interessierte ihn, auf welchen Jahrmärkten sie gewesen war, was sie dort erlebt hatte, wie genau sie die Karten legte. Interessiert hörte er zu. Es tat Stjerna gut, sich einfach zwanglos zu unterhalten.

EINUNDZWANZIG

Als sie sich auf den Rückweg machten, fühlte Stjerna sich deutlich unbekümmerter. Dennoch war sie froh, als Maró ihnen bereits ein Stück vor dem Archiv entgegenkam, sodass sie nicht erneut in die unmittelbare Nähe des Gebäudes musste.

»Alles in Ordnung?«, fragte er besorgt.

»Deutlich besser als vorhin. Lyráns Gesellschaft hat geholfen.« Stjerna lächelte.

»Stets zu Diensten.« Lyrán verneigte sich spielerisch. Gemächlich gingen sie zu dritt durch Misúl.

»Hast du etwas gefunden?«, fragte Stjerna.

»Leider nicht, nein.« Er seufzte. »Auffällig ist lediglich, dass vor etwas über einem Jahr ein altes Buch über Magie in Octulara gestohlen wurde.«

»Ist das nicht eine winzige Menschengemeinschaft?«, fragte Lyrán.

»Vordergründig schon. Nichtsdestoweniger gibt es immer wieder Gemunkel über magisches Wissen, welches dort gehütet wird.«

»Woher du nur immer jedes Gemunkel kennst.«

»Als Hüter des Amaìns sollte ich –« Maró biss die Kiefer zusammen und brach ab.

»Glaubst du denn, dieser Hinweis könnte uns irgendwie weiterbringen?«, fragte Stjerna schnell.

»Möglicherweise. Zeitlich passt es ungefähr zusammen.«

»Und mit einem Amaìn wird nur jemand etwas anfangen können, der über magische Fähigkeiten verfügt«, überlegte Lyrán.

»Das glaube ich auch. Die Frage ist nur, was er damit anfangen will.« Maró ballte die Hände zu Fäusten.

»Mutmaßlich nichts Gutes«, murmelte Stjerna.

»Nein, wohl nicht.« Kurz wirkte Maró unendlich kraftlos. Dann richtete er sich grimmig auf. »Wenn ich wenigstens wüsste, wer es hat! Das würde es bedeutend leichter machen, Konsequenzen zu erahnen!«

»Wir werden es herausfinden«, sagte Stjerna überzeugt.

»Irgendeinen Weg wird es geben«, pflichtete Lyrán bei.

Schweigend gingen sie weiter. Marós Finger trommelten unruhig auf der Scheide seiner Waffe, bis Stjerna seine Hand festhielt.

»Darf ich euch einstweilen verlassen?«, fragte Lyrán, als sie wieder vor dem Gasthaus standen.

»Sicher, mein Freund.«

»Ich schulde euch noch einen Beweis meines Könnens. Eigentlich eher dir, Stjerna. Maró sollte meine Fähigkeiten inzwischen zu schätzen wissen.« Lyrán lächelte. »Aber nach dem heutigen Tag tut uns allen wohl etwas Abwechslung ganz gut. Daher hoffe ich, euch beide später in der Schenke Corvus zu sehen.«

»Sehr gern, Lyrán«, antwortete Stjerna.

Er deutete eine Verbeugung an. »Ich bin geehrt. Danke für deine Gesellschaft heute.«

»Ich danke dir.«

»Und nach meinem Auftritt wenden wir uns wieder den ernsten Dingen zu und überlegen, wie wir das Amaìn zurückbekommen. Aber für jetzt, auf Wiedersehen!«, rief er und ging.

Schmunzelnd sah Stjerna ihm nach.

»Mit Worten umgehen kann er, wie ich neidlos anerkennen muss«, meinte Maró.

»Er hat eine angenehme Art, ich kann ihn gut leiden.«

»Geht es dir besser nach heute Morgen?«

Stjerna seufzte. »Ja. Aber ich würde lügen, wenn ich behaupte, es treibt mich nicht mehr um. Was, wenn meine Kräfte gefährlich sind, Maró?«

Der Dämon zog sie dicht an sich und küsste sie. »Die Magie hat dich beschützt, Stjerna. Du hast nicht willentlich gehandelt und dir nichts vorzuwerfen. Du wirst lernen, damit umzugehen, und die Zweifel werden verblassen.« Eindringlich schaute er sie an.

»Ich hoffe es«, flüsterte Stjerna.

»Ich vertraue dir und du solltest dir auch selbst vertrauen. Komm, gehen wir hinein.« Maró legte ihr den Arm um die Schultern und gemeinsam traten sie in das Gasthaus.

In dem kleinen Zimmer, in dem sie untergekommen waren, setzte Maró sich schwerfällig aufs Bett. Nach vorne gebeugt saß er da und drehte zerstreut sein Messer hin und her.

»Was treibt dich um?«

Auch für ihn war dieser Tag nicht einfach gewesen. Erneut eine enttäuschte Hoffnung. Stjerna setzte sich ihm zu Füßen und nahm ihm die Waffe aus der Hand.

»In mir entspinnt sich ein Gedanke, seit heute Morgen schon. Ich weiß nur nicht, ob es klug ist, ihm nachzugeben.«

»Nach Empandium zu gehen, meinst du?«

Er lächelte matt. »Bin ich so leicht zu lesen?«

»Ein bisschen. Aber ich habe auch bereits darüber nachgedacht. Ich habe gemeinhin Visionen bei Dingen, die mit dir verbunden sind. Womöglich kann ich mehr sehen, wenn wir dort sind. Da, wo das Amaìn tatsächlich gewesen ist.«

»Würdest du es riskieren? Nach dem, was Lyrán gesagt hat, ist es nicht ungefährlich.«

»War es das denn bisher?«

»Auch wieder wahr. Ich möchte dich auf gar keinen Fall in Gefahr bringen.«

Stjerna erhob sich und legte die Hände an seine Wangen. »Ach, Maró. Ich weiß deine Bedenken zu schätzen. Gleichwohl befürchte ich, wenn wir verharren und nichts tun, wird die Gefahr nicht kleiner. Sie wird uns einholen, auf die eine oder andere Weise. Empandium ist der nächste logische Schritt auf unserem Weg.«

Langsam nickte er. »Versuchen wir es.«

»Wir schaffen das, Maró.«

Er schlang ihr sanft die Arme um den Leib und glitt nach hinten, sie mit sich ziehend. Lachend küsste sie ihn. Dieses Mal war da nichts Verzagtes mehr in Stjerna bei dem, was sie taten, und auch kein Schmerz, sei er noch so klein. Diesmal handelte sie souveräner und genoss es nicht nur, sich auf diese Art mit Maró zu verbinden, sie begehrte es auch.

***

Dicht lag sie bei ihm, den Kopf auf seiner Brust. Er spielte mit ihrem langen Haar. Stjerna war glücklich und für den Augenblick konnte sie alle dunklen Gedanken vergessen. In ihrem Schweigen sagten sie einander alles, was nötig war. Was am Morgen dieses Tages geschehen war, hatte Spuren auf ihrer Seele hinterlassen. Dennoch würde sie jederzeit wieder zu Maró stehen und ihn niemals verraten.

Plötzlich klopfte es. Maró zuckte zusammen und sprang auf.

»Lyrán?«, mutmaßte Stjerna.

»Hoffen wir es.« Rasch schlüpfte er in seine Hose und griff nach seinem Schwert. Die Tür öffnete er nur einen Spalt. Stjerna lauschte mit angehaltenem Atem, verstand die leise Stimme von draußen jedoch nicht. Wenigstens wirkte der Dämon entspannt. Sie war erleichtert, als Maró die Tür wieder schloss. In seinen Händen trug er ein in ein Tuch geschlagenes Päckchen. Er lächelte verschmitzt, setzte sich auf die Bettkante und reichte es Stjerna.

»Für dich.«

»Was um alles in der Welt?« Sie zog die Brauen zusammen. Neugierig schlug sie das Tuch auseinander. Darin fand sie noch mehr Stoff. Sie zog ihn heraus. Es war ein Kleid, von dunklem Kastanienbraun und Tannengrün. Fein gestickte Efeuranken verzierten den Rock. Behutsam strich Stjerna hinüber.

»Gefällt es dir?«, fragte Maró. »Ich hätte es dir gern an einem unbeschwerten Tag geschenkt.«

»Es ist traumhaft, Maró. Aber wie hast du so flink ein passendes Kleid beschaffen können?«, überlegte Stjerna perplex.

»Mit ein wenig Hilfe des ortsansässigen Spielmanns. Er hat Mittel und Wege, in seiner Stadt ein so schönes Kleid im Nu zu beschaffen.«

»Es ist wirklich unglaublich schön, Maró.«

Sie stand auf und streifte sich das Kleid über. Der Leinen legte sich kühl auf ihre Haut. Es passte ausgezeichnet! Mit gestreckten Armen drehte Stjerna sich um sich selbst. Das Kleid wirbelte um ihre Beine. »Und?«, fragte sie und stoppte.

»Du siehst bezaubernd aus!«, erklärte Maró.

»Meinen Dank, liebster Dämon.« Sie fiel ihm um den Hals und hauchte ihm einen Kuss auf die Wange.

»Wollen wir uns auf den Weg machen, Lyrán bei seinen Künsten zuzusehen?«
»Herzlich gern.«

***

Der Weg zum Corvus war nicht besonders weit, Stjerna hatte sich bei Maró eingehakt und war dankbar, auch am Abend etwas für die Zerstreuung ihrer Gedanken zu haben. Sie fürchtete sich ein wenig vor der Nacht, wenn alles, was am Tag geschehen war, sie wieder einholen würde.

Durch die Fenster der gesuchten Schenke drang warmes Licht hinaus in die zunehmende Dunkelheit, wie goldene Inseln. Über der Tür hing ein hölzernes Schild mit einem kunstvoll gemalten fliegenden Raben darauf. Drinnen roch es schwach nach Rauch und Gewürzen. Ein Feuer brannte in einem Kamin und Dutzende Kerzen sorgten für warmes Licht. Zu ihrer Rechten stand eine Theke, aufwendig aus Steinen und Holz gefertigt. An etlichen Tischen saßen Leute. Die Gespräche waren weit leiser, als Stjerna es aus Gasthäusern gewohnt war. Flüstern und Lachen erfüllte die Luft. Maró sorgte für zwei Becher Wein, dann nahmen sie ebenfalls auf einer der Sitzgelegenheiten Platz. Stjerna lehnte sich gegen den Dämon, der schlang einen Arm um sie.

»Lyrán lockt ein großes Publikum an, wie es aussieht.«

»Das war schon in Empandium so. Ich habe einiges in dieser Welt gesehen. Ich mag mich gerade nicht an alles erinnern können, aber ich bezweifle, dass es einen zweiten Spielmann von seinem Können gibt. Egal unter welchen Wesen.«

Tatsächlich öffnete sich die Tür immer wieder und neue Gäste traten ein. Übernatürliche Wesen und Menschen zog es gleichermaßen her. Die Schenke füllte sich mehr und mehr, bis kaum noch jemand hineinpasste. Als Lyrán erschien, erstarben alle Gespräche. Er setzte sich auf einen Tisch, der am Ende der Schenke quer zu den anderen stand, nahm seine Mandoline vor sich und begann, mit der Linken sacht über die Saiten zu streichen. Zarte Töne entlockte er dem Instrument. Dann begann er zu singen.

Stjerna war hingerissen. Seine Stimme trug einen dunklen, melodischen Klang und harmonierte hervorragend mit den hellen Tönen seines Instruments. Am meisten fesselten sie die Geschichten, die seine Melodien in sich bargen.

Er sang von drei Raben, die beobachteten, wie ein Krieger nach verlorenem Kampf in den Armen seiner Liebsten starb, von einem Narren, der unbeirrt seiner Wege ging und sich von niemandem etwas sagen ließ, vom Leben einer Räuberhorde und von einem Königssohn, der mit seiner Liebsten vor seinem Vater floh. Besonders aber drang Stjerna sein letzter Vortag ins Herz.

Er handelte von einem in Zauberei bewanderten Mann. In tiefer Liebe waren er und eine Fürstentochter einander verbunden. Ihre Familie billigte diese Bindung nicht. Die beiden versuchten, miteinander zu fliehen, doch wurden gestellt. Im Kampf verlor der Magier sein Leben. Seine Geliebte stürzte an seine Seite. Ihre Brüder wollten sie fortbringen. Sie wehrte sich und mit seinem Dolch in der Hand entschied sie sich, ihrem Geliebten in den Tod zu folgen. Arm in Arm starben sie, doch der Hauch des Zaubers, der sie umgab, sandte sie gemeinsam in eine unbekannte magische Welt.

Unwillkürlich lehnte sich Stjerna dichter gegen Maró. Tränen brannten in ihren Augen. Gemeinsam mit den anderen und mit einem Lächeln applaudierte Stjerna laut, als der Niscahl seine Vorstellung beendet hatte.

Lyrán verbeugte sich und stieg vom Tisch hinab. Zahlreiche Anwesende wechselten einige Worte mit ihm, schließlich kam er zu Stjerna und Maró.

»Nun, wie lautet dein Urteil?«, fragte er.

»Um ehrlich zu sein, fehlen mir die Worte. Ich kann mich nicht erinnern, je etwas so Schönes gehört zu haben.«

»Meinen Dank.« Er neigte das Haupt und setzte sich zu den beiden.

»Die Geschichte des Magiers und seiner Geliebten war … Ich weiß auch nicht. Sie hat mich wirklich beeindruckt. Ich habe etwas Ähnliches schon einmal auf einem Turnier gehört. Nur ohne all die Magie.«

»›Im Tode lebt die Liebe‹«, wiederholte er bedächtig den letzten Vers. »Es ist ein alter Mythos. Besonders unter den übernatürlichen Wesen kursiert er in verschiedenen Versionen.

Es heißt, wenn zwei Seelen, zwei Herzen, eins sind und im gewaltsamen Tode auch ihr Blut eins wird, dann schenkt ihnen die Magie ein zweites Leben in einer unbekannten Welt. Ob es stimmt, wer weiß. Und wie ich sehe, hast du dein Geschenk erhalten.«

»Vielen Dank auch dir dafür.«

»Du hast noch entschieden zu deutlich nach Mensch ausgesehen. Nicht dass die Menschen den Unterschied merken würden, aber du brauchtest etwas, das besser zu dem passt, was du bist. Da konnte ich nicht umhin, Marós Idee gutzuheißen, dir ein neues Kleid zu beschaffen.«

»Du hast schon immer Wichtigkeit in anderen Dingen gesehen als die meisten anderen«, befand Maró.

»Irgendwer muss das tun. Terba und du, es gab eine Zeit, da gingen euch Schwerter über alles.«

»Darüber, inzwischen anderes als wichtiger anzusehen, bin ich nicht undankbar, glaub mir.«

»Bei dir möglicherweise, bei Terba bin ich mir nicht so sicher.«

Maró sah seinen Freund ernst an. »Glaubst du, es ist einen Versuch wert, mit ihm zu sprechen? Oder mit der Herrin?«

»Wollt ihr nach Empandium? Ich ahnte es.«

»Die Frage ist nur, ob offen oder im Geheimen«, überlegte Maró.

Lyrán dachte nach. »Riskier es nicht, Maró«, riet er. »Terba war schon immer geschickter mit einem Schlag als mit dem Wort. Wenn sie dich fassen, ist die Frage, wie hoch die Chancen für dich stehen, überhaupt deine Position darzulegen. Und ob dir jemand zuhören will. Das Amaìn ist weg, das ist keine Kleinigkeit. Die Gemüter sind erhitzt und Angst ist im Spiel.«

Maró seufzte. »Ich dachte nur, unter Umständen –«

»Nein!«, pflichtete Stjerna bei und legte ihre Hand auf Marós Arm. »Wenn es so ist, wie Lyrán sagt, dann, bitte, lass uns einen anderen Weg finden. Wenn sie dich fassen und einsperren, ohne dich anzuhören, ist alles verloren. Besonders du, und diese Vorstellung macht mir Angst.«

»Hör auf sie, mein Freund.«

»Nun gut.«

Stjerna spürte, wie sein Körper an Spannung verlor. Es dauerte etwas, ehe er betreten weitersprach. »Meinst du, es hilft, wenn du mit Terba sprichst? Würde er dir glauben?«

Lyrán hob die Hände. »Wenn du mich darum bittest, dann versuche ich es. Wir wissen indes beide, die Aussicht auf Erfolg ist gering. Er hält nicht besonders große Stücke auf mich.«

»Er ist dein Bruder, verflucht!«

»Und er findet, ich bin die Schande der Familie.« Lyrán rieb sich sein lädiertes Bein. »Ein Spielmann, ein Herumtreiber. Lass es mich dennoch versuchen, eventuell kann ich ihn von deiner Unschuld überzeugen. Nur erwarte keine Wunder.«

»Danke. Mein Anliegen ist weniger, mein Ansehen wiederherzustellen, als vielmehr gegebenenfalls auf seine Hilfe angewiesen zu sein.«

»Du? Auf Terbas? Das sind ja ganz neue Töne.«

»Wenn wir wirklich herausfinden, wer das Amaìn hat, dann müssen wir es immer noch zurückbeschaffen. Nur zu wissen, wo es ist, schmälert die Bedrohung nicht.«

»Du meinst, du brauchst seine Truppen?«, fragte Stjerna.

»Es könnte dazu kommen. Auf die meinen kann ich wohl schlecht zurückgreifen.«

»Es ist nicht auszuschließen, dass einige deiner Leute dir insgeheim noch loyal sind«, gab der Spielmann zu bedenken.

Kurz hellten Marós Augen sich auf, ehe seine Miene wieder ernst wurde. »Selbst wenn das zutrifft. Wie würde ich sie erreichen? Und sollte es gelingen, sie zu kontaktieren, wie könnten sie Empandium verlassen, ohne Aufsehen zu erregen? Wenn sie gestellt werden, gelten sie als Geächtete, genau wie ich. Nein, Terbas Hilfe ist in diesem Fall der sicherste Weg.«

»Ich muss mich deiner Argumentation beugen, mein Freund. Ich werde sehen, was ich tun kann.«

»Dann begleitest du uns, Lyrán?«

»Auch wenn mir das eine Freude wäre, Stjerna, leider nein. Ich würde euch nur aufhalten, selbst wenn ich reite. Ohne mich könnt ihr ein höheres Tempo anschlagen. Außerdem muss ich hier noch ein oder zwei Dinge regeln, ehe ich aufbreche. Gehe ich recht in der Annahme, dass auch Octulara ein Ziel eurer Reise ist?«

»So weit habe ich noch nicht gedacht.«

»Es ergäbe Sinn. Ich weiß nicht, ich meine, ich hoffe es, aber ich kann nicht mit Gewissheit sagen, ob ich in Empandium etwas sehe. Und wenn deine Erinnerungen dort nicht von selbst zurückkehren ...« Stjerna biss sich auf die Lippe und drehte sich zu ihm um.

»Du hast recht. Octulara könnte uns helfen. Bestenfalls schon, um herauszufinden, was mit dem Amaìn geschehen soll, wer immer es hat.«

»Hast du Zweifel, was das Ziel ist?« Lyráns Mine verdüsterte sich.

»Nein. Aber wir sitzen beide noch hier. Allein dieser Fakt beweist, wer immer das Amaìn hat, weiß noch keinen Weg, es zu zerstören. Und damit, uns auszulöschen.«

»Wenn ein Besuch in Octulara uns helfen kann, dies zu verhindern und all diese Rätsel zu entzerren, dann lass uns hingehen.« Stjernas Stimme zitterte leicht. Nervosität und Zuversicht rangen in ihrem Geist miteinander.

»Finde ich auch. Trefft mich dort. Wenn ihr in Empandium etwas herausfindet oder du dich an etwas erinnern kannst, dann hilft es mir hoffentlich, Terba zu überzeugen.«

ZWEIUNDZWANZIG

Früh brachen Stjerna und Maró am folgenden Morgen auf. Kaum etwas regte sich in Misúls Straßen, als sie ihre Pferde aus dem Stall führten. Laut durchschnitten die klappernden Hufe die Stille. Stjerna saß auf und zog ihren Umhang enger um sich. Maró verharrte einen Moment gedankenverloren, die Hand auf die Mähne des Schimmels gelegt, dann schwang auch er sich in den Sattel.

»Fürchtest du, jemand könnte uns beobachten?«

»Seit all dem, was Lyrán uns offenbart hat, bin ich mir über nichts mehr wirklich sicher. Außerdem frage ich mich, wer die Niscahle so sehr hassen könnte, um ein Werkzeug zu suchen, sie zu vernichten.«

»Die Wahrscheinlichkeit, dass der Dieb des Amaìns etwas anderes zum Ziel hat, ist gering, oder?« Stjerna strich sich eine Strähne hinters Ohr.

»Ich fürchte ja. Ein Amaìn ist wie eine Lebensader. Es bedingt unsere Existenz, wir die seine. Jede Art der übernatürlichen Wesen hat eins. Wer es raubt, kann damit nichts Gutes im Sinn haben. Seine Macht nutzt ihm nichts, außer, er setzt sie gegen jene ein, die ans Amaìn gebunden sind.«

»Es zu zerstören, ist gewiss nicht leicht?«, fragte Stjerna hoffnungsvoll.

»Es wären mächtige Zauber nötig und gewiss noch mehr, als nur eine magische Formel aufzusagen.«

»Also muss ein Geschöpf mit magischen Kräften es haben.«

»Hm. Dummerweise nur trifft dies auf mehr oder minder jede übernatürliche Kreatur zu. Zumindest wenn wir uns der Sicht der Menschen bedienen. Und auch unter diesen gibt es, wie du inzwischen weißt, Magier. Eine tatsächliche Fehde ist mir nicht bekannt. Weder innerhalb des Übernatürlichen noch zwischen ihm und den Menschen. Sicher, Niscahle sind gefürchtet, doch so war es immer und niemand strebte bisher ernsthaft danach, uns zu vernichten.«

»Wir werden es herausfinden, Maró. Und Schlimmeres verhindern.«

»Na hoffentlich!« Er lächelte schief.

Auf dem Pfad über den See war es noch stiller als in der Stadt. Morgendliches Zwielicht hing über dem Gewässer. Stjerna wünschte, es möge auch für sie und Maró ein Licht geben am Ende ihrer Reise.

**

Sie kamen gut voran in den folgenden Tagen. Die Rast hatte den Pferden ganz offensichtlich gutgetan. Auf rasanten Hufen jagten sie dahin. Die Landschaft um sie herum wurde immer hügeliger und wie divers die Grüntöne waren, die das Gras aufzuweisen vermochte, versetzte Stjerna in Erstaunen. Maró wurde zusehends unruhiger. Je näher sie Empandium kamen, umso größer wurde auch die Gefahr, Niscahlen zu begegnen.

An einem ausgetrockneten See, in dessen Mitte ein kleines Eiland mit einem Hain darauf lag, hielten sie an. Bäume um sie herum waren rar geworden in den letzten Tagen.

»Lass uns die Pferde dort verstecken. Ohne sie sind wir unauffälliger und bald auch agiler.« Maró schnalzte mit der Zunge und sprengte davon. Stjerna galoppierte an und fegte hinterher. Zwischen den lichten Baumreihen zügelten sie die Tiere. Lachend saß Stjerna ab und klopfte dem Braunen den Hals.

»Ich war ganz eindeutig schneller als du!«, meinte sie ungestüm.

»Hättest du wohl gern!« Maró war ebenso außer Atem, als er vom Pferd sprang. Er pustete sich eine Strähne aus der Stirn und nahm den Kopf übertrieben hoch.

»Angeber.« Stjerna schlug spielerisch nach ihm.

»Ach, du willst Streit?« Er hielt sie fest, zog sie zu sich und küsste sie. Stjerna lehnte sich an seine Schulter. Reglos verweilten sie so. In seiner Umarmung fühlte Stjerna sich sicher und für einen Herzschlag wirkte die drohende Gefahr weit weg.

»Komm«, sagte er schließlich leise. »Ich fürchte, wir müssen weiter.«

Sie sattelten die Pferde ab, banden die Tiere an einen Baum und setzten ihren Weg zu Fuß fort. Dicht hinter dem Ufer des

Sees fiel ein Hang steil ab. Überwältigt hielt Stjerna inne. Ihnen gegenüber, etwas nach rechts versetzt, erhob sich ein felsiges Plateau, darauf eine steinerne Burg. Die Hochebene verband lediglich eine schmale Zunge mit dem Land. Umtost wurde es von blaugrünen Meeresfluten. Die Wogen rauschten leise und der Geruch von Seetang hing schwach in der Luft, Möwen kreischten.

»Imposant«, flüsterte sie und drückte Marós Hand.

»Mich beeindruckt es auch jedes Mal wieder, wenn ich … nach Hause komme.« Er neigte leicht das Haupt.

»Ein seltsames Gefühl für dich, nicht wahr?«

»Leider ja. Es ist nicht der erste Anlass, zu dem ich mich hineinschleiche wie ein Dieb. Gewöhnlich hatte ich irgendetwas angestellt, was meinen Lehrern nicht gefiel, oder war unerlaubt weg. Nie jedoch galt ich als Verräter.«

»Sie werden dich nicht ewig so sehen.«

»Das ist mein Ziel.«

Über sattes Grün näherten sie sich dem Rand des Hangs, der hinab zur blauen Weite des Wassers leitete.

»Darin sind wir uns ähnlich, nicht wahr? Wir sind beide ohne Heimat, jedenfalls vorerst. Du hast die Gaukler verlassen und Dormun noch nie gesehen und ich bin geächtet.«

»Dormun. Ich wünsche wirklich sehr, es zu sehen. Zu erfahren, wer mein Vater gewesen ist.«

»Ganz gewiss wirst du es herausfinden.«

»Außerdem, in deiner Gesellschaft ist mir jeder Ort Heimat, Maró.«

Verliebt schaute er sie an. »Das kann ich nur zurückgeben.«

In einiger Entfernung lag ein breiter Pfad, der auf der einen Seite hinab- und auf der anderen hinaufführte. Er ging direkt auf die Burg zu. Stjerna und Maró suchten sich ihren Weg abseits davon. Achtsam kletterten sie den Hang hinab. Es war schwierig, auf dem Gras nicht ins Rutschen zu geraten. Ein ums andere Mal verlor einer von ihnen den Halt. Zum Glück sorgte das Gras auch für weiche Landungen. Immer mehr Steine ragten aus der Erde, je weiter sie vordrangen. Stjerna krallte ihre Finger in Felsspalten oder um die kühlen Steine und hielt sich daran fest. Sie suchte mit den Füßen Halt, benutzte die Gesteinsbrocken als Tritt.

Zunehmend deutlicher klang die Brandung des Meeres und glitzernd erstreckte sich der Ozean bis an den Horizont.

Ruhig blieb Stjerna stehen und beschattete ihre Augen mit einer Hand. »Das Meer. Sieh nur, Maró!« Sie schloss kurz die Augen, lauschte dem Brausen und Rauschen der Wellen und atmete die feuchte Seeluft tief ein.

»Du hast es noch nie gesehen?«

»Nein, ich wollte es immer!«

»Allein dafür hat sich diese Reise doch bereits gelohnt.« Er lächelte liebevoll und streckte ihr die Hand entgegen.

»Und nun? Wir können schlecht ans Tor klopfen, oder?« Zweifelnd spähte Stjerna auf die Fluten zwischen ihnen und dem aufragenden Plateau.

»Wir warten etwas. Der Wasserstand sinkt bereits. Es gibt eine Reihe von Steinen, die mit der Ebbe gerade so ans Licht kommen. Jedenfalls wenn man weiß, wo sie sind. Über sie gelangen wir hinüber. Drüben gibt es einen Pfad, der zwischen den Felsen hinaufführt. Ich war ewig nicht mehr dort, aber wenn ich mich recht entsinne, kennen diesen Weg nur Lyrán und ich.«

»Darf ich demnach annehmen, dass du nicht unbedingt als mustergültiger Schüler gegolten hast?« Stjerna nahm auf einem Stein Platz.

Maró setzte sich neben sie. »So kannst du es wohl sagen.«

»Wie hast du gelebt? Ich meine, ich weiß, wie Menschenkinder aufwachsen. Aber ein Niscahl?«

»Mein Vater hat mich unmittelbar vor seinem Tod zur Erziehung nach Empandium geschickt. Ich war noch ziemlich jung damals. Die Niscahle werden seit Urzeiten von einer Herrin regiert. Dabara, unsere gegenwärtige Herrin, befand, ich erfülle die Kriterien, um am Hof aufzuwachsen und irgendwann einer der Krieger ihrer Garde zu werden. Ich glaube, was danach geschieht, unterscheidet sich im Grunde kaum von dem, was Menschenkinder lernen, zumindest bei Hofe. Fechten, Reiten, Lesen, Schreiben. Bei uns kommt natürlich noch magisches Wissen hinzu und wir lernen, mit unseren Fähigkeiten umzugehen.«

»Die Wächter schützen die Burg?«

»Die meisten. Hin und wieder kommt es zu Streitereien oder einige Menschen versuchen, in unser Refugium einzudringen.

Die Wächter dienen der Herrin auch als Boten und einige von ihnen schützen das Amaìn.« Er knetete seine Hände.

»Du hast Empandium folglich manchmal auch verlassen?«, wechselte Stjerna das Thema.

»In meiner Position ist es ... war es wichtig zu wissen, was in der Welt vor sich geht. Sowohl unter den übernatürlichen Geschöpfen als auch unter den Menschen. Außerdem ziehen die dunklen Gedanken der Menschen uns an. Aus gestohlenem Licht und gebrachten Albträumen speist sich die schwarze Flamme des Amaìns. Es geht nicht nur darum, es zu schützen, auch darum, es am Leben zu erhalten. Auch dafür hat die Herrin eine eigene Schar. Dämonen, deren vornehmliche Aufgabe es ist, die Welt zu durchstreifen, auf der Suche nach dunklen Gedanken.«

»Und Terba und Lyrán?«

»Mit Terba befand ich mich stets in einem ewigen Wettstreit. Wir mochten uns nie besonders. Mit Lyrán habe ich mich alsbald gut verstanden. Vermutlich weil er so ganz anders ist als alle, die in die Garde der Herrin wollten. Ihn hat derlei nie interessiert. Sein Humor und sein Verstand haben mir imponiert, schon damals. Noch ein Grund, weswegen Terba mich nicht besonders mochte, denn auch seinem Bruder ist er nicht eben nah. Er misst Mut mit einem Schwert und Lyráns Verse haben nie zu seinem Weltbild gepasst.« Maró zeigte auf eine Stelle im oberen Drittel der steilen Wand, die zum Plateau führte. »Terba hat mal versucht, ihn zu zwingen, von dort ins Meer zu springen, um seine Courage zu beweisen.«

Stjerna riss die Augen auf. »So was wäre eine absolute Narrheit. Beinahe Selbstmord.«

»Beinahe. Ich bin für ihn gesprungen.«

»Du bist was?« Fassungslos starrte sie Maró an.

Unschuldig hob er die Hände. »Zu meiner Entschuldigung: Ich war bedeutend jünger und ein Hitzkopf.«

»Irgendetwas sagt mir, du würdest es heute genauso machen.«

»Vielleicht schon. Gleichwohl war es wirklich Glück, mir nicht den Hals oder sonst was gebrochen zu haben, weil dort hinten weit weniger Felsen sind als hier. Mit allerlei Prellungen und einem verstauchten Knöchel bin ich glimpflich davongekommen. Ich konnte mich danach tagelang kaum bewegen. Zum Glück haben weder Lyrán noch Terba gesagt, was geschehen ist. Vermutlich wäre ich jetzt noch mit Strafarbeit befasst. Ein Gutes hatte es allerdings. Ich habe jenen Pfad entdeckt, der uns hinaufführen wird. Irgendwie musste ich ja wieder da hoch und ich wollte auf keinen Fall durchs Tor.«

Leise lachend schüttelte Stjerna den Kopf.

»Komm. Der Wasserstand ist flach genug. Lass uns sehen, ob es meinen Pfad noch gibt.«

Die Oberfläche einiger flacher Felsen war inzwischen sichtbar, auch wenn sie keine Handbreit aus dem Meer hinausragten und immer wieder überspült wurden. Am Ufer blieb Stjerna stehen. Sie ging in die Hocke und tauchte die Finger ins kühle Wasser, sacht wiegte es vor und zurück. Der Grund war nicht auszumachen.

»Immer schon wollte ich das Meer sehen.«

»Seine Weite ist beeindruckend, nicht wahr?«

»Atemberaubend! Zugleich hat es auch etwas Bedrohliches. Es erscheint ganz leicht, sich darin zu verlieren.«

»Gut gesagt. Obwohl ich hier aufgewachsen bin, habe ich mich an diesen Anblick nie völlig gewöhnt. Er ist immer gleich und doch jedes Mal anders.«

Stjerna stand wieder auf. Eine Möwe kreischte über ihnen und der Geruch von Salzwasser hing in der Luft. »Lyráns poetische Seite hat wohl doch auf dich abgefärbt.«

»Möglich.« Maró lachte, dann wurde seine Miene ernst. Er suchte Stjernas Zustimmung, ihre Bereitschaft mit einem Blick, ehe er den ersten Stein fixierte und hinaufsprang. Einen Moment brauchte er, um sich auszubalancieren, schließlich stand er sicher. Noch war er dicht am Ufer. Er bot Stjerna die Hand. Entschlossen griff sie danach und stieß sich ab. Sicherer, als sie gedacht hatte, landete sie neben ihm. Die Felsen waren nass und einige von leuchtend grünen Algen bewachsen. Glücklicherweise waren sie allesamt vom Wasser abgeflacht und die meisten verhältnismäßig breit. Marós violette Augen schauten fragend drein. Stjerna nickte unbeirrt.

Er setzte auf den nächsten Stein weiter. Konzentriert folgte sie ihm. Um sie herum rauschte das Wasser. Sie richtete ihre Aufmerksamkeit nicht darauf, sondern auf den jeweils nächsten Felsen, wie sie sich bewegte, wohin sie ihre Füße platzierte und wie viel Schwung sie holen musste. Auf einem der kleineren Steine rutschte sie weg. Mit einem erschrockenen Ausruf ruderte sie mit den Armen. Eilig verlagerte sie ihr Gewicht und konnte sich gerade noch rechtzeitig abstützen, ehe sie seitlich in die Fluten rutschte.

»Alles in Ordnung, Stjerna?«

»Keine Sorge, es geht mir gut.«

Einen Felsen nach dem anderen überwand sie. Als sie plötzlich festen Grund unter den Füßen spürte, verharrte sie irritiert.

Maró nickte nachdrücklich. »Das Meer ist überwunden. Einstweilen.«

Direkt vor ihnen ragten steile Klippen empor. An einigen Stellen ging es beinahe senkrecht hinauf. Von der Burg weit über ihnen konnte sie von hier unten nichts sehen. Maró brauchte einen Augenblick, um sich zu orientieren, versuchte es in verschiedenen Richtungen und trat in unterschiedlichen Positionen einige Schritte auf den Hang. Schließlich fand er den Weg. Es lagen einige kleinere Steine und etwas Geröll darauf. Verglichen mit der Umgebung war er gut zu bewältigen. In Windungen und Schlangenlinien führte der kaum sichtbare Pfad sie stetig nach oben. Je weiter sie sich vom Ufer entfernten, umso wilder wurde die See. Hörbar schlugen ihre Wogen gegen die Felsen und weiße Gischt wirbelte wild umher. An einigen Stellen mussten sie über größere Steine klettern, die offenbar von weiter oben hinabgeschlagen waren. Stjerna suchte mit den Händen nach einem sicheren Halt. Prüfend verlagerte sie ihr Gewicht und kletterte den kleinen Gesteinsberg hinauf. Auf der anderen Seite half Maró ihr hinab.

»Es sieht aus, als wäre hier wirklich lange niemand mehr gewesen.«

Stjerna bejahte und blickte hinaus zum schäumenden Meer. »Vermutlich sind die meisten anderen nicht verrückt genug, um da runterzuspringen.«

»Es war ein Stück weiter hinten, wo weniger Felsen sind«, protestierte er.

Sie grinste. »Trotzdem verrückt. Passt irgendwie zu dir.«

»Besten Dank auch. Ich glaube, Terba hat nie wirklich darauf spekuliert, Erfolg zu haben. Er wollte lediglich seinen Bruder gängeln. Schlussendlich ist Terba davongelaufen, solche Angst hat er bekommen. Lyrán hingegen hat versucht hinabzuklettern, eher schlecht als recht. Ich rechne es ihm bis heute hoch an, sich auf die Suche nach mir gemacht zu haben.«

Ein kreischender, hoher Schrei ertönte. Stjerna zuckte zusammen. Maró wirbelte herum. Hoch über dem Meer schoss etwas Imposantes heran.

»Oh, das ist nicht gut. Das ist gar nicht gut, komm!« Er griff nach Stjernas Hand und sie rannten los.

»Was ist es?«, rief sie.

»Ein Lusarma-Phönix.«

Es rauschte laut. Maró riss Stjerna zu Boden und ein Feuerstrahl schoss dicht über sie hinweg. Stjerna spürte die Hitze auf der Haut. Der Phönix schrie schrill. Sie rappelten sich auf und rannten weiter. Erneut schoss ein Flammenstrahl ihnen nach. Er färbte einen der Felsen unmittelbar in ihrer Nähe schwarz. Laut schlugen die Flügel des Tiers.

Keuchend hasteten sie über den Pfad. Der Phönix umrundete sie pfeilschnell. Kurz stand seine eindrucksvolle Gestalt mit den violett-blauen Federn senkrecht vor ihnen in der Luft und verdunkelte die Umgebung. Er öffnete den gewaltigen Schnabel und spie Feuer. Japsend hob Stjerna den Arm vors Gesicht. Maró positionierte sich mit energisch erhobenen Armen zwischen ihr und dem Phönix. Es wurde finster um sie herum und dicht vor ihm verlosch das Feuer.

»Lauf! Da vorne muss ziemlich bald der Eingang zu einer Höhle kommen.«

»Du ...«

»Feuer ist auch ein Licht. Zumindest eine Weile kann ich es mit meinen Kräften bändigen. Stjerna, lauf!«

Wütend kreischend drehte der Phönix eine Runde über ihnen. Stjerna rannte widerwillig los, die sengenden Flügel des Tiers berührten sie beinahe. Eilig zog sie den Kopf ein und Hitze streifte ihre Wangen. Maró folgte ihr ein Stück, doch das Tier griff erneut an. Stjerna duckte sich. Sie musste sich mit den Händen abstützen, um nicht ihr Gleichgewicht zu verlieren. Heiß schossen die Flammen über sie hinweg. Flink kam sie wieder hoch und stürmte weiter. Der Phönix brüllte wütend. Erneut flog er in einem Zirkel über ihren Häuptern. Diesmal näherte er sich seitlich. Plötzlich änderte er seine Richtung. Stjerna hastete aus dem Weg. Glühend streifte sie eine der Schwingen. Von der Wucht taumelte sie rückwärts. Sie geriet ins Rutschen und fiel hart auf den Rücken. Instinktiv schloss sie die Augen, während sie den Hang ein Stück hinabrollte. Hektisch suchte sie nach einem Halt. Ihre Finger glitten über raue Felsen. Endlich blieb sie liegen.

»Stjerna!«

Der Sturz hatte ihr die Luft aus den Lungen gepresst. Keuchend riss sie die Augen auf. Der Phönix schoss mit aufgerissenem Schnabel heran. Glut loderte in seinem Schlund heran. Maró sprang dazwischen, ein Stück über ihr stand er zwischen zwei Felsen, das Schwert erhoben. Er hieb nach dem Tier, welches mit wild schlagenden Flügeln abdrehte und den Dämon mit scharfen Fängen attackierte. Der Phönix war dicht über Maró, die Klauen ausgestreckt. Flammen rauschten durch die Luft. Vor Maró verglommen sie.

Stjerna stemmte sich hoch und rieb sich den schmerzenden Schädel. Feuer, Krallen und Schwingen kamen immer näher. Maró wich von den Felsen zurück auf den Pfad, der Phönix folgte ihm. Rasch klettere Stjerna wieder empor zum Pfad. Hinter ihrer Stirn dröhnte es noch, aber sie musste Maró helfen. Sein Schwert sauste durch die Luft, doch der Phönix war gewandt. In agilen Manövern wich er aus, um erneut feuerspeiend anzugreifen. Maró duckte sich tief, um dem wütenden Tier zu entgehen, die Klinge schützend über seinem Haupt. Stjerna verharrte in ihr unfreiwilliges Versteck zwischen Felsen gekauert. Irgendwie musste sie das Geschöpf ablenken! Andernfalls drohte es, Maró zu zerfetzen. Einem Impuls folgend nahm sie ihren Umhang ab. Der Phönix attackierte den Dämon wild. Maró wehrte ihn geschickt ab und mied die Fänge des Wesens mit einer schnellen Bewegung. Der Dämon strauchelte und stürzte. Sofort setzte das Tier ihm nach und ein glühend heißer Flammenstrahl schoss zu Boden. Maró rollte sich weg. Der Phönix strich dicht über ihn hinweg, rauch stieg auf, wo Feuer den Boden versengt hatte.

Stjerna rannte zu den beiden. Sie schleuderte ihren Umhang nach vorne und warf ihn auf den Leib des Phönix. Sofort loderten kleine Funken darauf und der Stoff begann zu schwelen. Wie unter einem Netz sank die Kreatur hinab, schlug hektisch mit den

Schwingen und schrie protestierend auf. Maró richtete sich eilig auf. Der Phönix war noch immer beeinträchtig von dem störenden Umhang, der auf seinem Körper lag, und versuchte mit heftigen Schlägen, den hindernden Stoff loszuwerden. Mit erhobenem Schwert stob Maró nach vorn, die glühenden Flammen aus dem Schlund des Tieres wehrte er mit der ausgestreckten Hand ab. Mit der anderen stach er energisch zu. Seine Klinge drang durch blauviolette Federn tief in die Brust des Tiers. Der Phönix kreischte auf. Irgendwie schüttelte er den halb verbrannten Umhang ab und erhob sich flatternd ein Stück weiter in die Luft. Für einen Wimpernschlag stand er völlig still, gab keinen Laut mehr von sich und verging dann in einem Funkenregen. Kurz sah Maró den feurigen Punkten nach, die zu Boden regneten, ehe er zu Stjerna stürzte.

»Bist du verletzt?«

»Nein. Nein, nicht ernsthaft. Es dreht sich nur alles noch ein wenig vor meinen Augen. Was ist mit dir?«

Behutsam hielt er sie fest. »Mir geht es gut. Dank dir. Ich weiß nicht, wie lange dieses Spiel noch zu meinen Gunsten ausgegangen wäre.«

»Die Flammen?«, fragte sie verdutzt. »Wieso konnten sie dir nichts anhaben?«

»Ich bin ein Niscahl, es liegt in meiner Macht, Licht zu stehlen. Und schlussendlich ist Feuer –«

»Licht«, beendete sie den Satz. »So muss kein Niscahl je Feuer fürchten?«

»Meine Fähigkeiten sind größer als die etlicher anderer Niscahle. Obgleich ich mich nicht auf Magie verstehe, die darüber hinausgeht. Ich fürchte, für die meisten wäre es hier nicht besonders gut ausgegangen.«

Stjerna küsste ihn. »Zum Glück bist du nicht wie die anderen. Und zwar in jeder Hinsicht.«

»Danke. Ich glaube, das kann ich so zurückgeben.« Er nahm seinen Umhang ab und legte ihn ihr über die Schultern.

»Suchen wir die Höhle.«

»Glaubst du, jemand hat etwas bemerkt?«

»Ich denke nicht. Die Klippen sind direkt von der Burg nicht einsehbar. Vermutlich wüssten wir es bereits, wenn es so wäre. Erwarten wir also das Beste.« Gedankenvoll schweifte Marós

Blick zum Meer. »Gern hätte ich ihn am Leben gelassen. Lusarma-Phönixe zeigen sich äußerst selten in besiedeltem Gebiet. Leider sind sie um einiges aggressiver als ein gewöhnlicher Phönix.«

»Ich habe nie zuvor irgendeine Art von Phönix gesehen. Aggressiv war dieser allemal.«

DREIUNDZWANZIG

Schweigsam gingen sie weiter, bis sie die Höhle erreichten. Stjerna wischte dicke Spinnenweben aus dem Weg und folgte Maró hinein. Besonders tief reichte die Felsgrotte nicht. Maró ging in die Hocke und las etwas vom Boden auf, vorsichtig wischte er den Staub herunter. Ein Pfeil und ein kleines Büchlein.

»Hier bin ich wirklich ewig nicht mehr gewesen. Lyrán und ich sind eine Zeit lang beinahe täglich hergekommen. Er hat sich in dieser Höhle gern versteckt, wenn Terba ihn allzu arg gepiesackt hat.« Den Pfeil legte er wieder hin, gedankenverloren blätterte er durch die rauschenden Seiten des Buches, ehe er es einsteckte.

»Schau mal.« Vorsichtig nahm er etwas anderes zur Hand. Er stand auf und zeigte es Stjerna. Es war eine lange violett-blaue Feder.

Sie strich sacht hinüber. Schwach gab die Feder nach und knisterte leise.

»Von dem Phönix?«

»Offenbar. Es heißt, die Federn eines Phönix tragen starke magische Kräfte in sich.« Maró drehte die Feder hin und her.

»Welche Art von Kräften?«

»Angeblich unterscheidet sich das, je nachdem wer sie trägt. Wir werden sehen.« Er steckte ihr die Feder in die Haare.

»Danke. Nur weiß ich nicht, ob Magie, ich meine, noch mehr davon ...« Zaghaft tastete sie nach der Feder.

Maró küsste sie liebevoll. »Sorg dich nicht, Stjerna. Hab Vertrauen in deine Kräfte.«

»Ich versuche es.«

»Lass uns sehen, ob wir einen Weg dorthin finden, wo die schwarze Flamme brannte, und später die Nacht hier verbringen.«

»Erinnerst du dich an den Weg?«

»Bedauerlicherweise nicht.«

»Wir werden es auch so finden«, erwiderte sie bekräftigend.

Vorsichtig schlichen sie weiter. Der steinige Pfad war anstrengend und immer wieder mussten sie über größere Felsbrocken klettern, langsam kamen sie höher und höher, immer näher an das Plateau heran. Marós Bewegungen wurden deutlich angespannter. Vor ihnen lag eine grüne Ebene, nicht allzu weit entfernt die Mauern Empandiums.

»Da wären wir also«, flüsterte Stjerna.

»Ja, da wären wir. Jetzt müssen wir nur noch einen Weg hineinfinden.«

Stjerna fragte den Dämon nicht erneut nach seinen Erinnerungen, was den richtigen Weg betraf.

»Wenn der Pfad hierhergeführt hat, so wird das sicher einen Grund haben«, überlegte er.

»Ein verborgener Eingang?«

»So was in der Richtung. Hätte ich nur daran gedacht, Lyrán danach zu fragen!« Maró schlug sich mit der Hand gegen die Stirn.

»Meinst du, wir können uns weiter vorwagen? Es sieht nicht so aus, als würde sich auf der Mauer etwas rühren.«

Maró kniff die Augen zusammen. »Vermutlich gibt es nur eine sporadische Patrouille. Wenn Gefahr drohen würde, dann eher von der anderen Seite, vom Land. Wer sollte sich ungesehen vom Wasser her nähern können?«

Stjerna lachte. »Wir.«

»Stimmt. Allerdings vermag sich kein Schiff, keine Armee unbemerkt zu nähern.«

»Hm. Du hast den Pfad entdeckt, nicht wahr? Irgendwer muss ihn einst angelegt haben. Irgendetwas wird in der Nähe verborgen sein.«

Nachdenklich nickte er. »Sehen wir nach.«

Sie tauschten einen Blick und liefen los. Eilig und geduckt hasteten sie zur Mauer. Das saftige Gras federte ihre Schritte ab. Dicht neben Maró presste Stjerna sich eng an die Mauer. Kalte Steine drückten ihr hart in den Rücken. Einen Herzschlag lang verharrten sie so. Nichts rührte sich in ihrer Nähe, also schlichen sie weiter. Aufmerksam suchten beide nach einem Hinweis, um jede Unebenheit, jede noch so schmale Spur einer Tür zu gewahren. Die Mauer beschrieb eine sanfte Rundung, hinter dieser reichte sie dicht an die steil abfallenden Klippen heran.

Blau-weiß umspülte das Meer rauschend die Felsen unter ihnen. Maró blieb stehen und trat wachsam an die Kante. Stjerna folgte ihm mit einigem Abstand.

»Wenn ich mich nur an den verfluchten Weg erinnern könnte!«, zischte er ungeduldig.

»Wir werden schon hineinkommen. Es muss dir und Lyrán ja früher auch gelungen sein.«

Seine Augen weiteten sich. »Lyrán«, sagte er leise.

Stjerna zog fragend die Stirn kraus. Maró holte das kleine Buch hervor, das er in der Höhle eingesteckt hatte. »Lyráns Geschichten, eventuell …« Er blätterte es durch. Sein Blick glitt konzentriert über die Schrift. Stjerna trat zu ihm und linste über seine Schulter. Eine elegante Handschrift, Skizzen hier und da.

»Ha!«, entfuhr es Maró und er klappte das Buch zu. Ein triumphierendes Lächeln stahl sich auf seine Lippen.

»Würdest du mir mal erklären, was los ist?«

Er hob Stjerna hoch und drehte sich einmal.

Sie lachte. »Maró, was um alles in der Welt ist in dich gefahren?«

»Es muss eine Falltür sein.«

»Bitte was?«

Er setzte sie wieder ab. Die Hände an die Schläfen gelegt atmete er tief durch. »Lyrán, er hat schon früher gern Geschichten erfunden oder weitergesponnen. In der Höhle haben wir uns Helden, Ritter und Liebespaare imaginiert. In diesem Buch.« Maró warf es einmal in die Luft und fing es geschickt wieder auf. »In diesem Buch hat er sich das ein oder andere notiert. Ich muss gestehen, ich habe ihn mitunter damit aufgezogen. Jetzt bin ich ihm mehr als dankbar. Natürlich gründeten sich unsere Fantastereien immer auf Dingen, die wir kannten.«

»Wie einer geheimen Falltür?«

»Es muss sie irgendwo hier geben. Ich habe zumindest drei Notizen entdeckt, in welchen der Held eine Mauer mithilfe einer Falltür überwindet. Das mag etwas dünn wirken …«

»Nein, gar nicht. Es ist der beste Anhaltspunkt, den wir haben. Und wenn du dir so sicher bist, dann weiß ein Teil von dir mutmaßlich, dass es stimmt.«

Umgehend machten sie sich auf die Suche. Stjerna in der einen Richtung, Maró in der anderen, wobei sie sich immer wieder nach einander umblickten. Sie wünschte sich so sehr, etwas zu finden. Sie wusste, wie wichtig es Maró war. Ein ums andere Mal ging Stjerna in die Hocke, legte eine Hand auf das kühle Gras und schloss die Augen. Jedes Mal jedoch, wenn sie den Ansatz von Magie spürte, riss sie die Augen wieder auf und erhob sich eilig. Sie wagte es nicht, ihre Kräfte zu Hilfe zu nehmen. Stattdessen ging sie weiter, den Boden aufmerksam betrachtend. Nach einem Schritt blieb sie reglos stehen. Etwas stockend ging sie mit kleinen Schritten zurück und lächelte.

»Maró!«

Er wirbelte herum und rannte zu ihr.

»Der Boden gibt nach. Ganz schwach nur, aber es ist anders als überall sonst.«

Stjerna trat zur Seite und der Dämon kniete sich hin und fuhr achtsam mit den Händen durch das Gras. Er nickte knapp, schloss die Finger um etwas und zog im nächsten Moment einen stählerneren Ring empor. Sie grinsten einander an.

Maró biss die Zähne zusammen und seine Arme zitterten, als er mit aller Kraft an dem Verschlussstück zog. Stjerna verfolgte gebannt jede Bewegung. Ganz langsam hob sich ein Teil der Grasnarbe an. Es bedeckte eine hölzerne Falltür, die Maró Stück für Stück nach oben hievte. Stjerna drückte ihre Handflächen gegen die kalte, sandige Unterseite der Tür und stemmte sich dagegen, um Maró zu helfen. Endlich, nach einigen Momenten, stand die Falltür senkrecht gegen die Mauer und Maró rieb sich die Arme. Sie knieten vor der Öffnung. Der Geruch von feuchter Erde, nassem Holz und abgestandener Luft drang heraus. Es ging nicht besonders tief herab. Eine einzelne Stufe war durch einen Holzbalken eingefasst und auch die Ecken wurden durch Balken verstärkt.

Stjerna legte ihm die Hände auf die Schultern, er seufzte. »Nervös?«, fragte sie.

Maró drehte sich zu ihr. »Um ehrlich zu sein, schon. Wer weiß, was uns auf der anderen Seite erwartet? Ob ich mich an etwas erinnern kann? Und wenn ja, woran?«

»Los geht's!« Sie küsste ihn bekräftigend auf den Scheitel.

Er legte seine Stirn gegen die ihre, dann nickte er und stieg in die Grube hinab. Sie reichte ihm gerade bis an die Hüfte. In einer fließenden Bewegung zog er sein Messer.

»Rühr dich nicht, bis ich dir ein Zeichen gebe. Unter Umständen haben sie uns doch gesehen und ein Empfangskomitee geschickt.«

Sie verdrehte die Augen.

Er wehrte mit einer Geste entschieden ab. »Stjerna, bitte. Wir müssen nicht beide unser Leben unnötig riskieren.«

»Also gut«, gab sie nach.

Er duckte sich und verschwand in der Dunkelheit. Schemenhaft nur war seine Gestalt noch zu erkennen. Ruhelos blieb Stjerna zurück. Sie musste sich beherrschen, ihm nicht auf der Stelle zu folgen. Kribbeln wirbelte durch ihr Inneres. Was würde warten auf der anderen Seite? Waren sie in Gefahr? Würde Maró endlich seine Erinnerungen finden? Was, wenn sie doch bemerkt worden waren? Was, wenn er gefasst wurde? Sie ballte die Hände zu Fäusten und zwang sich stillzustehen.

»Stjerna.«

Erleichtert atmete sie auf, als sie Marós leise Stimme vernahm. Er tauchte im Halbdunkel wieder auf. Eilig kletterte sie zu ihm hinab. In der Kälte der Grube fröstelte sie.

»Nichts hat sich auf der anderen Seite gerührt. Ich glaube, wir sind unentdeckt geblieben.«

Sie wischte sich eine Spinnenwebe aus dem Gesicht. Viel konnte sie in der Dunkelheit nicht erkennen. Nach wenigen Schritten blieb Maró stehen und stemmte die Falltür auf der anderen Seite auf, sogleich wurde es wieder deutlich heller. Stjerna folgte Maró hinaus. Vor ihnen lag ein Garten. Buchsbaumhecken grenzten Wege ab, Statuen waren auszumachen, ein Springbrunnen, in dem kein Wasser sprudelte, und ein gutes Stück von ihnen entfernt thronte die eindrucksvolle Burg. Zahlreiche Fenster waren erleuchtet, im Garten hingegen rührte sich nichts. Dicht drückten Stjerna und Maró sich an die Mauer. Etwas vor ihnen versperrte eine Begrenzung aus hohen buschigen Zypressen den Blick auf alles, was dahinterliegen mochte.

»Etwas sagt mir, dass wir dorthin müssen«, raunte Maró.

Sie huschten hinüber. Die Pflanzen warfen im heraufziehenden Abend lange Schatten.

Marós Finger zitterten leicht, als er vor der Hecke stehen blieb und die Zypressen vorsichtig auseinanderschob. Würziger

Duft ging von ihnen aus. Behutsam griff er nach Stjernas Hand und gemeinsam glitten sie durch die grüne Wand. Äste und Blätter strichen ihr leicht und sanft kitzelnd über die Haut.

Stjerna japste sprachlos, als sie auf der anderen Seite der Hecke standen. Alles war verwildert und wirkte geradezu zauberhaft. Wie ein Ort, den sie sich als Kind erträumt hatte. Das Gras hoch und von blauem Fingerhut, weißem Bärwurz, gelbem Löwenzahn und anderen Blumen und Kräutern durchzogen. Rundherum umgaben Zypressen alles, nur ein einzelnes eisernes Tor setzte sich gegen das Grün ab. Es hing leicht schief in den Angeln und Efeu berankte es. In der Mitte von allem stand ein imposanter Säulenpavillon, zu dem drei steinerne Stufen emporführten. In seiner Mitte eine gleichsam steinerne Feuerschale. Efeu umwand auch den Pavillon.

Zaghaft trat Stjerna darauf zu. »Das habe ich in meinen Visionen gesehen. Dies alles«, flüsterte sie ungläubig und streifte mit den Handflächen die wilden Blumen.

Es war seltsam, wirklich hier zu sein. Maró folgte ihr bedächtig. Am Fuße der Treppen blieben sie stehen.

»Meine Erinnerung lässt mich leider nach wie vor im Stich. Es ist alles wie von weißem Nebel umhüllt.«

»Wir sind erst einen Augenblick hier. Vielleicht braucht es seine Zeit.«

Stjerna strich ihm aufmunternd über den Arm. Dann setzte sie den Fuß auf die erste Stufe. Den mächtigen Pavillon bedeckten an einigen Stellen grünlichen Flechten, auf den Stufen fanden sich Moos und Blätter des vorigen Herbstes. Trotz des vernachlässigten Zustandes kam es ihr majestätisch vor. Sie schritt hinüber zu der Schale, aus der jemand die schwarzen Flammen gestohlen hatte. Stjerna bildete sich ein, den Rauch noch immer riechen zu können. Ehrfürchtig strich sie mit den Fingern über den kalten und etwas brüchigen Stein. Ein Blitz durchzuckte sie.

Sie stand vor einem kleinen Kessel, darin siedete Gold. Hitze prickelte auf ihrer Haut, das geschmolzene Metall vor ihr warf Blasen, die lautlos zerplatzten. Ohne ihre eigene Stimme vernehmen zu können, flüsterte sie nachdrücklich einige Worte und streute ein Pulver ins Gold. Im nächsten Atemzug stand sie vor dem Pavillon. Die Zypressenhecke war deutlich niedriger als jetzt, reichte ihr gerade bis an die Taille. Verblüfft schaute Maró sie an, der in Gesellschaft zweier anderer Dämonen war. Er kam ihr entgegen, irritiert, nicht aber feindselig. Mit einer Geste gebot er den beiden anderen, stehen zu bleiben. Kraftvoll und schwarz brannte ein Feuer in der Mitte des Pavillons. Als Maró die Treppen hinabstieg, lachte Stjerna triumphierend und kalt. Kleine, hässliche Goblins und ein rothaariger Kobold, allesamt bewaffnet mit Knüppeln, sprangen hervor.

Sie stürzten sich auf Maró. Er zog sein Schwert. Stjerna machte eine filigrane Geste und Maró wurde von einem grellen Blitz nach hinten geschleudert. Ehe er sich wieder aufrappeln konnte, sprangen zwei der Goblins auf ihn. Reglos blieb er liegen. Zufrieden besah Stjerna die Szene. Die anderen beiden Dämonen fegten mit blanken Waffen nach vorne. Schwerter klirrten, Schreie gellten, es wurde heftig gekämpft. Beinahe beiläufig diesmal wiederholte Stjerna ihren Zauber.

Die Dämonen duckten sich und die Magie traf sie nicht voll, warf sie lediglich benommen von den Beinen. Die Niscahle rappelten sich auf, so schnell sie konnten. Erneut wurden sie hart von den Goblins attackiert. Sie verteidigen sich nach Kräften, waren von der Wirkung der Magie indes sichtlich beeinträchtigt. Beide zahlten bald mit ihrem Leben. Ihr silbriges Blut benetzte die Treppenstufen.

Stjerna trat nach vorne, griff mit beiden Händen unter die Flamme und sprach einen energischen Befehl, den sie nicht vernahm. Sie spürte die Macht des Amaìns, wie ein schlagendes Herz hielt sie es in den Händen, ohne seine Hitze zu spüren. Sie hob das Feuer heraus und setzte es auf die Spitze einer Fackel. Maró schrie hinter ihr zornig auf. Sie wirbelte herum. Mühsam, von ihrer Magie sichtlich mitgenommen, stützte er sich auf die Ellenbogen. Sie gab einen weiteren Befehl und der Kobold schlug dem Dämon mit einem Knüppel hart auf den Schädel. Stöhnend fiel Maró der Länge nach hin.

Dann umfing sie ein Wald. Maró kämpfte mit zwei Goblins und dem rothaarigen Kobold. Zerrissene Stricke lagen auf der Erde. Er wehrte sich energisch, sein Schwert kämpferisch vor sich. Stjerna war zornig. Wie hatte er sich befreien können? Sie würde ihn einfach an Ort und Stelle zurücklassen. Weitere ihrer Lakaien kamen hinzu. Sie drückten Maró in eine kniende Position. Stjerna trat hinzu, in der Hand hielt sie ein kleines Gefäß, darin siedete Gold. Maró versuchte, ihr auszuweichen und seine Angreifer zu überwinden, sie verstärkten ihren Halt. Ihm in die Haare greifend riss sie sein Haupt zurück, raunte ihm etwas zu und lachte böse. Er bäumte sich auf, die anderen sprangen von ihm weg. Sogleich schoss ein goldener Blitz auf ihn und er regte sich nicht mehr. Sie tropfte Gold auf seine rechte Schulter.

Abermals stand sie in einem dunklen Wald, einem anderen jedoch als zuvor. Vor ihr, in einer kupfernen Schale, brannte die schwarze Flamme. Stjerna war zufrieden.

Damit zerbrach die Vision. Keuchend hielt Stjerna sich an der Schale fest. Ihre Knie zitterten und sie hatte ein Gefühl, als wäre sie zu lange unter Wasser gewesen.

»Stjerna!« Maró stürzte zu ihr und nahm sie behutsam an den Schultern. Ausgelaugt ging sie in die Knie. Er tat es ihr gleich.

»Ich habe alles gesehen. Es war so seltsam. Ich war es, die dir das alles zugefügt hat, zumindest in der Vision. Aber das kann doch nicht sein, oder?« Hilfesuchend schaute sie ihn an. Stjerna versuchte, ihre Erinnerungen zu ordnen. Konnte sie es wirklich gewesen sein? Trug sie an dieser ganzen Misere Schuld? Ihr Inneres zog sich schmerzhaft zusammen, als sie diese Möglichkeit abwog.

»Du hast bei den Gauklern gelebt, Stjerna. Du kannst schwerlich für jene Vorgänge verantwortlich sein.«

»Warum sah es dann so aus? Und warum konnte ich meine eigene Stimme nicht hören?«

»Kannst du es mir zeigen?«

»Wie?«

»Durch Magie. Erinnerst du dich daran, was Irior mit dir machen wollte? In deinen Geist eindringen? Wenn es ohne Gewalt geschieht –«

»Nein! Denn ich erinnere mich auch an das, was danach mit Irior geschehen ist«, wehrte sie bestimmt ab. »Was ist, wenn ich die Magie wieder nicht kontrollieren kann? Was ist, wenn es diesmal du bist, der davon *verschlungen* wird?«

»Er hat dich angegriffen, Stjerna. Deswegen haben deine Kräfte dich verteidigt. Glaub mir, dergleichen wird diesmal nicht geschehen. Ich sperre mich nicht gegen deine Macht, ich bitte dich darum.«

Sie atmete hörbar aus. »Nein, Maró. Ich fürchte mich vor dieser Macht. Weißt du noch, der feurige Geist im Wald, vor dem du mich gerettet hast? Du hast damals gesagt, er habe es mit seiner Zauberei anscheinend zu weit getrieben. Ich will nicht auch so enden. Und ich will auch nicht, dass du ...« Sie senkte den Blick.

Behutsam legte er ihr eine Hand unters Kinn und hob ihren Kopf an. »Glaub mir, Stjerna, du musst deine Kräfte nicht fürchten. Es ist keine dunkle Magie im Spiel, solange du nicht gegen meinen Willen versuchst, worum ich dich bitte. Dir wird nichts geschehen und auch mir nicht. Versuch es, ich bitte dich, lass mich sehen, was du gesehen hast.« Ein flehender Ausdruck spiegelte sich in seinen violetten Augen.

Stjerna zögerte. Sie wollte ihn nicht verletzen, aber er suchte bereits so lange nach seinen Erinnerungen, sehnte sich danach. Die Vorstellung von Irior, der rot anlief und panisch versuchte, sich aus dem Efeu zu befreien, stieg in ihr empor. Sie könnte es nicht ertragen, Maró so zu sehen, ihm Schaden zuzufügen. Der Dämon bedeutete ihr alles, sie liebte ihn von ganzem Herzen. Wie konnte sie ihn da wissentlich in Gefahr bringen? Wenn sie in der Lage wäre, ihre Kräfte einzuschätzen und zu lenken, ginge es vielleicht, was er von ihr wünschte. Aber so?

Andererseits hatte sie versprochen, ihm zu helfen. Und bedeutete Liebe nicht, füreinander da zu sein, wenn es darauf ankam? Einander beizustehen? Wenn sie darum bat, so würde er gewiss, ohne zu zögern, zur Burg gehen, an die Tür klopfen und sein Todesurteil in Empfang nehmen.

»Also gut«, gab sie seufzend nach.

»Danke.« Er küsste sie liebevoll.

Stjerna legte ihm die Hände auf die Schläfen, schloss die Augen und konzentrierte sich auf das, was sie zuvor gesehen hatte. Die Magie begann, sich in ihr zu drehen. Auf eine andere Art als zuvor spürte sie Marós Gegenwart, zog ihn mit sich in den Strudel der Vision. Sie wusste, er sah, was sie sah. Es war, als wären Raum und Zeit um sie herum verschwunden, als knieten sie an einem Ort von wogenden Nebeln umgeben, an dem nichts war außer dem, was sie in Stjernas Gedanken sahen.

Nachdem Stjerna ihre Vision ein zweites Mal vollständig durchlebt hatte, löste sie den Griff von Maró und die Gegenwart kehrte zurück. Maró stützte sich gequält auf dem kalten Steinboden ab.

»Alles in Ordnung?«, fragte Stjerna besorgt.

»Ja. Oder nein. In meinem Verstand dreht sich alles. Ich kann mich wieder erinnern. An alles, was geschehen ist.«
Stjerna strahlte ihn an und fiel ihm um den Hals. Endlich!
»Du ahnst nicht, wie sehr es mich für dich freut, Maró.«
»Danke. Noch fühlt es sich eher an, als hätte ich etwas zu viel vom Met gehabt, und alles ist seltsam verschwommen.«
»Es wird vergehen und alles wird klar werden.«
»Ich weiß.« Er zog sie enger an sich. »Danke, Stjerna. Ohne dich hätte ich es niemals so weit geschafft. Und ganz gewiss nicht meine Erinnerungen zurückerrungen«
»Gern. Ich bin froh, dass ich dir helfen konnte«, flüsterte sie und meinte es von ganzem Herzen.

Endlich, nach all dieser Zeit, nach ihrer langen Suche, hatten sie es geschafft! Sie freute sich unendlich für ihn. Und Stolz durchfloss Stjerna. Sie hatte ihr Versprechen, ihm zu helfen, eingelöst, hatte ihren Kräften vertraut und ihre Vision mit ihm geteilt. Jene Vision in der sie die Übeltäterin war. Stjerna wurde kalt. Sie löste sich von ihm und sah ihm fest in die Augen.

»Trage ich die Schuld an alldem?«, fragte sie und zeigte auf die leere Feuerschale.

»Nein.« Er legte ihr eine Hand auf die Wange »Nein, Stjerna, du kannst nichts dafür. Es war Lorana. Sie ist ein Waldgeist, wie du. Vermutlich hast du deswegen durch ihre Augen gesehen. Sie und ihr makabres Gefolge haben uns hier überrascht. Mich muss sie mitgenommen haben, nachdem ihre Magie und ihre Lakaien mich außer Gefecht gesetzt und meine Männer getötet haben.« Sein Blick wurde hart bei diesen Worten. »Ich bin irgendwann einmal in einer Kutsche erwacht, dann wieder in dem Wald. Beinahe wäre mir die Flucht gelungen, doch sie haben mich überwältigt. Sie müssen mich dortgelassen haben, bis du mich gefunden hast.« Er rieb sich abwesend die Schulter, wo Loranas Siegel gewesen war.

»Warum?«

»Wenn ich es nur wüsste. Dazu helfen mir leider auch meine Erinnerungen nicht. Ich kenne Lorana eigentlich kaum. Ihr Bruder ist mein Freund gewesen, bis er gestorben ist. Sie habe ich zuvor Jahre nicht gesehen.«

»Glaubst du, sie hat das Amaìn noch immer?«, fragte Stjerna.

»Ja und so wie sie sich gebärdet hat, ist es bei ihr nicht in guten Händen.«

»Den Eindruck habe ich auch. Ich bekam in der Vision eine Ahnung davon, was in ihr vorging, und diese Ahnung war dunkel. Weißt du, wo sie sich versteckt?«

»Nein. Ich glaube, sie hat früher in Dormun gelebt. Dort jedoch kann sie kaum mit einem fremden Amaìn aufgetaucht sein. Keine der übernatürlichen Arten würde so etwas tolerieren. Sie wird es dort nicht verstecken können, ohne zumindest die Wächter ihres eigenen Amaìns aufmerksam werden zu lassen. Gewiss würden sie die fremde Macht spüren. Außer, alle Waldgeister wollen den Niscahlen Böses, was ich mir beileibe nicht vorstellen.«

»Zuletzt war sie offenbar in einem … Maró!« Aufgeschreckt deutete Stjerna zu der schief in den Angeln hängenden Pforte, durch die sich eine Gestalt näherte.

Maró sprang auf und zog Stjerna mit sich. Sie hasteten vom Pavillon hinab und kauerten sich hinter eine der Säulen. Ein schwarzer Schleier legte sich vor Stjernas Gesichtsfeld. Maró verbarg sie beide mit seinen Kräften.

»Täuscht das auch einen anderen Niscahl?«, hauchte sie.

»Meine Macht vermag mich auch vor den Augen meinesgleichen zu verbergen.«

Die Pforte quietschte leise. Stjerna wagte kaum zu atmen und auch Maró erstarrte. Ein Niscahl stieg die Treppe empor. Er verneigte sich respektvoll vor der verwaisten Feuerschale und schritt einmal um sie herum. Obgleich Stjerna ihn noch nie gesehen hatte, war die Ähnlichkeit mit seinem Bruder frappierend. Die schwarze Haut, die rubinroten Augen, die Art, wie er sich bewegte. Es konnte nur Terba sein!

Er blieb stehen und schaute gedankenvoll gen Himmel. Stjerna spürte, wie Maró sich hinter ihr rührte. Der schwarze Schleier um sie herum verschwand.

VIERUNDZWANZIG

»T–«

»Bist du wahnsinnig?«, zischte Stjerna und hielt Maró eilig den Mund zu.

Terba wirbelte herum.

Der dunkle Schleier umhüllte sie erneut, trotzdem schritt Terba mit der Hand auf dem Heft seines Schwertes in ihre Richtung. Stjerna drückte sich enger an Maró. Wachsam schritt Terba die Stufen hinab. An deren Fuß verharrte er kurz, bis er weiterging und ihnen direkt gegenüber zum Stehen kam. Die Augen zusammenkneifend streckte er tastend die Hand aus. Stjernas Finger zitterten, sie wagte nicht, sich zu rühren, eine Hand presste sie noch immer fest auf Marós Mund, dessen Körper geradezu vibrierte. Dicht neben ihr griff Terba ins Leere. Sie spürte den schwachen Lufthauch seiner Bewegung an ihrem Ohr. Mit krausgezogener Stirn nahm er den Arm runter und legte den Kopf schräg. Er ging einige Schritte rückwärts, drehte sich um und betrat noch einmal den Pavillon. Skeptisch besah er die Feuerschale, schüttelte zweiflerisch das Haupt und spähte erneut umher. Endlich setzte er sich in Bewegung zur Pforte. Stjerna biss sich auf die Lippe. Zweifelnd blieb Terba noch einmal stehen, machte wieder einige Schritte in ihre Richtung, ehe er sich doch umwandte und ging.

Erst als das Quietschen des Tores bereits eine Weile verhallt und von Terbas Gestalt nichts mehr zu sehen war, sprang Stjerna auf und wirbelte herum. Maró stand direkt vor ihr. Sie stieß ihn hart gegen die Brust. »Hast du den Verstand verloren?«, fauchte sie.

Er hob beschwichtigend die Hände. »Ich dachte, womöglich jetzt, da ich mich erinnern kann –«

»Würde er dir glauben?«

»Ja.«

»Himmel, Maró!« Stjerna raufte sich durch die Haare. »Warum sollte er dir deine Erinnerungen denn mehr glauben als jede andere Geschichte, die du ihm erzählst? Du hast doch gehört, was Lyrán gesagt hat.«

Er stellte sich breitbeinig hin. »Hast du irgendeine Ahnung, wie es sich anfühlt, als Verräter zu gelten? Fremd zu sein in der eigenen Heimat? Sich wie ein Dieb durch die Hintertür hineinschleichen zu müssen?«

»Nein! Nur musst du deswegen dein Leben, und meines auch, wohlgemerkt, aufs Spiel setzen? Was, glaubst du, hätte er mit uns gemacht? Meinst du, jemand in der Burg würde uns mit Begeisterung willkommen heißen? Oder hättest du mit ihm gekämpft und diesen Ort mit noch mehr Blut befleckt?« Ihre Stirn berührte die seine beinahe.

»Ich weiß es auch nicht, verflucht! Ich dachte einfach –«

»Nein, gedacht hast du wirklich nicht.«

Er funkelte sie an. »Wag es nicht ...«

Stolz richtete Stjerna sich auf. »Was? Dir meine Meinung zu sagen? Erinnere dich an unsere erste Begegnung, Maró! Da habe ich mich dir auch widersetzt, Drohungen hin oder her!«

»Du weißt nichts von alldem hier! Was es bedeutet, was ich verloren habe!«

»Und was verliere ich, wenn Terba uns findet? Mein Leben? Dich? Beides? Wenn du auch mit deinen Erinnerungen noch der bist, den ich kenne und liebe, dann riskiere das nicht alles!«

»Stjerna, ich ...« Maró schnaubte und trat leicht zurück. »Ist es nicht ohnehin jetzt einerlei? Er ist weg.«

»Ich hoffe, das bleibt er auch.«

»Schon gut. Lass uns auch verschwinden.«

Eilig machten sie sich auf dem Weg wieder davon, den sie auch gekommen waren. Sorgsam verschloss Maró die beiden Falltüren. Der Pfad den Hang hinab bis zu der Höhle erforderte ihre ganze Aufmerksamkeit. Es wurde zusehends dunkler und gefährlicher. Keiner von beiden sprach ein Wort auf dem Rückweg. Stjerna atmete auf, als sie endlich in der Felsgrotte verschwanden.

Mit einem zornigen Zischen verzog sich Maró in eine Ecke. Gereizt blieb Stjerna am Eingang gelehnt stehen. Was war nur in ihn gefahren? Leise rauschte das Meer, der schwache Windhauch, der sie streifte, trug dessen Duft in sich. Über ihr wurden die Sterne immer unzähliger und leuchtender. Sie gab sich einen Ruck, drehte sich um und trat zu Maró. Mit einem Pfeil kratzte er auf dem Boden herum.

»Was um alles in der Welt macht dich nur so wütend?«, fragte sie.

Unwillig blickte er auf. »Ich mich selbst, fürchte ich.«

»Wie darf ich das verstehen?«

»Ein Verräter bin ich zugegebenermaßen nicht im eigentlichen Sinne, verhindern können hätte ich dies alles doch. Niemandem ist es gestattet, sich diesem Ort, dem Amaìn, ungefragt zu nähern. Es ist beim Tode untersagt. Hätte ich meine Pflicht getan!«

»Und Lorana getötet?«

»Statt herausfinden zu wollen, warum sie da ist.«

Stjerna lachte unfroh. »Wirfst du es dir ernsthaft vor, dass du abwägend reagiert hast? Mit deinem Verstand anstelle deines Schwerts?«

»Mein Verstand hat uns leider das Amaìn gekostet und bedroht die Existenz meines Volkes. Terba wäre so was sicher nicht passiert.«

Stjerna ging in die Hocke. »In Terba hätte ich mich wahrscheinlich auch nicht verliebt.«

Maró zog eine Braue hoch. »Wahrscheinlich?«

Diesmal lachte sie ein echtes Lachen.

Er zog sie zu sich und küsste sie. »Du zweifelst nicht daran, oder? An meiner Liebe zu dir?«

»Nein.« Sie legte ihre Hand auf sein Herz. »Nein, Maró, nicht eine Sekunde.« Sie lehnte sich gegen ihn und schweigend beobachteten sie jenes Stück des mit glitzernden Sternen gesäumten Himmels, welches sie von ihrer Position erspähen konnte. Maró hatte sein Schwert griffbereit neben sich liegen, nichts jedoch deutete auf ungebetene Besucher hin. Stjerna wusste, Maró würde die gesamte Nacht über wachsam bleiben. Sie versuchte, ihn dazu zu überreden, ihr etwas von der Wache abzugeben, doch das lehnte er jedes Mal entschieden ab. Vermutlich brauchte er diese Nacht, um seine Gedanken und Gefühle zu entwirren. Seinen Arm um sich spürend gab Stjerna schließlich dem Schlaf nach.

***

Am folgenden Tag fanden sie ihre Pferde dort, wo sie die Tiere zurückgelassen hatten. Noch immer deutete nichts darauf hin, dass ihr ungebetener Besuch in Empandium bemerkt worden war. Dennoch beeilten sie sich, von dort fortzukommen.

Als sie den Weg in Richtung Octulara einschlugen, verschwamm bald das Grün der Landschaft, wie Farben im Wasser mischten sich immer mehr rötliche Nuancen hinein. Sie tauchten in ein Meer aus blühender Heide ein. Violett-rotes Kraut bedeckte alles und verströmte einen lieblichen Duft. Hier und da zerschnitten Birken, hohe Büsche oder struppige Tannengewächse die Szenerie. Auch blaue Flüsse oder kleine Teiche fanden sich. Stjernas Antlitz war darin von den inzwischen vertrauten Blüten umgeben, seit einer Weile waren es beständig Kornblumen, die sie krönten, wenn sie sich in spiegelnden Gewässern anblickte.

»Ich bin gespannt, was für einen Anhaltspunkt wir finden werden. Und ob überhaupt«, sann Maró.

»Wir wissen immerhin, dass sie durch den Wald gekommen sein muss, wo ich dich entdeckte habe.«

»Stimmt. Ich möchte mir gar nicht ausmalen, was geschehen wäre, wenn du nicht Notiz von mir genommen hättest.«

»Ganz ist mir immer noch nicht klar, wie ich den Bann lösen konnte. Andererseits wusste ich ja nichts von meinen Kräften. Hast du eine Ahnung, warum Lorana dich dort zurückgelassen haben könnte? Immerhin hätte sie dich ja auch töten können.«

»Die Frage habe ich mir auch schon gestellt. Ich habe absolut keine Idee, was sie damit bezwecken wollte. Vielleicht um zu verhindern, dass ich mich noch einmal wehre? Als Warnung für die anderen Niscahle? Obgleich der Ort nicht unbedingt oft besucht gewesen zu sein scheint.« Maró hob ratlos die Schultern.

»Erinnerst du dich eigentlich an irgendetwas? Ich meine, aus den zwei Jahren als Statue?«

»Es ist seltsam. Hin und wieder meine ich, da sei Erinnerung, lediglich keine klare. Mehr wie die verschwommenen Bilder eines marternden Fiebertraumes. Ich war in jedem Fall ziemlich verwirrt, als ich wieder zu mir gekommen bin. Noch dazu als Mensch.« Er schüttelte sich unbehaglich.

»Wenn wir Lorana finden, werden wir sicher auch herausfinden, was es damit auf sich hatte.«

Sie ließen ihre Pferde eine härtere Gangart anschlagen. Es gefiel Stjerna, durch die weite Heidelandschaft zu reiten. Unterdessen wurde ihr auch zusehends bewusster, dass sie sich einer gefährlichen Feindin näherten.

Nach einer Weile nickte Maró fragend zu einer Reihe schattenspendender Wacholderbüsche etwas vor ihnen. Stjerna bejahte, sie waren lange geritten und eine Pause war ihr willkommen. Die beiden zügelten ihre Pferde und saßen ab, gemächlich gingen sie am Wacholder entlang, um einen guten Rastplatz zu finden. Plötzlich knackte hinter den Büschen etwas und Stimmen ertönten.

»Sag sofort, was du weißt!«, befahl jemand irgendwo jenseits des Grün.

»Nichts weiß ich. Woher sollte ich auch?!«, antwortete ein anderer.

Stjerna und Maró hielten inne und lauschten gespannt. Die Pferde loslassend schlichen sie dichter an den Ursprungsort des Gespräches heran.

»Du hast dich doch in Misúl herumgetrieben, oder nicht? Es gibt Beschreibungen von einem anderen Niscahl, der dort war.«

»Es gibt etliche Niscahle außerhalb von Empandium und es steht ihnen in Mecanaé frei zu gehen, wohin es ihnen beliebt.«

Stjerna schnappte nach Luft, als sie die Stimme erkannte. Maró zog sein Schwert und verschwand mit einem Sprung in der dunkelgrünen Hecke. Eilig folgte Stjerna ihm und schob energisch den struppigen Wacholder auseinander. Lyrán kniete auf der Erde. Drei Niscahle standen mit gezückten Waffen vor ihm, ein weiterer hielt sich hinter ihm und drückte ihn zu Boden. Seine Mandoline lag auf der Erde. Einer der Niscahle hatte den Fuß daraufgesetzt.

»Bloß sehen nicht alle von ihnen aus wie dein Freund Maró.«

»Wenn du mit mir sprechen willst, Drawen, gern! Aber lass Lyrán los. Augenblicklich!« Wie aus dem Nichts war Maró aufgetaucht und funkelte den anderen Dämon zornerfüllt an. Drawen zuckte zusammen, behielt seine Position jedoch bei. Einer der anderen drei Dämonen wich erschrocken einen Schritt zurück. Lyrán nutzte den Moment, griff eilig nach seiner

Mandoline. Energisch trat Drawen zu. Lyrán stöhnte, Holz zersplitterte und die Saiten rissen knallend.

»Es reicht, Drawen!«, fauchte Maró.

Wie von einer unsichtbaren Barriere zurückgehalten blieb Stjerna mitten in der Bewegung stehen. So kalt hatte sie Marós Stimme noch nie vernommen.

»Da haben wir ihn ja, den Verräter selbst. Und du wolltest von nichts wissen, elender Hund.« Der Niscahl spukte in Lyráns Richtung.

»Sag das noch mal.« Marós Stimme war leise, aber drohend wie nie.

»Was? ›Verräter‹ zu dir oder ›elender Hund‹ zu ihm?« Drawen funkelte ihn geringschätzig an und gab gleichzeitig seinen Männern ein Zeichen. Mit gezogenen Schwertern stürmten die Niscahle auf Maró zu. Erhobenen Hauptes stand dieser stolz da und rührte sich nicht. Stjerna keuchte erschrocken, als es schlagartig stockfinster um sie herum wurde. Sie konnte die Hand vor Augen nicht sehen.

»Glaubt ihr ehrlich, mich herausfordern zu können?«, rief Maró stolz. »Meint ihr, eure Macht reicht, um es mit mir aufzunehmen?«

Stahl schlug auf Stahl, einer der Niscahle schrie auf und fiel mit einem dumpfen Geräusch zu Boden. Marós Augen glühten in der Dunkelheit verwegen wie zwei violette Kohlen. Erneut klirrten die Waffen.

Maró lachte finster. »Haltet mich, für was ihr wollt, ein Verräter bin ich nicht. Lorana hat unser Amaìn gestohlen. Geht und sagt Terba das. Wenn er etwas tun will, dann soll er aufhören, seine Lakaien seinem Bruder und mir nachstellen zu lassen, und sich stattdessen auf einen Kampf vorbereiten.«

»Lügner!« Der Ausruf ging in einem Stöhnen unter.

»Du vergisst, dass ich in meiner eigenen Dunkelheit immer noch sehen kann. Im Gegensatz zu dir, Drawen! Und jetzt nimm deine Konsorten und scher dich von hier fort, ehe meine Laune wirklich schlecht wird.«

Der andere Niscahl ächzte auf. Einen Herzschlag lang herrschte Stille, bis die Geräusche der davonstürmenden Niscahle sie zerriss. Sie strauchelten und fluchten, ihre Schritte entfernten sich. Als die Dunkelheit verschwand, waren die vier schon ein gutes Stück entfernt. Stjerna stürzte zu Lyrán. Er hielt sich die linke Hand. Die ramponierte Mandoline lag vor ihm.

»Auf das Wort ›Verräter‹ reagiert er immer noch nicht so gut, was?«

Stjerna lachte. »Nein, in der Tat nicht. Wenn jemand seine Freunde bedroht, geht es ihm allerdings auch gegen den Strich. Bist du verletzt?« Behutsam nahm sie seine Hand. Lyrán zuckte zusammen und verbiss sich ein Stöhnen.

Maró eilte zu ihnen und ging vor seinem Freund in die Hocke.

»Meinen Dank. Sehr eindrucksvoll übrigens. Ich bin froh, dass du keinen von ihnen umgebracht hast. Hast du doch nicht, oder?«, fragte Lyrán.

»Drawen hat einen ganz kleinen Schnitt als Lektion erhalten, um ihm bewusst zu machen, wie ernst ich es meine. Was ist mit dir? Alles in Ordnung?«

»Ich fürchte, meine Hand wird ein paar Tage brauchen, um sie zu erholen.« Er seufzte traurig. »Die Mandoline hingegen ist wohl nicht mehr zu retten. Schade.« Liebevoll strich er darüber.

»Es tut mir leid, Lyrán.«

»Es ist nicht deine Schuld, Maró. Außerdem habe ich Stjerna bereits vermisst.« Er küsste ihr die Hand.

»Ich freue mich auch, dich wiederzusehen«, entgegnete sie mit einem warmen Lächeln.

Mit Marós Messer schnitt sie etwas von dessen Umhang ab und legte Lyráns Hand in eine Schlinge.

»Lass uns zusehen, ob wir etwas Wasser finden und die Verletzung kühlen können«, schlug Stjerna vor.

»Ich werde es überleben. Es dürfte auch nicht mehr weit sein nach Octulara. Mein Pferd treibt sich hier auch irgendwo herum.« Lyrán stieß einen kunstvollen Pfiff aus. Nur wenig später trabte ein kleiner, aber eleganter Falbe heran. »Er hat die Auseinandersetzung gescheut. Wer will es ihm verübeln?«

»Kannst du weiter?«, fragte Maró sorgenvoll.

»Keine Sorge, großer Krieger. Ich mag nicht deine Fähigkeiten haben, aus Glas bin ich allerdings auch nicht geschaffen.«

»Dein Sarkasmus funktioniert ja noch. So schlecht kann es dir also nicht gehen.« Maró lächelte und stand auf.

»Stjerna, dürfte ich einmal mehr deine Hilfe beanspruchen?«
Lyrán deutete neben sich, wo sein zerbrochener Stock lag.

»Lyrán, du darfst meine Hilfe jederzeit beanspruchen.« Sie half ihm auf die Beine und auf ihren Arm gestützt hinkte er zu seinem Pferd. Einem leisen Kommando seines Herren folgend legte das Tier sich hin und Lyrán saß auf. Stjerna sah ihn entgeistert an. »Gibt es auch Dinge, die du nicht beherrschst?«

»So etwas, liebe Stjerna, verraten Künstler niemals.«

»Vergiss nicht, dass sie den besten Freund des Künstlers recht gut kennt. Also benimm dich, sonst verrät er es ihr ganz sicher.« Maró führte ihre Pferde am Zügel.

»Ich jedenfalls muss mein Pferd nicht umständlich selbst einfangen«, scherzte Lyrán.

Maró lachte und saß auf, Stjerna ebenso. Zu dritt setzten sie ihren Weg fort. Sie beeilten sich wegzukommen, ehe die anderen Niscahle es sich überlegten und doch noch einmal zurückkehrten. Offenbar hatten sie von Marós Anwesenheit in Misúl erfahren. Drawen schien nicht sonderlich gut auf Maró zu sprechen zu sein, so war es wohl nur eine Frage der Zeit, bis er mit mehr dämonischer Gesellschaft aus Empandium wieder auftauchen würde.

Recht bald kam ein kleines Dorf in Sicht. Schafe weideten vor niedrigen Holzhäusern, deren spitze Reetdächer an den Seiten tief hinabreichten. Es waren nur wenige Gebäude. Sandige Pfade führten zwischen diesen entlang, in der Mitte ein kleiner Dorfplatz mit einem Brunnen. Einige Menschen eilten geschäftig hin und her.

»Du bist sicher, zu diesem Ort zu wollen?« Lyrán zog zweifelnd die Brauen zusammen.

»Es heißt, Octulara verberge einen großen Schatz an Wissen.«

»Dann ist er gut verborgen. Ich sehe nur, bitte verzeiht, Bauern.«

»Ob es klug ist hineinzureiten und nachzufragen?«, dachte Stjerna laut.

»Du kannst es versuchen. Aber sicher nicht mit zwei Dämonen an deiner Seite«, gab Lyrán zu bedenken.

»Die Frage ist, ob diese Menschen überhaupt etwas wissen«, wandte Maró ein.

»Du meinst, es gibt hier einen Ort, den sie nicht kennen?«, fragte Stjerna irritiert.

»Es ist doch auf weiter Flur nichts zu sehen.«

»Das, mein lieber Lyrán, ist doch gewöhnlich auch der Zweck eines Versteckes«, sagte Maró.

»Touché. Du könntest recht haben. Menschen und Übernatürliches in dieser Region haben sich auseinandergelebt, anders als in Misúl. Octulara ist alt, sofern es wirklich existiert. Es mag also durchaus sein, dass die Bauern nahe einem verborgenen Ort leben, ohne es zu wissen.«

»Lasst uns sehen, ob wir etwas entdecken.« Stjerna schnalzte mit der Zunge und wendete ihr Pferd.

Im Schritt ritten sie an dem Dorf entlang, hielten dabei einen festen Abstand dazu. In einem Pferch standen Kühe, Kinder rannten lachend einem Hund nach und eine Frau trieb Gänse in einen Stall. Von irgendetwas Ungewöhnlichem keine Spur. Stjerna wägte ihre Optionen ab. Schließlich schloss sie die Augen und ließ ihren Geist nach Magie suchen. Ganz schwach, flatternd wie ein Blatt im Wind, meinte sie, etwas entdeckt zu haben.

»Dort.« Stjerna hielt an und zeigte nach links. »Seht ihr den Brunnen?«

Lyrán beschattete die Augen mit seiner unverletzten Hand.

»In dem Dorf stand auch ein Brunnen. Außerdem waren Flüsse in der Nähe«, erklärte Stjerna.

»Du meinst, der Brunnen verbirgt, was wir suchen?«, fragte Maró.

»Immerhin ist er etwas entfernt von dem Dorf und es gibt keinen Pfad, der so aussieht, als würde jemand aus dem Dorf ihn regelmäßig aufsuchen. Außerdem fühlt es sich … richtig an. Magisch.«

»Sehen wir nach.« Lyrán setzte seinen Falben in Bewegung. Stjerna und Maró folgten ihm. An dem Brunnen saßen sie ab. Etwas zögerlich spähte Stjerna hinein. Am Grund des gemauerten Schachts stand etwas bräunlich aussehendes Wasser.

»Irgendwas sagt mir, wir sind richtig. Auch wenn es nicht unbedingt danach aussieht«, mutmaßte Lyrán.

»Hm. Das Gefühl habe ich auch.«

»Ich ebenso. Etwas geht davon aus und wenn wir alle drei es wahrnehmen, muss es Magie sein. Die Frage ist nur, was machen wir jetzt?«, fragte Maró in die Runde.

»Meine Kräfte werden auf keinen Fall etwas bezwecken können, weil ich mich nie damit befasst habe, sie zu steigern. Aber du hast doch vorhin recht eindrucksvoll deine Macht bewiesen, als du meine unfreiwilligen Gesellschafter verscheucht hast.«

»Meine Fähigkeiten können nur Dunkelheit bringen und Albträume heraufbeschwören. Gewiss besser als zahlreiche andere Niscahle, wie uns das hier von Nutzen sein sollte, weiß ich nicht. Es ist Magie gefragt, die naturgegebene Kräfte übersteigen.«

Stjerna machte einen Schritt zurück, als sie den Blick der beiden spürte. »Was seht ihr mich so an? Soll ich Efeu um den Brunnen winden?«

»Deine Fähigkeiten sind weit größer als die meinen und auch als die eines gewöhnlichen Waldgeists. Wer immer deine Ahnen sind, sie haben über starke Magie verfügt.«

»Einen derartigen Zauber? Ich weiß nicht, wie ich es anstellen soll, Maró.« Sie fuhr sich durch die Haare. Ihre Fingerspitzen ertasteten etwas, das weich nachgab und dessen Präsenz sie bereits vergessen hatte. Plötzlich lächelte sie verschmitzt.

»Ist der Zauber dir schlagartig in den Sinn gekommen?« Lyrán legte den Kopf schief.

»So ähnlich.« Stjerna zog die blau-violett schimmernde Phönixfeder aus ihrem Haar. Bedächtig strich sie mit den Fingern darüber. Dann streifte sie mit der Feder den Rand des Brunnes und konzentrierte sich ganz darauf, ihn sein Geheimnis enthüllen zu lassen. Sie spürte Magie, die sich in der Feder regte und die aus ihren Fingerspitzen floss. Die magischen Ströme vereinigten sich zu einer Einheit, es war, als stünde Stjerna in einem Fluss, der sie kraftvoll umspülte. Ein feiner Funkenregen ging von der Feder aus. In einem Bogen flogen glühende Punkte in die Luft, um sich bedächtig in den Brunnen zu senken. Kurz bevor sie darin verschwanden, wandelte sich die Farbe von einem feurigen Glühen zu schimmerndem Violett und Blau.

Sogleich lief ein Flimmern durchs Innere des Brunnens und wie geräuschloser Donner erbebte das ganze Bauwerk einmal, ohne jedoch spürbar zu sein. Das Wasser sank tiefer nach unten, die Wände dehnten sich zu den Seiten und drehten sich lautlos auf wie eine Spirale. Ein breiter Gang wurde sichtbar, der sich schneckenförmig hinabwandte, auf Säulen gestützte Rundbögen grenzten ihn ab und gaben den Blick auf flache, in die Tiefe leitende Stufen frei.

Obgleich sie keine Bewegung spürte, hielt Stjerna sich am Rand des Brunnens fest, wie um ihr Gleichgewicht zu halten, und machte große Augen. »Unglaublich!«, wisperte sie.

Maró legte die Arme um sie. »Was würde ich nur ohne dich anfangen?« Er küsste sie auf die Wange.

Lyrán rieb sich mit heiterer Miene die Stirn. »Absolut außergewöhnlich! Welch ein Schauspiel! Nach ein paar Tagen mit euch habe ich über Jahre Geschichten für meine Lieder! Wir sollten öfter zusammen reisen!«

Stjerna steckte sich grinsend die Feder wieder in die Haare.

»Schauen wir mal, was uns dort erwartet. Aber mit Vorsicht«, mahnte Maró.

FÜNFUNDZWANZIG

Maró nahm sein Pferd am Zügel. Stjerna bot Lyrán den Arm und führte ihr Ross gleichfalls am losen Zügel. Der Falbe folgte ihnen so. Direkt neben dem Brunnen war eine breite Rampe erschienen, die sie auf den spiralförmigen Gang führte. Die hellgrauen Stufen waren so breit und flach, dass sie für die Pferde kein Problem bargen. Laut klapperten die Hufe auf dem steinernen Boden. Stjerna fröstelte. Es war auf dem Gang deutlich kühler als draußen. Moos und Weinranken bedeckten große Teile der aus rohem Feststein bestehenden Wände. Obgleich sie hinabwandelten, verweilte das Tageslicht bei ihnen und erhellte den Weg. Immer wieder warfen sie einander Blicke zu, doch keiner sprach ein Wort.

Nach einigen Momenten blieb Maró stehen, ruhig, doch bestimmt legte er die Hand ans Heft seines Schwerts. Hufschläge näherten sich und ein Zentaur kam ihnen entgegen. Stjerna ließ die Zügel ihres Rosses los und trat mit Lyrán neben Maró. Dieser stand kerzengerade da, bereit zum Sprung, falls es nötig sein sollte. Auch der Spielmann an ihrer Seite war wachsam und sein Leib gespannt.

Der Zentaur blieb ein Stück vor ihnen entfernt stehen. In der rechten hielt er einen kurzen Speer. Sein hellbrauner Schweif schlug hin und her, sie musterten einander. Maró deutete eine Verbeugung an. Die hellgrünen Augen des Zentauren ruhten einen Moment auf dem Dämon, dann erwiderte er den Gruß.

»Guten Abend. Darf ich fragen, wer ihr seid und was euch herführt? Gemeinhin wissen wir es, wenn mit Gästen zu rechnen ist.«

»Verzeih. Mein Name ist Maró, dies sind Stjerna und Lyrán.«

»Uns war nicht ganz klar, wie wir an diesen Ort gelangen können. Es sind keine bösen Absichten, die uns leiten«, erklärte Stjerna.

Der Zentaur musterte sie abwägend. »Mein Name ist Bragan. Was ist es denn, das euch an diesen Ort bringt?«

»Die Suche nach Informationen.«

Bragan schmunzelte. »Du bist der Spielmann, nicht wahr? Von dem in Misúl so wohlwollend gesprochen wird.«

»Nicht nur da, will ich hoffen.« Lyrán klang beinahe empört. Maró wandte sich mit halbherzigem Kopfschütteln seinem Freund zu. Stjerna konnte nur mit Mühe ihr Lachen zurückhalten und auch Bragan lächelte mild.

»Nun gut. Ich glaube euch, bitte folgt mir.«

Maró entspannte sich etwas und löste den Griff vom Schwert. Ein Stück hinter Bragan gingen sie weiter hinab. Drei Kobolde tauchten auf, die ihnen die Pferde abnahmen. Marós Blick glitt wachsam hin und her. Stjerna konnte sich an der seltsamen Stiege, auf der sie gingen, nicht sattsehen. Immer weiter folgten sie der Spirale in weiten Zirkeln nach unten. Rechterhand gingen große Türen ab, allesamt aus massivem Holz und mit Eisenbeschlägen. Einige davon waren geöffnet. Sie gaben den Blick frei auf hellbraune Gewölbe, die von Fackelschein in warmes Licht getaucht wurden. Zentauren, Menschen und Kobolde waren zu erspähen. Gesprächsfetzen und Lachen drangen heraus. Ein ums andere Mal mussten Maró und Lyrán sanft an Stjerna zupfen, damit sie nicht stehen blieb, um das Geschehen eingehender zu betrachten.

»Auf diese Art zu leben hält uns vor unliebsamer Aufmerksamkeit verborgen«, erklärte Bragan, der Stjernas Neugier bemerkt hatte.

»Ihr verbergt euch vor den Menschen?«, fragte sie interessiert.

»Seit Ewigkeiten schon. Besonders seit sie auch in dieses Gebiet gekommen sind. Ihr werdet das Dorf schwerlich übersehen haben. Dieser Ort, der darunter besteht, ist sehr alt. Geschaffen haben ihn Zwerge auf der Suche nach Opalen. Ihnen verdanken wir auch schier unglaubliche Lichtschächte und ein ausgeklügeltes Belüftungssystem. Beides zusammen ermöglicht es erst, hier zu leben. Als sie nichts mehr fanden und den Stollen aufgaben, begannen andere Wesen des Übernatürlichen, sich anzusiedeln. Nach und nach wurde in Octulara Wissen zusammengetragen. Nicht so umfangreich wie in Misúl, dafür etwas spezialisierter.«

»Magie«, stellte Maró fest.

»Größtenteils. Deshalb kommen auch immer wieder Menschen an diesen Ort. Diejenigen, die Zauberei und Übernatürliches nicht fürchten. Früher war der Eingang unverborgen. Er stand offen und hatte einen hohen, efeuberankten Rundbogen als Einlass. Wächter standen dort und Reisende kamen häufig und freundlich gesinnt her. Dies allerdings liegt lange zurück und auch ich kenne es lediglich aus Geschichten. Inzwischen ist ein bisschen Geheimnistuerei sicherer für unsere Gemeinschaft.« Er zuckte die Schultern.

Bragan führte sie ins Innere der Gewölbe. Es wechselten sich verzweigte Gänge und große Hallen ab. Hin und wieder nickte jemand dem Zentauren freundlich zu oder spähte ihnen verstohlen hinterher. Lyrán sah sich begeistert um, ein feines Lächeln auf seinen Lippen. An den Wänden waren kunstvoll gemeißelte Reliefs, die für jeweils einen Abschnitt eine andere Art von rankenden Pflanzen oder agil dahinjagenden Tieren zeigten. Dann und wann nahmen verschlungene Runen große Flächen ein und in filigran geschmiedeten Halterungen brannten Fackeln.

Ihre Schritte und Bragans Hufe hallten auf dem steinernen Boden, auf dem sich in regelmäßigen Abschnitten eine andere Art von Stein, grün-schwarz schillernd, in der Form eines Diamanten, völlig natürlich einfügte. Es musste die meistervolle Arbeit der Zwerge sein, von der Bragan zuvor gesprochen hatte. Der Zentaur brachte sie in eine große Halle, deren Decke sich roh behauen über ihnen wölbte und von dem mächtigen Kronleuchter hinabhingen. An einigen hohen Tischen standen Zentauren, um andere saßen Menschen. Es wurde geredet und gelacht. Am Ende der Halle, hinter einem hohen Pult, stand eine Zentaurin. Sie schrieb mit einer goldenen Feder etwas auf ein cremefarbenes Stück Pergament nieder. Ihr blondes Haar trug sie hochgesteckt und ihr menschlicher Leib in eine elegante Tunika gekleidet, die ebenso weiß war wie ihr Pferdekörper.

»Herrin Orina.« Bragan verneigte sich.

Mit bernsteinfarbenen Augen sah sie auf. »Ah, Bragan. Wie ich sehe, hast du unsere unangekündigten Besucher als vertrauenswürdig eingestuft.«

»Verzeiht, wenn wir die Gesetze verletzt haben. Niemand von uns war je an diesem Ort und wir konnten die Menschen schwerlich um Rat fragen«, erläuterte Maró.

»Wohl wahr. Zwei Niscahle und ein Waldgeist. Ein seltener Anblick. Doch seid willkommen. Ich vertraue dem Urteil meines Hauptmanns.«

»Danke«, erwiderte Maró und stellte sich und die anderen vor.

»Die Suche nach Wissen führt euch zu uns?« Orina hatte eine angenehm weiche Stimme und sprach leise.

»In der Tat. Jedoch gibt es vorher Wesentlicheres zu tun, Lyrán ist verletzt.«

Orina nickte und winkte einer anderen Zentaurin. »Dara, sei so gut und sieh nach den Wunden des Spielmanns. Wenn es ihm nicht zu schlecht geht, gewährt er uns eventuell eine Kostprobe seiner hoch gerühmten Kunst.«

Maró blickte sich mit zusammengezogenen Brauen um. Stjerna wusste, es missfiel ihm, seinen Freund an einem ihm unbekannten Ort und in fremder Gesellschaft aus den Augen zu lassen.

»Sei unbesorgt, niemand führt Böses im Schilde. Ich hoffe, dies gilt für euch gleichermaßen, denn auch wenn es zunächst nicht den Anschein haben mag, wir wissen uns zu verteidigen.«

»Von uns droht euch keine Gefahr. Gebt uns einige Tage und wir sind wieder weg«, erwiderte Stjerna und straffte die Schultern.

Orina lächelte. »Bragan, bitte weise unseren Gästen ein Quartier zu.«

»Danke«, sagte Stjerna.

Lyrán berührte seinen noch immer skeptisch dreinblickenden Freund an der Schulter. »Ich werde gleich wieder bei euch sein.«

»In Ordnung.«

Maró und Stjerna folgten Bragan weiter durch die Gänge, während Lyrán verarztet wurde. Stjerna glaubte nicht, dass ihnen Gefahr drohte.

Vor einer Tür blieb der Zentaur stehen. »Ich hoffe, es gefällt euch. Mancher findet es etwas befremdlich, unter der Erde zu verweilen.«

»Keine Sorge, wir sind nicht so leicht aus der Ruhe zu bringen«, entgegnete Stjerna.

Mit breitem Lächeln verneigte sich Bragan und schritt davon. Neugierig öffnete Stjerna die hölzerne Tür. Es lag ein recht langer Raum dahinter, in dem sich mehrere Lagerstätten befanden, obgleich derzeit niemand sonst darin untergebracht war. Die Wände strahlten in einer warmen Farbe und Fackeln spendeten ausreichend Licht. Sie trat ein und glitt mit den Fingern über den rauen Stein. Es erschien so unwirklich, tatsächlich in unterirdischen Gewölben zu weilen. Abgesehen von den fehlenden Fenstern gab es nichts Ungewöhnliches in dem Gemach. Die hölzernen Betten waren einladend mit gut gepflegten, dicken Fellen und Kissen bestückt. Außerdem standen einige aus knorrigen Ästen gefertigte Stühle mit dunkelgrünen Bezügen und halbrunden Lehnen um einen kleinen Tisch, der aus einem Baumstumpf beschaffen war.

In der Mitte des Zimmers drehte Stjerna sich einmal. »Was für ein ungewöhnlicher Ort!«

»Das trifft es.« Maró folgte ihr. »Ich bin gespannt, ob er uns weiterbringt.«

Stjerna lief zu ihm und küsste ihn stürmisch. »Das wird er. Ganz sicher! Wir werden für alles eine Lösung finden.« In diesem seltsamen Gewölbe überkam sie eine Welle der Zuversicht. Sie hatten doch schon so viel erreicht! Allein den Zugang zu Octulara gefunden zu haben! Und bereits zum zweiten Mal hatte Stjerna ihre Kräfte eingesetzt, ohne unvorhersehbare Folgen heraufzubeschwören oder ihre Magie zu fürchten. Heute weigerte sie sich, an ein anderes als ein gutes Ende für ihre Geschichte zu glauben.

Maró lächelte sanft. »Ich werde einfach ohne Widerworte deinem Optimismus glauben.«

Es klopfte und ein Zentaur brachte ihnen etwas zu essen, eine Aufmerksamkeit von Orina. Mit Begeisterung sah Stjerna Gebäck, Obst, Käse, Brot und Braten auf dem Tablett. Außerdem brachte er ihnen Wasserkrüge und Tücher, mit denen Stjerna und Maró sich von den Spuren ihrer Reise befreiten.

Als die Tür sich kurz danach erneut öffnete, trat Lyrán ins Gemach. Beim Gehen stützte er sich auf einen neuen Stock. Der helle Verband an seiner linken Hand zeichnete sich deutlich gegen seine schwarze Haut ab. Erst als sein Freund die Tür hinter sich geschlossen hatte, wich die letzte Anspannung von Maró und er fiel geradezu in einen der Sessel. Stjerna und Lyrán gesellten sich zu ihm.

»Wie geht es dir?«, fragte Stjerna Lyrán.

»Meine Hand ist wohl etwas stabiler, als es die Mandoline war. Glücklicherweise ist nichts gebrochen. Was für ein Tag!«, antwortete er lachend und schnappte sich einen Apfel. »Aber er ist noch nicht vorbei, denn erneut muss ich euch bitten, mir ausführlich zu berichten, was ihr erlebt habt.«

Abwechselnd erzählten sie ihm, was sich ereignet hatte, bevor sie aufeinandergetroffen waren. Aufmerksam lauschte der Spielmann, rieb sich mehrfach verdutzt die Augen oder fragte nach.

»Bevor ich es vergesse. Dies gehört wohl dir.« Maró reichte ihm jenes kleine Büchlein aus der Höhle.

Lyrán starrte es fassungslos an und betastete den Einband, als müsste er sich vergewissern, dass das Notizbuch tatsächlich da war. »Ich weiß noch, wie ich es damals überall gesucht habe. Sogar in der Höhle.«

»Unser Glück, dass du es nicht gefunden hast«, befand Stjerna.

»Wohl wahr! Doch wo ich mir Klarheit erhoffte, wird alles nur noch verworrener.«

»Du hast leicht reden. Frag mich mal.« Maró verdrehte die Augen.

»Ein Waldgeist also, dessen Motivation wir nicht kennen.«

»Und wir wissen auch nach wie vor nicht, wo Lorana ist«, warf Stjerna ein.

Maró lehnte sich nach vorn und fuhr sich mit beiden Händen durch die Haare. Resigniert stöhnte er leise auf.

»Wir werden schon herausfinden, wo sie sich versteckt hält«, versuchte Stjerna, ihn aufzumuntern.

»Die Chancen, in Octulara einen Anhaltspunkt zu finden, sind doch wirklich nicht schlecht. Immerhin gibt es hier einiges an Wissen über Magie. Und die hat Lorana ja wohl angewendet«, pflichtete Lyrán bei.

»Zumal ihre Kräfte offenbar deutlich über das hinausgehen, was ihr von Natur aus eigen sein sollte. In der Vision habe ich ihre Macht gespürt, zumindest einen Abglanz davon«, sagte Stjerna.

»Außerdem hätte sie andernfalls niemals das Amaìn an sich bringen können. Dafür ist starke Magie nötig, insbesondere wenn es zu einer fremden Art gehört«, erklärte Maró.

»Es wäre demnach nicht allzu überraschend, wenn sie tatsächlich diesen Ort aufgesucht hat. Denk an jenes Buch, von dem du in Misúl erfahren hast, es kam aus dieser Bibliothek«, ergänzte Stjerna.

»Wenn wirklich sie es gewesen ist, die ein Buch über Magie an sich genommen hat, weiß sie bisher offenbar wenig damit anzufangen. Wie unsere Gegenwart beweist.« Lyrán deutete auf Maró und sich selbst. »Noch hat sie offenbar keinen Weg gefunden, die schwarze Flamme auszulöschen.«

Maró blickte auf und rieb sich die Schläfen. »Nur dass wir, wenn wir sie denn aufspüren können, das Amaìn noch immer zurückbeschaffen müssen. Um eben sein Verlöschen zu verhindern.«

»Ich werde meinen Bruder schon überzeugen, dir dabei zu helfen.«

»Riskier nur bitte nicht zu viel.« Maró zeigte auf Lyráns Verwundung.

»Ich glaube nicht, von Terba persönlich etwas Derartiges befürchten zu müssen. Auch wenn seine Männer etwas übereifrig waren.«

»Lasst uns sehen, was wir herausfinden können, und uns über alles Weitere die Köpfe zerbrechen, wenn wir wissen, woran wir sind«, schlug Stjerna vor.

»Endlich eine vernünftige Idee!«, rief Lyrán. »Maró, lass sie nur nie wieder gehen.«

Der andere Dämon lachte nun auch. »Keine Sorge, das habe ich nicht vor.«

Eine ganze Weile noch saßen sie zusammen und unterhielten sich. Wie schon in Misúl hoffte Stjerna, diese Gespräche in Zukunft wahrhaft unbeschwert und ohne einen drohenden Schatten über ihnen führen zu können.

***

Am nächsten Tag gewährte Orina ihnen Zugang zur Bibliothek. Stjerna war beeindruckt. Zwar war der Raum kleiner als das Archiv in Misúl, gleichwohl bis unter die Decke mit Büchern, Folianten und Pergamenten angefüllt. Einige Buchrücken waren farbenfroh, andere drohten auseinanderzufallen, so abgegriffen waren sie. Es gab keine Regale aus Holz, die Stellflächen für die Bücher waren in die steinernen Wände geschlagen. Es wirkte daher beinahe so, als bildeten die Bücher selbst die Wände.

Der Bibliothekar war ein alter Zentaur, der gern Geschichten erzählte und dabei immer weiter von dem abschweifte, was er eigentlich hatte sagen wollen. Marós Fingerspitzen trommelten auf dem steinernen Pult, hinter dem der grauhaarige Zentaur stand, und sein Blick schweifte unstet umher. Lyráns gekonnt charmant vorgebrachte Worte lenkten den Alten dem ungeachtet immer wieder auf ihr eigentliches Thema zurück – zu dem gestohlenen Buch.

Maró trat von einem Bein aufs andere. Stjerna und Lyrán indes schafften es, dem Zentaur die Informationen zu entlocken, die sie wollten, ohne dabei Entscheidendes zu verraten. Was sie erfuhren, barg jedoch wenig Hilfreiches. Der Bibliothekar konnte kaum etwas zum Inhalt des entwendeten Bandes sagen. Es war offenbar in sehr alten Runen verfasst, die niemand in Octulara zu lesen vermochte.

Maró lehnte sich mit verschränkten Armen gegen die Wand, als Lyrán den Alten unauffällig losgeworden war. »Das habe ich mir irgendwie anders erhofft«, befand der er.

»Hm, stimmt.« Stjerna teilte seine Enttäuschung.

Lyrán spielte mit einem alten Federkiel. »Es wird doch irgendwie herauszufinden sein, wo Lorana sich verbirgt.«

»Wir wissen immerhin, wo ich dich entdeckt habe.« Stjerna küsste Maró auf die Wange. »Das ist ein Anhaltspunkt.«

Er nickte. »Lasst uns zusehen, ob wir noch etwas anderes in Erfahrung bringen können. Wenn nicht, machen wir uns morgen auf den Weg dorthin. Und du zu Terba?«

»Glaubst du, von Drawen lasse ich mich erschrecken? Keine Sorge, ihr könnt auf meine Hilfe zählen. Außerdem wird mein geschätzter Bruder mir ohnehin spätestens auf halber Strecke begegnen. Nach dem Bericht der anderen macht er sich gewiss auf die Suche nach dir. Und mir«, setzte er schmunzelnd hinzu.

Der andere Dämon nickte nachdenklich. »Ich nehme an, das spart uns etwas Zeit. Immerhin kannst du ihm bald schildern, worum es geht, und musst nicht die ganze Strecke nach Empandium zurücklegen. Falls wir Terbas Hilfe wirklich brauchen.« Maró stieß sich von der Wand ab und alle drei wandten ihre Aufmerksamkeit den mannigfaltigen Büchern und Schriften zu, die sie umgaben wie ein Wald.

Die beiden Niscahle besahen kritisch die Titel der Bücher, blätterten raschelnd Seiten durch und entrollten knisternde Pergamente. Stjerna streifte durch die kleine Bibliothek, die Fingerspitzen respektvoll die Buchrücken streifend. Sie konnte zwar nicht lesen, aber womöglich gab ihre Magie ihr irgendeine Art von Hinweis. Hin und wieder zog sie auf gut Glück etwas hervor und überflog die Seiten. Einige der Folianten bargen kunstvolle Illustrationen und andere Schriftzeichen, die ihr noch fremder waren als jene, die sie gewöhnlich darin entdeckte. Etwas Hilfreiches fand sie nicht.

Es herrschte ernste Stille. Nicht einmal Lyrán sprach oder scherzte gar, nur Knistern und Rascheln von Pergament war zu vernehmen und gelegentlich das dumpfe Geräusch, wenn ein dickes Buch geschlossen wurde. Nachsinnend lehnte Stjerna an der Wand und strich sich grüblerisch über die Brauen. Schließlich gab sie sich einen Ruck und ging weiter, um unvermittelt sofort wieder stehen zu bleiben. Sacht machte sie einen Schritt zurück, bewegte prüfend ihre Hand hin und her.

»Maró, Lyrán!«

Nur einen Wimpernschlag später standen die Dämonen neben ihr und sahen sie neugierig an. Stjerna griff nach Marós Hand und schob sie am Regal entlang.

»Hier. Spürst du es auch?«

»Ein Luftzug.«

»Ja!«

Lyrán beugte sich leicht nach vorn. »Es ist nichts zu erkennen. Wenn das wirklich ein Versteck oder Durchgang ist, dann ist er geschickt verborgen.«

»Überprüfen wir das«, schlug Maró vor.

Er und Stjerna strichen untersuchend über die Buchrücken, zogen und rüttelten daran. Schließlich stieß Stjerna auf eine Pergamentrolle, die bedeutend zu fest war, um tatsächlich ein

Dokument zu sein. Die Lippen fest aufeinandergepresst drehte sie daran. Einen Herzschlag lang rührte sich nichts, bis sich knarzend und langsam ein schmaler Teil des Regals auf sie zubewegte.

Atemlos schauten sie zu. Als das Regal zum Stillstand kam, zeigte sich ein enger Durchlass. Gerade breit genug, um seitlich hindurchschlüpfen zu können. Maró legte einen Finger an die Lippen, zog sein Schwert und bedeutete Stjerna und Lyrán, sich nicht zu rühren. Leise, einem Raubtier gleich, schlich er durch die Öffnung. Stjerna stellte sich auf die Zehenspitzen und versuchte, ihn im Auge zu behalten.

»Es ist niemand hier«, sagte er endlich.

Eilig folgte sie ihm, etwas schleppender kam auch Lyrán zu ihnen. Es war eine Höhle, ein Raum wie alle anderen in Octulara, doch dunkler, mit groben, steinernen Wänden und einer hohen, gewölbten Decke.

Auf einem kleinen Pult stand ein Glas voller Pinsel, Gefäße mit Farbpulvern befanden sich in einem Regal, Skizzen, Federn und Grafite lagen auf dem Tisch und auch auf der Erde. Eine leere Leinwand stand auf einer Staffelei. Dutzende bemalte Leinwände hingen oder lehnten an den Wänden. Der hintere Teil des Raumes war mit einem halb geschlossenen schwarzen Vorhang abgeteilt. Der Geruch nach Farbe hing in der Luft.

»Ein verstecktes Atelier?« Stjerna runzelte die Stirn.

»Welchen Sinn es haben soll, weiß ich auch nicht.«

»Vielleicht sind die Bilder so schlecht«, spöttelte Lyrán.

»Nein«, sagte Stjerna leise und trat dichter zu den Leinwänden. Es waren überwiegend Landschaften. Ein Fluss im Unterholz, Morgennebel über der Heide, das Dorf der Menschen, Mondschein über einer Ebene. Ihr Detailreichtum, ihre treffende Farbgebung und die Ausführung waren fantastisch.

»Nein, sind sie nicht«, wiederholte Stjerna. »Die Bilder sind beeindruckend.«

»Allerdings«, stimmte Maró ihr zu und beugte sich dichter zu einem der Gemälde herab.

Lyrán ging tiefer in den Raum hinein. »Und was verbirgt sich dort?«

»Nichts, was euch etwas anginge!«

Stjerna zuckte zusammen und drehte sich um. Wachsam kam Maró sofort neben sie. In der Tür stand eine halbhohe Gestalt mit dünnen Gliedern, spitzen Ohren und buschigen roten Haaren – ein Kobold!

»Diese Tür ist nicht ohne Grund verschlossen! Was fällt euch ein, ungefragt einzudringen?«

»Verzeih. Wir haben sie zufällig entdeckt und –«, setzte Stjerna an.

»Und trittst du überall ungefragt ein, nur weil du die Tür findest? Hinaus! Und nimm die Dämonen mit!«

»Ist ja gut.« Maró hob beschwichtigend die Hände. Der Kobold starrte ihn an. Er folgte jeder von Marós Bewegungen, ohne Stjerna oder Lyrán noch die geringste Aufmerksamkeit zu schenken, bis sie aus seinem Atelier hinaus waren und die Tür sich knarrend schloss.

»Was in aller Welt war das denn?« Lyrán schüttelte halb amüsiert und halb skeptisch den Kopf.

»Ich habe gehört, Künstler seien eigenwillig. Ich habe da auch so meine Erfahrungen.« Maró legte seinem Freund die Hand auf die Schulter. Stjerna musste lachen.

»Sehr witzig. Mir gefällt trotzdem nicht, wie er dich angesehen hat.«

»Stimmt, es war schon seltsam«, gab auch Stjerna zu bedenken.

Maró zuckte die Schultern. »Noch ein Rätsel. Ich könnte mich nicht erinnern, jemals mit Kobolden interagiert zu haben, und wüsste keinen Grund, warum er eine Fehde gegen mich hegen sollte.«

SECHSUNDZWANZIG

Weder diesem Rätsel noch dem über Loranas Versteck kamen sie an diesem Tag auf die Spur. Am Nachmittag gaben sie es auf. Dafür kam Lyrán Orinas Bitte nach und gab eine Kostprobe von seinen Fähigkeiten. In ihrem großen Saal gab es allerhand Speisen und Getränke und scharenweise Zentauren, einige Menschen und Kobolde, darunter auch der Maler, hatten sich eingefunden. Da Lyráns Mandoline zerstört war und er mit seiner Verletzung ohnehin nicht hätte spielen können, begleitete einer der Zentauren ihn auf einer Laute und entlockte dem Saiteninstrument zarte Töne.

Selbst Marós nachdenkliche Miene hellte der Gesang seines Freundes auf und Stjerna war erneut zutiefst beeindruckt von Lyráns poetischen Versen und seiner dunklen Stimme. Ohne Zweifel gab es kaum einen besseren Spielmann. Gebannt lauschte sie den kleinen Geschichten, die seine Verse erzählten. Von einem sterbenden Helden, der an seine Geliebte dachte, von einem Dieb, den niemand zu stellen vermochte, von der unglücklichen Liebe eines Prinzen und von einem Helden, der ein Ungeheuer bezwang. Am meisten berührte sie auch diesmal die Geschichte des Magiers und dessen Geliebter, die gemeinsam starben und denen die Magie ein zweites Leben an einem verzauberten Ort gewährte. Den tosenden Applaus hatten Lyrán und der Zentaur, der ihn gekonnt begleitet hatte, verdient.

Zufrieden kam der Niscahl zu Stjerna und Maró hinüber. »Ich hoffe, es hat dir auch diesmal gefallen?« Er verneigte sich schelmisch.

»Was für eine Frage! Lyrán, es war großartig!« Sie küsste ihn auf die Wange.

»Meinen Dank. Die Geschichte des Magiers habe ich für dich gesungen, Stjerna.«

»Ich kann dir nicht sagen, warum, etwas an ihr bewegt mich mehr als die anderen Lieder.« Unwillkürlich griff sie nach Marós Hand.

»Im Tode lebt die Liebe. Ich nehme an, für jeden von uns gibt es ein spezielles Lied, welches unsere Seele tief berührt. Ich fühle mich geehrt, dass es für dich eines der meinen ist. Und du? Ist dein Geist etwas weniger düster für den Moment?« Forschend schaute er Maró an, der lächelte. »Als wenn du das nicht wüsstest. Diese Fähigkeit hattest du doch schon früher, meine Stimmung aufzuhellen.«

Lyrán lachte. »Zumindest irgendeine Art von Einfluss, die ich auf dich habe.«

»Ich fürchte, der ist größer, als mir lieb ist!«

Lyrán setzte sich zu den beiden. Sie unterhielten sich. Der Spielmann berichtete von seinen Reisen, wohin es ihn verschlagen, was er gesehen hatte, wie er die Geschichten für seine Musik fand. Stjerna hörte ihm zu, ihr Kinn auf die Hände gestützt. Sie und Lyrán lachten oft. Maró warf immer wieder Blicke in eine dunkle Ecke. Dort saß der rothaarige Kobold und ließ sie nicht aus den Augen. Mechanisch tastete der Dämon jedes Mal nach seinem Messer. Stjerna hielt seine Hand fest. Er blickte schuldbewusst drein. Völlig entspannte er sich jedoch erst, nachdem die Gestalt verschwunden war.

Einige Zeit später machten sie sich auf den Rückweg in ihr Quartier. Mehrere der anderen Anwesenden versuchten, Lyrán zum Bleiben und zu einem zweiten Auftritt zu überreden. Er lehnte höflich ab. Wie auch Stjerna und Maró stand für ihn am nächsten Morgen eine Reise in eine ungewisse Zukunft bevor. In ihrer Unterkunft fanden sie einen Gruß von Herrin Orina, mit einer großzügigen Gabe an Vorräten, die sie für den nächsten Abschnitt des Weges gut gebrauchen konnten.

Obgleich ihr Lager bequem und angenehm warm war, drehte Stjerna sich von einer Seite auf die andere, schreckte immer wieder hoch und spähte in die Dunkelheit. Sie zog ihre Decke fester um sich, als sie etwas Irritierendes gewahrte. Die Tür zum Zimmer stand einen schmalen Spalt offen. Sie blinzelte und schnappte erschrocken nach Luft.

»Maró!«, schrie sie und fuhr hoch.

Auf seiner Brust hockte eine dürre Gestalt mit einem erhobenen Messer. Der Dämon rührte sich und schlug die Augen auf. Er setzte an, etwas zu sagen, als er den Eindringling bemerkte. Mit einem energischen Stoß fegte er die Kreatur fort.

Es knallte, als Marós Hand den Kobold traf. Der Dämon sprang auf. Federnd landete der ungebetene Gast auf seinen langen Beinen und griff Maró wütend an, seine Klinge dem Dämon nahe. Dieser duckte sich unter dem Wesen weg. Es bremste ab und schoss herum. Herumwirbelnd zog Maró sein Schwert aus der Scheide, die am Bett lehnte. Laut klirrten die Klingen aufeinander. Stjerna wollte hinüberlaufen, Maró helfen, als sie Lyráns Hand auf ihrer Schulter spürte.

»Nicht«, sagte der Dämon leise. »So eng, wie es hier ist, schaden wir ihm mehr, wenn wir uns einmischen, weil die Sorge, einen von uns zu verletzen, ihn ablenken wird.«

Angespannt verharrte Stjerna. In einem kurzen Kampf erfüllte ihr Klirren dröhnend den Raum.

Der Kobold röchelte und sackte in die Knie. »Vernichten ...«, zischte der Kobold atemlos. »Meine Herrin wird euch vernichten. Du bist der, von dem sie gesprochen hat ... Die ... die Niscahle werden vergehen ... und mit ihnen die Menschen. Sie ... haben es nicht anders verdient ... Mörder und Tyrannen ...« Er fiel nach vorne und rührte sich nicht mehr.

Stjerna stürzte zu Maró. Schnell atmend stand er da und starrte verwundert auf den Kobold hinab.

»Hat er dich verletzt?« Sorgenvoll tastete sie nach dem Dämon.

»Nein.«

Lyráns Stock klackte leise auf dem steinernen Boden, er öffnete die Tür des Gemachs etwas weiter, auf dem Gang rührte sich nichts. Lyrán schnappte sich eine der Fackeln von der Wand und kam, die Tür fest hinter sich schließend, wieder hinein. Er beugte sich über die am Boden liegende Gestalt. »Unser Freund von heute Nachmittag«, stellte er fest.

Stjerna blickte auf die dürre Gestalt, unter der sich eine Blutlache ausbreitete wie ein roter See. Unbehaglich wich sie zurück und versuchte, die Bilder des sie panisch anstarrenden Irior auszusperren, die in ihren Geist dringen wollten. Der Kobold sah plötzlich so wehrlos aus. Warum nur musste es beständig Tod und Leid geben? Maró griff nach ihren Händen und erst jetzt wurde Stjerna bewusst, wie diese zitterten.

»Verzeih mir«, bat der Dämon leise. »Ich wollte weder dir Leid bereiten noch den Kobold töten.«

Stjerna seufzte. »Ich weiß, Maró. Er hat versucht, dich im Schlaf zu ermorden, du hast dich verteidigt. Da war ein milder Ausgang dieses Konfliktes wohl eher unwahrscheinlich. Dennoch wünschte ich, wir hätten kein Blut vergossen.«

»Ich ebenso, glaub mir.« Er küsste sie auf die Stirn.

»Erst den Schlag und danach Worte zu wählen, ist selten klug. Nur hat unser nächtlicher Gast diesen Dialog so begonnen und in Anbetracht der fehlenden Zeit, musstest du ihm wohl so antworten…«, befand Lyrán nachsichtig.

»Ja. Nur warum?« Maró hob ratlos die Schultern.

»Ob er mit seiner Herrin Lorana gemeint hat?«, erwog Stjerna und vermied es, auf den dürren Körper zu blicken.

»Immerhin ist sie die Einzige, die mit dem Amaìn ein wirksames Mittel besitzt, die Niscahle zu vernichten«, kommentierte Lyrán.

»Und die Menschen?«

»Erinnerst du dich, was ich dir über die Bedeutung der Albträume gesagt habe, die wir bringen?«, fragte Maró.

»Wie sie den Menschen die Abgründe ihrer Seelen vor Augen führen? Aber das würde bedeuten –«

»Wenn die Furcht vor den eigenen Taten und deren Konsequenzen die Menschen nicht mehr abhält, diese Taten zu begehen…«

»Dann werden sie einander noch weit öfter übel mitspielen, als sie es jetzt schon tun. Ganze Kriege könnten daraus entwachsen«, beendete Lyrán den Gedanken seines Freundes.

Stjerna fühlte sich schwindlig. »Warum hätte sie Grund, dies zu wollen? Das eine oder das andere.«

»Ich weiß es nicht«, entgegnete Maró gedankenvoll. »Es gibt Gegenden, in denen die Menschen und Übernatürliches nicht gut aufeinander zu sprechen sind, und auch immer wieder Menschen, die versuchen, sich das Übernatürliche untertan zu machen. Ich habe indes noch nie von derartigen Konsequenzen gehört.« Er deutete mit der blutigen Schwertspitze auf den Kobold.

»Ich unterbreche eure Überlegungen nur ungern. Aber darf ich zwei Dinge zu bedenken geben?« Lyrán stand mit gekreuzten Beinen auf seinen Stock gelehnt da. »Zum einen: Wir haben einen Toten in diesem Zimmer, den wir morgen erklären müssen, wenn wir nicht bald verschwinden. Zum anderen und weit wichtiger:

Ist einem von euch in den Sinn gekommen, dass, wenn wirkliche Lorana seine Herrin war, er ziemlich sicher wusste, wo sie ist?«

Maró öffnete den Mund und brachte doch kein Wort heraus. Energisch schleuderte er seine Klinge von sich. Klirrend fiel sie zu Boden.

»Ich elender Narr!«, fluchte er und schlug sich an die Stirn. »Hätte ich doch nur besonnener reagiert und ihn nicht getötet!«

»Gemach, mein Freund.« Lyrán machte eine beschwichtigende Geste. »Ich weiß, du grämst dich ob des vergossenen Blutes. Was allerdings die Informationen angeht, diese müssen nicht verloren sein. Ihr werdet euch gewiss erinnern, wie wenig begeistert er von der Idee war, dass wir hinter den Vorhang in seinem Atelier sehen. Unter Umständen finden wird dort etwas.«

Maró stand einen Moment völlig reglos. Dann legte er mit neuer Zuversicht im Blick die Hände auf die Schultern.

»Du bist genial.«

»Fällt es dir endlich auf?«

In fliegender Hast packten sie ihre Sachen zusammen und machten sich auf den Weg in die Bibliothek. Die beiden Dämonen nutzen ihre Kräfte, um sich zu verbergen, sodass Stjerna alles wie durch einen schwarzen Schleier sah.

Ein einzelner Zentaur begegnete ihnen, doch der Hall seiner Hufe kündigte ihn deutlich an, noch ehe sie ihn erspähten. Dicht an der Wand warteten sie, bis er vorüberschritt, um sogleich leise weiterzueilen. Stjerna griff nach Maró und hielt ihn behutsam zurück. Inzwischen rannte er beinahe, es bereitete Lyrán merklich Mühe, mit ihnen Schritt zu halten. Widerwillig verlangsamte der Dämon sein Tempo. Als sie an der Bibliothek waren, trat sie vor Maró und öffnete die Tür behutsam, ehe der Dämon sie ungeduldig aufstoßen konnte. Stjerna war froh, den Zugang unverschlossen vorzufinden, denn Maró zeigte sich nicht in der Stimmung, Hindernisse besonnen zu überwinden.

In der nächtlichen Büchersammlung lösten sie den dunklen Schleier, der sie umgeben hatte. Maró spähte ratlos umher. Stjerna übernahm die Führung, sie wusste noch, wo sie die Geheimtür entdeckt hatte. Alsbald waren sie im richtigen Gang und auch den Mechanismus wiederzufinden, war nicht allzu schwierig. Nebeneinander blieben sie in dem Atelier stehen. Zwei

Laternen waren entflammt und flackernder orangener Schein hüllte sie ein. Maró hielt sein Schwert kampfbereit, doch nichts bewegte sich.

»Ganz ruhig«, flüsterte sie und griff erneut beruhigend nach ihm.

Lyrán ging zu jenem Teil des Ateliers, in dem sie zuvor am Tag noch nicht gewesen waren. Stjerna nahm eine der Laternen von der Wand und folgte ihm an Marós Seite. Der Feuerschein erhellte das Gesicht des Dämons, er biss die Zähne fest aufeinander und seine Kiefer knirschten hörbar.

Lyrán schob den dunklen Vorhang auseinander und sie schlüpften in den kleinen, abgeteilten Bereich. Dort standen ein Hocker und eine weitere leere Staffelei. Trockene Holunderzweige hingen von der Decke und verströmten einen schwachen Duft.

»Seht mal.« Stjerna trat zu zwei mit Tüchern verhüllten Leinwänden, die in einer Ecke standen. Vorsichtig zog sie den Stoff vom ersten weg. Vom aufwirbelnden Staub musste sie Husten.

Die Malerei zeigte einen Pfad durch einen dichten Wald. Der Maler hatte die Stimmung unmittelbar nach der Dämmerung phänomenal eingefangen und die morgendliche Kälte, die in der Luft lag, konnte sie regelrecht spüren. Tropfengleich fielen erste Sonnenstrahlen durch die Blätter. Holunderbüsche standen zwischen höheren, efeuumrankten Bäumen. Wohin der mit Blättern des vorigen Herbstes bedeckte Pfad führte, war nicht auszumachen.

Als sie das zweite Bild enthüllte, schnappte Stjerna nach Luft. Es zeigte eine kupferne Schale, in der eine schwarze Flamme loderte – das Amaìn! Die Schale thronte auf einem aus knorrigen Ästen gefertigten Sockel auf einer moosigen Lichtung. Umgeben von hohen Bäumen und Holunderbüschen, an denen dunkle Beeren in dem uralt anmutenden Wald seltsam Leben verkörperten.

»Hyldáine«, wisperte Lyrán. »Es kann nur der Forst von Hyldáine sein.«

Maró nickte sprachlos und sank in die Knie. In seinen Zügen spiegelten sich Freude und immerwährende Sorge. Ihm war anzusehen, für den Moment unendlich erleichtert zu sein. Stjerna wusste, er gab sich die Schuld am Verschwinden des Amaìns und dem damit verbundenen ungewissen Schicksal aller Niscahle. Zu wissen, wo sich das Amaìn befand, war eines der letzten Mosaiksteinchen, die es noch brauchte, um ein schlüssiges Bild zu sehen und die schwarze Flamme zurückzubeschaffen. Beinahe ehrfürchtig berührte Maró die Leinwand. Stjerna ging in die Hocke und wischte ihm sanft die Tränen von den Wangen. Er zog sie zu sich und umarmte sie, legte den Kopf an ihre Schulter. Sie strich ihm durchs dunkle Haar.

»Wir haben es gefunden«, flüsterte sie ihm ins Ohr. »Du kannst es zurück nach Hause holen.« Ihre Stimme zitterte ein wenig. Sie drückte sich dicht an Maró, fühlte seinen Atem, seinen beschleunigten Herzschlag. Nach allem, was geschehen war, wühlte es auch sie auf, was sie erblickten. Das Amaìn war näher und erreichbarer als je zuvor. Mit fahrigen Bewegungen stand Maró auf, Stjerna mit sich ziehend. Er rieb sich über die Stirn und es dauerte etwas, ehe er sich gefasst hatte. Dann suchte er Lyráns Blick. »Hyldáine! Da bist du dir sicher?«

»Selbst bin ich nie dort gewesen, falls du darauf anspielst. Ich habe Spielleute davon singen und Reisende davon sprechen hören. Ein alter Wald. Von Holunderbüschen durchzogen und ihm wird nachgesagt, Magie gehe davon aus, weswegen die Menschen ihn meiden.«

»Außerdem passt es, wenn ein Waldgeist sich einen Forst zur neuen Heimat wählt«, warf Stjerna ein.

»Zumal Holunder eine wichtige Pflanze für sie ist. Jedenfalls hat Lorjan mir das mal erzählt. Loranas Bruder«, überlegte Maró.

»Es kann nur Hyldáine sein«, bekräftige Lyrán.

Ein Lächeln breitet sich auf Marós Gesicht aus. Er hob Stjerna hoch und küsste sie. »Endlich! Endlich wissen wir, wohin wir müssen!«

Sie lachte und fühlte sich auf einmal ganz leicht. Er setzte Stjerna wieder ab und zog sein Messer. Mit flinken Bewegungen schnitt er die Leinen vom Rahmen und rollte sie zusammen.

»Sammelst du jetzt Andenken?«, fragte Lyrán verdutzt.

»Ich nicht, du!« Er drückte dem perplex dreinschauenden Spielmann die zusammengerollten Bilder in die Hand.

»Ich?«

»Ein Geschenk für deinen Bruder. Hoffentlich macht es dir das einfacher, Terba von der Wahrheit dessen zu überzeugen, was du ihm erzählst.«

Lyrán zog eine Braue hoch. »Gar keine schlechte Idee.«

Die drei sahen sich an und fingen an zu lachen.

»Dies hier mag im Übrigen auch hilfreich sein, um Terba zu überzeugen.« Lyrán deutete auf ein Blatt Pergament auf einem der Tische im Atelier. »Ich habe mich etwas umgesehen vorhin und bin darauf gestoßen. Es sind allerlei Notizen über magische Wesen, insbesondere wann und wo Niscahle gesehen und erwähnt wurden.«

»Du meinst, der Kobold hat hier für Lorana spioniert?«, fragte Stjerna.

»Es ergibt Sinn. Wenn Lorana den Niscahlen schaden will, so sind ihre Erfolgsaussichten größer, wenn sie weiß, was uns umtreibt. Octulara ist ein passender Ort, um etwas über die Handlungen von übernatürlichen Wesen herauszufinden. Anscheinend hat ihn in dieser Nacht der Ehrgeiz etwas zu sehr gepackt«, erwog Maró.

»Und die Zentauren?«

Lyrán legte abwägend den Kopf schräg. »Sie wirkten auf mich nicht, als führten sie etwas im Schilde. Hätten sie uns schaden wollen, hätten sie es längst tun können.«

»So oder so, lasst uns aufbrechen«, schlug Maró vor.

Lyrán faltete das Blatt sorgfältig zusammen und steckte es ein, anschließend eilten sie zurück in die Bibliothek, die Geheimtür fest hinter sich schließend, und machten sich auf die Suche nach einer Karte von Mecanaé. Sie entrollten einige Pergamente, bis sie entdeckten, was sie brauchten.

»Der Wald sieht ziemlich groß aus«, befand Stjerna, als sie sich über die große und mit gekonnten Tintenstrichen gezeichnete Skizze beugten.

»Ich fürchte, das ist er auch. Aber wir haben schon genug mitgemacht, um uns davon erschrecken zu lassen.«

»Stimmt.« Sie drückte Marós Hand.

Er vermochte kaum stillzustehen.

»Kommt. Lasst uns gehen, ehe dein Liebster wahnsinnig wird, weil wir nicht endlich aufbrechen«, sagte Lyrán.

Stjerna lachte, als Maró mehr in Richtung Tür sprang, als zu gehen.

»Langsam. Denk dran, wir hinterlassen immer noch eine Leiche und treiben uns ungefragt mitten in der Nacht in der Bibliothek rum«, mahnte sie.

»Ich habe es bereits einmal gesagt und ich sage es erneut. Lass Stjerna nie wieder gehen, Maró. Sie ist gewitzt. Hör auf sie.«

Maró hob beschwichtigend die Hände. »Ist ja gut, ihr habt recht. Und dieses eine Mal sei dir sicher, ich befolge deinen Rat, Lyrán«, schob er hinterher, drehte sich zu Stjerna um und küsste sie.

SIEBENUNDZWANZIG

Wie sich davonstehlende Diebe schlichen sie über die Gänge. Ein wenig kam Stjerna sich auch so vor. Es tat ihr leid, die Gastfreundschaft, die sie erfahren hatten, so verletzt zu haben. Aber sie waren dem Amaìn bedeutend nähergekommen, das war es, was zählte. Entstandene Zerwürfnisse konnten sie später kitten. Sie huschten in den Stall und sattelten flugs und leise ihre Pferde, um anschließend Octulara zu verlassen. Lyrán seufzte betrübt, als sie den Brunnen, der den Zugang zur unterirdischen Stadt verbarg, ein Stück hinter sich gelassen hatten.

»Ich fürchte, hier trennen sich unsere Wege einstweilen wieder.«

»Pass auf dich auf«, sagte Stjerna mit leiser Stimme. Gern hätte sie den Dämon auch weiterhin an ihrer und Marós Seite gewusst.

»Mein Bruder wird sich zügeln können.«

»Riskier bitte nichts«, bat Maró.

»Terba mag mit dem Schwert schneller sein als mit dem Verstand, nichtsdestotrotz ist er mein Bruder. Wir stehen uns nicht sonderlich nah, es herrscht jedoch kein Hass zwischen uns. Außerdem«, Lyrán klopfte gegen seine Satteltaschen, »werden die beiden Bilder und das Pergament ihn hoffentlich von der Wahrheit meiner Worte überzeugen. Und von deiner Unschuld ebenso. Terba mag von Ehrgeiz und Erfolg getrieben sein, aber er ist nicht ohne Verstand. Es dauert nur manchmal etwas, diesen hervorzulocken.«

»Wir sehen uns im Forst von Hyldáine?«

»Du kannst auf mich zählen, mein Freund. Und wenn ich allein kommen muss, ich werde zu euch stoßen.«

»Glaub mir, Lyrán, es gibt keine gerechten Worte, um meine Dankbarkeit dir gegenüber auszudrücken.« Maró neigte das Haupt vor Lyrán. Dieser rutschte in seinem Sattel umher und setzte an, etwas zu sagen, ohne jedoch Worte zu finden. Zum ersten Mal, seit Stjerna den Spielmann kannte, war er verlegen und sprachlos. Die beiden Dämonen umfassten das Handgelenk des anderen und musterten einander schweigend. Langsam und beinahe unwillig ließ Maró den Spielmann wieder los.

Lyrán beugte sich zu Stjerna und küsste sie auf die Wange. »Wenn alles überstanden ist, singe ich jedes Lied für dich, das du dir wünschst.«

Sie lächelte bedächtig. »Ich freue mich darauf, Lyrán.«

»Gebt auf euch acht«, erwiderte er kaum hörbar. Dann schnalzte er mit der Zunge, wendete seinen Falben und galoppierte davon. Im Nu wurde er eins mit der Dunkelheit.

Es kostete Stjerna Mühe, ihren Blick von der Richtung loszureißen, in die Lyrán verschwunden war. Sie hoffte inständig, ihn unversehrt wiederzusehen.

»Also gut. Gehen wir es an. Holen wir das schwarze Amaìn zurück«, erinnerte sie Maró an ihr Vorhaben, obgleich er wohl mehr mit sich als mit ihr sprach.

»Ja, gehen wir es an.« Stjerna nickte nachdrücklich. Sie wendeten ihre Pferde, Octulara und Lyrán hinter sich lassend.

***

Sie machten wenig Pausen in den folgenden Tagen und flogen geradezu dahin, die Mähnen der Rösser flatterten und der Wind trieb Stjerna die Tränen in die Augen. Sie liebte es, wild und frei an Marós Seite dahinzufegen. Mit jedem Galoppsprung wuchs aber auch ihre Unruhe. Immer wieder schreckte sie nachts hoch, um sich zu vergewissern, Maró noch an ihrer Seite zu haben. Sie hatte Angst, ihn zu verlieren, denn sie ritten einer gefährlichen Gegnerin entgegen. Stjerna hoffte, ihr Ziel bald zu erreichen, und fürchtete es zugleich. Sie kamen durch Gefilde, die Stjerna zumindest am Rande vertraut waren, weil sie mit den Gauklern dort gewesen war. Diese Zeit schien eine Ewigkeit zurückzuliegen. Maró hatte sie entführt und sie hatte nichts sehnlicher gewünscht, als von ihm fortzukommen. Stattdessen hatten sie gemeinsam Abenteuer bestanden und zueinandergefunden. Stjerna hatte gelernt, nicht länger ein naives Mädchen zu sein, sondern sich selbst zu vertrauen und auf ihr Herz zu hören, statt dem Glauben zu schenken, was andere ihr einreden wollten. Inzwischen kannte sie ihre Identität und die

Magie, die ihr innewohnte. Von einem trägen Dahindümpeln war ihr Leben eine wilde Reise geworden, die sie noch lange, sehr lange Zeit an Marós Seite erleben wollte! Es gab noch so viel zu lernen und zu entdecken in Mecanaé und sie war bereit!

Eine dunkle Linie tauchte am Horizont auf. Scheinbar drohend erwartete sie ihre Ankunft – der Rand des Forsts von Hyldáine.

Stjerna erschauerte. »Es sieht ziemlich gigantisch aus.«

»Allerdings.« Maró rieb sich kurz über die Augen. »Und wir werden nicht willkommen sein.«

»Vermutlich nicht, aber sie wird kaum den ganzen Wald überwachen können, oder doch?«

»Schwer zu sagen. Sie wird Mittel und Wege haben, von Eindringlingen zu erfahren. Hoffentlich ahnt sie aber von unserer Ankunft einstweilen nichts.«

Achtsam ritten sie weiter auf den Wald zu. Maró verbarg sie beide in Dunkelheit, in der Hoffnung, dass Lorana keine Möglichkeit besaß, seinen Zauber zu durchblicken. Bei jedem Geräusch, jedem Vogel, der an ihnen vorbeiflog, zuckte Stjerna zusammen. Einerseits hoffte sie, den Wald bald zu erreichen. Sie sehnte ein Ende ihrer Suche, der bestätigen Gefahr und Unruhe herbei. Wenn alles überstanden war, wollte sie nichts mehr, als unbeschwert an Marós Seite zu sein und mit ihm dorthin reisen zu können, wohin es sie beide zog. Anderseits hatte sie gehörigen Respekt vor einer Auseinandersetzung mit Lorana. In ihrer Vision hatte sie starke Magie gespürt und dunkle Gedanken dem Dämon gegenüber. Ob es ihnen gelingen konnte, das Amaìn unbemerkt an sich zu bringen? Was auch immer geschah, sie würde der Gefahr die Stirn bieten und Maró beistehen.

Gegen Abend warfen die ersten Bäume ihnen lange Schatten entgegen. »Und nun?«, fragte Stjerna.

Maró strich sich übers Kinn. »Lass uns am Waldrand bleiben. Wir sind lange geritten und es ist sicher besser, wenn wir ausgeruht sind, ehe wir uns da reinwagen.« Er nickte zum Saum des Forsts.

Mächtige Bäume erwarteten sie. Blätter, Stämme, moosige Steine und Efeu bedeckten weite Teile des Bodens. Einen sichtbaren Pfad gab es nicht und so weit sie blicken konnten, lag nur Wald vor ihnen. Der Forst von Hyldáine musste gewaltige Ausmaße haben.

»Die Idee ist gut.« Stjerna saß ab und streckte die Glieder nach dem langen Ritt. Maró trat neben sie. Reglos standen sie nebeneinander, die Blicke starr auf den Wald gerichtet. Nichts Verdächtiges regte sich dort, nichts ließ erahnen, das Hyldáine kein gewöhnlicher Wald sein mochte, aber Stjerna hatte auf ihrer Reise gelernt, Dinge waren nur selten so, wie sie schienen, und die stillsten und unaufgeregtesten Plätze konnten die brenzligsten Abenteuer für sie bereithalten.

Stjerna griff nach der Hand des Dämons. »Unsere Reise, dieser Teil unserer Geschichte, geht dem Ende entgegen, nicht wahr?«, flüsterte sie. »Sobald wir zwischen diese Bäume treten.«

»Auf die eine oder andere Weise, aber enden wird es irgendwo da drinnen.«

Sie stand wie geschlagen da und fühlte sich seltsam kraftlos, als könnte sie nie wieder im Leben auch nur einen Schritt tun. In seinen Worten lag so viel Endgültigkeit und sie hatte sich geweigert, ein anderes als ein gutes Ende für sie beide ernsthaft in Betracht zu ziehen. Hier zu stehen, unter diesem mächtigen Wald, verdeutlichte indes, es konnte sehr wohl auch anders kommen.

»Noch ist nichts entschieden, Stjerna.« Ihre Gedanken erahnend küsste er sanft ihre Schläfe und legte den Arm um sie.

»Ich weiß. Furcht jagt es mir dennoch ein.«

»Hilft es, wenn ich sage, ich fürchte mich nicht?«

Sie blickte ihn argwöhnisch an. »Ist das so?«

»Nein.« Er lächelte sanft. »Ich habe nur nach einem Weg gesucht, es dir erträglicher zu machen.«

Stjerna lachte. Sie stellte sich auf die Zehenspitzen und küsste ihn. »Ich lieb dich, Maró.«

»Und ich dich, Stjerna. Mehr als alles andere. Komm.«

Gemeinsam traten sie zwischen die Bäume. Trockenes Laub knisterte leise unter ihren Schritten und würziger Duft stieg empor. Sehr weit gingen sie fürs Erste nicht hinein. Dicht am Waldrand schlugen sie ihr Lager auf. Stjerna lehnte sich an Maró und drehte eine Haarsträhne um ihren Finger.

»Es wird sicher nicht einfach, die Flamme hier zu finden. Der Forst muss riesig sein.«

»Wir werden sie irgendwie aufspüren.«

»Wo das Amaìn ist, wird auch Lorana sein, nicht wahr?«, mutmaßte Stjerna.

»So denke ich es auch. Sicher wird sie es nicht aus den Augen lassen wollen.«

»Also suchen wir uns einen Weg zu unserer Feindin. Was allerdings nicht unser Problem löst, sie in diesem monströsen Wald ausfindig zu machen.«

»Vermutlich ist sie hier nicht allein. Es muss Hinweise geben.«

»Die uns zu Lorana und dem Amaìn führen?«

»Ja. Um ehrlich zu sein, frage ich mich noch immer, wie es ihr gelungen ist, die Flamme zu stehlen. Es ist äußerst gefährlich, ein Amaìn zu berühren. Es muss mit klarem Geist und größter Konzentration geschehen. Sonst kann es selbst für die Hüter tödlich enden.«

»Ich habe starke Magie gespürt in der Vision. Es war ein mächtiger Zauber, den sie gesprochen hat, oder? Ob sie schon immer so starke Kräfte besessen hat?«

»Ich weiß es nicht. Lorjan jedenfalls hat mir nie davon erzählt.«

»In deiner Macht liegt es? Das Amaìn von hier wegzuschaffen?«

»Es sollte mir gelingen, die schwarze Flamme von hier wegzubringen. Mein Verstand ist stark genug dafür, daran habe ich keinerlei Zweifel. Allerdings wird es ein weit größeres Problem sein, unentdeckt zu bleiben und in Ruhe den Diebstahl vollziehen zu können.« Maró zog Stjerna an sich und strich ihr die Strähne hinters Ohr. »Irgendetwas wird uns einfallen.«

Sie nickte. In seiner Nähe kam es Stjerna so vor, als wäre tatsächlich alles erreichbar, was sie ersehnten. Sie fühlte sich geborgen, wenn er sie festhielt. Um sie herum zog die Dunkelheit herauf. Was würde geschehen nach dieser Nacht? Würde ihre Reise sich zum Guten oder zum Bösen wenden? Es dauerte, ehe Stjerna ruhig genug war, um Schlaf zu finden, am Rand von Hyldáine.

***

Die Pferde ließen sie am folgenden Morgen zurück. Früh brachen sie auf, tiefer in den Wald hinein. Es wurde bald schwer, sich zu orientieren. Oft mussten sie jenen Weg wählen, der ihnen überhaupt ein Durchkommen ermöglichte. Das Unterholz war dicht. Wenn Stjerna gen Himmel blickte, wurde ihr schwindlig, über ihnen befand sich ein einziges Geflecht aus Grün und Blau. Das Blätterdach schirmte den Wald von der Welt ab.

Leise raschelte es, wenn sie gingen. An rauen Stämmen hielten sie sich fest, wenn sie über umgestürzte Bäume kletterten. Einige davon gaben morsch unter ihren Schritten nach. Sie strichen vorsichtig Äste aus dem Weg, stiegen in Senken und setzten über einen plätschernden Fluss. An jeder schwer einsehbaren Stelle verlangsamten sie ihre Schritte und schlichen misstrauisch näher voran. Wachsam und mit größter Aufmerksamkeit stahlen sie sich tiefer und tiefer in den Wald und sprachen wenig.

Immer wieder wirbelte Stjerna alarmiert herum, stets jedoch waren es nur die Geräusche des Waldes, die sie erschreckten. Es durchlief sie trotzdem jedes Mal ein heißer Schauer. Es war anstrengend und aufwühlend, durch den Forst und ins Ungewisse zu pirschen. Stjerna vermochte nicht zu sagen, wie viel Zeit vergangen war, als sie neben Maró trat und die beiden zum Stehen kamen. Ihnen gegenüber bildeten Sträucher, Bäume und auch Blutdornen eine Wand. Diese lief in beide Richtungen durch den Wald. Allein ein schmaler Pfad führte hindurch. Gerade breit genug für die beiden, um hintereinander zu gehen.

»Sieht aus, als hätten wir den Beginn von Loranas Refugium gefunden«, mutmaßte der Dämon.

»Würde ich auch sagen.« Stjerna machte einen kleinen Schritt nach vorn. Mächtig und dunkel zog sich die Grenze durch den Wald. Sie überragte sowohl Stjerna als auch den Dämon deutlich an Höhe. Behutsam griff sie nach vorn, tunlichst darauf achtend, keine Blutdornen zu berühren. Stark und unnachgiebig lagen die dicht miteinander verschlungenen Pflanzen unter ihren Fingern.

»Auf diesem Weg werden wir ziemlich leicht zu entdecken sein.« Sie rieb sich die Arme.

Maró nickte bedächtig und zog sein Schwert.

Stjerna war rastlos und vermochte nicht stillzustehen. Nachdenklich zupfte sie an ihren Ärmeln und ihre Blicke wanderten ruhelos zwischen der Barriere und dem Dämon hin und her. Maró trat zu ihr und legte eine Hand auf ihre Schulter.

»Ganz ruhig. So leicht sind wir nicht unterzukriegen. Auch von Lorana nicht.«

»Ich weiß, es ist nur …«

»Was? Irgendwas in deinem Ausdruck verrät mir, ich werde nicht begeistert sein von dem, was du gleich sagst.«

»Lass mich hineingehen. Allein.«

Er zog die Brauen hoch und Sorge trat in seine Züge.

Stjerna hob die Hand, ehe er widersprechen konnte. »Ich bin ein Waldgeist, zumindest zur Hälfte. Lorana ist auch ein Waldgeist. Wenn ich da auftauche, wird es weit weniger verdächtig wirken, als wenn ein Niscahl ungebeten in ihrem Reich steht. Vor allem du!«

Maró straffte die Schultern. »Nein! Auf gar keinen Fall! Ich schicke dich nicht allein in diese Gefahr.« Er machte einen Schritt zurück und stemmte die Hände in die Hüften.

»Maró!« Stjerna folgte ihm. »Denk nach. Es vergrößert unsere Chancen um einiges.«

»Eventuell traut sie dir dennoch nicht.«

»Vertrau du mir, Maró. Ich kann sie ganz sicher überzeugen. Ich kann diesen Weg beschreiten.« Sie nickte zu dem schmalen Durchlass. »Wenn Lorana mit meiner Anwesenheit beschäftigt ist, wird es bedeutend einfacher für dich, womöglich auf einem unauffälligeren Pfad hineinzugelangen. Ich kann derweil das Amaìn aufspüren und dir den Weg dorthin weisen.«

Skeptisch legte er den Kopf schief. »Ich zweifle nicht an dir, Stjerna. Weder an deinem Mut noch deinen Fähigkeiten. Aber es ist mein Amaìn, das der Dämonen, welches mir entwendet wurde. Es ist meine Aufgabe, es wiederzufinden! Ich kann dich nicht guten Gewissens so viel dafür riskieren lassen.«

»Und in deiner Gesellschaft riskiere ich weniger, meinst du?« Sie lächelte sanft.

Er schnaubte. »Nein. Aber ich könnte dich wenigstens verteidigen«, antwortete er ernst und stellte streitbar seine Waffe vor sich.

Stjerna berührte sacht seine Wange. »Ich weiß, du würdest, ohne zu zögern, für mich kämpfen. Nur mein Instinkt sagt mir, es ist klüger, es einstweilen ohne eine Waffe zu versuchen.« Sie schob sein Schwert aus dem Weg, stellte sich auf die Zehenspitzen und küsste ihn sanft. »Ich weiß deine Sorge zu schätzen. Glaub mir, ich sorge mich genauso. Nicht zuletzt um dich. Und für dich ist die Gefahr noch erheblich größer als für mich, wenn wir diesen Weg gehen. Dich wird sie sicher nicht fragen, warum du da bist, denn sie weiß ja nun mal, wer du bist. Mich hingegen kennt sie nicht.« Sie strich ihm eine Strähne aus dem Gesicht. »Deswegen sollte ich zu Lorana gehen und herausfinden, wo das Amaìn ist. Derweil such du einen anderen Pfad hinein, bei dem du nicht gleich dein Leben aufs Spiel setzt.«

»Stjerna …«

Sie hob die Hand. »Ich werde einen Weg finden und dir ein Zeichen geben, wenn ich weiß, wo die Flamme ist. Lass es mich versuchen.«

Maró legte seine Stirn gegen die ihre. »Ich kann es nicht zulassen. Ich lasse dich auf gar keinen Fall in diese Gefahr gehen. Schon gar nicht, um einen Fehler wettzumachen, der mir unterlaufen ist. Ich trage die Verantwortung für das Amaìn, nicht du.« Bedachtsam zog er sie dichter an sich und schloss sie fest in die Arme. »Ich liebe dich, Stjerna, und ich bewundere deinen Mut.«

»Der ist weit größer geworden, seit du in mein Leben getreten bist.« Sie löste sich aus seinem Griff und küsste ihn liebevoll.

»Vertrau mir auch diesmal. Und verzeih mir.«

Ehe er etwas erwidern konnte, stieß sie ihn mit aller Kraft von sich. Perplex taumelte Maró rückwärts. Stjerna wirbelte herum und rannte von ihm weg, direkt zum Beginn des Pfades.

»Nein! Stjerna!« Seine Schritte knisterten im Laub.

Eilig sprintete sie weiter, sprang zwischen die Hecken. Sogleich drehte sie sich hastig um und bot alle ihre Konzentration auf. Es war nicht einfach, denn Maró kam mit entsetzter Miene näher. Sie stellte sich vor, wie der Durchgang sich schloss, den Dämon aussperrte. In ihrem Geist woben sich die Pflanzen zu einer dichten Wand zusammen. Die Magie begann zu strömen und es kribbelte in Stjernas Innerem. Um sie herum knarrte und ächzte es im Gestrüpp und der Einlass zum Pfad begann, sich mit Ranken, Blutdornen und Ästen zu schließen. Stjerna biss die Zähne aufeinander. Schwindel überkam sie und sie sank auf die Knie.

»Stjerna, nicht!«

Sie ignorierte den flehenden Ton in seiner Stimme und ließ den Zauber stärker wirken. Wild drehte sich die Magie in ihr und noch ungestümer, als sie es kannte. Der Durchlass war verschwunden und dem Dämon dieser Weg verwehrt. Langsam erhob sie sich wieder. Mit stockenden Schritten ging sie auf die Stelle zu, die sie so sorgsam verschlossen hatte. Marós Schwert schlug krachend gegen einen Ast.

»Maró?«

»Stjerna, was soll das? Lös den Zauber! Sofort!«

Die Äste und Ranken erzitterten, als er daran rüttelte.

»Nein! Ich kann nicht! Mein Instinkt sagt mir, es geht nur so.« Ihre Stimme klang fest. Liebend gern hätte sie ihn an ihrer Seite gehabt. Aber es war ein zu großes Risiko. Etwas in ihr zog sie allein in diesen Wald. Sie hatte gelernt, auf ihren Instinkt und ihr Herz zu hören. Was immer sie erwartete, irgendwie würde sie es meistern, das Amaìn finden und dem Dämon den Weg weisen. Dennoch zerrte es an ihrem Herzen wie ein Sturm, sich hier von ihm zu trennen.

»Aber –«

»Ich werde dir diesen Durchgang nicht wieder öffnen, Maró. Wir sehen uns, sobald ich dein Amaìn gefunden habe. Ich liebe dich! Gib acht auf dich!«

ACHTUNDZWANZIG

Zurückzublicken wagte sie nicht. Zu groß war der Wunsch, sich einfach umzudrehen, den Zauber zu lösen, an Marós Seite zu bleiben und gemeinsam gegen die unbekannte Gefahr zu kämpfen. Doch wenn sie eines in den letzten Wochen gelernt hatte, dann, ihrem Herzen zu trauen! Beharrlich schritt Stjerna voran und versuchte, lediglich auf ihre Schritte zu achten. Um sie herum wurde es düsterer. Wie mächtige Hecken zog sich das Dickicht neben ihr entlang. Ihr blieb nichts anderes, als dem Weg zu folgen, auf dem sie ging. Kaum hörbar murmelte sie ein Lied von Lyrán, streckte den Rücken durch und fühlte sich bereit! Der Pfad schlängelte sich in sanften Windungen dahin. Mehr und mehr Holunder mischte sich ins umgebende Unterholz. Bei jedem Säuseln im Gebüsch sah Stjerna sich argwöhnisch um. Sie versuchte, ein sich anbahnendes flaues Gefühl in ihrem Magen tunlichst zu ignorieren. Widerwillig beschleunigte Stjerna ihre Schritte, die sie immer weiter von Maró fortbrachten.

Nach einer weiteren Biegung des Pfads zeichnete sich endlich dessen Ende ab. Wie ein helles Tor erstrahlte es. Stjerna beeilte sich hinzukommen. Vor ihr lag erneut der Wald. Eine Fülle von Holunderbüschen mischte sich hier ins Gesträuch. Zaghaft trat sie hinaus in den auf einmal so offen erscheinenden Forst. Sie ging einige Schritte, als es dicht neben ihr schnaubte.

Ein gigantischer Elch stand zwischen den Bäumen. Sein braunes Fell machte ihn beinahe unsichtbar. Er scharrte mit einem Vorderhuf und senkte angriffslustig prustend den Kopf. Stjerna wich zurück. Der Elch sprang nach vorne. Stjerna raffte eilig ihr Kleid und rannte davon. Keuchend setzte sie über einen Baumstamm, verlor ihr Gleichgewicht und fiel hin. Ihre Eingeweide zogen sich eiskalt zusammen. Die Schaufeln des Elchs bohrten sich dort in die Erde, wo sie zuvor gestanden hatte, und schlugen laut gegen den Baumstamm.

Blätter, Erde und Eicheln stoben auf und gingen prasselnd wie Regen nieder. Sich schüttelnd wandte sich der Elch ihr wieder zu. Stjerna rappelte sich auf und hastete weiter. In wildem Zickzack sprintete sie zwischen den Bäumen hindurch und wagte nicht, zurückzusehen. Sie lief, so rasant sie konnte. Panik stieg in ihr auf. Wohin sollte sie fliehen? Laut schnaubend verfolgte sie das Tier, Äste gaben krachend unter seinen Hufen nach. Mit aller Kraft versuchte Stjerna, ihr Tempo weiter zu beschleunigen. Sie hatte Seitenstechen und glaubte, sich übergeben zu müssen. Blätter und Äste trafen sie wie Peitschenhiebe. Ihre Augen tränten. Plötzlich tauchte der Elch dicht neben ihr auf und sein muskulöser Leib traf sie. Mit einem Aufschrei taumelte sie rückwärts, stieß hart gegen einen Baumstamm und alles um sie herum wurde schwarz.

***

Blinzelnd schlug Stjerna die Augen auf. Der Wald war fort. Hektisch sah sie sich um, sie lag auf einem Bett in einem hellen, lichtdurchfluteten Raum. Maró war nicht da. Stöhnend rieb sie sich über die Augen. Langsam kehrte die Erinnerung zurück und mit ihr die Schmerzen in ihren Gliedern, am meisten in ihrem Kopf.

»Du bist wach, sehr schön.«

Die Stimme klang sanft, dennoch wirbelte Stjerna beklommen herum. Ihr Mut schwand. Sie hatten sie gefunden. Sicher waren es Loranas Leute, wer sonst. Stjerna hatte vorgehabt, die Art dieses Zusammentreffens sehr viel selbstbestimmter zu gestalten. Immerhin war sie in einem lichten Raum und nicht gefesselt im Kerker. Zwischen zwei hohen Fenstern saß eine junge Frau mit kurzen braunen Haaren auf einem Stuhl. Ein Waldgeist. Sie lächelte.

»Hab keine Angst. Mein Name ist Adina. Ich werde dir nichts tun. Die Herrin will dich sprechen, sie wird über alles Weitere entscheiden.«

»Die Herrin?« Stjerna stand auf. Ihre linke Seite pochte quälend, aber immerhin gehorchten ihre Glieder ihr.

»Lorana. Sie gebietet über diesen Ort. Ich nehme an, du warst auf der Suche nach ihr?«

Lorana. Furcht und Zorn zerrten an Stjerna. Was würde Lorana mit ihr machen? »Ich ... Ja. Ja, das war ich.«

Stjerna trat zum Fenster und krallte die Finger ins Fensterbrett. Um sie herum war alles aus hellem Holz geschaffen. Unter ihr lag der Wald. Mehrere Baumhäuser umgaben sie, in unterschiedlichen Formen, doch meist rundlich fügten sie sich wie selbstverständlich in den Wald ein, schmiegten sich an die Bäume, als wären sie ein Teil davon. Viele waren mit grünen Ranken oder Moos bewachsen. Hängebrücken verbanden sie miteinander. Irgendwo hinter alldem suchte Maró einen Pfad zu ihr. Ebenso allein, wie sie sich fühlte, obgleich sie Gesellschaft hatte. Sie hoffte, dass es ihm gut ging.

»Verzeih«, sagte Stjerna, als sie Adinas noch immer auf ihr ruhenden Blick bemerkte. »Ich bin nur ... Es ist alles seltsam verworren.« Sie bemühte sich, ihrer Stimme einen festen Klang zu geben. So direkt und unvermittelt hatte sie den Kontakt zu Lorana nicht suchen wollen.

Adina lachte. »Nicht verwunderlich! Alsini, der Elch, ist nicht unbedingt zimperlich, aber ein guter Wächter. Keine Sorge, er hat dich nicht ernsthaft verletzt. Wie heißt du?«

»Stjerna.«

»Sei willkommen, Stjerna. Gehen wir zu Lorana. Sie kann Warten nicht gut leiden.«

Stjerna nickte. Gerne hätte sie um Aufschub gebeten, doch ihr fiel kein Grund ein und zudem hätte es Adina eventuell misstrauisch gemacht. Abgesehen davon, was sollte sich in der Zwischenzeit ändern? Wenn sie etwas über das Amaìn in Erfahrung bringen wollte, musste sie Lorana wohl oder übel gegenübertreten. Sie schöpfte aus einer bereitstehenden Schale Wasser und ließ es über ihr Gesicht laufen. Es war kühl und half, den Schmerz zu vertreiben und ihren Geist zu klären. Anschließend folgte sie Adina hinaus. Die kühle Luft tat gut, sie half, etwas Ordnung in ihren Geist zu bringen.

Adina führte sie über eine der Brücken, die leise schwankte. Es fühlte sich an, als würden sie durch ein Meer aus Blättern schreiten. Um die Baumhäuser schlangen sich Äste, Ranken und Efeu, sodass sie, alle grün und braun, mit der Umgebung geradezu verschmolzen. Jenes Haus, auf welches Adina zusteuerte, war nicht in die Äste oder um den Stamm eines Baumes errichtet. Es stand auf drei mächtigen, kunstvoll verzierten Holzsäulen. Es beschrieb eine große Ellipse, die von gebogenen Ästen und Planken wie von Rippen umgeben war. In jedem Zwischenraum sprossen Bryoniaranken empor, deren rote Beeren wie farbige Kleckse das Grün der beinahe herzförmigen Blätter unterbrach. Die Ranken ließen jeweils ein hohes Fenster frei. Stjerna unterdrückte den aufkommenden Impuls, sich umzudrehen. Sie hatte hergewollt und sie war hier, dem Amaìn so unendlich viel näher als noch tags zuvor. Egal was sie in Loranas Gesellschaft erwarten würde, ihren Mut würde Stjerna sich auf gar keinen Fall nehmen lassen.

Als Adina am Eingang stehen blieb, schloss Stjerna einen Herzschlag lang die Augen und holte tief Luft. Dann hob sie stolz den Kopf und schaute zu Adina. Diese öffnete die hölzerne und von Moos bewachsene Tür und machte eine einladende Geste. »Bitte.«

Stjerna straffte die Schultern und trat an ihrer Begleiterin vorbei ins Innere. Birkenstämme wuchsen in dem lichtdurchfluteten Raum empor. Um diese schlängelte sich eine Galerie mit mehreren Balkonen. Es fanden sich immer wieder Nischen mit hellen Bänken und lindgrünen Kissen darin. Irgendwo plätscherte Wasser und Blauregen mit vollen Blüten sowie sternförmige violette Glockenreben rankten von der Galerie herab.

Aufrecht und gefasst ging Stjerna tiefer in den farbenfrohen Raum hinein. Auf einer kleinen Plattform stand ein mächtiger, aus knorrigen Ästen gefertigter Stuhl, eines Thrones würdig. Darauf saß eine Frau in einem braunroten Kleid. Ihr gleichsam laubbraunes Haar schmückte ein Reif aus Holunderbeeren und -blüten. Als sie aufblickte, runzelte Stjerna die Stirn. Etwas seltsam Vertrautes spiegelte sich in den Zügen ihres Gegenübers.

Klare türkisfarbene Augen sahen ihr entgegen. Augen, die Stjerna schon einmal gesehen hatte. Die Gesichtszüge kamen ihr gleichermaßen bekannt vor. Ein Bild formte sich in ihrem Geist, ein lachendes Paar in einem herbstlichen Wald. Aber konnte das sein?! Konsterniert stand Stjerna da, sie war wie paralysiert. Sie setzte an, etwas zu sagen, doch es gelang ihr nicht.

Lorana blickte sie ebenfalls mit offenem Erstaunen an. Sie sprang auf und huschte wie ein Windhauch auf Stjerna zu. Ihre bloßen Füße ließen sie beinahe lautlos gehen. Einzig ihr Kleid rauschte leise. Ein Stück vor Stjerna blieb sie stehen, streckte die Hand nach Stjernas Wange aus und zog sie wieder zurück.

»Wie ist dein Name, Kind?«, fragte sie mit unsteter Stimme.

»Stjerna.«

»Stjerna. Wo kommst du her?«

»Ich wuchs unter Menschen auf, bei Gauklern. Ich wurde in Zarant geboren –«

Lorana hob eine zitternde Hand und brachte sie zum Schweigen.

»Deine Eltern«, wisperte sie. »Wer waren sie?«

»Meine Mutter war ein Mensch. Mein Vater –«

»Ein Waldgeist.«

Lorana blinzelte mehrfach. Bedachtsam ging sie einmal um Stjerna herum. »Du hast etwas von Lorjan an dir …«, murmelte sie mehr zu sich selbst, als zu Stjerna.

Stjerna stutzte. Wo hatte sie diesen Namen schon gehört? Sie schüttelte sich. Es wollte ihr nicht einfallen, aber sie musste loswerden, was sie beschäftigte, seit sie eingetreten war. »Deine Augen gleichen denen meines Vaters.«

»Wie deine denen deiner Mutter gleichen. Wie alles an dir ihr ähnlich ist.« Behutsam legte Lorana ihr die Hände an die Schultern. »Jahre habe ich auf diesen Moment gewartet. Ich habe mich danach gesehnt, dich endlich zu finden. Dich, das einzige Kind meines Bruders!«

Eingehend musterte Lorana sie, prüfend, aber ihr Lächeln wurde immer größer, je länger sie Stjerna ansah. Stjerna selbst war es schier unmöglich, den Blick von dem anderen Waldgeist zu lösen. Ihre Tante? Lorana war ihre Tante? War das möglich?

Alles um sie herum drehte sich auf einmal und ihr Geist war aufgewühlt. Sie wollte einen Weg zu Marós Feinden finden, zu jener Frau, die ihren Liebsten bedrohte, und nun hatte sie was gefunden? Ihre Familie? Lorana, die das Amaín der Niscahle gestohlen, Maró in eine Statue verwandelt und zwei seiner Männer getötet hatte, war die Schwester ihres Vaters? Ihre Züge wiesen eine unverkennbare Ähnlichkeit mit dem Waldgeist auf, den Stjerna auf dem verlorenen Pfad gesehen hatte. *Lorjan.* Sie erbebte, als es ihr einfiel. Maró hatte diesen Namen genannt, hatte von ihm als *Freund* gesprochen.

Stjerna war fassungslos. Hatte sie deshalb den Bann lösen können, der Maró in eine Statue verwandelt hatte? »Dies würde erklären, warum ich die Visionen gesehen habe«, flüsterte sie entgeistert und sprach mehr mit sich selbst. »Warum es mich hierhergezogen hat.«

»Gewiss. Komm und erzähl mir alles.«

Lorana bot Stjerna die Hand. Wie mechanisch griff sie danach und folgte dem Waldgeist in eine der Nischen. Sie nahmen auf einer bequemen, großen Bank Platz. Ein Kobold erschien und stellte ein Tablett zwischen sie. Stjerna griff nach einem duftenden Becher Wein, dankbar, sich an etwas festhalten zu können, und trank in kleinen Schlucken.

Ihre Tante fragte sie danach, wie sie aufgewachsen war, wie sie den Weg nach Hyldáine gefunden hatte. Während sie erzählte, überwand Stjerna ihre Erstarrung. Sie berichtete mehr oder minder, was sich zugetragen hatte. Jedenfalls bis zu jenem Zeitpunkt, als sie auf Maró traf. Tunlichst achtete sie darauf, weder seinen Namen noch das Wort *Niscahl* zu sagen. Sie gab an, vom verlorenen Pfad auf einem Turnier gehört zu haben, und berichtete, sie habe sich von den Gauklern fortgeschlichen, um dorthin zu gelangen. Von den Bildern, die sie dort von ihren Eltern gesehen hatte, erzählte sie Lorana wahrheitsgemäß, nicht indessen von jenen, in denen der Dämon vorkam. Sie gab vor, dort vom Hyldáine-Forst erfahren zu haben und sich auf die Suche nach diesem Ort gemacht zu haben. Lächelnd und interessiert lauschte Lorana ihr, es machte nicht den Eindruck, als würde sie an dem zweifeln, was sie vernahm. Stjerna verlor allmählich ihre Scheu. Lorana schüttelte entgeistert den Kopf, als Stjerna geendet hatte, und strich sich die langen Haare hinter die Ohren. »Alles erscheint wie ein Traum.«

»Ja, allerdings.«

»Himmel! Verzeih mir, Kind. Du wirst gewiss selbst viel zu wissen begehren. Komm, lass uns ein wenig spazieren gehen.«

Stjerna stand auf, ein wenig schwindlig vom Wein. Noch immer war sie völlig konsterniert. Was ging hier nur vor? Immer wieder hatte sie sich Lorana vorgestellt, ihre Feindin. Sie war auf harte Worte eingestellt gewesen, Feindseligkeit, Kampf. Nicht auf etwas Derartiges. All die kalte Dunkelheit, die sie in ihrer letzten

Vision empfunden hatte, nun jedoch erschien Lorana warmherzig und freundlich.

Oft hatte Stjerna sich nach Verwandten gesehnt, nach Familie! Aber so? Warum musste alles nur so kompliziert sein? Hier war Lorna, draußen harrte Maró. Auf einmal brannte der Nachklang des Alkohols unangenehm in ihrer Kehle. Was sollte sie jetzt nur tun?

Lorana wechselte einige Worte mit Adina, bevor sie durch eine kleine Tür aus dem Baumhaus hinausgingen. Tief atmete Stjerna die würzige Waldluft ein. Sie schlenderten ein Stück über eine der Brücken und dann über eine aus dicken Ästen gefertigte Treppe hinab auf den Boden. Leise klangen Stimmen und Lachen zu ihnen. Hoch über Stjerna schmiegten sich die Behausungen wie selbstverständlich an die Bäume. Ein surreal freundlich gesinnter Ort einer Frau, die ein solches Verbrechen getan hatte. Und womöglich noch Schlimmeres zu tun begehrte?

»Was für ein ungewöhnlicher Ort«, unterbrach Stjerna ihre fahrigen Gedanken.

Lorana lächelte, beinahe verlegen. »Ich hoffe, es gefällt dir hier.«

»Ja, sehr!« Es war keine Lüge.

Schweigend gingen sie ein Stück nebeneinanderher. Lorana wählte verschlungene Pfade durchs Dickicht, weg von den Häusern und den anderen Bewohnern. Wachsam blickte Stjerna sich um. Im Vorbeigehen zupfte sie ein Blatt eines Holunderstrauches ab und spielte damit. Immer wieder spürte sie Loranas Blick auf sich. Wenn sie ihre Tante ansah, lächelte diese schweigend und wohlgesinnt.

»Mein Vater. Erzähl mir von ihm«, bat Stjerna.

»Ach, Lorjan.« Lorana seufzte gequält. »Mein Bruder war ein guter Mann. Er war gewitzt, gutmütig und neugierig. Etwas zu sehr, befürchte ich, und er trug sehr starke Kräfte in sich. Weißt du, was ein Amaín ist?«

Stjerna nickte und ihr Herz zog sich zusammen, als sie an Maró denken musste. Sein Leben, Lyráns, das aller Niscahle stand auf dem Spiel, das durfte sie niemals vergessen, egal wie wohlgesinnt Lorana ihr schien.

»Er war der oberste Hüter der Esche, des Amaìns der Waldgeister! Und somit ein angesehener Mann in unserer Gesellschaft.«

Stjerna schnappte nach Luft. Ihr Vater war der Hüter des Amaìns gewesen! Sie wusste, wie bedeutend diese Aufgabe war. Wie ein zaghafter Sonnenstrahl nach dunkler Nacht breitete sich leiser Stolz in ihr aus. Wenn sie einst nach Dormun käme, würde sie nicht bloß eine fremde Bittstellerin sein, sondern die Tochter des einstigen Hüters. Wie sehr sie wünschte, ihn gekannt zu haben!

»Und wie ist er gestorben?«

Lorana presste die Kiefer aufeinander und ihr Ausdruck wurde hart. Es dauerte etwas, ehe sie antwortete. Ihre türkisfarbenen Augen verdunkelten sich dabei.

»Wie ich sagte, vermutlich war er etwas zu aufgeschlossen und etwas zu sanft. Lorjan lernte jemanden kennen. Keinen Waldgeist, ein dunkles Wesen. Er hielt ihn für einen Freund. Ihre Wege kreuzten sich immer wieder und sie unternahmen einige ihrer Reisen gemeinsam. Dabei kamen sie den Menschen zu nahe.

Lorjan begegnete einer jungen Frau – Stina. Deine Mutter. Er hat sich sofort verliebt. Leidenschaftlich hat er mir von ihr berichtet. Die Menschen bemerkten diese Verbindung ebenfalls und sie waren wenig begeistert. Du wirst sicher wissen, wie eine Unzahl von ihnen uns fürchtet, selbst wenn sie dazu keinen Grund haben.« Loranas Antlitz verzerrte sich und harsch schlug sie einen Ast zur Seite, ehe sie weitersprach. »Jener vermeintliche Freund, der ihn überhaupt erst dorthin gebracht hat, ließ zu, dass die Menschen Lorjan getötet haben. Schutzlos hat er ihn in die Nähe dieser heimtückischen Kreaturen gebracht, ihm weisgemacht, sie seien harmlos. Er hat Lorjans Tod auf dem Gewissen, es ist für mich unbestreitbar. Er und die Menschen.« Loranas Leib bebte geradezu und zornig ballte sie die Hände zu Fäusten.

Stjerna setzte an, etwas zu erwidern, doch sie fand keine Worte. Ihr Verstand kam ihr vor wie ein Irrgarten, in dem sich hinter jeder Biegung ein neuer Gedanke, eine neue Information verbargen. Jahrelang hatte Rilan ihr erzählt, ihr Vater sei kein guter Mann gewesen. Nach dem glücklich lachenden Waldgeist, dessen Bild sie auf dem verlorenen Pfad gesehen hatte jedoch, passt alles, was Lorna sagte, so viel besser. Lorjan musste ein mächtiger und sanfter Mann gewesen sein und mutig. Ein Vater, dessen sie sich keinesfalls schämen brauchte.

»Als ich vom Tod meines Bruders erfuhr, brach ich sofort auf und suchte nach dem Dorf. Bei meinem Eintreffen war deine Mutter gerade gestorben. Aufgebahrt lag sie da, leblos und doch schön. Ich wollte dich mitnehmen, damit du unter uns, unter Waldgeistern aufwächst. Unter deinesgleichen, denn Magie ist Menschen fremd. Aber sie haben mir nicht geglaubt und gaben mir, meiner Anwesenheit, die Schuld am Tod deiner Mutter. Diese Narren! Hätten sie uns um Rat gefragt, wir hätten Stina vermutlich retten können«, flüsterte sie die letzten Worte mit einer unglaublichen Kälte darin. Es dauerte ein paar Momente, ehe sie sich gefasst hatte und weitersprach.

Stjerna schluckte schwer. Konnte sie noch mehr ertragen? Immerhin hatte sie beinahe ihr ganzes Leben lang angenommen, ebenfalls ein Mensch zu sein. Selbst seit sie wusste, ein Waldgeist zu sein, hatte sie nie eine derart harte Abgrenzung zwischen Menschen und Übernatürlichem geahnt.

»Sie versteckten dich und ich hatte den Menschen nichts Essentielles entgegenzusetzen. Ahnungslos und wohlmeinend hatte ich sie aufgesucht, nur um zum Dank ... Wie dem auch sei, inzwischen habe ich meine Fähigkeiten ausgebaut und meine Magie ist enorm. Damals waren meine magischen Kräfte leider noch die eines gewöhnlichen Waldgeistes.« Tränen glitzerten in ihren Augen.

»Und jener Freund, der ...«, setzte Stjerna behutsam an.

»Nein! Kein Wort mehr darüber! Lass uns über etwas Angenehmeres sprechen.« Lorana wischte sich übers Gesicht. »Du musst nicht alles heute erfahren. Aber sei dir gewiss – ich gebe dir dies als Versprechen –, dieser Bastard und auch die Menschen werden für ihre Taten bezahlen. Ich habe Jahre gebraucht, aber ich habe Mittel und Wege gefunden, sie büßen zu lassen. Gerade erst konnte ich auch das letzte verbliebene Rätsel entschlüsseln. Ich nahm schon vor einigen Jahren an, ich wäre so weit, doch es erwies sich als Trugschluss. Inzwischen konnte ich das einzige Hindernis bewältigen, welches mich noch davon abhielt, sie zu bestrafen. Bald schon wird es so weit sein.«

Plötzlich fühlte Stjerna sich kalt und kraftlos. Lornas Worte konnten nur eins bedeuten, ihre Tante hatte eine Möglichkeit ersonnen, das schwarze Amaìn auszulöschen. Und mit ihm sämtliche Niscahle. Stjerna schüttelte den Kopf und drückte den Rücken durch, ihren Kampfgeist wiederfindend. Tante hin oder her, sie musste verhindern, was Lorana vorhatte. Aber die Zeit drängte.

Lorana setzte an, noch etwas zu sagen. »Nein!«, entfuhr es ihr dann und lachend schlug sie sich die Hände vors Gesicht und winkte ab. Die Kälte und der Zorn waren aus ihrer Stimme, ihrem Antlitz verschwunden. »Verzeih. Ich wollte nicht mehr davon sprechen. Beizeiten wirst du alles erfahren, was nötig ist. Nun haben wir genug von dunklen Begebenheiten geredet. Komm!«

NEUNUNDZWANZIG

Es dunkelte bereits merklich, als sie nach einem ausgedehnten Spaziergang durch den Wald zurückgingen. Auf verschlungenen Pfaden waren sie durch den Forst gewandert, der unglaublich alt und schön war. Stjerna hatte versucht, ihre Gedanken zu ordnen und nach einem Zeichen des Amaìns zu spüren. Ohne Erfolg. Gesprochen hatten sie über Unverfängliches, obgleich Stjerna Mühe gehabt hatte, irgendeiner Art von Gespräch zu folgen. Marós Leben, Lyráns, das aller Niscahle stand auf dem Spiel und es fühlte sich an, als hielte sie es wie eine zerbrechliche Glaskugel in den Händen. Erst als sie wieder an den Baumhäusern ankamen, tauchte Stjerna aus ihren Gedanken auf. Wie würde sie die Flamme finden, wie Maró ein Zeichen senden?

Auf der Erde brannten reihenweise Feuer. Waldgeister, Kobolde, einige Zentauren und Goblins liefen geschäftig umher. Die Brücken waren sämtlich mit Laternen erleuchtet und an vielen der Baumhäuser baumelten aus Herbstblättern geformte Lampions, welche warmes Licht ausstrahlten. Es sah atemberaubend aus. Lachen erklang und der Duft nach Zimt, frischem Brot, Braten und Met erfüllte die Luft. Stjerna blieb lächelnd stehen.

»Wir haben lange kein richtiges Fest mehr gehabt und ich fand, deine Ankunft ist mehr als ein geeigneter Anlass.« Lorana legte den Arm um Stjerna. »Ich bin so froh, dich endlich bei mir zu haben, Kind.«

»Ich hätte nicht gedacht, eine so zahlreiche Bewohnerschar vorzufinden.«

»O doch! Und sie alle haben den gleichen Antrieb, den Menschen zu zeigen, dass ihnen diese Welt nicht allein gehört, nur weil der Rest von uns sich im Verborgenen hält. Die meisten von ihnen haben durch die Menschen ein Leid erlitten.«

Zögernd ging Stjerna neben Lorana weiter, immerhin war sie zur Hälfte ein Mensch. Niemand, der ihr begegnete, jedoch wirkte, als sei er vom Hass zerfressen, niemand benahm sich abweisend oder skeptisch. Im Gegenteil. Stjerna wurde innig willkommen geheißen. Ohne Berührungsängste wurde sie angesprochen, in Gespräche mit einbezogen, wie selbstverständlich gehörte sie dazu.

Sie setzte sich neben Lorana an eines der Feuer. Das Essen schmeckte vorzüglich. Es wurden Geschichten erzählt und die Stimmung war fröhlich. Es dauerte nicht sehr lange und es erklangen eine Laute und die weiche Stimme eines Spielmannes. Nur wenig später wurde getanzt. Wild und bunt drehten sich ausgelassene Gestalten um die Feuer, deren Schein alles flackernd erhellte. Auch Stjerna tanzte mit einigen der Waldgeister, ehe sie sich erschöpft, aber lächelnd wieder setzte. Es hätte alles so unbeschwert sein können, würde nicht die Sorge um Maró an ihr nagen. Wo mochte er sein? Sicher hätte sie es inzwischen erfahren, wenn Lorana ihn aufgespürt hatte?!

»Es heißt, du seist in Misúl gewesen?« Ein Waldgeist setzte sich zu ihr. Er erschien etwas grobschlächtig, seine lindgrünen Augen indes waren sanft.

»Ja.«

»Hast du den Spielmann dort gehört? Den Niscahl-Dämon?« Die letzten Worte flüsterte er nur.

Sie zupfte an ihren Ärmeln. »Ich –«

»Krion! Auch wenn du die Worte wisperst, weißt du doch, sie sind hier tabu! Ich will keine Gespräche über Dämonen hören! Schon gar nicht mit meiner Nichte. Sie ist mit den Wesen des Übernatürlichen nicht vertraut genug.«

»Verzeih, Herrin. Und verzeih mir, Stjerna.«

»Schon gut.«

Er verneigte sich leicht und ging. Lorana setzte sich wieder zu ihr.

»Was hat es mit den Dämonen auf sich?«, fragte Stjerna.

»Lass mich dir dies ein anderes Mal erzählen. Einer von ihnen trägt die Schuld an Lorjans Tod. Sie sind dunkle Geschöpfe und kein Gesprächsthema für einen fröhlichen Abend.« Lorana strich Stjerna über die Haare und zog etwas heraus. Stjerna zuckte und drehte sich eilig um, sie hatte die Feder des Phönix völlig vergessen. Achtsam tastete Lorana darüber.

»Was du da besitzt, ist mächtig und äußerst selten. Darf ich fragen, woher du sie hast?«

»Ma... Ein Freund hat sie mir geschenkt.«

»Eine kostbare Gabe.« Vorsichtig steckte sie ihr die Feder wieder in die Haare. »Was wurde aus deinem Freund?«

»Es gab eine Grenze, die er nicht gemeinsam mit mir überschreiten konnte.«

»Leider bleibt es nicht aus, dass wir jemanden zurücklassen müssen. Auch wenn wir es ungern tun.«

»Mehr als ungern«, flüsterte Stjerna und schloss kurz die Lider.

»Der Gedanke an ihn stimmt dich traurig?«

Stjerna nickte. »Er fehlt mir und ich wüsste gern, wie es ihm geht. Und dann dies hier ...« Sie umfasste in einer Geste alles um sie herum. »Meinem Geist fällt es schwer, alles zu begreifen, was geschehen ist und was ich erfahren habe.«

Lorana nahm sie in den Arm und drückte sie liebevoll. »Ich fürchte, ich habe dich etwas überfordert heute, Kind. Es ist wohl das Beste, wenn du dich ausruhst.«

***

Als Stjerna erwachte, flutete graues Licht sanft in den Raum und es war ruhig, abgesehen von den leisen Geräuschen des Waldes. Sie lag da und blickte zerstreut an die hohe hölzerne Decke. Immer wieder war sie hochgeschreckt aus dem Schlaf. Die Bilder von Lorana, Maró, ihrem Vater, Lyrán, Terba, ihrer Mutter und einer schwarzen Flamme hingen noch immer wie ein Nebelschleier in ihren Gedanken. Außerdem war da auch noch die Frage, wie sie Maró eine Nachricht senden konnte.

Stjerna stand auf und fröstelte, als sie das warme Bett verließ. Aufmerksam schritt sie durch den großen elliptischen Raum. Nichts regte sich. Sie fand in einer Ecke einen kleinen Brunnen mit klarem, sprudelndem Wasser darin, ihr Spiegelbild umgab ein leuchtend gelber Goldregen und intensiv blauer Eisenhut. Sie tauchte die Hände ins kühle Nass und ließ es sich über Gesicht und die Arme laufen, um die Reste der Nacht zu vertreiben.

Dann schlug sie die Richtung des Hintereingangs ein, durch den Lorana sie tags zuvor hinausgeführt hatte. Diese ruhte auf einem aus Stämmen und Ästen gefertigten Bett wie jenem, in dem auch Stjerna geschlafen hatte. Einen Augenblick blieb sie stehen und betrachtete ihre Tante. Ihre Züge waren ebenmäßig und von ihrem langen herbstbraunen Haar weich umrahmt. Auf ihrem Körper waren tiefe Narben zu erkennen. Stjerna streckte die Hand nach ihr aus, zog sie doch wieder zurück und umschloss sie mit der anderen. Leise und gleichmäßig atmete Lorana.

Die Vorstellung, eine tatsächliche Verwandte, eine Familie zu haben, war so schön. Wäre alles doch nur nicht so verflixt kompliziert! Gab es kein Mittel, Maró zu helfen, ohne Lorana zu brüskieren? Vielleicht wusste der Dämon Rat. Indessen war ihre Erinnerung daran, wie feindlich Lorana ihm gegenüberstand, ungetrübt.

Stjerna trat von dem Lager zurück, drehte sich um und huschte zum Ausgang. Lautlos ließ sich die massive Holztür öffnen. Sie glitt hinaus in das morgendliche Zwielicht. Der Himmel zeigte sich in kaltem Blau und noch leuchtete der Mond strahlend über ihr. Wenn ihr das Gestirn doch den Weg weisen könnte! Stjerna hielt inne – die Idee war vielleicht gar nicht so abwegig! Nicht zum Amaìn, aber immerhin Maró konnte sie gewiss ihren ganz eigenen Stern schicken? Verschmitzt lächelnd zog sie die Phönixfeder aus ihrem Haar und erinnerte sich daran, was Lorana tags zuvor über deren Macht gesagt hatte. Zudem hatte der Dämon die Feder gefunden und ihr geschenkt. Gewiss würde ein daraus hervorgehender Zauber ihn wiederfinden! Zufrieden steckte sich Stjerna die Feder zurück ins Haar. Zumindest dieses Problem hatte sie einstweilen gelöst.

Zuversichtlich ging sie weiter. Sie musste die Zeit nutzen, um sich auf die Suche nach dem Amaìn zu machen. Sicher fiel ihr auch noch etwas ein, wie sie Lorana ablenken konnte. Das Geländer der Brücke war kalt und feucht von der Kühle der Nacht. Gedämpft vernahm sie hier und da einige Stimmen, doch niemand hielt sich draußen auf. Stjerna stieg die Treppe hinab. Der Geruch von Rauch hing noch schwach in der Luft und die Aschehäufchen deuteten auf die Lagerfeuer des vergangenen Abends. Sie umrundete den Festplatz und trat auf einen Pfad. Einen, auf dem sie noch nicht mit Lorana gegangen war. Holunder umgab sie, als sie aufmerksam weiterging, es roch nach nassen Blättern und würzigen Pinien. Ab und an blieb Stjerna stehen und stellte sich auf die Zehenspitzen, doch um sie fand sich nur noch mehr Wald.

Der Pfad führte stetig geradeaus. Der Boden war weich unter ihren Schritten. Wie von einer Barriere gehemmt hielt Stjerna erneut inne. Da war irgendetwas. Magie. Ganz schwach, wie Rauch im Wind, aber spürbar. Stutzig zog sie die Stirn kraus und drehte sich zur Seite. Sie blickte auf Holunder, ebenso wie überall sonst. Die Äste dort erschienen seltsam, sie passten nicht recht ins Gefüge der anderen. Als hätte sie jemand angeordnet. Stjerna schloss die Finger darum und zog. Tatsächlich hielt sie sogleich einen losen Ast in der Hand.

Mit strahlenden Augen betrachtete sie ihn, ließ ihn fallen und machte sich daran, geschwind auch die anderen aus dem Weg zu räumen. Vor Stjerna öffnete sich bald ein Durchgang, er war schmal und die Äste der Bäume ragten weit mehr hinein als auf jenem, auf dem sie gegenwärtig stand. Offensichtlich wurde er nicht sonderlich oft benutzt. Sie holte tief Luft und setzte einen Fuß darauf.

»Nein! Nicht diesen Weg. Noch nicht.«

Stjerna erschrak und schalt sich stumm für ihre Unachtsamkeit. Sie drehte sich um. Lorana stand ein Stück entfernt.

»Ich fürchte, die Neugier hat mich überwältigt.« Entschuldigend zuckte sie mit den Schultern.

»Diesen Wesenszug hast du wohl von deinem Vater geerbt. Komm und lass diesen Pfad allein.« Lorana streckte ihr die Hand entgegen.

Widerwillig ging Stjerna zu ihrer Tante. »Was verbirgt sich dort?« Sie bemühte sich, ihrer Stimme einen beiläufigen Klang zu geben.

Ganz kurz entstellte Loranas zartes Gesicht ein böses Lächeln, ehe ihr Blick wieder weich wurde. »Jenes Werkzeug, den Menschen und dem Verräter ihre Taten heimzuzahlen. Nur wenige hier wissen davon und keinem habe ich alle Einzelheiten mitgeteilt. Dabei werde ich es belassen. Einige Eingeweihte sind mehr als genug, ich brauche nicht viele Helfer. Dir aber, meiner Nichte, meinem Fleisch und Blut, werde ich es offenbaren, jedoch noch nicht jetzt.«

Stjerna kostete es einige Mühe, sich von der Stelle zu lösen. Dort lag der Weg, den sie gehen musste. Ob sie versuchen sollte, schon jetzt mehr aus Lorana herauszukitzeln? Was, wenn diese misstrauisch wurde? Vermutlich machte es ohnehin keinen Unterschied, ob sie mit dem genauen Kalkül ihrer Tante vertraut war. Es zählte nur, das Amaìn zu finden und fortzubringen. Über alles Weitere konnten sie sich anschließend die Köpfe zerbrechen. Schweigend ging sie neben Lorana her, bis es plötzlich im Unterholz raschelte und der Elch auf den Weg trat. Stjerna blieb wie angewurzelt stehen.

»Keine Sorge. Vor Alsini hast du nichts mehr zu befürchten.« Lorana streichelte dem mächtigen Tier die Nüstern.

Stjerna nickte, allerdings war ihr wesentlich wohler, als der Elch wieder verschwand.

Lorana lachte. »Du wirst dich an ihn gewöhnen, keine Sorge.«

Sie folgte ihrer Tante zurück in das große Baumhaus, wo Honig, Brot, Obst, Nüsse und warmer Holundersaft auf einem runden Tisch standen. Sie nahmen auf zwei Korbstühlen Platz. Auf einem von Ästen getragenen Regal bemerkte Stjerna einen dicken Folianten. Er sah alt und abgewetzt aus. Ob es jenes Buch aus Octulara sein mochte? Sie überlegte, ob sie Lorana danach fragen konnte, ohne einen Verdacht in ihrer Tante zu wecken. Andererseits, was würde es bringen? Sie würde es ohnehin nicht entziffern können. Stjerna seufzte und löste den Blick von dem Buch.

»Nun, Kind, wie sind deine Erfahrungen mit deinen Kräften? Hast du sie je angewandt?«

»Einige Male.«

»Zeig sie mir.«

Stjerna schloss die Augen und konzentrierte sich. Es fiel ihr nicht mehr allzu schwer, Efeu um den Tisch ranken zu lassen.

Lorana hob anerkennend die Brauen. »Dafür, dass du nie wirklich gelernt hast, damit umzugehen, sind deine Fähigkeiten beeindruckend. Möchtest du mehr darüber lernen? Ich selbst habe zahlreiche Jahre nach deiner Geburt darauf verwendet, meine Macht zu steigern. Wenn du willst, gebe ich mein Können gerne an dich weiter.«

Stjerna stellte ihren Becher weg und setzte sich gerade hin. »Liebend gern!«, entgegnete sie hingerissen.

***

Den größten Teil des Tages verbrachten sie damit, sich mit Magie zu beschäftigen. Lorana erklärte ihr deren Wirkung, half Stjerna, an ihrer Konzentration zu arbeiten, und ließ sie verschiedene Pflanzen, Blüten und Ranken erschaffen. Mit flammendem Interesse hörte Stjerna zu, dankbar nahm sie jedes Wort auf und versuchte, exakt das zu tun, was Lorana wollte. Es fühlte sich gut an, endlich diesen Teil von sich selbst besser kennenzulernen.

Erschöpft trat sie am Abend ans Fenster. Sie blickte auf den mächtigen Wald und ihr Herz fühlte sich an wie von glitzerndem Frost bedeckt. Maró harrte irgendwo da draußen in diesem dunklen Meer aus Bäumen, Büschen und Dickicht und suchte sich einen Weg zu ihr. Ihr ganzes Selbst verzehrte sich nach ihm. Für den Dämon war dieser Forst sicher bedeutend kälter und ungastlicher als für sie.

Sie spähte über die Schulter zu Lorana, die vor dem Schlafengehen ihre Haare zu einem Zopf flocht, und auf einmal brannten Tränen in ihren Augen. So schön war der Gedanke an ein echtes Familienmitglied! Jahre hatte sie sich danach gesehnt und nun, da sie ein Verwandte gefunden hatte, war sie auf die eine oder andere Art doch ihre Feindin. Am liebsten wäre sie zu ihrer Tante gelaufen und hätte sie fest umarmt, ihr Lachen gehört und ihre Wärme gespürt. Doch Stjernas Entscheidung stand fest. Nachdenklich schüttelte sie leicht den Kopf und wandte sich wieder dem Forst von Hyldáine zu. In dieser Nacht würde sie das Amaìn finden und es mit Maró zurück nach Empandium bringen, wo es hingehörte.

Als sie sicher war, das Lorana schlief, und sich auch sonst nichts regte, schlich sie nach draußen. Die Nacht hüllte sie dunkel ein. Sie wusste nun, wohin sie musste. Sobald sie sicher war, auf jenem Pfad zum Amaìn zu gelangen, würde sie dem Dämon ein Zeichen schicken und mit ihm und der schwarzen Flamme Hyldáine und ihre Tante hinter sich lassen. Geduckt stahl sie sich leise über die Brücke. An der Treppe hielt sie inne und lauschte. Dann huschte sie diese hinab, lief dicht an den Baumreihen entlang und glitt in den Wald. Die Dunkelheit um sie herum nahm zwischen den Bäumen noch zu und verlangte Stjerna Konzentration ab. Sie verlangsamte ihre Schritte auf dem Pfad. Mit der rechten Hand streifte sie über die Blätter und Äste der Sträucher, um den Weg nicht zu verlieren. Aufmerksam ging Stjerna weiter, ihr eigener Atem kam ihr zu laut vor. Eine Eule rief heiser. Grillen zirpten sanft.

Endlich kam sie zu der schmalen Öffnung jenes Pfades, den zu betreten Lorana ihr untersagt hatte. Stjerna hielt inne, holte tief Luft und wählte diesen Weg. Diesmal rief niemand sie zurück. Unbeirrt und so schnell es ging, eilte sie weiter. Erschrocken sprang sie zurück, als etwas ihre Wange streifte. Es war ein dünner Ast, der sich schwach gegen die dunkle Umgebung abzeichnete. Sie ärgerte sich über ihre Schreckhaftigkeit, bog ihn zur Seite und setzte ihren Weg fort. Immer wieder spürte sie die kalten und feuchten Blätter und strich sich Spinnenweben aus dem Gesicht. Häufig wurde dieser Pfad sicher nicht betreten. Er machte eine Biegung, nach dieser blieb Stjerna stehen.

Sie hatte eine große, kreisförmige Lichtung erreicht. In der Dunkelheit nur schemenhaft zu erkennen stand in der Mitte der Lichtung ein aus knorrigen Ästen gefertigter Sockel mit einer kupfernen Schale darauf. In dieser loderte eine schwarze Flamme. Sie hatte es gefunden!

Stjerna trat andächtig zwischen den Bäumen und Holunderbüschen hervor. Weiches Moos gab unter ihren Schritten nach. Zaghaft streckte sie die Finger nach der Schale aus. Sie war kalt. Ohne die Hand wieder von der Schale zu nehmen, ging Stjerna einmal um sie herum, den Blick auf das schwarze Feuer gerichtet. Es kam ihr beinahe unwirklich vor und doch war es da – das Amaìn der Niscahle!

Ihr Verstand raste. Sie trat zurück und verschränkte abwägend die Arme. Ob sie es selbst riskieren konnte, die Flamme fortzubringen? Maró hatte gesagt, ein klarer Geist und völlige Konzentration seien nötig dafür. Stjerna streckte die Hand nach dem Feuer aus, zog sie aber wieder zurück. Nein. Sie vertraute ihren Kräften und ihrem Verstand, aber sie wusste, Lorana hatte einen sehr mächtigen Zauber gesprochen. Abgesehen davon hatte Stjerna keinen Schimmer, wo genau Maró sich im Forst aufhielt, und konnte sie auf der Suche nach ihm genug Konzentration beibehalten, um nicht vom Amaìn verzehrt zu werden? Den Dämon zur Lichtung zu lotsen, erschien ihr sicherer.

Behutsam zog sie die Phönixfeder aus ihrem Haar und strich sacht darüber. Die Feder zwischen die Handflächen nehmend neigte Stjerna den Kopf. Mit geschlossenen Augen konzentrierte sie sich, rief Marós Bild in ihren Geist. Seine violetten Augen, seine stahlgrauen Haare, das halb abgeschnittene linke Horn, seine schlangengleiche dunkelgrüne Haut. Vor allem sein Lachen, seine Liebe und seinen Verstand. Die Magie in ihrem Geist wurde immer wilder, erinnerte Stjerna einmal mehr an ein stürmisch dahingaloppierendes Pferd. Ganz klar hatte sie Marós Bild vor sich, wie auf einem Gemälde. Es kam Stjerna vor, als begänne ein helles, warmes Licht in ihrem Inneren zu glühen, sich immer weiter auszubreiten und wie die aufgehende Sonne an Kraft zu gewinnen. Schließlich stand der Zauber still und sie wusste, sie hatte es vollbracht. Blinzelnd schlug sie die Augen auf. Über der Spitze der Feder tanzte vor ihr ein kleiner Funken in der Luft. Mit einem Lächeln pustete Stjerna ihn sanft an.

»Geh und finde ihn.«

Einen Moment schaukelte der kleine goldene Punkt wie auf einer Welle durch die Luft, dann schwirrte er davon. Es zerriss sie schier. Ungeduldig ging sie auf und ab, trommelte mit den Fingern auf ihrem Kleid und zuckte bei jedem noch so leisen Geräusch zusammen.

Immer wieder trat sie zu dem Amaìn, umrundete die Schale, beobachtete die Flamme. Hoffentlich hatte Lorana ihr Verschwinden nicht bemerkt oder suchte gar bereits nach ihr. Sie wünschte inständig, dass Maró wohlbehalten zu ihr gelangte. Langsam, aber stetig wurde es heller um sie herum. Erst wurde es grau, bis orangerotes Licht sich ausbreitete und der Wald aussah, als stünde er in Flammen.

Etwas knisterte. Stjerna wirbelte herum. Ihr gegenüber wirbelte der kleine Funke in der Luft, verharrte einen Augenblick und verlosch. Es knackte erneut im Unterholz, Äste und Blätter bogen sich auseinander und Maró trat auf die Lichtung.

»Maró!« Stjerna rannte hinüber und fiel ihm in die Arme.

»Stjerna, endlich. Es kommt mir vor, als wäre eine Ewigkeit vergangen. Ich war in Sorge um dich. Tu mir so was nie wieder an!« Eng zog er sie an sich und nahm sanft ihr Gesicht in die Hände, als wollte er sich ihrer Gegenwart vergewissern. Er beugte sich hinab und küsste sie leidenschaftlich.

Stjerna erwiderte es, schmiegte sich an ihn, fühlte seinen Leib, seinen Herzschlag. Es tat so gut, wieder in seinen Armen zu sein. Warme Liebe durchflutete sie und vertrieb alle Zweifel. Familie hin oder her, es war Maró, zu dem sie gehörte, er würde es immer sein.

»Geht es dir gut?«, fragte er atemlos.

»Mir ja, was ist mir dir? Immerhin hast du die Tage im Wald zugebracht.« Sie strich über einen Kratzer auf seiner linken Wange.

»Es ist nicht ganz einfach gewesen, einen Weg hinein zu finden und ich musste dichter an den Blutdornen vorbei, als mir lieb war. Ich war unglaublich erleichtert, als ich dein Zeichen gesehen habe.« Er küsste sie erneut. »Außerdem glaube ich, Terba auf meiner Fährte zu haben. Ich habe hier und da Schnitte an den Bäumen hinterlassen, damit er den Weg findet. Ich dachte, ich hätte ihn gestern gehört. Jedoch wagte ich es noch nicht, mich ihm zu zeigen.«

Nach einem Moment glitt sein Blick an ihr vorbei. Ein bewegter Ausdruck spiegelte sich in seinen Zügen. Beinahe ehrfürchtig schritt er auf das schwarze Amaìn zu. Stjerna blieb dicht an seiner Seite. Schweigend verharrte er eine Weile, die Augen nicht von der Flamme lösend. Er erbebte bewegt, als stünde er auf unstetem Untergrund, und küsste Stjerna erneut.

»Ohne dich hätte ich niemals hierhergefunden. Glaub mir, ich finde keine Worte, die deinen Mut beschreiben könnten oder auch nur meine Dankbarkeit. Du bist eine Heldin! Meine Heldin!«

Stolz und etwas Verlegenheit stritten in Stjerna um die Vorherrschaft. Sie wollte etwas erwidern, als sie unvermittelt erstarrte und aufs Gebüsch ihnen gegenüber starrte. Maró spannte sich an. Schattenhaft stand eine riesige Kreatur zwischen den Bäumen, unverwandt zu ihnen blickend. Der Elch! Schnaubend drehte er sich um und sprang behände davon, sogleich nicht mehr zu erkennen im Gewirr aus Blättern und Ästen.

»Rasch! Lass uns von hier verschwinden, Maró. Ich fürchte, die Gefahr ist näher, als ich dachte. Ich erkläre dir alles, sobald wir von hier weg sind.«

Er nickte und spähte suchend ringsum. Sich bückend hob er einen etwa armlangen gewundenen Ast auf. Prüfend wendete er ihn hin und her.

»Das wird gehen«, sagte Maró zuversichtlich und trat zu der Schale. Leicht breitbeinig stellte er sich davor, schloss die Augen und formte lautlose Worte. Die Flammen flackerten stürmisch auf. Wie Schlangen neigten sie sich Maró zu.

DRESSIG

»Nicht so eilig!«

Maró wirbelte herum, Stjerna ebenso. Terba stand ihnen gegenüber. Neben ihm ein Dämon, dessen gespannter Bogen auf Maró fixiert war.

»Terba. Ich bitte dich, lass uns das Amaìn nehmen und von hier verschwinden, danach lege ich gern alle Differenzen mit dir bei.«

»Wag es, auch nur daran zu denken, die Flamme anzurühren, und du hast Glaons Pfeil im Herzen, Verräter!«, erwiderte Terba herrisch. Seine dunkle Haut ließ ihn auch ohne Zauber schier mit den Schatten versschmelzen, seine rubinroten Augen flackerten angriffslustig.

»Wie kannst du nur so störrisch an dieser Annahme festhalten? Da wir hier stehen, im Forst von Hyldáine?« Maró griff den Stock fester.

»Nicht nur ich bin noch immer davon überzeugt!« Terba gestikulierte energisch und vier weitere Dämonen erschienen an seiner Seite. Lyrán war einer davon.

»Ich nehme mich ausdrücklich von den Worten meines geschätzten Bruders aus«, sagte dieser. Er trat einen Schritt auf Stjerna und Maró zu, doch einer von Terbas Männern griff ihn unsanft am Arm und zwang ihn zum Innehalten.

Es missfiel Stjerna zutiefst, ihren Freund in der erzwungenen Gesellschaft der anderen Dämonen zu sehen. Sie wollte in seine Richtung, doch Maró hielt sie zurück. Terbas glimmende Augen fixierten sie, seine Worte aber richtete er an Maró.

»Warum sollte ich dir glauben? Nach allem, was ich weiß, hast du die Flamme gestohlen. Und hier stehst du, mit dem Amaìn, und willst mir weismachen, nichts damit zu tun zu haben?«

»Terba, ich schwöre dir, ich habe damit nichts zu tun! Ich will sie ebenso zurück wie du.« Er schleuderte den Ast vor Terbas Füße.

»Vielleicht hättest du sie besser bewachen sollen!«, zischte einer der Dämonen. Terba hob die Hand und gebot ihm zu schweigen.

»Maró hat recht. Die Herrin dieses Waldes will das Feuer auslöschen und damit euch. Lass ihn euer Amaìn nehmen und uns alle von hier verschwinde, ehe sie unser Vorhaben bemerkt«, schaltete sich Stjerna ein.

Terba kam auf sie zu. »Und du, Waldgeist. Woher soll ich wissen, dass du nicht genau dasselbe willst wie er?«

»Will ich doch, du unterstellst uns nur ein falsches Ziel!«

»Gut gesprochen!«, rief Lyrán.

»Du sei still. Zu deiner Rolle bei alldem hier, *Bruder*, kommen wir später!«, bellte Terba den Spielmann an.

Maró stellte sich ganz dicht vor den anderen Dämon. Die beiden berührten einander beinah, beide bis zum Zerreißen gespannt. Einer von Terbas Männern regte sich, doch Terba schüttelte fast unmerklich den Kopf.

»Versuch nur einen Moment zu vergessen, was du annimmst«, begann Maró leise, aber bestimmt. »Verbann es aus deinem Geist und sag mir, Terba, wie bist du hierhergekommen? Haben dich die Zeichen genau an diesen Ort geführt? Meine Zeichen! Die ich euch hinterlassen habe! Du bist kein Narr. Und ich auch nicht. Warum sollte ich also nach Jahren des Verschwindens und wenn ich wirklich etwas Ungutes im Schilde führe, dich nun auf meine Spur bringen?«

»Um mich mitansehen zu lassen, was du tust«, entgegnete Terba, ohne zu zögern, klang aber trotzdem wenig überzeugt.

»Oder doch eher, weil ich deine Hilfe brauche? Weil wir im Refugium einer Magierin sind, die uns vernichten will?«

Terbas Augen verengten sich und er sah Maró abschätzend von unten nach oben an, dann wanderte sein Blick zu Stjerna. Gelassen hielt sie ihm stand. Es vergingen einige Momente. Augenblicke, in denen die Luft vor Anspannung schier knisterte. Als er schließlich ergeben seufzte, hörte es sich wie ein einschlagender Pfeil an.

»Also gut, Maró –«

Ein wildes Schnauben unterbrach ihn jäh. Mit gezogenem Schwert wirbelte Terba herum. Maró zog Stjerna neben sich und griff gleichfalls nach seiner Waffe. Seite an Seite stand er mit Terba da. Dessen Männer stürmten zu ihnen. Ihnen gegenüber sprang der Elch auf die Lichtung, Lorana saß auf seinem Rücken. Fünf Waldgeister rannten hinterdrein. Stjerna erschauerte. Kaum stand das Tier, glitt Lorana hinab.

»Stjerna! Fort von ihnen, schnell!«

Stjerna nahm Marós Hand und schüttelte vehement den Kopf. »Nein. Ich gehöre an Marós Seite.«

Lorana riss die Augen auf und taumelte wie geschlagen. Einer ihrer Männer stützte sie. Terba wollte losstürmen, doch Maró hielt ihn zurück.

»An seine Seite?«, flüsterte sie, sammelte sich wieder und ging einen Schritt auf sie zu. »An die Seite eines Dämons?« Lorana lachte kalt. »Nein, Stjerna. Dein Platz ist hier, in diesem Wald. Du weißt nicht, wer er ist! Dieser Dämon war es, der alles verursacht hat. Nur seinetwegen ist dein Vater gestorben! Lass dich von ihm nicht blenden, Kind. Du gehörst zu mir, deiner Tante! Ich bin deine Familie.«

Maró schnappte nach Luft. »Sie ist was?«

»Sie ist von meinem Blut, Dämon. Und du hast ihre Eltern auf dem Gewissen«, zischte Lorana wütend.

Wie nach einem Schlag benommen, schüttelte Maró den Kopf. Ungläubig wanderte sein Blick von Stjerna zu Lorana und zurück. Stolz hob er sein Haupt, als er Stjerna ansah, schlich sich etwas beinahe Flehendes in seine Züge. »Du weißt, das ist nicht wahr. Nichts davon ist so geschehen. Lass mich das Amaìn nehmen und es Terba geben, danach rechtfertige ich mich vor dir für alles, was du mir vorwirfst. Und auch vor Stjerna –«

»Träumer! Als würde ich die Waffe aus der Hand geben, die es mir ermöglicht, mich an dir und den Menschen gleichzeitig zu rächen. Nun, wo ich endlich weiß, wie ich euer Feuer auslöschen kann. Es hat mich Jahre gekostet, es herauszufinden.«

»Lorana, bitte!«, rief Stjerna.

»Nein. Ohne ihn wäre dein Vater nie auf die Art mit Menschen in Berührung gekommen. Er hat ihn sterben lassen. Was glaubst du, Maró, warum ich dich ausgerechnet in die Gestalt eines Menschen gebannt habe? So hättest du zeitlebens ertragen müssen, dass es keine Niscahle mehr gibt, und ebenso den Zerfall der Menschen erdulden müssen.«

Maró Schwert erzitterte in seiner Hand, so stark vibrierte er vor Anspannung. »Ich habe ihn *nicht* sterben lassen! Als ich zum Treffpunkt kam, den Lorjan mir genannt hatte, war es bereits zu spät. Die Menschen hatten ihn entdeckt. Ich habe versucht, ihn zu retten. Ich habe gekämpft und einen von ihnen heftig verletzt. Für Lorjan konnte ich nichts mehr tun.« Er wandte sich bewegt an Stjerna. »Ich hatte keine Ahnung. Ich wusste von seiner menschlichen Geliebten nichts! Bestimmt war es das, was er mir an jenem Tag so dringend offenbaren wollte.«

Stjerna wollte ihm antworten, als ein Blitz sie energisch durchzuckte.

Vor ihr auf dem Waldboden lag Lorjan, eine Blutlache breitete sich unter ihm aus. Es musste einen Kampf gegeben haben! Sie stürzte hin und nahm ihn sanft in die Arme. Blinzelnd öffnete Lorjan die Augen, er war bleich und Schweiß bedeckte seine Stirn. Er versuchte, etwas zu sagen, war aber zu schwach dafür. Es musste gewiss eine Möglichkeit geben, ihn zu retten. Sie wollte nach seinen Wunden sehen, als sie dicht bei sich eine Bewegung wahrnahm. Sie sprang auf, zog ihr Schwert. Ein Mensch mit blankem Hass in den Augen griff sie an. Er sah Rilan verblüffend ähnlich. Geschickt sprang sie dem Hieb seines langen Messers aus dem Weg, er ritzte ihren Arm. Der Mensch schrie etwas, sie verstand nicht, was, aber die Worte waren kalt und voller Abscheu. Energisch griff sie ihn an. Der Kampf war kurz und heftig. Ihre Klinge drang schließlich tief in die Seite des Menschen ein. Aufheulend ließ dieser sein Messer fallen und presste seine Hand auf die Wunde. Mit panischen Augen sah er sie an, drehte sich um und floh taumelnd. Sie verschwendete keinen weiteren Blick auf ihn, diese Verletzung würde er nicht überleben. Eilig rannte sie zu der Stelle, wo Lorjan lag. Sie beugte sich über ihn, er lag still, die Augen geschlossen. Sein Leben hatte ihn verlassen. Tiefe Trauer überkam sie und sie glaubte, es würde ihre Seele zerreißen.

Flatternden Herzens tauchte Stjerna aus der Vision wieder auf und kam sich vor, als hätte ihr jemand die Luft abgedrückt. Mit aufgerissenen Augen blickte sie Maró an. »Ich weiß«, hauchte sie. »Ich habe es gesehen, deine Erinnerungen!« Endlich ergaben all die Bilder einen Sinn. Maró hatte Rilans Vater getötet, als er den ihren Vater, seinen Freund, verteidigte.

»Du glaubst ihm?« Loranas Stimme wurde spitz. »Nun, ich nicht. Lorjan ist durch dein Schaffen gestorben, Maró. Und nur dein Handeln hat mich und Tekin, meinen Liebsten, zu den Menschen getrieben, auf der Suche nach meiner Nichte. Die fand ich nicht, stattdessen wurden wir verfolgt!« Ihre Hände glitten zu ihrem Bauch, den sie sanft streichelte. »Auch ich trug ein Kind unter dem Herzen damals! Ich wollte meinen Sohn und Stjerna wie Geschwister aufziehen. Doch in der Hatz stürzten wir in eine Felsspalte. Tekin starb und unseren Sohn gebar ich zu früh, als dass er hätte überleben können. Bis heute weiß ich nicht, wie ich von dort entkommen bin. Ich glaube, damals war das der erste Moment, in dem meine Magie wirklich stark wurde. Und du, Niscahl, du und die Menschen, ihr habt mir diese Pein zugefügt, die mich bis heute verfolgt, wann immer ich die Augen schließe!«

Stjernas Herz schmerzte mit dem ihrer Tante. Sie setzte an, zu Lorana zu gehen, hielt aber inne beim hasserfüllten Ausdruck in deren Antlitz. Sie wusste, sie konnte nicht mal im Entferntesten nachvollziehen, wie viel Leid Lorana erlitten hatte. Gerne hätte sie irgendetwas gesagt oder getan, um Loranas Schmerz zu lindern, nur der Ausdruck, mit dem diese Maró bedachte, hielt Stjerna zurück. So viel Abscheu schlug dem Dämon entgegen, den Stjerna liebte.

»Lorana, ich wollte nichts von dem, was geschehen ist, und es tut mir ehrlich leid. Ich weiß, eine Entschuldigung ist absurd für alles, was du erleiden musstest. Aber weder die anderen Niscahle noch die anderen Menschen haben damit zu schaffen, ich bitte dich, gib mir das Amaìn.«

»Niemals!« Sie hob die Hand und ein Blitz schoss hervor. Keuchend stürzte einer von Terbas Männern zu Boden. Sofort war alles in Bewegung. Dämonen und Waldgeister sprangen aufeinander zu. Stahl klirrte. Maró hastete in Richtung des Amaìns und hob die Hand. Dunkelheit senkte sich über die Lichtung. Sie hielt nur kurz, dann schoss ein silberner Strahl durch die Schwärze und tauchte alles in seltsames Zwielicht. Das Silber ging von Lorana aus. Über ihren Köpfen prallte es gegen Marós Macht. Beide Zauber rangen miteinander, badeten alles in ein unnatürliches Grau wie von Rauch verhangener Luft.

»Glaubst du wirklich, deine Macht könne mit der meinen mithalten? Ich habe meine Magie über Jahre weiterentwickelt.

Meine Fähigkeiten gehen weit über alles hinaus, was mir naturgegeben zu eigen ist. Du verschwendest nur deine Kräfte, Dämon.«

Der glitzernde Zauber Loranas intensivierte sich und Maró schleuderte nach hinten. Eilig stürzte Stjerna zu ihm. Purem Instinkt folgend hob sie die Hand. Loranas Zauber prallte daran ab. Maró rappelte sich wieder auf, wie ein Wolf schüttelte er sich und hob sein Schwert.

»Geh weg von ihm!«, fauchte Lorana. »Dich will ich nicht verletzen.«

Bestimmt hob Stjerna den Kopf. »Du kannst uns nicht trennen.«

»Wir werden sehen!«

Immer mehr magische Attacken schleuderte Lorana in Marós Richtung. Um die anderen, die um sie herum wild miteinander kämpften, scherte sie sich nicht. Stjerna hob intuitiv die Hände, um sich und Maró zu schützen. Loranas Magie prallte daran ab, es wurde jedoch immer schwieriger, ihr standzuhalten. Die Zauber schmerzten mehr und mehr. Es war, als würde Stjerna einem Feuer langsam, aber stetig zu nahe kommen. Ihre Finger kribbelten und ihre Hände zitterten. Es war anstrengend, die Arme oben zu halten, ihre Fingerspitzen brannten.

Lorana indes war nicht beeindruckt. Ungestüm flogen die lautlosen Angriffe durch die Luft. Nur die Geräusche des Kampfes umgaben sie. Stjerna keuchte, als der magische Strom sie erneut wuchtig traf. Taumelnd sackte sie zusammen und presste die schmerzenden Hände gegen ihren Leib.

»Genug jetzt! Gib mir die Feder, Stjerna. Vielleicht schützt ihre Macht mich«, rief Maró.

»Nein! Was, wenn nicht?« Stöhnend wehrte sie einen weiteren Zauber ab. Mit einer flinken Bewegung zog Maró ihr die Phönixfeder aus dem Haar. Stjerna griff hastig nach seiner Hand, wollte ihn zurückhalten. Beide hielten sie die Feder umschlossen, als Loranas Bann draufprallte und ein sengendes Loch in den Boden vor ihnen brannte.

»Vertrau mir!«, sagte er, entwand ihr die Feder und steckte sie an seinen Gürtel.

»Maró!« Stjerna streckte sich nach ihm, doch er stürmte an ihr vorbei, auf Lorana zu. Ein Blitz schoss auf ihn zu. Eisig zog sich Stjernas Inneres zusammen. Ihr Blick haftete an Maró, dabei konzentrierte sie sich auf die Feder, versuchte, ihre Magie in diese zu senden.

Maró hieb mit seinem Schwert nach Loranas Zauber und tatsächlich zersprang dieser in einen Funkenregen. Ein Waldgeist rannte auf Stjerna zu, die noch immer auf dem Moos kniete. Keuchend setzte sie an, sich aufzurappeln, als eine Gestalt mit einem gezogenen Messer neben ihr auftauchte – Lyrán!

»Behalte du Maró im Auge, ich sorge schon irgendwie dafür, dass dir niemand zu nahe kommt!«

»Nicht allein!« Terba sprang seinem Bruder zur Seite.

Stjerna nickte dankend und wandte sich geschwind wieder Maró zu. Mit sicheren Schlägen hieb er nach Loranas Zaubern, die unter seinen Hieben zerbarsten. Wie ein Fluss ins Meer floss Stjernas Kraft in die Feder.

»Maró, pass auf!«, rief sie, als ein Waldgeist auf ihn zustürmte. Terba hastete dazwischen und sein Schwert traf hart auf das seines Angreifers.

Mit lautem Schnauben schoss Alsini heran. Der Elch rannte mit gesenktem Schädel ebenfalls auf Maró zu. Im letzten Augenblick gelang es dem Dämon, aus dem Weg zu hechten. Sogleich schoss ein neuer Zauber auf ihn zu. Stjerna sprang auf und rannte in seine Richtung. Dabei zog sie die Magie von ihm weg, direkt zu sich. Lorana keuchte erschrocken auf und Stjerna spürte, wie der Zauber an Kraft verlor, als ihre Tante zögerte.

Maró rappelte sich auf. Alsini scharrte mit den Hufen und attackierte ihn erneut. Furcht durchlief Stjerna, als der Dämon keine Anstalten machte, dem Tier auszuweichen. Lässig stand er da. Unmittelbar bevor der Elch auf ihn prallte, sprang er mit aller Kraft ab und landete auf den Schultern des Tieres. Energisch stieß er die Klinge nach unten. Rotes Blut schoss empor. Alsini schnaufte, lief noch einige Schritte taumelnd und brach zusammen.

»Nein!«, schrie Lorana entsetzt auf.

Maró glitt federnd von dem sterbenden Elch und rannte auf Lorana zu. Stjerna versuchte, ihren Fokus wiederzufinden und ihre Magie zu ihm zu schicken. Mit wild wirbelnder Klinge schlug er eine magische Attacke nach der anderen aus dem Weg. Lorana wich einige Schritte vor ihm zurück.

Stjernas Blicke glitten unglücklich zwischen den beiden hin und her. Wie lange mochte dies alles noch gut gehen? Sie musste irgendetwas unternehmen, etwas, das wirksamer war, als lediglich Maró ihre Kräfte zu senden. Kurz tobte ein Zwiespalt in ihrem Inneren, dann überwand sie ihr Zaudern und konzentrierte sich auf ihre Tante. Ein Kribbeln durchlief Stjerna und sie meinte einen Herzschlag lang, ihr Körper würde zerbersten. Die Kraft in ihr bündelte sich und aus den Fingerspitzen ihrer Hand brach ein blauer Blitz hervor. Wirbelnd raste dieser auf Lorana zu.

Mit einem verblüfften Ausruf riss diese die Hände empor, um sich vor Stjernas Angriff zu schützen. Die Magie prallte ab, doch Lorana taumelte und fiel dicht bei der Feuerschale hin. Sofort stand Maró mit gezücktem Schwert über ihr.

»Nein! Nein, Maró, bitte nicht!«, schrie Stjerna beklommen und rannte auf ihn zu. Um sie herum war auf einmal alles still. »Bitte nicht«, flüsterte sie und hielt ihn zurück. Ruhig wandte er sich ihr zu, ihre Blicke fanden sich. Er senkte sein Schwert und zog Stjerna zu sich.

»Ich bin dir also doch nicht gleich«, flüsterte Lorana und kam auf die Knie.

»Nein, natürlich nicht.«

Ihre Tante stand auf. »Dann musst du dich entscheiden, auf welcher Seite du stehst.«

»Warum?« Stjerna ballte die Hände zu Fäusten und schüttelte unwillig den Kopf. »Warum muss denn alles immer auf eine Seite zulaufen? Lass Maró das Amaìn mitnehmen –«

»Und was? Dich gehen lassen? Mit ihm? Nein, Stjerna. Entweder du stehst zu ihm, dem Dämon, der den Tod deiner Eltern verschuldet hat, oder du stehst zu mir. Deiner Tante, die dein Wesen versteht und dich lehren kann, mit deinen Kräften umzugehen. Die deine Familie ist!«

Stjerna blickte zwischen den beiden hin und her. Was konnte sie sagen, tun, um Lorana verstehen zu lassen, wie sehr Liebe sie an den Dämon band? Sie fühlte sich elend, zwischen den beiden wählen zu müssen, Blutsbande gegen ihr Herz ausspielen zu müssen. Es war, als lägen Ketten um ihre Seele und aus zwei unterschiedlichen Richtungen wurde an diesen gerissen. Stjerna suchte nach Worten, fand aber keine.

»Und du, Kreatur der Dunkelheit, willst du gar nichts dazu sagen?«, provozierte Lorana den Dämon spöttisch.

»Was ich dir zu sagen habe, hast du bereits gehört, Lorana. Was Stjerna angeht, so vertraue ich darauf, dass sie ihre Entscheidung aus dem Herzen trifft und es keiner überzeugenden Worte bedarf. Ich vertraue ihr und ich werde mich beugen, wie auch immer es sein mag.«

Mit Tränen in den Augen drehte sich Stjerna zu Lorana. »Wenn du mich zu einer Entscheidung zwingst, so werde ich mich immer für Maró entscheiden.«

Unvermittelt schleuderte Lorana einen Zauber auf Maró. Sein Schwert entglitt ihm, er keuchte schmerzerfüllt auf, taumelte rückwärts, seine Augen weiteten sich. In seiner Brust steckte eine große, gezackte Scherbe. Mit jedem Herzschlag quoll mehr silbriges Blut aus der Wunde. Unbeholfen tastete er nach der Verletzung und brach zusammen.

»Maró!« Stjerna stürzte zu ihm. »Maró, bitte nicht!« Ihre Finger bebten, als sie seine Wangen berührte. Tränen liefen wie Regentropfen über ihre Wangen. »Nein!« Ihre Stimme brach.

Marós Atem ging immer flacher. Es kostete ihn Mühe, die Hand nach ihr auszustrecken. Schwach zog er sie zu sich und küsste sie. Seine Lippen schmeckten nach Morgentau und all jenen glücklichen Momenten, die sie erlebt hatten, nach ihrer ersehnten Zukunft, die mit jedem Tropfen silbrigen Dämonenbluts verrann. Sanft löste Stjerna sich, um ihn anzusehen, ein letztes Mal sein Antlitz zu betrachten, als wäre es zum ersten Mal. Seine zitternde Hand lag an Stjernas Wange, sie schloss die ihre sanft darum. Sie suchte seinen Blick. Er öffnete die Lippen, doch hatte zum Sprechen nicht mehr die Kraft. Es war nicht nötig, in seinen Augen las Stjerna alles, was es zu sagen gab.

»Ich liebe dich, Maró«, hauchte sie.

Er drückte ihre Hand und Tränen glitzerten in seinen Augen, ehe der Glanz darin erlosch.

Stjerna schluchzte schmerzerfüllt auf und sank verzweifelt über ihm zusammen. Alles, alles nur das nicht! Es war, als wäre ihr ein Teil ihrer Seele entrissen worden. In sich spürte sie nur Dunkelheit, wie in einer sternlosen Nacht.

»Nun kannst du nur noch mich wählen.« Lorana trat heran. Stjerna rührte sich nicht, blieb über den Leib des Dämons gebeugt sitzen. Mit einer flinken Bewegung zog Lorana die Scherbe aus Marós Brust. Silbriges Dämonenblut troff herab. Stjerna starrte ihre Tante aus tränenverschleierten Augen an, unfähig, etwas zu sagen oder sich auch nur zu rühren. Sie fühlte sich leer und war wie paralysiert. Es kam ihr vor, als wäre sie in einem Albtraum gefangen.

»Das Blut eines Wächters.« Lorana lächelte. »Nur dieser Bestandteil hat noch gefehlt, um den Zauber auszuführen und das Amaìn der Niscahle ein für alle Mal zu vernichten.« Majestätisch schritt sie zu der kupfernen Schale.

»Nein!« Terba rannte entsetzt auf sie zu. Mit einem Zauber wischte sie ihn beiseite und schleuderte ihn heftig auf den Boden. Sofort stürmten die Dämonen los. Die Waldgeister sprangen ihnen entgegen. Erneut klirrten laut Schwerter im Kampf. Lorana hob die Scherbe hoch über ihren Kopf und raunte unverständliche Worte.

Stjerna schluckte schwer. Niemals durfte das geschehen! Andernfalls wäre Maró völlig umsonst gestorben. Sie küsste ihn auf die Stirn, wischte sich die heißen Tränen mit ihren vom silbrigen Dämonenblut benetzten Finger von den Wangen und rappelte sich taumelnd auf.

Lorana stand noch immer hoch aufgerichtet über der Schale und wisperte magische Verse. Sie hob die Scherbe noch etwas höher und setzte an, mit einer energischen Bewegung das mit silbrigem Blut beflecktes Fragment in das Feuer zu stoßen.

Stjerna sprang ungestüm zwischen Lorana und die schwarze Flamme. Gellend schrie sie auf, als die Scherbe schnell und tief in ihren Körper eindrang. Heiße Pein zuckte durch ihre Brust. Loranas ungläubiger Ausdruck ruhte auf ihr. Der Zauber schoss zurück, traf Lorana und schleuderte sie einige Meter weit weg.

Stjerna taumelte keuchend, tastete nach einem Halt. Ihre Knie gaben nach und sie fiel ächzend zu Boden. Es marterte sie, Atem zu holen. Es war, als lägen glühende Kohlen in ihrer Brust. Ihr Blickfeld verdunkelte sich zusehends und um sie herum verschwamm alles. Stjernas Lungen flehten nach Luft, doch es gelang ihr nicht, sie zu füllen. Atmen bereitete ihr Mühe. Sie fühlte sich so unglaublich schwach.

»Stjerna!« Lyráns Antlitz tauchte vor ihr auf. Sanft nahm er sie in den Arm und strich ihr durchs Haar. »Stjerna! Hörst du mich?«

»Ihr seid gerettet«, wisperte sie. Kälte durchflutete sie.

»Ja, nur zu welchem Preis?« Tränen standen in seinen Augen.

»Im Tode lebt die Liebe, nicht wahr?«

Liebevoll küsste er sie auf die Stirn und nahm ihre Hand. »Ganz sicher tut sie das.«

»Es wird ein gutes Lied werden, über uns.« Sie lächelte. Lyráns Züge verwischten sich immer mehr. Es war tröstlich, ihn an ihrer Seite zu wissen.

»Das beste, das ich je spielen werde«, entgegnete Lyrán mit brechender Stimme und strich ihr über die Wange.

Stjerna stöhnte und schloss die Augen. Auf einmal wich aller Schmerz von ihr und sie lag ganz still. Ein letztes Mal drückte sie Lyráns Hand und um sie herum wurde es schwarz, als ihr Leben sie verließ.

EPILOG

Ein Bach plätscherte in der Nähe und die Sonne wärmte sie. Blinzelnd öffnete Stjerna die Augen und setzte sich auf. Alle Qual wich von ihr und sie fand sich am Rande eines lichten, freundlichen Waldes. Im Hintergrund war die Silhouette einer Stadt auszumachen.

Eine Gestalt ging vor ihr in die Hocke und streckte ihr lächelnd die Hand entgegen. »Ich hätte dir ein langes und erfülltes Leben sehr gewünscht. Aber ich bin eigensinnig genug, mich unendlich zu freuen, dich hierzuhaben.« Maró ergriff ihre Hand und zog sie auf die Beine. »Wollen wir sehen, was diese Welt für uns bereithält?«, flüsterte er lächelnd.

Freudestrahlend fiel Stjerna Maró, ihrem Dämon, um den Hals und küsste ihn stürmisch.

Lyráns Lied hatte die Wahrheit gesagt! *Im Tode lebte die Liebe* … Schade nur, dass sie dem Spielmann nie würde erzählen können, dass er recht gehabt hatte.

LEBWOHL MEIN LIEB!

Ich weiß, deine Seele ist traurig,
nun allein
doch wenn Lieb' in jener Welt erblüht
die nach dem Tode,
wird Dein und Mein,
in der Leib und Leben neu erglüht,
dann folge frohen Herzens mir hinein.

Im Tode lebt die Liebe.

Der Tod wird nicht unser Ende sein,
Magie und Zauber werden uns leiten,
in eine neue Welt begleiten
Das Wunder wird geschehen,
unsere Liebe wird nicht vergehen

Im Tode lebt die Liebe.

Komm zu mir
bevor der Morgen tagt
Liebste, ich warte unverzagt
Bis du den Sprung gewagt

Im Tode lebt die Liebe.

DANKSAGUNG

Ein ganz herzlicher Dank geht an Monia Pscherer und das gesamte Team vom *Dancing Words Verlag*, das mir und dem *schwarzen Amain* ein Zuhause gegeben und die Geschichte mit viel Liebe zum Detail während aller Phasen der Veröffentlichung so großartig begleitet hat.

Ein besonders großes Dankeschön geht an meine Freundin und Autorenkollegin Elisabeth Marienhagen, ohne deren Feedback und Tipps der Roman heute nicht der wäre, der er ist.

Danke auch an meine Autorenkollegin Hanne Benden für einen immer fruchtbaren Austausch, von dem ich in den vergangenen Jahren viel lernen durfte.

Zudem Danke an Marcel Wiese und *Read First* – das Feedback, das ich von dort erhalten habe, hat mir beim Überarbeiten der Geschichte sehr geholfen.

Bei Julia und Finja Friedrich bedanke ich mich ganz herzlich für ihre Unterstützung beim Erstellen von Fotos und Videos für meinen Instagram-Account. Und auch für ihren restlichen Support! (Carsten und Mattis, ihr auch)

MANUSKRIPTE GESUCHT.

Du hast ein Manuskript in deiner virtuellen Schublade oder arbeitest gerade an einer Herzensgeschichte? Dann immer her damit! Wir freuen uns über jedes eingereichte Manuskript, möchten dich jedoch bitten, folgendes zu beachten:

KRITERIEN.

- Gesucht werden ausschließlich Geschichten mit/über starke(n) **Mädchen** oder **Frauen! Heldinnen**, die sich behaupten können, oder die sich dazu entwickeln.

- Die Genres (samt jeglichen Subgenres) sind: **Romance, Fantasy, Dystopien, Entwicklungsromane** (Sehr gerne mit positivem Ende, ist aber kein Muss) und **Sachbücher** (hier: Alles rund um Mädchen, Frauen, Lifestyle, Gesundheit & Wohlbefinden, usw.)

- Die Geschichte sollte mindestens 250 Normseiten lang sein.

EINZUREICHENDE UNTERLAGEN.

- Ein vollständiges **Exposé** mit folgenden Angaben: Titel, Genre, Umfang (Wörterangabe), geplante Fertigstellung, Zielgruppe, Handlungsort, Handlungszeit, Perspektive, Figurenliste, Kurzzusammenfassung, ausführliche Zusammenfassung

- Eine (Autoren)**Vita** mit Kontaktdaten und (falls vorhanden) sämtlichen Veröffentlichungen (bitte NICHT in das Exposé packen!)

- Eine **Leseprobe** (vom Anfang) im Umfang von 2 Kapiteln oder 30 - 50 Normseiten:
Courier New oder Arial, 12pt, 1,5 Zeilenabstand, Linksbündig

- Dateien bitte ausschließlich in *.doc oder *.docx einsenden und mit Name, (Arbeits)Titel & Bezeichnung versehen: Name_Titel_Bezeichnung

WAS WIR BIETEN.

- Ein professionelles **Lektorat** sowie **Korrektorat**
- Ein liebevoll gestaltetes **Cover**
- Eine Veröffentlichung deiner Geschichte als **E-Book & Print**
- Verschiedene **Werbemaßnahmen** auf unterschiedlichen Plattformen
- Ein engagiertes und herzliches **Team** auf Augenhöhe

WISSENSWERTES.

- Bitte sende dein Manuskript per **E-Mail** an: dancingwords.verlag@posteo.de
- Andere Einsendungswege werden nicht berücksichtigt; für postalisch versandte Manuskripte übernehmen wir keine Haftung!
- Thriller, Kriminalromane, Lyrik, Kurzgeschichten oder Horror verlegen wir nicht.
- Wir antworten in jedem Fall, bitten aber um Geduld. Um jedes Manuskript sorgfältig zu prüfen, benötigen wir bis zu **4 Wochen**.
- Im Falle einer Veröffentlichung entstehen dir natürlich **keine Kosten.**

LESEPROBE
WUNSCHMAGIE

Frei

Weggedrückt! Ist das ihr Ernst? Wie kann Jess mich ausgerechnet jetzt im Stich lassen?

Von unten drangen die Stimmen meiner Eltern in mein Zimmer, zerschnitten meine Gedanken wie scharfe Messer. Sie waren nicht laut, aber an diesem Abend besonders durchdringend.

»Du hast doch schon wieder so viel getrunken! Und das jeden Abend, Peter, das kann doch nicht so weitergehen!«

»Komm doch mal runter, es waren nur zwei Gläser! Tu nicht so, als hättest du dir heute keinen Wein gegönnt.«

»Wie wäre es damit, meine Sorgen ernst zu nehmen, statt sofort auf Gegenwehr zu schalten?«

»Du bist doch nicht besser!«

Ihre Worte verloren sich in dem Gebräu aus Wut und Enttäuschung, das in mir rumorte und mich so machtlos machte. Ich schmiss mein Handy in die Ecke, warf mich auf mein Bett und fischte meine Kopfhörer aus der Nachttischschublade. Doch selbst bei dröhnender Rockmusik auf voller Lautstärke kreisten meine Gedanken weiter. Streit, Lügen, Beschuldigungen. Meine Eltern hassten sich und gaben sich das wieder zu spüren. An mich dachte dabei niemand. Nicht einmal meine beste Freundin, die anscheinend Besseres zu tun hatte, als mit mir zu telefonieren. Dabei wusste sie ganz genau, was hier los war!

Nicht einmal die Gitarrenklänge meines Lieblingssongs konnten mir das Gefühl nehmen, ins Leere zu fallen. Ich war allein.

***

Ich wollte nicht zur Schule, wollte mich nicht wieder in die Rolle der Schülerin zwängen, die alles im Griff zu haben hatte, wollte nicht neben Jess sitzen, aber noch weniger wollte ich meinen

Eltern gegenübertreten. Selbst nachdem der Streit abgeklungen war, hatte er mich in Gedanken weiterverfolgt und mir den Schlaf geraubt. Um den ständigen Anfeindungen zu entkommen, gehörte ich am nächsten Morgen ausnahmsweise zu den ersten, die auf dem Schulgelände auftauchten. Aus Gewohnheit schlug ich den Weg zur Bibliothek ein, nur um festzustellen, dass sie erst um acht Uhr öffnete. Daher entschied ich, an der frischen Luft auf den Unterrichtsbeginn zu warten. Vielleicht würde die Kälte des Spätsommermorgens das Brodeln in meinem Magen vertreiben und ich könnte Jess später ohne allzu offensichtlichen Groll begegnen. Immerhin hatte die zweite Schulwoche der elften Klasse gerade erst angefangen, eine Zeit, von der Jess und ich eigentlich noch profitieren wollten, bevor uns der Ernst der Abivorbereitung einholen würde.

Doch warum zum Teufel hatte sie mich gestern Abend weggedrückt? Immerhin waren wir seit dem Kindergarten unzertrennlich und sie sollte besser als jeder andere wissen, wie ich mich fühlte. Meine Brust zog sich schmerzhaft zusammen bei dem Gedanken daran, dass etwas – oder jemand – anderes wohl wichtiger gewesen war als ich.

Der Schulhof füllte sich schnell. Ich flüchtete vor dem Tratsch der neuen Woche zu den Brombeersträuchern hinter dem Schulgelände, zog die Jacke aus und klammerte mich an die Hoffnung, dass die kühlen Brisen meine Wut doch noch betäubten. Es funktionierte nicht. Trotzdem verharrte ich noch einige Augenblicke, nachdem der Hausmeister die Schule geöffnet hatte, hinter den Büschen, atmete tief durch und schlüpfte dann ins warme Schulgebäude.

Im Klassenzimmer erwartete mich Jess und wagte es, mich stürmisch zu umarmen. Ihre zotteligen schwarzen Haare waren noch zerzauster als sonst, ihre Augenringe tiefer, aber ihre Wangen glänzten verdächtig rosig. Sie trug einen grünen Wollpullover, der mir sofort ins Auge stach. Der musste neu sein – oder nicht von ihr. Normalerweise fanden sich in ihrer Garderobe nur die Farben Schwarz, Grau und Weiß. Dabei konnte sie nahezu alles tragen, im Gegensatz zu mir. Mit meinen knallroten Locken und der blassen Haut, auf die die Sonne zu den wärmeren Jahreszeiten ein paar Sommersprossen malte, war meine Kleidungsauswahl von vornherein stark eingeschränkt, wenn ich nicht auffallen wollte wie ein bunter Hund.

»Hey, Roxy!« Sie strahlte.

Schmerz zerrte an mir und verschluckte jede Erwiderung. *Hat sie nicht einmal ein schlechtes Gewissen?*

»Tut mir leid, ich hätte mich bei dir melden sollen. Ich weiß ja, wie neugierig du bist, aber wie du dir vielleicht denken kannst, war ich anderweitig beschäftigt ...«

Als das Grinsen nicht aus ihrem Gesicht wich, wurde das Zerren stärker. Nein, von einem schlechten Gewissen fehlte jede Spur, was ihre Entschuldigung wertlos machte.

»Wovon redest du?«

Jess blinzelte verwirrt. »Ich habe dir doch erzählt, dass Tina mich zu einem DVD-Abend eingeladen hat. Möglicherweise ist daraus eine DVD-Nacht geworden ...«

Ach ja, ihr Date. Deshalb also.

»Ist das dein verdammter Ernst?«, krächzte ich heiser. Meine Lippen fühlten sich taub an, dabei hätte ich am liebsten geschrien.

Das Grinsen kehrte auf Jess' Lippen zurück. »Keine Sorge, es waren nur ein paar Küsse, auch wenn ich nichts gegen mehr gehabt hätte. Vielleicht geht es etwas schnell, aber deswegen ist es noch lange nicht falsch, oder?«

Es war ihr Ernst! Sie war blind vor Glück, sah meinen Schmerz nicht einmal. Meine Augen brannten, aber ich durfte mir auf keinen Fall die Blöße geben, vor ihr in Tränen auszubrechen.

»Freut mich«, murmelte ich so abweisend wie möglich und setzte mich an meinen Platz. Unseren Platz.

Es klingelte, unsere Mitschüler strömten ins Klassenzimmer wie Ameisen in ihren Bau. Auf lebhaftes Getuschel folgte eine fast unheimliche Stille, als schließlich auch unser Mathelehrer Herr Hansen eintrat. Hoffentlich würde sich dieser Tag nicht endlos in die Länge ziehen.

***

Im Laufe der Stunde stupste Jess mich immer wieder von der Seite an und erzählte mir von ihrem Herzflattern, ihren neuen Erfahrungen, davon, dass sie die beste Nacht ihres Lebens hinter sich und noch viele bessere vor sich hatte. Ich wollte ihr nicht zuhören, aber ich konnte nicht anders. Mein Kopf kehrte jeden ihrer Sätze ins Gegenteil um und spülte mir Vorstellungen davon in die Gedanken, wie sie ihr neu gewonnenes Glück verlieren und so einsam enden würde wie ich.

Es war nicht fair, so was durfte ich nicht denken, aber ihre Euphorie versetzte mir einen Stich ins Herz. Warum erkannte sie nicht, wie weh mir ihre Worte taten, wie übergangen ich mich fühlte? Tina verdrehte Jess so sehr den Kopf, dass sie sogar vergaß zu fragen, wie es mir ging!

»Findest du nicht?«, holten mich ihre Worte wieder zurück ins Hier und Jetzt.

»Nein.« Keine Ahnung, wovon sie sprach.

Ich hielt es keine Sekunde länger neben ihr aus. Unter dem verärgerten Blick Herrn Hansens erhob ich mich und stürmte unter einer genuschelten Entschuldigung aus dem Raum. Für drei, fünf, zehn Minuten sperrte ich mich in der Toilette ein. Ich sank gegen die Wand und sog den kurzen Moment der Stille in mich ein, den ich bitter nötig hatte. Ein Teil von mir erwartete, dass Jess nach mir sehen würde, doch niemand kam. Weder sie noch jemand anderes. Vermutlich war es besser so. Irgendwann erlöste das Klingeln uns in die erste Pause. Mit einem erleichterten Seufzen trottete ich in den Schulhof, zielstrebig in die Ecke, in der die Fünft- und Sechstklässler mit ihren Pokémonkarten dealten. Hier würde Jess mich nicht finden. Die ersten Sonnenstrahlen des Tages vertrieben die wohltuende Kälte nun völlig.

Jess wusste es. Sie wusste genau, wie sehr ich seit Tagen unter den Problemen zu Hause litt. Dennoch übersah sie so vieles. *Sie interessiert sich nicht mehr für mich*, hämmerte meine Stimme hart durch meinen Kopf, mein Herz. Vielleicht war Tina schuld daran, vielleicht auch ich selbst. Es war mir egal. Was zählte, war, dass Jess nur noch ihr eigenes Glück im Sinn hatte und ich es aufgeben sollte, mich auf sie zu verlassen, um mir weitere Enttäuschungen zu ersparen. Ja, ich brauchte sie schon lange nicht mehr so sehr, wie sie mir einredete.

Ein Anflug von Befriedigung schwirrte durch meinen Körper, ließ ihn beinahe erzittern, bis –

Nein. Nein, nein, nein!

Einige Meter von mir entfernt spazierte Marcel seelenruhig an mir vorbei, die Arme um die Hüften eines Mädchens geschlungen. Marcel, der vor einigen Monaten nur noch Augen für mich gehabt hatte, der nicht nur mein erster Freund, sondern meine ganze Welt gewesen war!

Die langen Beine, die schwarzen Haare, die dürre Statur ... War das etwa ...? Selina! Ich kannte sie nur von einigen Schulveranstaltungen, aber das, was ich über sie wusste, reichte mir. Von allen Mädchen dieser Schule hätte er sich keines aussuchen können, das schlechter zu ihm passte. Sie würde niemals an ihn heranreichen.

Ich war in einem Albtraum gefangen! Alles in mir tobte und wütete und zwickte in meinen Magen. Mich überrollte das Bedürfnis zu schreien. Erst kämpfte ich dagegen an, schnappte nach Luft, schließlich gab ich dem Drang nach und schrie los. Alle Augen richteten sich auf mich. Alle, außer ihre.

Die beiden nahmen keine Notiz von mir. Dabei waren sie so nah, dass der Waschmittelgeruch seines Slipknot-Hoodies mich unter einer Lawine aus Erinnerungen an unsere ersten Treffen begrub. Das war nicht möglich, das hier musste ein Traum sein, aber der stechende Schmerz war viel zu real.

Wie schamlos sie sich die Zunge in den Hals steckten! Ich brachte ein abgewürgtes Lachen hervor, das sich in ein erbärmliches Jammern verwandelte. Ein Laut der lähmenden Hilflosigkeit.

Irgendjemand, vermutlich einer der Sechstklässler, eilte zu mir. »Kann ich dir helfen? Was ist los?«

Ich ignorierte ihn und lief zu meinen persönlichen Peinigern.

»Roxy.« Marcel wich meinem Blick aus, indem er gekonnt eine seiner lila Haarsträhnen in die Stirn fallen ließ und damit seine Augen verdeckte.

Es war eine Feststellung ohne jegliche Emotion. Ich unterdrückte ein Schluchzen. Mein Herz fiel in die Unendlichkeit, ohne am Boden aufzuschlagen, ohne anzukommen.

»Wirklich? Mit ihr? Wo ist der Marcel abgeblieben, den ich kannte?« Ich sprach viel zu laut, war längst zur Hauptattraktion des Schulhofs geworden, aber diese öffentliche Demütigung hatte Marcel verdient. Und Selina erst recht.

»Was willst du?«, flüsterte er. »Roxy, bitte tu dir das nicht an.«

Wie kann er so sanft und verständnisvoll sprechen und mir gleichzeitig den Todesstoß verpassen? Das ist nicht fair. Nichts an diesem Tag ist fair!

Selina klammerte sich enger an ihn. Schadenfreude funkelte in ihren Augen wie die Klinge eines Dolches.

»Ich soll mir das nicht antun? Wie kannst *du* mir das antun?« Meine Stimme gab nach, ließ mich im Stich wie alle anderen. »Ich hatte von Anfang an recht, stimmt's?«

»Lass es sein, bitte«, flehte er.

Er verstand es viel zu gut, so zu tun, als wäre ich ihm wichtig. Immer noch. Doch ich wusste es besser. Es war alles nur Fassade, war es immer gewesen. Auf diese grünen Augen würde ich kein zweites Mal hereinfallen.

Der Marcel, den ich kannte, würde jemanden wie Selina nicht einmal mit dem Allerwertesten ansehen. Sie hatten rein gar nichts gemeinsam, Selina verkörperte alles, was er hasste: Oberflächlichkeit, Gehässigkeit, Arroganz. War es eine Racheaktion oder ein schlechter Scherz? Vielleicht hatte er eine Wette verloren oder sie hatte ihn dazu überredet, einen ihrer Ex-Freunde eifersüchtig zu machen.

Ich wollte Erklärungen, aber was brachten die mir, wenn ohnehin nur Lügen seinen Mund verlassen würden?

Mit aller Macht gelang es mir, mich umzudrehen und wegzurennen. Ich wollte von niemandem mehr etwas wissen. Und dennoch führte mich mein Gefühlschaos zu der Person, der ich eben noch abgeschworen hatte. Jemand musste mich beruhigen und nur Jess konnte das schaffen.

»Da bist du ja!«, begrüßte sie mich, nachdem ich sie vor dem Schuleingang abgefangen hatte. »Wo warst du? Ich habe mir schon Sorgen gemacht und der Hansen hat sich ganz schön aufgeregt.«

»Der Hansen kann mich mal«, spottete ich.

»Guck mal!«, unterbrach sie mich, bevor ich ihr alles erzählen konnte. »Das hat Tina mir eben geschrieben.«

Triumphierend hielt sie mir ihr Handy vor die Nase. Der Text auf dem Bildschirm verschwamm vor meinen Augen.

»Vergiss doch endlich deine Tina und hör ausnahmsweise deiner besten Freundin zu!«

Sie zuckte zurück und starrte mich mit geweiteten Pupillen an.

»Ich habe ihn gesehen, gerade. Mit Selina! Ausgerechnet mit ihr! Es kann nicht wahr sein, oder? Bitte, Jess, sag mir, dass ich hier im schlimmsten Albtraum meines Lebens feststecke!« Ich ballte meine Hände zu Fäusten. Den ganzen Tag lang hatte ich versucht, die Wut in mir loszuwerden, doch nun war sie zu einem wilden Feuer entfacht und ich konnte es schon lange nicht mehr bändigen.

Jess erwiderte nichts. In ihrer Miene fehlte der Schock, der mich elektrisierte. Vielmehr schaute sie drein, als hätte ich sie bei etwas Verbotenem ertappt. Wie ein Blitz durchzuckte mich die Erkenntnis.

»Scheiße!« In meinen Augen wüteten etliche kleine Brände, die sich nicht mehr wegblinzeln ließen. »Du wusstest davon, nicht wahr?«

Sie schwieg.

»Jess! Wie lange weißt du es schon?« Diesmal fehlte mir die Kraft zum Schreien.

»Zwei Wochen?« Ihre Stimme klang piepsig. Fragend. »Vielleicht drei.«

»Wochen? Wie kann das sein?« Ich schnappte nach Luft. So lange lief das zwischen den beiden schon und ich hatte nichts gemerkt? Und Jess, meine Jess, hatte es mir verschwiegen. Was dachte sie sich dabei? »Sie hat ihn mir ausgespannt, oder? So war's doch, so muss es gewesen sein. Wie haben sie es geschafft, es so lange vor mir zu verheimlichen? Wie hast du das geschafft?«

»Roxy!« Sie streckte hilflos die Arme nach mir aus, aber ich wich zur Seite. Ich ertrug ihre Berührungen nicht, sonst würde das Feuer nur noch stärker auflodern.

»Ich kann es dir erklären, okay? Ich weiß, wie du dich fühlen musst. Bitte, lass uns später in Ruhe reden ...«

»In Ruhe? Wie könnt ihr das alle von mir verlangen? Du hast wirklich nicht den Hauch einer Ahnung, wie es sich anfühlt, was?«

Sie hatte mich hintergangen. Meine beste Freundin! Meine Seelenverwandte! Nein. Nein! Es gab keine Entschuldigung, die das rechtfertigte, Tina hin oder her!
Verdammte Tina. Verdammter Marcel, dreimal verdammte Selina! Sie konnten mich alle mal! Sie sollten verschwinden, raus aus dieser Schule, raus aus meinem Kopf. Ich biss mir auf die Zunge und ergriff erneut die Flucht, ohne Jess die Chance zu geben, mich einzuholen.

***

Im Nachhinein konnte ich nicht sagen, wie ich den Tag überstanden hatte. Zu Hause schloss ich mich in mein Zimmer ein, vergrub mich unter meiner Bettdecke und versuchte, mich mit dem neuen Three-Days-Grace-Album von der Welt abzulenken, die sich gegen mich verschworen hatte. Erfolglos. Jedes zweite Lied spülte Erinnerungen an die schmerzhaft schöne Zeit mit Marcel in mein Bewusstsein, jedes andere an gemeinsame Erlebnisse mit Jess. Draußen vertrieb die Dämmerung den Tag, passend zu meiner Stimmung. Das Feuer flackerte nur noch schwach in mir, was gleichzeitig bedeutete, dass es die Dunkelheit nicht länger fernhielt, und die war nicht viel erträglicher.

Wenn meine Eltern wegfielen, wenn ich Marcel endgültig verloren hatte und von Jess nichts mehr wissen wollte – welcher Halt blieb mir dann noch? Wem konnte ich überhaupt noch vertrauen?

So musste sich der verheerende letzte Schritt vor dem Abgrund anfühlen, der Sturz in Hunderte Meter Tiefe.

Ich zog die Knie an meine Brust und wünschte mir aus tiefster Seele, es hätte die letzten Monate nie gegeben. Ich wünschte mir, von allen Menschen, die mir wehtaten, befreit zu werden. Wie sollte ich es verkraften, Marcel und Selina jeden Tag über den Weg zu laufen? Wie sollte ich Jess gegenübertreten, wenn ich ihr nicht mehr trauen konnte, ihr, meiner ältesten Freundin?

Mein Handy surrte. Nur widerwillig entsperrte ich den Bildschirm. Eine Nachricht von Jess. Die dritte nichtssagende Entschuldigung an diesem Abend. Das tat sie doch nur, um weiterhin jemandem von ihrer entzückenden Tina erzählen zu können. Warum spürte sie nicht mehr, was in mir vorging? Das war es, was unsere Freundschaft einmal ausgemacht hatte, die Gewissheit, nicht aussprechen zu müssen, was uns bedrückte, weil die andere es instinktiv fühlte. Die stumme Kommunikation und das unausgesprochene Versprechen, das Wohlergehen des anderen vor das eigene zu stellen.

Bis heute.

Ich brauchte sie nicht. Vielleicht fühlte es sich im Moment noch anders an, aber ein Leben ohne die Menschen, die mich nur enttäuschten, musste doch möglich sein. Das musste ich mir beweisen!

Statt zu antworten, drückte ich Jess' Nachrichten weg, aber das reichte mir nicht. Ich rief das Kontaktverzeichnis auf, scrollte zu ihrer Nummer und wählte die Option *Kontakt löschen* aus. Einige Sekunden lang verharrte mein Daumen vor dem Bestätigungsbefehl, dann schloss ich die Augen und tippte ihn an.

Kontakt gelöscht.

Warme Genugtuung loderte in mir auf. Es tat so gut, dass ich gleich mit Selinas Nummer weitermachte, die ich damals nur eingespeichert hatte, weil wir am Schulsporttag in der gleichen Gruppe gelandet waren. Der letzte Schritt kostete mich mehr Überwindung, aber ich gab mir einen Ruck und verbannte schließlich auch Marcel aus meinem Handy. Vielleicht würde er dadurch auch aus meinem Kopf verschwinden, irgendwann.

Seit Ewigkeiten hatte ich mich nicht mehr so frei gefühlt. Ich schälte mich aus meiner Bettdecke heraus und wechselte zu einer fröhlicheren Playlist. So richtig färbte die Stimmung aus den Songs zwar nicht auf mich ab, dennoch kam es mir vor, als würde die bevorstehende Nacht nicht mehr ganz so dunkel werden wie die vorherige.

Kein Spiel

Meine Mutter kaufte mir die Kopfschmerzen nicht ab. Normalerweise bemühte ich mich um eine originellere Ausrede, aber nicht einmal dazu konnte ich mich motivieren. So quälte ich mich am nächsten Morgen doch zur Schule, mit einem Kloß im Hals und einem hartnäckigen Ziehen im Magen.

Im Klassenzimmer erwartete mich jedoch eine Überraschung – auch fünfzehn Minuten nach Beginn der Deutsch-Doppelstunde blieb mir Jess' Anwesenheit erspart!

Nachdem ich ihre Nummer gelöscht hatte, waren weitere Nachrichten ausgeblieben. Entweder sie hatte eingesehen, wie mies ihre Aktion gewesen war, oder eine weitere Nacht mit Tina hatte mich ganz aus ihrem Kopf verdrängt. Ich vermisste sie nicht und das war schon mal ein Anfang, auf den ich ein wenig stolz war, weil er mir zeigte, dass ich auch ohne Jess zurechtkommen würde.

Vom Unterricht bekam ich nicht viel mit. Es ging um Literaturgeschichte, irgendwas mit Schiller. Die Ausführungen meiner Lehrerin wirbelten durch meine Gehörgänge, bis mir schwindelig wurde. Vielleicht sollte ich bei der nächsten Klausur aufs Lernen verzichten, um meinen Eltern zu zeigen, was sie mit ihren Streitereien anrichteten. Manchmal fragte ich mich, ob sie überhaupt daran dachten, dass sie nicht allein in unserem Haus wohnten. Ob ihnen bewusst war, dass ihre Worte nicht nur ihnen selbst schadeten. Und wenn ja, warum sie mein Leid in Kauf nahmen ... War ich ihnen tatsächlich so egal? Ich hatte aufgehört, die Jahre zu zählen, seit denen es bergab ging. Meine Eltern rasten in vollem Tempo auf das Ende ihrer Beziehung zu und wenn sich nichts änderte, würde die Kollision uns alle zerstören.

Ich schob den Gedanken beiseite und ließ den Blick durch das Klassenzimmer schweifen. Bis auf meine Deutschlehrerin und mich war es leer.

»Willst du nicht raus zu den anderen?«, fragte Frau Stetter. »Das Wetter zeigt sich doch gerade von seiner besten Seite. Wir sollten von den guten Tagen profitieren, solange das noch geht.«

»Sicher«, murmelte ich und verzog mich widerwillig auf den Pausenhof, bevor sie mich noch mit irgendwelchen Fragen löcherte.

Ich wollte nicht nach ihnen Ausschau halten, wirklich nicht. Dennoch konnte ich nicht verhindern, dass ich die Umgebung nach Marcel und Selina abscannte. Das Bild ihres vertrauten Zusammenseins flimmerte immer wieder vor mir auf, als wollte mein Gehirn mich auf den Anblick vorbereiten.

Doch ich entdeckte sie nirgends. Nur die üblichen Gestalten trieben sich auf dem Hof herum; die Raucher vor der Gartenanlage, die Fünftklässler mit ihren Handys auf den Parkbänken und die Abschlussklassen wild diskutierend vor dem Eingang. Vermutlich hatten Marcel und Selina sich in irgendein Gebüsch verkrochen. Der Gedanke ließ mich würgen, aber immerhin konnte ich mich so bedenkenlos über den Schulhof bewegen. Frau Stetter hatte recht. Die Sonne prickelte in meinem Nacken und die sanften Böen pusteten die schmerzenden Bilder aus meinem Kopf. Es tat gut, sich nicht zu verschanzen.

***

Ich genoss die neue Freiheit. Im Unterricht gelang es mir sonst nie aufzupassen, weil Jess ständig dazwischenquatschte. Diesmal allerdings konnte ich dem Chemie- und dem anschließenden Biologieunterricht so gut folgen wie sonst nie und meine Chemielehrerin schaffte es sogar, mein Interesse an Redoxreaktionen aus dem Tiefschlaf zu erwecken. Wer wusste, vielleicht würde diese Erkenntnis mich mal dazu bringen, Chemie zu studieren. *Wenn Jess da gewesen wäre, wäre mir diese wegweisende Erfahrung entgangen!*, bescheinigte ich mir siegessicher. Ja, vielleicht hatte es sogar Vorteile, auf mich alleine gestellt zu sein. Meine Entscheidung war richtig gewesen.

Trotz gelegentlicher Gedankenausrutscher hin zu Marcel, Selina oder meinen Eltern schaffte ich es, den restlichen Schultag souverän zu meistern und mit guter Laune zu Hause anzukommen. Diese flatterte allerdings in weite Ferne, als ich schon an der Haustür laute Stimmen aus der Küche vernahm.

Schon wieder Streit!

Zuerst wollte ich umkehren, aber zu Jess konnte ich sowieso nicht flüchten. Also trat ich widerwillig ein, mit dem Plan, meine Jacke auf den Kleiderständer zu schmeißen und unbemerkt in mein Zimmer zu laufen, aber das energische Rufen meiner Mutter bremste mich.

»Roxana! Roxy, bist du's?«

Die Küchentür flog auf. Hinter meiner Mutter stand nicht wie erwartet mein Vater, sondern eine pausbäckige Frau mit schwarzen Haaren und stechend blauen Augen – Jess' Mutter! Ihr Atem ging schnell und ihr Blick nagelte mich fest. Auch das noch! Was hatte Jess ihr erzählt?

Sie sah beunruhigt aus, richtig beunruhigt. Ich hatte mich so über Jess' Abwesenheit gefreut und dabei nicht darüber nachgedacht, wie wenig es zu ihr passte, die Schule zu schwänzen. Hatte Tina sie dazu angestiftet?

»Was ist los?« Ich vermied es, meiner Mutter in die Augen zu sehen, und wandte mich gleich an Frau Caspers.

»Weißt du, wo sie ist?«, schoss es zittrig aus ihr hervor. Ihre Stimme klang wie Reibeisen. »Wart ihr zusammen unterwegs?«

Ich schluckte. Mein erster Impuls bestand darin, Jess zu decken, aber dass sie nicht in der Schule war, war offensichtlich kein Geheimnis. Ob Frau Caspers von Tina wusste?

»Ich weiß es nicht«, antwortete ich wahrheitsgemäß. »Ich habe sie heute nicht gesehen.«

»Und gestern Abend?«

»Auch nicht. Ehrlich gesagt hatten wir gestern nach der Schule keinen Kontakt mehr.«

Ich schämte mich dafür, es mir einzugestehen. Als wäre ich schuld an Frau Caspers' Sorgen, dabei war die Schuldige vermutlich eine ganz andere.

Ihre Schultern senkten sich. Eine Grimasse zuckte über ihr Gesicht, als ob die Wut es nicht ganz schaffte, die Angst glattzubügeln. So aufgebracht hatte ich Frau Caspers selten erlebt, aber bisher hatte Jess ihr auch keinen Grund für so eine Reaktion gegeben. Wenn ich jemanden als Mustertochter bezeichnen würde, war es meine beste Freundin. Sie war weit davon entfernt, Klassenbeste zu sein, und eine unverbesserliche Quasselstrippe, aber gehörte ansonsten zu den zuverlässigsten Schülerinnen und vergaß höchstens mal ihre Hausaufgaben. Auf das gute Verhältnis zu ihrer Mutter war ich oft neidisch. Obwohl sie sich längst nicht alles erzählten, konnte Jess ihr stets ihre größten Sorgen anvertrauen, in dem Wissen, dass diese hinter ihr stehen würde. Ich hingegen musste bei jeder Kleinigkeit befürchten, dass meine Eltern mich mit Vorwürfen überhäuften, weil sie auf meine Fehler geradezu lauerten.

Früher hätte Jess ihre Mutter niemals absichtlich derart in Aufruhr versetzt, das hätte sie nicht mit ihrem Gewissen vereinbaren können. Offensichtlich war das ein weiteres Zeichen dafür, wie sehr Tina sie verändert hatte.

»Ich kann es mir nicht erklären.« Betrübt zuckte Frau Caspers mit den Schultern. »Sie ist doch gestern nach Hause gekommen und nach dem Abendessen war sie weg. In letzter Zeit hat sie sich sehr von uns zurückgezogen, weißt du? Sie war oft unterwegs, zu Zeiten, die ich alles andere als gutheiße, aber wenigstens hat sie sich immer bei mir gemeldet. Diesmal reagiert sie weder auf meine Anrufe noch auf meine Nachrichten und nachdem mich heute euer Klassenlehrer angerufen hat ...«

»Kannst du ihr nicht mal schreiben?«, schlug meine Mutter vor und wandte sich dabei an mich. »Dir antwortet sie vermutlich eher.«

»Es tut mir leid, aber mein Handy funktioniert gerade nicht so, wie es sollte.« Nervös zupfte ich am Ärmel meines Pullovers. Mir entging der skeptische Blick meiner Mutter nicht, der in meinem Nacken brannte. Ich war eine erbärmliche Lügnerin und sie war viel zu gut darin, mich als solche zu entlarven. Vermutlich wäre es besser, gar nichts mehr zu sagen.

»Bitte, Roxana«, fuhr Frau Caspers fort. »Ihr erzählt euch doch alles. Wenn du nur eine Ahnung hast, wo sie stecken könnte, musst du uns helfen.«

Ich konnte es ihr nicht verheimlichen. Was Jess davon halten würde, sollte mir egal sein.

»Tina«, sagte ich heiser. »Vermutlich ist sie bei ihr.«

»Die Tina vom Tennisclub?« Frau Caspers wirkte nicht überrascht. Sie verschränkte die Arme ineinander und fixierte nachdenklich die Tischplatte.

»Die beiden verstehen sich in letzter Zeit ... recht gut. Sie unternehmen viel zusammen.«

Es brannte mir auf der Zunge hinzuzufügen, was für ein schlechter Einfluss Tina war, aber Frau Caspers hatte gerade andere Probleme. Und ich möglicherweise auch. Ich wollte Jess nicht wiedersehen, aber die Beunruhigung ihrer Mutter färbte auf mich ab. Was, wenn Tina sie zu irgendeinem Unsinn überredet hatte oder, schlimmer noch, Jess unter ihrem Einfluss selbst eine blöde Idee gehabt hatte? Gestern hatten die Endorphine Jess vollkommen unzurechnungsfähig gemacht. Ich musste ihrer Mutter helfen.

»Gut«, entgegnete Frau Caspers tonlos. »Weißt du, wo sie wohnt?«

Schwach schüttelte ich den Kopf.

»Kannst du es herausfinden?«

»Ich kann es versuchen«, versprach ich, obwohl sich alles in mir sträubte.

Die einzige Vorstellung, die noch mehr Schrecken in sich barg, als Jess zu sehen, war, Jess zusammen mit Tina zu sehen. Mit ihnen reden wollte ich noch weniger. Ich würde abhauen, sobald ich mich vergewissert hatte, dass es Jess gut ging.

Mit der Ausrede, einige gemeinsame Freunde von uns anzuschreiben, um Tinas Adresse herauszufinden, zog ich mich in mein Zimmer zurück. Jess hatte ständig von den Unternehmungen mit Tina berichtet, aber ich erinnerte mich nicht daran, in welchem Stadtviertel sie sich getroffen hatten oder welchen Bus Jess nahm, um zu ihr zu kommen. Ich erinnerte mich nur noch an das dumpfe Gefühl, mich übergangen zu fühlen. Unwichtig und ersetzt. Und an meinen Vorsatz, dafür zu sorgen, dass Jess mich in ihrem Liebesrausch nicht ganz vergaß. Das war mir wohl nicht gelungen …

Ich kramte mein Handy hervor, überlegte kurz und gab die einzige Handynummer ein, die ich in meinem Leben auswendig gelernt hatte. Ich wusste nicht mehr, wann ich Jess zuletzt auf diese Weise angerufen hatte, ohne Kurzwahltaste oder Klick auf ihren Namen. Zuerst traute ich meinem miserablen Zahlengedächtnis nicht, aber meine Finger kannten die Nummer besser als mein Gehirn.

Mein Herz rutschte ins Bodenlose, als die Verbindung gewählt wurde. Was sollte ich sagen? Ein Teil von mir hoffte, dass Jess mich wegdrücken würde. Damit würde sie uns wenigstens ein Lebenszeichen schicken und ich könnte dem Dilemma, ob ich mit ihr reden sollte oder nicht, aus dem Weg gehen.

Einige quälende Sekunden später begrüßte mich eine blecherne Frauenstimme. »Die von Ihnen gewählte Rufnummer ist nicht vergeben.«

Verdutzt tippte ich die Nummer erneut ein und erntete die gleiche Ansage. Hatte ich mich also doch verwählt? Ich rief sämtliche von Jess' Social-Media-Profilen auf, doch auch dort hatte sich seit gestern nichts getan …

Sei vorsichtig mit deinen Wünschen ... sie könnten wahr werden!

Die 16-jährige Roxy ist zutiefst verletzt! Hintergangen von ihrer besten Freundin, ihrem Ex-Freund und ihrer Erzrivalin, löscht sie in Wut deren Nummern aus ihrem Handy mit dem sehnlichsten Wunsch, keinem von ihnen je wieder begegnen zu müssen.
Am nächsten Tag sind die drei tatsächlich wie vom Erdboden verschluckt und alles gerät in Aufruhr – die panischen Familien, die ratlose Polizei und vor allem die verwirrenden Gefühle von Roxy. Trägt sie etwa Schuld am Verschwinden der Vermissten? Um den Dingen auf die Spur zu kommen, begibt sich Roxy auf eigene Faust auf eine waghalsige Suchaktion. Dabei bekommt sie Hilfe vom 17-jährigen Alex, dem attraktiven älteren Bruder ihrer Erzrivalin. An seiner Seite muss Roxy nicht nur gegen ein eigensinniges Höhlenlabyrinth, sondern vor allem gegen ihre widersprüchlichen Wünsche ankämpfen, die seit dem Verrat ihrer Freunde in ihr toben. Denn schon sehr bald stellt Roxy fest, dass alles miteinander verknüpft zu sein scheint ...

Autorin: Kiara Roth
Titel: Wunschmagie
Genre: New Adult, Urban Fantasy
Alter: ab 13 Jahren
Seiten: 320
ISBN: 978-3-7526-2989-7
EAN: 978-3-7521-2854-3
Preis: 5,99€ (E-Book), 12,99€ (Print)

WEITERE BÜCHER

Eighteen Tapes, Laini Otis
Ein Käfer.
Eine Harley.
Achtzehn Tapes.
Und der Roadtrip ihres Lebens.

Lee hat von Männern die Nase gestrichen voll! Anstatt zuzusehen, wie ihr bester Freund und ihre erste große Liebe ein anderes Mädchen heiratet, stürzt sie sich in ihrem Käfer in ein waghalsiges Roadtrip-Abenteuer entlang der Küste.
Unterwegs trifft sie auf den geheimnisvollen Biker Devil, der sie auf unerklärliche Weise anzieht wie das Licht die Motte. Der unverschämte Kerl hält nichts davon, Lee ihren Schmerz auskosten zu lassen, stattdessen bringt er sie dazu, ihr Leben aus einem neuen Blickwinkel zu betrachten und erneut Gefühle zuzulassen. Ein gefährliches Wagnis, denn Devil hütet ein Geheimnis, das ihrer beider Welten völlig aus den Fugen geraten lässt …

***

Whisky Heart, Laini Otis
Was bleibt von einem noch übrig, wenn man von Schuldgefühlen aufgefressen wird?
Die 23-jährige Liv verbringt ihr Leben seit dem Tod ihres Bruders Presley in einem Rausch aus Whisky und Schuldgefühlen.
Der Einzige, der sie in ihrer Abwärtsspirale nicht im Stich lässt, ist Josh – ihre einstige große Liebe und der Verantwortliche für den Tod ihres Bruders.
Doch dann zwingt ein Unfall Liv dazu, sich der Vergangenheit zu stellen, und von einem Tag
auf den anderen steht sie nun am Wendepunkt ihres Lebens: Ist sie bereit, die Vergangenheit hinter sich zu lassen, und nicht nur sich, sondern auch Josh zu verzeihen?

***

Summer of Heartbeats, Laini Otis
Regel Nummer eins?

Verliebe dich niemals in deinen Ferienflirt!
Doch Beaus Herz schert sich nicht um Regeln und so erliegt sie dem Zauber des geheimnisvollen Cash, der sie nach einer gemeinsamen Nacht sitzen lässt.
Bei einem unverhofften Wiedersehen erfährt Beau, dass Cash nicht der ist, der er vorgab zu sein, und als wäre das nicht Schock genug, schlittert sie in eine berufliche Beziehung mit dem sexy Rockstar. Nun muss sie sich entscheiden, ob sie ihre gesamte Zukunft für einen Kerl auf Spiel setzen will, dessen Probleme ihre Vorstellungskraft bei Weitem übersteigen ...

***

The Z in me, Cat Dylan
Es gibt drei Dinge, die mich total abtörnen: Friedhöfe, Gothic-Rock und melancholische Gedanken. Doch genau das ist jetzt mein Leben. Und alles nur, weil mir letztes Jahr auf dem Exkursion-Wochenende im Smoky Nationalpark echt ein Scheiß passiert ist. Und ich meine: Ein. Wirklich. Krasser. Shit. Obwohl ... eigentlich ist es unfair mich darüber zu beklagen, denn die anderen, die es ebenfalls erwischt hat, sind tot. Also, so richtig tot, im Gegensatz zu mir.
Seither verstecke ich mich hinter schwarzer Kleidung, vermeide Körperkontakt und hänge, je nach Mahlzeit, trübsinnigen Gedanken nach. Gleichzeitig versuche ich ein Heilmittel zu finden, in Mathe nicht durchzufallen und vor allem der Gemeinschaft "Against unnatural", die meine Eltern mitgegründet haben, nicht in die Quere zu kommen.
Ach, bevor ich es vergesse: Mein Name ist June O'Hara. Ich bin 16 Jahre alt. Und ein Zombie.

***

Pandoras Fluch, Cat Dylan
Das Leben der siebzehnjährigen Ocean ist alles andere als glänzend – hin und her geschoben zwischen Heim und Pflegefamilien findet sie Sicherheit bei ihren Freunden und einem Plan für eine bessere Zukunft. Für einen festen Freund gibt es deswegen keinen Platz in ihrem Leben.
Bis sie eines Tages auf den gleichaltrigen Indio trifft, der ihre Ansichten massiv ins Wanken bringt. Den düsteren Punk umgibt etwas, das Ocean unwillentlich in den Bann zieht. Doch sich ausgerechnet auf ihn einzulassen, bedeutet ein waghalsiges Spiel um ihr Herz. Indio ist nämlich kein Geringerer als der Sohn der Pandora – und seine Seele verflucht ...